KB096684

온리 도쿄

Only Tokyo

온리 도쿄

발 행 | 2023년 02월 16일
저 자 | 재미리
펴낸이 | 한건희
펴낸곳 | 주식회사 부크크
출판사등록 | 2014.07.15.(제2014-16호)
주 소 | 서울특별시 금천구 가산디지털1로 119 SK트윈타워 A동 305호
전 화 | 1670-8316
이메일 | info@bookk.co.kr

ISBN | 979-11-410-1623-4

www.bookk.co.kr

온리 도쿄

Only Tokyo

차례

1. 도쿄 소개

2. 지역 여행

일본지역지도

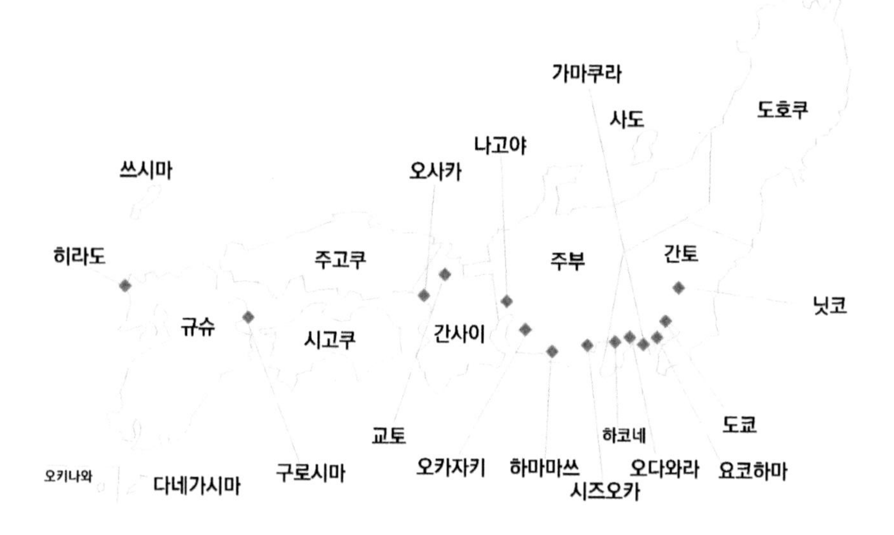

홋카이도
가마쿠라
사도
도호쿠
나고야
쓰시마
오사카
히라도
주고쿠
주부
간토
닛코
규슈
시고쿠
간사이
교토
하코네
도쿄
오키나와
다네가시마
구로시마
오카자키
하마마쓰
시즈오카
오다와라
요코하마

1. 도쿄 소개

01 도쿄 개요

〈일본〉

- 국명

일본의 국명은 일본(日本), 영어로는 저팬(Japan), 일본어로는 니혼(にほん, Nihon), 닛폰(にっぽん, Nippon)이라고 한다. 굳이 뜻풀이하자면 해 뜨는 곳, 해의 중심이 되는 곳 정도. 저팬(Japan)의 영문 표기는 마르코 폴로의 동방견문록에 일본을 지팡구라 한 것에서 유래되었다. 또 지팡구는 당나라 때 닛폰을 짓폰(ジツポン)으로 표기한 것에 기인한다.

- 역사

일본의 역사는 야마토 시대, 나라 시대, 헤이안 시대, 가마쿠라 막부, 무로마치 막부, 에도 막부, 메이지 시대, 쇼와 시대, 헤이세이 시대를 거쳐 발전해 왔다. 쇼와 시대에는 아시아와 태평양 일대를 침략해 막대한 피해를 주기도 했으나 종전 후, 경제를 부흥시켜 아시아 제일가는 경제 대국으로 성장했다.

• 야마토(大和) 시대(4C~710)는 긴키 내의 야마토를 중심으로 일본 대부분을 지배한 일본 최초의 통일 정권을 말한다. 이 시기에 한국에서 많은 사람이 일본으로 넘어가 도래인으로 불렸고 이 무렵 백제에서 일본으로 한자, 유교, 불교 등도 전래하였다.

• 나라(奈良) 시대(710~794)는 일본 중부 나라에 도읍을 두었고 정치적으로 최성기의 율령시대였으며 중앙집권적 정치체계가 수립되었던 때를 말한다. 백제의 패망과 함께 백제 유민이 유입되었고 중국에 견당사를 파견하기도 했으며 역사서 〈고지키(古事記)〉와 〈니혼쇼키(日本書紀)〉가 완성되기도 했다.

• 헤이안(平安) 시대(794~1185)는 헤이안쿄(교토)를 도읍으로 하여 새 궁궐을 짓고 도시를 세웠으며 율령 정치를 강화했고 정치적 안정으로 '엔기덴랴쿠(延喜天曆)의 치세'라 불린 시기다. 아울러 당 문화의 유입으로 의식 개량과 국사 편찬, 화폐 주조 등이 있었다.

• 가마쿠라(鎌倉) 막부(1185~1333)는 도쿄 인근 가마쿠라에 도읍을 둔 일본 최초 무사 정권으로 초대 쇼군은 미나모토노 요리토모(源頼朝)였다. 당시 중앙 귀족을 보필하던 무사 계급 사부라우모노(사무라이)가 세력을 키워 중앙 정권까지 진출하게 된 것이 막부의 탄생 배경이다. 대외적으로 원나라가 중국을 통일하고 고

려를 침공한 뒤 2차례 일본을 노렸으나 태풍으로 번번이 무산되었고 일본에서는 이를 가미카제(神風)이라고 하며 스스로 신의 나라로 여겼다. 불교에서는 기존 불교 종파 외 정토종과 임제종, 조동종 등이 출현했고 가마쿠라 일대에 엔가쿠지, 겐쵸지 같은 사찰이 세워졌다.

• 무로마치(室町) 막부(1338~1573)는 교토의 무로마치에 도읍을 둔 무사 정권으로 초대 쇼군은 아시카가 다카우지(足利尊氏)였다. 정치적으로 고묘(光明) 일왕을 지지하는 북조가 고다이고(後醍醐) 일왕을 지지하는 남조에 승리하여 무로마치 막부가 세워졌다. 이 시기 왜구가 활발히 활동해 조선과 명나라의 해안을 짓밟았고 3대 쇼군이 명나라에 내조해 처음으로 일본 국왕이라는 칭호를 받기도 했다.

• 에도(江戶) 막부(1603~1867)는 현재의 도쿄인 에도에 도읍을 둔 무사 정권으로 초대 쇼군은 도쿠가와 이에야스(德川家康)이다. 도쿠가와 이에야스는 지방 영주인 다이묘를 모아 조선을 침공한 도요토미 히데요시 세력을 물리치고 일본을 통일하여 에도 막부를 열었다. 그는 전국의 1/4을 직할 영토로 하여 막대한 경제적 이득을 보았고 화폐를 발행했으며 막강한 군사력을 보유했다. 막부 밑에 사농공상(士農工商)의 신분제를 유지했고 대외적으로는 기독교에 대한 경계로 쇄국정책을 썼다. 당시 조선은 일본의 요청으로 통신사를 12차례 에도 막부에 파견했다.

• 메이지(明治) 시대(1868~1912)는 에도 막부를 폐하고 일왕이 정권의 중심이 되는 왕정복고로 메이지 정부가 세워진 때이다. 메이지 정부는 에도 막부가 서양 열강들과 맺었던 불평등 조약 폐기, 단발령 시행, 징병제 도입, 근대적인 일본 헌법 시행, 한일합병 등의 정책을 폈다. 경제적으로는 일본 최초의 철도 운행과 전화 개통, 국내 권업 박람회 개최, 제철소 운영 등도 시행하였다.

• 쇼와(昭和) 시대(1927~1989)는 다이쇼 시대((1912~1926) 이후 군국주의를 표방한 일본 제국(1927년~1945년)과 전후 일본국(1945~1989년)으로 나눌 수 있다. 일본 제국은 중일전쟁, 태평양 전쟁 등을 일으켜 한국과 중국, 동남아, 태평양 일대를 피폐에 빠지게 했으나 히로시마와 나가사키에 원폭을 맞으며 막을 내렸다. 전후 일본국은 미군정으로 거쳐 아시아의 경제 강국으로 발돋움했다.

• 헤이세이(平成) 시대(1989년~2019.04)는 대외적으로 소련을 비롯한 동구 공산권을 해체되었고 내부적으로 경제발전의 한계에 이르러 1990년대 잃어버린 30년이라는 경제 정체가 있었던 때이다. 최근 2020년 도쿄 올림픽을 계기로 다시 한번 발전의 원동력으로 삼으려는 의지를 보였으나 전 세계를 휩쓴 코로나19 여파로 무산되었다. *2019년 05월 나루

히토가 부친 아키히토 일왕의 양위를 받아, 레이와(令和) 시대 개막

- 국토면적&인구

일본의 면적은 377,915㎢로 세계 62위이고 인구는 2014년 약 127,103,388명으로 세계 10위이다. 일본의 토착민은 약 1만 년 전부터 일본 열도에 거주한 것으로 알려진 죠몬인(縄文人, 끈 무늬 도기를 만든 사람), 홋카이도의 아이누(アイヌ)족 등이다. 야마토 시대부터 한국에서 건너간 도래인과 도래인과 토착민의 혼혈이 오늘날의 일본인이 되었다.

- 기후

홋카이도와 혼슈 북부, 내륙고지가 아한대 다우 기후, 그 밖에 대부분 지역이 온대다우 기후에 속한다. 계절풍의 영향으로 대륙보다 겨울에 따뜻하고 여름에 온화한 편이나 습도가 높다. 장마는 6월 중순~7월 중순쯤. 여행하기 좋은 계절은 봄과 가을이나 봄에는 벚꽃 놀이로 대표되는 상춘 인파, 가을에는 간간이 닥치는 태풍을 피하는 것이 좋다. 여름은 절정일 때 매우 덥고 습하고 겨울은 대체로 대륙에 비해 따듯하다.

- 정치 체계

일왕이 국가의 상징적 존재가 되고 총리가 실질적인 행정을 맡는 입헌군주제 하의 내각제를 실시하고 있다. 대표적인 정당은 흔히 자민당이라고 하는 자유민주당과 민주당, 불교계열인 공명당, 공산당 등이 있다. 자민당은 공명당과 연합해 장기집권을 이어오고 있다.

- 경제 규모

2014년 일본은 국내총생산 GDP(Gross Domestic Product)가 4조 7,698억$로 세계 3위, 한국은 1조 4,495억으로 13위, 2012년 일본은 국민총소득 GNI(Gross National Income)가 4만 6,972달러로 세계 16위, 한국은 2만 3,679달러로 34위이다. 일본은 한국보다 국내총생산 GDP로 약 3.3배, 국민총소득 GNI로 약 2배 정도 높다. 쉽게 와 닿는 예를 들어보면 도쿄역과 서울역의 규모, 또는 가장 번잡하다는 신주쿠 역과 신도림역의 규모로, 일본의 것이 한국의 것보다 3~4배 크다.

- 도쿄도 행정체계

일본 전체적으로 도쿄의 1도(都), 홋카이도의 1도(道), 오사카부와 교토부의 2부(府), 43현(県)으로 이루어져 있다. 도쿄는 도쿄에 특별시 격의 도(都)가 붙고 도쿄도에는 도쿄 동쪽의 도쿄 시내를 뜻하는 23구(区), 26개 시(市), 7개의 정(町, 마치), 8개의 촌(村, 손)으로 구성된다. 참고로 구(区) 이하 주소는 정(丁目, 초메), 번(番, 반), 호(号, 고)로 쓴다.

- 종교

일본 사람은 토착 신앙인 신도(神道)와 외부에서 유입된 불교(佛敎)를 많이 믿는다. 신도와 불교는 예부터 신도와 불교가

융합된 신불습합(神佛習合)이었으나 메이지유신 때 신불분리령으로 신도와 불교가 나뉘었다. 하지만 여전히 신사와 사찰에서 신도와 불교가 혼재된 것을 볼 수 있다. 참고로 한국의 사찰에서도 불당 외 토착신(무속) 격인 칠성신(북두칠성)을 모시는 칠성당을 볼 수 있으니 무불결합이다.

- 공휴일

일본의 공휴일은 현재 15개가 있고 공휴일이 일요일일 때 월요일까지 쉬는 대체휴일제, 공휴일과 공휴일 사이 평일이 있는 경우 평일까지 쉬는 정책을 실시한다. 일본의 공휴일로는 1월 1일 설날(元日), 1월 둘째 월요일 성인의 날(成人の日), 2월 11일 건국기념일(建国記念日), 3월 21일 춘분의 날(春分節), 4월 29일 쇼와의 날(昭和の日), 5월 3일 헌법기념일(憲法記念日), 5월 4일 녹색의 날(緑の日), 5월 5일 어린이날(こどもの日), 7월 셋째 월요일 바다의 날(海の日), 9월 셋째 월요일 경로의 날(敬老の日), 9월 23일 추분의 날(秋分の日), 10월 둘째 월요일 체육의 날(体育の日), 11월 3일 문화의 날(文化の日), 11월 23일 근로 감사의 날(勤労感謝の日), 12월 23일 천황탄생일(天皇誕生日) 등이 있다.

- 통화&환율

일본의 통화 단위는 엔(円, Yen)으로 JPY 또는 ￥로 표기한다. 일본 화폐의 종류는 지폐 1만 엔, 5,000엔, 2,000엔, 1,000엔, 동전 500엔, 100엔, 50엔, 10엔, 5엔, 1엔 등이 있다. 환율은 2023년 1월 현재 100엔 당 946원.

- 전기&콘센트

일본의 전압은 100V이고 주파수는 도쿄 포함 동일본 50Hz, 서일본 60Hz이나 요즘 노트북이나 핸드폰 충전기 등이 프리볼트 제품이므로 이용하기에 어려움이 없다. 다만, 전기 콘센트가 11자 모양의 2핀이므로 220V→100V 변환 플러그 필요하다.

- 전화

• 공중전화

공중전화는 10엔, 100엔 동전을 쓸 수 있는 연두색과 회색 전화기와 IC 전화카드를 쓸 수 있는 오렌지 색 전화기가 있다. *일부 일본의 구형 기계식 공중전화의 경우, 한국으로 ARS 전화를 걸었을 때 부서를 찾아가는 번호키가 먹지 않을 수 있으니 참고!

· 한국에서 일본으로
 국제전화 번호(001/002/00727)
+일본 국가번호(81)+0을 뺀 지역 번호(도쿄 03)+수신자 번호순으로 누른다.

· 일본에서 한국으로
 국제전화 번호(001/0033/0061)
+010+한국 국가번호(82)+0을 뺀 서울 지역 번호(서울 02)+수신자 번호순으로 누른다.

• 컬렉트콜

컬렉트콜(Collect Call)은 수신자 부담 전화로 긴급 상황 시 동전이 없는 경우에도 통화할 수 있으나 분당 요금이 무선 1,000원 내외, 유선 1,200원 내외로 정도로 비싸다. 이용 방법은 컬렉트콜 전화번호 누르고 기다리면 한국어 안내방송이 나오는데 4번 선택하면 컬렉트콜이다.

KT 00-6635-821

• 국제전화 선불카드

국제전화 선불카드는 일본어로 고쿠사이테리카(国際テレカー) 또는 고쿠사이테레혼카도(国際テレホンカード)라 부르고 편의점이나 할인 티켓 전문점, 신오쿠보 한인 타운 등에서 살 수 있다. 여러 종류가 있으니 잘 살펴보고 구매한다. 이용 방법은 카드 뒷면 은박을 지워내면 핀 넘버(Pin Number)가 나오고 선불카드 접속 번호로 전화를 걸어 안내방송에 따라 언어를 선택, 핀 넘버+한국 국가번호(82)+0을 뺀 지역 번호+수신자 번호를 누르면 된다.

• 핸드폰 로밍

요즘은 일본 도쿄로 가서 핸드폰을 켜면 자동 로밍(Roaming)되므로 한결 로밍이 편리해졌다. 일부 구형 핸드폰의 경우 자동 로밍이 되지 않아 로밍 폰을 임대해야 할 수도 있다. 로밍 신청 시 통신사별, 음성, 데이터 등에 따라 요금이 다르니 통신사 홈페이지를 잘 살펴보고 결정한다. 또 해외에서 핸드폰 로밍 조건에 벗어나, 데이터를 과다하게 사용하면 나중에 요금 폭탄을 맞을 수 있으니 주의! 핸드폰 로밍을 하지 않으려면 전화 통화, 데이터가 되지 않는 비행기 모드로 사용!

SK텔레콤_
https://troaming.tworld.co.kr
KT_https://roaming.kt.com
LG U+_www.uplus.co.kr

- 인터넷

• 에그 Egg

에그(Egg)는 일정 데이터를 사용할 수 있는 휴대용 와이파이 중계기로 동시에 여러 명이 이용할 수 있는 장점이 있다. 에그는 통신사나 와이드 모바일 등에서 데이터 무제한으로 1일 7,000~10,000원 정도에 대여받을 수 있다(회사별로 이용조건, 가격 다름).

• 유심(USIM)

유심(USIM) 또는 심(SIM)은 선불용 핸드폰의 통신사 인식 칩을 말한다. 일본에 도착해 핸드폰의 기존 유심을 빼서 보관하고 새로운 유심을 끼우면 새로 부여받은 전화번호로 통화 및 데이터를 이용할 수 있게 된다. 유심은 통신사 또는 전문 유심 판매점에서 구매한다.

와이드 모바일(한국)_
www.widemobile.com
비 모바일(일본)_
www.bmobile.ne.jp/english

〈도쿄〉

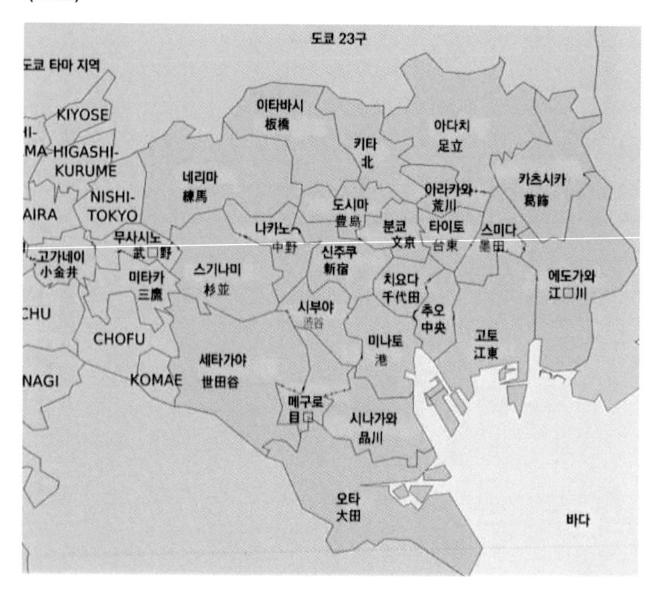

일본의 수도 도쿄(東京)는 오랫동안 일본의 변방이었는데 1603년 일본 천하 통일을 달성한 도쿠가와 이에야스가 에도 막부를 개설하면서 일본의 중심으로 자리 잡았다. 18세기 이미 100만 인구의 대도시였고 오늘날에는 도쿄의 23구 지역에만 약 9백만 명이 거주하는 메트로폴리스(Metropolis)로 성장하였다.

- **도쿄**는 일본 열도의 중심인 간토 남쪽에 위치하고 동쪽으로 치바현, 서쪽으로 야마나시현, 남쪽으로 가나가와현, 북쪽으로 사이타마현과 접해있다. 도쿄는 행정적으로 도쿄도(東京都)라 불리며 도쿄도의 행정구역은 23구(区) 26시(市) 5초(町) 8손(村)으로 구성된다. 그중 우리가 주로 방문하는 곳은 도쿄도 동쪽 23구 지역으로 도쿄 시내라고 할 수 있다. 이곳에 일왕이 거주하는 고쿄, 쇼핑가인 긴자, 신주쿠, 하라주쿠, 시부야, 공원이 있는 우에노, 전자상가가 있는 아키하바라, 오래된 사찰이 있는 아사쿠사 등이 있다.

02 (도쿄) 공항에서 시내 들어가기

1) 나리타 공항(成田 空港)에서 도쿄 시내

나리타 공항은 도쿄 동쪽 60km 지점에 있고 나리타 공항에서 도쿄 시내로 들어가는 교통편은 공항철도, 리무진 버스, 택시 등이 있다. 공항철도에는 게이세이 전철, 게이세이 스카이라이너, JR 특급 나리타익스프레스, JR 에어포트나리타 등이 있는데 이중 게이세이 전철(京成電鉄)이 가장 저렴하여 여행자의 인기가 높다. 리무진 버스는 요금이 비싸긴 해도 도쿄 시내의 주요 지점이나 주요 호텔까지 직접 연결하므로 가족 여행객이나 단체 여행객에게 편리하다.
나리타 공항_www.narita-airport.jp/jp/access

- 공항철도

• 게이세이 전철 京成電鉄

나리타 공항(成田 空港)에서 도쿄 시내를 가장 저렴하게 연결하는 전철로 보통(普通), 쾌속(快速), 특급(特急) 등 게이세이 본선(京成 本線)과 액세스특급(アクセス特急)이 운행된다. 공항에서 니포리(日暮里) 역을 거쳐, 종점 우에노(上野) 역까지 운행된다. 게이세이 본선과 액세스특급은 반듯이 우에노행을 이용하고 소요시간은 액세스특급 1시간, 특급 1시간 15분, 쾌속 1시간 25분이다. 게이세이 본선과 액세스특급은 우에노행 외 특급은 니시마고메(西馬込)행, 액세스특급은 하네다 공항(羽田 空港)행이 있으니 주의! 게이세이 본선은 공항 지하 1층 2·3번 플랫홈, 액세스특급은 1번 플랫홈에서 출발한다. *일본은 철도 회사별로 역이 다르므로 여기서는 게이세이 니포리/우에노 역에 정차한다. 게이세이 니포리 역/우에노역 옆에 JR 니포리 역/우에노 역이 있어 조금 이동하면 다시 요금을 내고 갈아탈 수 있다.

티켓 구입방법 : 매표소의 노선도에서 운임 확인→티켓 자동판매기에 목적지 요금 투입→목적지 요금 버튼(조명 들어옴) 선택→티켓과 거스름돈 회수

게이세이본선_나리타 공항→니포리/우에노_1,050엔

액세스특급_나리타 공항→니포리/우에노_1,260엔

게이세이 전철_www.keisei.co.jp

• 게이세이 스카이라이너 京成 スカイラ

イナー
게이세이 전철의 고급형으로 나리타 공항에서 니포리(日暮里) 역 거쳐 우에노(上野) 역까지 직통이고 전 좌석 지정제이다. 가격은 게이세이 본선(京成 本線)에 비해 2배 정도 비싸다. 30분 간격으로 출발하며 소요시간은 36분, 공항 지하 1층 4·5번 플랫폼에서 출발한다.
티켓 구입_공항 1층, 지하 매표소
나리타공항→니포리/우에노_2,520엔
게이세이스카이라이너
_www.keisei.co.jp

• JR 특급 나리타익스프레스 JR 特急成田エクスプレアス
나리타 공항에서 도쿄(東京) 역, 시나가와(品川) 역, 시부야(渋谷) 역, 신주쿠(新宿) 역, 이케부쿠로(池袋) 역, 요코하마(横浜) 역 등을 연결하는 특급 기차로 나리타익스프레스(成田エクスプレアス)를 줄여 넥스(N'EX)라고 한다. 보통(일반)석과 그린(고급)석 모두 전 좌석 지정석이고 요금이 다른 공항철도에 비해 비싼 편이다. 나리타 공항을 출발하여 시나가와(品川) 역에서 요코하마(横浜) 역을 거쳐 오후나(大船) 역까지 가는 것, 시나가와 역을 지나 신주쿠(新宿) 역에서 다카오(高尾) 역까지 가는 것, 신주쿠 역 지나 이케부쿠로(池袋) 역 지나 오미야(大宮) 역까지 가는 것 등 3개의 노선으로 나뉘므로 기차 탈 때 주의를 기울여야 한다. 시부야 역과 신주쿠 역 방향 이용자는 다카오행과 오미야행, 이케부쿠로 역 방향 이용자는 오미야행, 도쿄(東京) 역과 시나가와 역 방향 이용자는 종착지와 상관없이 이용하면 된다. 나리타 공항에서 도쿄 역까지 소요시간은 1시간. * 외국인 여행자를 위한 N'EX 도쿄 왕복 티켓(TOKYO Round Trip Ticket)이 신설되어 도쿄 시내까지 정가보다 저렴하게 이용할 수 있고 도쿄 시내 JR 구역 내의 어느 역에서든 승하차할 수 있어 편리해졌다.
나리타 공항→도쿄 역_보통/그린 1,750엔/3,300엔
N'EX 도쿄 왕복 티켓_4,070엔(JR 동일본 여행자 센터, JR 매표소에서 구입, 14일 유효)
JR 특급 나리타익스프레스_
www.jreast.co.jp

- 리무진 버스 リムジンバス Airport Limousine

나리타 공항((成田空港)에서 도쿄(東京) 역, 신주쿠(新宿), 이케부쿠로(池袋), 시부야(渋谷), 긴자(銀座), 오다이바(お台場) 등 도쿄의 주요 지역이나 주요 호텔까지 직통으로 연결해주므로 어린이나 노인이

있는 가족 여행객이라면 이용해 볼 만하다. 단, 공항철도보다 가격이 비싸고 러시아워 시간에 정체가 될 수 있으니 참고! 나리타 공항에서 도쿄 시내까지 소요시간은 1시간 25분~1시간 40분. 나리타 공항 1층 로비의 리무진 버스 매표소에서 티켓을 끊은 뒤, 1층 밖 리무진 버스 정류장에서 승차!

나리타 공항→도쿄(東京) 역/신주쿠 니시구치(新宿 西口)_3,200엔

리무진버스_www.limousinebus.co.jp

- 택시 Taxi

택시는 보통 기본 2km 730엔 정도 280m마다 90엔씩 올라간다. 나리타 공항에서 도쿄 시내까지 60km 정도이니 아주 급한 일이 아니면 택시 이용 시 요금 폭탄을 맞을 수 있다. 여기에 나리타 공항에서 도쿄까지의 고속도로 이용료가 별도로 부과된다. 그냥 게이세이 전철 타고 느긋하게 가는 것이 제일이다.

나리타 공항→도쿄 시내_약 2만2,000엔(고속도로 이용료 2,350엔 별도)

☆여행 팁_공항에서 도쿄 시내로 갈 때

나리타 공항이나 하네다공항에 도착하면 아무래도 외국이어서 어디로 가야 할지 당황스러울 때가 있다. 이럴 때 몇 가지만 알고 있다면 현지인(?)처럼 여유롭게 움직일 수 있다.

첫째, 입국장으로 나오기 전, 화장실에 다녀오고 당장 쓸 여행 가이드북, 지갑, 카메라 등을 확인한다. 둘째, 입국장 밖으로 나온 뒤, 인포메이션으로 가서 지도를 얻거나 원하는 사항을 질문한다. 셋째, 공항 내 표지판(한글 표시도 있음)을 잘 살펴 공항철도 또는 리무진 버스를 이용할 건지, 원하는 방향으로 움직인다. 가령, 게이세이 전철을 타려면 표지판에서 게이세이 전철(京成電鉄)을 보고 움직인다. 넷째, 매표소에 도착해, 노선도 상의 운임을 확인하고 티켓 자동판매기를 이용한다. 모르면 역무원이나 일본 사람에게 도움을 청한다. 다섯째, 보통 게이세이 전철을 이용해 게이세이 니포리(日暮里) 역에서 JR 야마노테센(山の手線)으로 갈아타는데 일본은 철도 회사별로 역이 다르므로(니포리 역처럼 같은 명칭의 역이면 바로 옆에 있음) 게이세이 니포리 역 게이트를 나온 뒤, 다시 JR 야마노테센 매표소에서 티켓(노선도 운임표 확인→현금 투입→목적지 요금 버튼 선택→티켓과 거스름돈 회수)을 사고 JR 야마노테센 게이트 안으로 들어간다. 환승은 노리카에(乗り換え, のりかえ)라고 함. 여섯째, JR 니포리 역 안이 복잡하므로 표지판을 잘 살펴, 원하는 목

적지의 플랫폼을 이용한다. 가령, 이케부쿠로(池袋), 신주쿠(新宿), 신오쿠보(新大久保) 방향은 11번 플랫폼, 우에노(上野), 도쿄(東京) 방향은 10번 플랫폼이다. *나리타 공항 JR 매표소나 하네다 공항 모노레일 매표소에서 충전식 교통카드인 스이카(Suica)를 사면 도쿄의 지하철, 전철, 버스 등 어느 교통편이든 터치만 하면 통과하니 편리!

2) 하네다 공항(羽田 空港)에서 도쿄 시내

하네다 공항은 도쿄(東京)와 요코하마(横浜) 사이, 도쿄 남서쪽 16km 지점에 있고 있고 하네다 공항에서 도쿄까지는 공항철도와 리무진 버스를 이용할 수 있다. 공항철도는 요금이 조금 싼 게이큐(京急) 전철과 모노레일이 있고 리무진 버스는 공항철도보다 요금이 조금 비싸다. 각자 여행 계획에 따라 하네다 공항→도쿄 시내 교통편+도쿄 시내 지하철 등의 혜택이 있는 교통 티켓을 사서 이용해보는 것도 좋다.
하네다 공항_https://tokyo-haneda.com/access

- 공항철도

• **게이큐 전철 京急 電鉄**

하네다 공항(羽田空港)에서 시나가와(品川) 역까지 연결하는 전철로 시나가와행 외 요코하마(横浜)행도 운행되니 반드시 시나가와행 전철을 이용해야 한다. 하네다 공항에서 시나가와 역까지 소요시간은 13분. 게이큐 전철 매표소에서 티켓을 산 뒤, 지하 1층 플랫폼에서 승차한다. 시나가와 역에서 JR 야마노테센(山の手線)을 이용할 사람은 신주쿠(新宿)나, 시부야(渋谷), 이케부쿠로(池袋)까지 티켓을 끊어도 좋다. 아니면 시나가와 역에서 하차 후, JR 야마노테센 매표소에서 다시 티켓을 사야 한다. 게이큐 전철 티켓 구매에 앞서, 하네다 공항과 도쿄 시내 간 교통+지하철 자유이용 등의 혜택이 있는 웰컴 도쿄 서브웨이 티켓, 도쿄 트래블 1DAY · 2DAY 패스, 게이큐 하네다 · 지하철 공통 패스, 하네다! 게이큐&파스모 등의 교통 티켓을 구매하는 것이 유리한지 생각해 본다.
티켓 구입방법 : 매표소의 노선도에서 운임 확인→티켓 자동판매기 언어 변경→티켓 선택→(목적지) 운임 선택→현금 투입→티켓과 거스름돈 회수
하네다 공항→JR 시나가와 역 300엔
게이큐 전철_www.keikyu.co.jp

• **도쿄모노레일 東京モノレール**

하네다 공항(羽田空港)과 하마마츠초(浜松町) 역까지 연결하는 모노레일로 노선이 간단하여 이용하기 편리하고 소요시간은 13분이다. 하마마츠초 역에서는 JR 하마마츠초 역에서 JR 야마노테센(山の手線)으로 편리하게 환승 할 수 있다. 공항 지하 1층 매표소에서 티켓을 구매해, 지하 2층 플랫폼에서 승차한다.

티켓 구입방법 : 티켓 자동판매기의 모노레일 티켓(モノレール きっぷ·Monorail Ticket)선택→현금 투입→티켓과 거스름돈 회수

하네다 공항→하마마츠초 역_500엔

도쿄모노레일_

www.tokyo-monorail.co.jp

\- **리무진 버스 リムジンバス** Airport Limousine

하네다 공항(羽田 空港)에서 도쿄(東京) 역, 신주쿠(新宿), 이케부쿠로(池袋), 시부야(渋谷), 긴자(銀座), 오다이바(お台場) 같은 도쿄 시내 주요 지점이나 주요 호텔을 직통으로 연결해주므로 이용하기 편리하다. 단, 공항철도에 비해 가격은 조금 비싸다. 리무진 버스를 이용하기 위해서는 공항 국제선 터미널에서 무려 셔틀버스로 국내선 터미널로 이동한 뒤, 로비 내 리무진 버스 매표소 또는 6~7번 승차장 티켓 자동판매기에서 티켓을 구입해 리무진 버스에 탑승한다.

하네다 공항→도쿄 역/신주쿠 니시구치(西口)_1,150엔

리무진버스_www.limousinebus.co.jp

03 시내 교통&교통 카드

1) 시내 교통

시내 교통에는 JR 야마노테센(山の手線), JR 소부센(総武線), JR 추오센(中央線)의 JR 전철, 9개 노선의 도쿄메트로, 4개 노선의 도에이 지하철, 게이세이센(京成線), 도큐센(東急線), 오다큐센(小田急線), 도부센(東武線)의 사철 등이 있어 편리하게 이용할 수 있다. 이중 순환선인 JR 야마노테센(山の手線)과 오에도센(大江戸線)이 도쿄 주요 관광지와 접해있어 활용도가 높다.

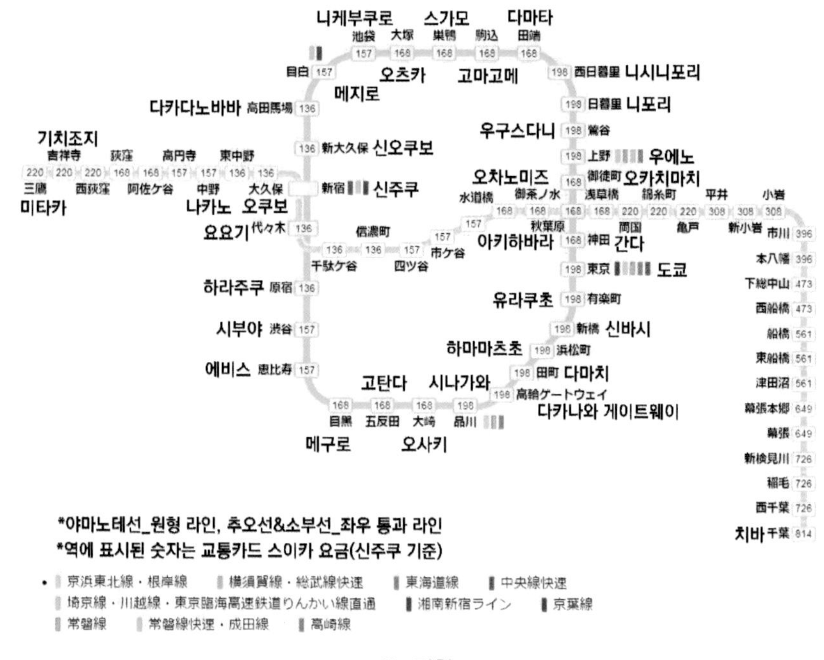

JR 전철도

- JR 전철 JR 電鉄

JR(Japan Railway)에서 운영하는 전철로 JR 야마노테센(山の手線), JR 소부센(総武線), JR 추오센(中央線)은 주로 도쿄 시내에서 이용하게 되고 JR 게이힌도호쿠센(京浜東北線), 도쿄(東京) 시내와 요코하마(横浜)를 연결한다. 그 외 JR 사이쿄센(埼京線), JR 쇼난신주쿠라인(湘南新宿ライン), JR 게이요센(京葉線) 등이 있으니 여행자는 크게 이용할 일이 없다.
JR_www.jreast.co.jp/kr

• JR 야마노테센 JR 山の手線

도쿄도 23구을 원형으로 순환하는 연두색 전철로 도쿄(東京) 역, 시나가와(品川) 역, 시부야(渋谷) 역, 하라주쿠(原宿) 역, 신주쿠(新宿) 역, 이케부쿠로(池袋) 역, 니포리(日暮里) 역, 우에노(上野) 역, 아키하바라(秋葉原) 역 등 29개의 역이 있고 총연장 34.5km이다. 요금은 기본(1~3km) 140엔에서 시작해, 3km마다 할증되어 최대 480엔에 이르고 역간 소요시간은 약 3분. 도쿄 주요 볼거리가 JR 야마노테센(山の手線)에 걸쳐있으므로 이 노선만 잘 이용하면 도쿄를 잘 둘러볼 수 있다.

이용방법 : JR역 매표소 노선도의 목적지 요금 확인→티켓 자동판매기에 목적지 요금 투입→목적지 요금 버튼 선택→티켓과 거스름돈 회수→게이트에 티켓 투입→티켓 회수→목적지 플랫폼으로 이동, 승차 *스이카 이용 시 게이트 터치 후 입장!

• JR 소부센 JR 総武線

도쿄(東京)를 동서로 가로지르는 노란색 전철로 도쿄 동쪽 지바(千葉)에서 도쿄 시내 중심의 도쿄돔이 있는 스이도바시(水道橋)를 거쳐, 도쿄 서쪽 미타카(三鷹)를 연결한다. 역마다 서는 각 역 정차로 운행된다.

• JR 추오센 JR 中央線

도쿄(東京)를 동서로 가로지르는 주황색 전철로 도쿄 역에서 신주쿠(新宿), 지브리 미술관의 미타카(三鷹), 기치조지(吉祥寺)를 거쳐, 도쿄 동쪽 다카오(高尾)를 연결한다. 각 역 정차인 소부센(総武線)과 달리 주요 역만 정차하는 쾌속이어서 이동하기 편리하다.

• 기타 JR선

JR 게이힌 도호쿠센(京浜 東北線)는 도쿄 동쪽을 남북으로 운행하는 하늘색 전철로 오미야(大宮) 역에서 도쿄(東京) 역을 거쳐, 요코하마(横浜)를 연결, JR 사이쿄센(埼京線)는 도쿄 서쪽을 남북으로 운행하는 녹색 전철로 오미야에서 신주쿠(新宿)를 거쳐, 신키바(新木場)를 연결, JR 쇼난신주쿠라인(湘南新宿ライン)은 이케부쿠로(池袋)나 신주쿠에서 요코하마나 가마쿠라(鎌倉)로 갈 때 유용하고 오후나(大船)~오사키(大崎)의 도카이도 혼센(東海道 本線), 오사키~다바타(田端)의 야마노테센(山の手線), 다바타~오미야의 도호쿠 혼센(東北 本線)을 이용, JR 게이요센(京葉線)은 적색 전철로 도쿄 역에

서 도쿄 디즈니랜드의 마이하마(舞浜), 마쿠하리멧세(幕張メッセ)의 가이힌마쿠하리(海浜幕張)를 거쳐, 지바(千葉)의 소가(蘇我)를 연결한다.

- 도쿄메트로 東京メトロ

도쿄의 지하철은 민간에서 운영하는 도쿄메트로의 9개 노선과 도쿄도에서 운영하는 도에이 지하철의 4개 노선으로 나뉜다. 순환선인 JR 야마노테센((山の手線)이 커버하지 못하는 록폰기(六本木), 진보초(神保町) 같은 안 지역이나 아사쿠사(浅草) 같은 바깥지역을 여행할 때 이용하면 편리하다. 파란색 바탕에 흰색 나비모양 마크를 쓰는 도쿄메트로 9개 노선간에는 자유롭게 환승이 가능하고 요금은 기본(1~6 정거장) 170엔이고 15 정거장 이상은 290엔 정도이며 역간 소요시간은 약 2분이다.

도쿄메트로_www.tokyometro.jp/kr

노선	기호/색	구간
긴자센 銀座線	G	아사쿠사(浅草(천초)~시부야(渋谷)
마루노우치센 丸の内線	M m	이케부쿠로(池袋)~오기쿠보(荻窪)
히비야센 日比谷線	H	기타센주(北千住)~나카메구로(中目黒)
도자이센 東西線	T	나카노(中野)~니시후나바시(西船橋)
치요다센 千代田線	C	아야세(綾瀬)~요요기우에하라(代々木上原)
유라쿠초센 有楽町駅	Y	와코시(和光市)~신키바(新木場)
한조몬센 半蔵門線	Z	시부야(渋谷)~오시아게(押上)
난보쿠센 南北線	N	메구로(目黒)~아카바네이와부치(赤羽岩淵)
후쿠도신센 副都心線	F	와코시(和光市)~시부야(渋谷)

- 도에이 지하철 都営 地下鉄

녹색 은행잎 모양의 마크를 쓰는 도에이 지하철은 4개의 노선 중 순환선으로 신주쿠(新宿), 록폰기(六本木), 아카바네바시(赤羽橋도, 도쿄타워), 시오도메(汐留), 츠키지(築地), 우에노(上野)를 연결하는 오에도센(大江戸線)이 가장 인기를 끈다. 요금은 기본(1~4 정거장) 180엔이고 20 정거장 이상은 370엔 정도이다. 도에이(都営) 지하철 노선 간에는 환승이 되고 도에이 지하철과 도쿄메트로, JR 전철 간에는 환승이 되지 않는다.

도에이 지하철_
www.kotsu.metro.tokyo.jp/kor

노선	기호/색	구간
아사쿠사센 浅草線	A/핑크색	니시마고메(西馬込)~오시아게(押上)
미타센 三田線	I/감색	니시타카시마다이라(西高島平)~메구로(目黒)
신주쿠센 新宿線	S/연두색	신주쿠(新宿)~모토야와타(本八幡)
오에도센 大江戸線	E/루비색	히카리가오카(光が丘)~[도쵸마에(都庁前)~모리시타(森下)~도쵸마에]

- 사철 私鉄

국철 격인 JR 외 민간에서 운영하는 철도를 사철(私鉄)이라고 한다. 대표적인 사철에는 나리타 공항(成田 空港)에서 도쿄(東京) 시내를 연결하는 게이세이센(京成線), 요코하마(横浜) 갈 때 편리한 도큐센(東急線), 하코네(箱根)와 가마쿠라(鎌倉)의 에노시마(江の島) 갈 때 편리한 오다큐센(小田急線), 닛코(日光) 갈 때 편리한 도부센(東武線) 등이 있다.

이들 사철은 각 역 정차, 급행, 쾌속, 특급 등으로 나뉘는데 특급 외 요금이 같으므로 급행이나 쾌속을 이용하는 것이 좋다. 사철의 외관은 특급은 기차, 특급 이하는 전철 모양을 하고 있다.

- 게이세이센 京成線

도쿄(東京)와 도쿄 동쪽 지바(千葉)를 연결하는 철도로 여러 노선 중 나리타 공항(成田 空港)에서 니포리(日暮里)를 거쳐, 우에노(上野)를 연결하는 게이세이 전철이 저렴한 가격으로 인기를 끈다.

게이세이센_www.keisei.co.jp

• 도큐센 東急線

도쿄(東京)에서 도쿄 남서부 요코하마(横浜)를 거쳐, 가나가와(神奈川) 동부를 연결하는 철도로 여러 노선 중 시부야(渋谷)에서 출발해 요코하마에 도착하는 도큐 도요코센(東急 東横線)이 가장 알려져 있다.

도큐센_www.tokyu.co.jp

• 오다큐센 小田急線

도쿄(東京)에서 도쿄 남서부 가나가와(神奈川)를 연결하는 철도로 여러 노선 중 신주쿠(新宿)에서 출발해 가마쿠라(鎌倉)의 에노시마(江の島)행과 하코네(箱根)행이 인기가 높다. 추가 요금은 내면 전 좌석 지정제의 특급 로망스카(特急 ロマンスカ ー)를 이용할 수도 있다.

오다큐센_www.odakyu.jp

• 도부센 東武線

도쿄(東京)에서 도쿄 동쪽 지바(千葉), 동북쪽 사이타마(埼玉), 도치기(栃木), 북쪽 군마(群馬) 등을 연결하는 철도로 여러 노선 중 아사쿠사(浅草)에서 출발해, 기타센주(北千住)를 거쳐, 닛코(日光)에 이르는 도부 닛코센(東武 日光線)이 유명하다.

도부센_www.tobu.co.jp

- 시내버스 市内バス

도쿄 여행 시 JR 전철이나 지하철로 대부분 이동할 수 있어 시내버스를 탈 일이 적다. 다카다노바바(高田馬場)에서 와세다 대학(早稲田大学) 갈 때나 무사시고가네이(武蔵小金井)에서 에도도쿄 건물원(江戸東京たてもの園) 갈 때 시내버스를 이용하면 편리하다. 시내버스는 보통 앞문 승차, 뒷문 하차하면 되고 요금은 도쿄 시내는 220엔으로 균일, 도쿄 외곽이나 시외는 거리에 따라 할증된다. 요금은 현금으로 내도 되고 교통카드 스이카(Suica)를 사용해도 된다.

시내버스_www.tokyobus.or.jp

- 택시 タクシー

도쿄의 택시 요금은 비싸기로 소문이 나 있다. 회사별로 조금 다르지만, 도쿄도 23구 택시 기본요금은 2km까지 730엔이고 280m마다 90엔씩 가산되며 밤 10시부터 다음날 5시까지는 20% 심야

할증된다. 아주 짧은 거리나 아주 급한 일이 아니면 함부로 이용 시 요금 폭탄을 맞을 수 있으니 주의! 참고로 택시 뒷문은 자동으로 열리고 닫치니 열거나 닫을 필요가 없다.

택시_www.taxi-tokyo.or.jp

2) 교통 티켓

교통 티켓에는 충전식 교통카드인 스이카, 도쿄 시내 구간 JR 전철을 이용할 수 있는 도쿠나이 패스, 9개 노선의 도쿄메트로와 4개 노선의 도에이 지하철을 이용할 수 있는 지하철 교통 티켓, JR 전철과 도쿄메트로, 도에이 지하철을 이용할 수 있는 도쿄 프리킷푸, 나리타 공항 연계 교통 티켓, 하네다 공항 연계 교통 티켓 등 여러 종류가 있으니 각자 여행 성향에 맞는 교통 티켓을 이용해보자. 도쿄 여행이 주로 JR 야마노테센 위주인 것을 생각하면 도쿠나이 패스로 JR 전철을 이용하고 스이카로 지하철, 버스 등을 이용을 보완하는 방법이 바람직할 듯!

- 스이카 Suica

JR 매표소에서 판매하는 충전식 교통 카드로 JR 야마노테센(山の手線), 소부센(総武線) 같은 JR은 물론 지하철, 전철, 시내버스 등 도쿄 시내 거의 모든 교통편, 스이카(Suica) 단말이 설치된 편의점, 레스토랑, 관광지 등에서도 이용할 수 있다. 스이카는 일부 교통편에 한해 소량 할인될 뿐 특별한 할인 혜택은 없다. 보통 스이카 자동판매기(사용언어 변경→스이카 구입 선택→스이카 선택→최초 구입액 선택→현금 투입→스이카와 거스름돈 회수)에서 구입과 충전하며 최초 구입액은 1,000엔~10,000엔으로 처음 1,000엔으로 샀으면 그 안에 보증금 500엔, 사용 가능액 500엔이 있는 셈. 최고 한도는 20,000엔, 유효기간은 마지막 사용일로부터 10년. 나리타 공항(成田 空港)과 하네다 공항(羽田 空港)의

JR 동일본 여행자센터에서도 스이카 구입 가능! 스이카 환불은 JR 야마노테센과 같이 JR 동일본 역에서 구입한 스이카는 JR 동일본 역의 미도리노마도구치(緑の窓口, 유인 매표소)에서 수수료 220엔을 제하고 보증금과 카드 잔액을 돌려받을 수 있는데 소액 남았다면 기념품으로 가져오자. 단, 하네다 공항(모노레일)의 스이카는 모노레일 매표소나 JR 동일본 여행자센터에서만 환불되니 참고! 하루짜리 교통 패스로 이곳저곳 바삐 다니기보다 스이카로 JR 전철, 지하철 등을 편안하게 이용하며 다닐 사람에게 적당하다.

구입처 : JR 매표소, 스이카 자동판매기, JR 동일본 여행자센터

스이카_

www.jreast.co.jp/kr/pass/suica.html

- 도쿠나이 패스 都区内 パス

도쿄 시내라고 할 수 있는 도쿄도 23구 내에서 JR 야마노테센(山の手線), 소부센(総武線), 추오센(中央線) 같은 JR 전철을 하루 동안 자유롭게 이용할 수 있는 패스이다. 참고로 JR 전철 기본요금은 140엔으로 하루 동안 여러 관광지를 왔다 갔다 한다고 가정하면 이 패스를 쓰는 것이 이득이다. 구간 외에서는 정산기에서 추가 요금을 내거나 역무원에게 정산한다. 단기 여행자에게 알맞은 패스!

구입처 : JR 티켓 자동판매기

구입방법 : 티켓 자동판매기의 사용언어 변경→디스카운트티켓(Discount Ticket) 선택→도쿠나이 패스(Tokunai Pass) 선택→현금 투입→패스와 거스름돈 회수

가격 : 760엔(유효기간 1일)

도쿠나이 패스_

www.jreast.co.jp/suica/ic_otoku

- 지하철 교통 티켓

도쿄의 지하철은 9개 노선의 도쿄메트로, 4개 노선의 도에이(都営)로 나뉘고 각 회사별로 교통 티켓이 있어 적절히 이용하면 편리하게 도쿄 여행을 할 수 있다. 도쿄메트로 1일 승차권(東京メトロ 一日乗車券)는 도쿄메트로의 9개 지하철을 하루 동안 자유롭게 승하차할 수 있는 티켓으로 도쿄메트로 티켓 자동판매기에서 원데이 오픈 티켓(ONE-DAY OPEN TICKET)을 선택하고 현금을 투입하면 티켓과 거스름돈이 나온다. 도에이 1일 승차권(都営 一日 乗車券)은 도에이에서 운영하는 4개의 지하철, 도(都)버스, 도덴 아라카와센(와세다 대학 뒤쪽) 등을 하루 동안 자유롭게 이용할 수 있는 티켓으로 도에이마루고토킷푸(都営まるごときっぷ)라고도 하고 도에이 지하철 매표소 티켓 자동판매기에서 살 수 있다.

가격 : 도쿄메트로 1일 승차권 800엔, 도에이 1일 승차권 700엔

도쿄메트로 1일 승차권_

www.tokyometro.jp/kr/ticket/travel

도에이 1일 승차권_

www.kotsu.metro.tokyo.jp/subway/fare/otoku_metro.html

- 도쿄프리킷푸 東京フリーきっぷ

도쿄도 23구내의 4개 노선의 도에이(都営) 지하철+도(都)버스+도덴 아카와센(都電 荒川線)+9개 노선의 도쿄메트로+JR 전철 등을 하루 동안 자유롭게 이용할 수 있는 티켓으로 도에이 매표소 티켓 자동판매기에서 살 수 있다.

가격 : 1,600엔(유효 기간 1일)

도쿄프리킷푸_

www.kotsu.metro.tokyo.jp/subway/fare/otoku_free.html

☆여행 팁_마음대로 타고 내리는 도쿄 여행사 버스 이용하기

- 스카이 홉 버스 Sky Hop Bus

1일, 2일권이 있고 자유롭게 승하차가 가능한 여행사 버스로 아사쿠사-도쿄 스카이트리 코스, 오다이바 코스, 록폰기-도쿄타워 코스 등이 있다. 출발지 겸 종착지인 마루노우치 미츠비시 빌딩에서 다른 코스로 환승이 가능하고 티켓은 예약 없이 출발지 또는 버스에서 사면 된다.

전화 : 03-3215-0008

시간 : 09:30/50~18:00/30(1시간 간격)

요금 : 당일권(12시간) 대인 2,800엔

홈페이지 : https://skyhopbus.com/ja

- 스카이 버스 도쿄 Sky Bus Tokyo

승하차 없이 단번에 각 코스를 돌아보기 좋은 여행사 버스로 고쿄-긴자-마루노우치 코스, 오모테산도-시부야 코스, 도쿄타워-레인보브리지 코스, 오다이바 야경 코스 등이 있고 영어, 중문, 한국어 음성 안내를 사용할 수 있다. 티켓은 홈페이지에서 예약하거나 출발지인 마루노우치 미츠비시 빌딩 앞에서 사면 된다.

전화 : 03-3215-0008

시간 : 매일 10:00~18:00(4~9월, 약 1시간 간격), 약 50분 소요 *코스 별로 다름

요금 : 성인 1,600~2,100엔

홈페이지 : www.skybus.jp

- 스카이 덕 Sky Duck

수륙양용 스카이 덕을 타고 육지와 수상을 달리는 여행으로 도쿄 스카이트리 코스와 카매이도 코스가 있고 일본어로만 진행되나 승차하고 있으면 되므로 크게 불편한 점은 없다. 티켓은 홈페이지에서 예약하거나 1코스는 도쿄 스카이트리 역 스카이 덕 영업소, 2코스는 카매이도 우매야시키(카매이도역 북쪽 출구 방향)에서 살 수 있다.

전화 : 03-3215-0008

시간 : 09:20~16:00 *코스 별로 다름

요금 : 성인 2,600~2,900엔

홈페이지 : www.skybus.jp

☆여행팁_구글 맵와 야후 노선정보로 목적지 교통편을 알아보자.
원하는 목적지로 가기 전, 구글 맵(Google map)과 야후 노선정보(Yahoo 路線情報, https://transit.yahoo.co.jp)로 교통편을 알아볼 수 있다.

먼저 **구글 지도**는 검색창에 목적지 이름을 넣거나 지도에서 포인트를 찍어(클릭) 목적지를 정한 뒤, '경로'를 클릭하면 자신의 위치 또는 지도상의 위치에서 목적지까지 가는 교통편(추천 경로)이 표시된다. 교통편 종류는 승용차, 버스(기차), 도보 등이 있으니 원하는 것을 고른다. 예를 들어 버스(기차)를 선택하면 출발지에서 목적지까지 가는 버스 또는 기차 이름, 정거장, 시간, 요금 등을 볼 수 있다. 또 해당 교통편을 이용했을 때 이동 중 구글 맵에서 이동 경로의 확인이 가능하다. 구글 맵은 시내 구간에 사용하기 좋다.

야후노선정보는 우선 출발지(出發地)과 도착지(到着地)을 일본어 또는 한자로 넣어야 하는 번거로움이 있으나 장거리 교통편을 알아볼 때 편리한 점이 있다. 출발지와 도착지 이름은 인터넷 서핑으로 찾아 복사해 붙이거나 히라가나로 치면 해당 지명이 한자로 나온다. *스마트폰 일본어 자판에 히라가나 발음을 영문으로 치면 히라가나가 표시됨. 출발지와 도착지 입력 후 출발 일시를 정하고 검색(檢索)을 누르면 교통편이 표시된다. '검색' 바로 위에 '설정(設定)~'이 있는데 IC카드 우선, 자유석 우선, 걷는 게 짧고 도착이 빠른 등 조건이 있다. 그 아래 '수단(手段 교통편 종류로 이해)'에 신간센(新幹線 고속철도), 유료 특급(有料 特急 기본요금+특급권), 고속버스(高速バス) 등이 있어 원하는 교통편만 검색하거나 원하지 않는 교통편을 제외해도 된다. 가령 신간센고 유료 특급을 제외하면 쾌속, 급행, 보통 기차만 검색된다. 물론 고속 노선이 있으면 고속버스도 검색되고. 검색 결과는 '(빠른) 시간순(時間順)'으로 표시되는데 그 외 '(환승) 횟수순(回數順)', '(싼) 요금순(料金順)' 카테고리도 있다. 카테고리별 결과를 보면 출발 시간과 도착 시간, 소요시간, 요금, 거리 등이 표시되고 정거장 수와 교통편명도 나타난다. 교통편 밑에 '발(發) ~번선(番線)'은 출발 플랫폼(のりば 노리방) 번호, '착(着) ~번선'은 도착 플랫폼 번호를 말한다. 횟수순 카테고리를 보면 환승 횟수가 짧은 교통편 순으로 보여준다. 직행이 편하지만 갈아탄다고 해도 갈아타는 역명, 시간, 플랫폼 번호가 표시되어 있으므로 어려운 점이 없다. *환승 시 하차 플랫폼 바로 옆 플랫폼이 갈아타는 곳인 경우가 많다. 요금순 카테고리는 싼 요금 순서대로 보여주나 그 대신 시간이 더 걸리는 경우가 있다. 일본에서 구글 맵과 야후 노선정보를 이용하면 목적지로 이동하는 것은 일도 아니다.

2. 지역 여행

01 신주쿠 新宿 Shinjuku

신주쿠는 도쿄 대표 상업지역 중 하나로 신주쿠 서쪽과 동쪽에 여러 백화점, 전자 양판점 등이 있어 최신 트렌드에 맞는 아이템을 쇼핑하기 편리하다. 신주쿠 동쪽 가부키초는 도쿄 최대의 유흥가로 오락실, 선술집, 풍속업소까지 다양하게 분포하고 밤이면 사방에서 유혹을 손길을 뻗쳐온다. 신주쿠 서쪽 도쿄도청사 전망대는 가깝게는 신주쿠 일대, 멀리 도쿄 일대를 조망할 수 있어 로맨틱한 여행의 마무리를 하기 좋다.

▲ 교통

① JR 야마노테센(山の手線), 쇼난신주쿠라인(湘南新宿ライン), 추오센(中央線), 소부센(総武線) 신주쿠(新宿) 역 하차

② 지하철 도쿄메트로 마루노우치센(丸の内線), 도에이 신주쿠센((都營 新宿線), 도에이 오에도센(大江戸線) 신주쿠 역 하차

③ 사철 오다큐 전철(小田急 電鉄), 게이오 전철(京王 電鉄) 신주쿠 역 하차

▲ 여행 포인트

① 이세탄, 마루이, 오다큐, 게이오 등 백화점, 쇼핑센터에서 쇼핑하기

② 도쿄도청사 전망대에서 도쿄 전망 즐기기

③ 비쿠 카메라, 요도바시 카메라 등에서 전자제품, 카메라 쇼핑하기

④ 가부키초에서 도쿄의 나이트라이프 엿보기

▲ 추천 코스

도쿄도청사 전망대→추오도리 전자제품 거리→오모이데요코초→신주쿠도리 쇼핑가→다카시마야 타임즈스퀘어→가부키초

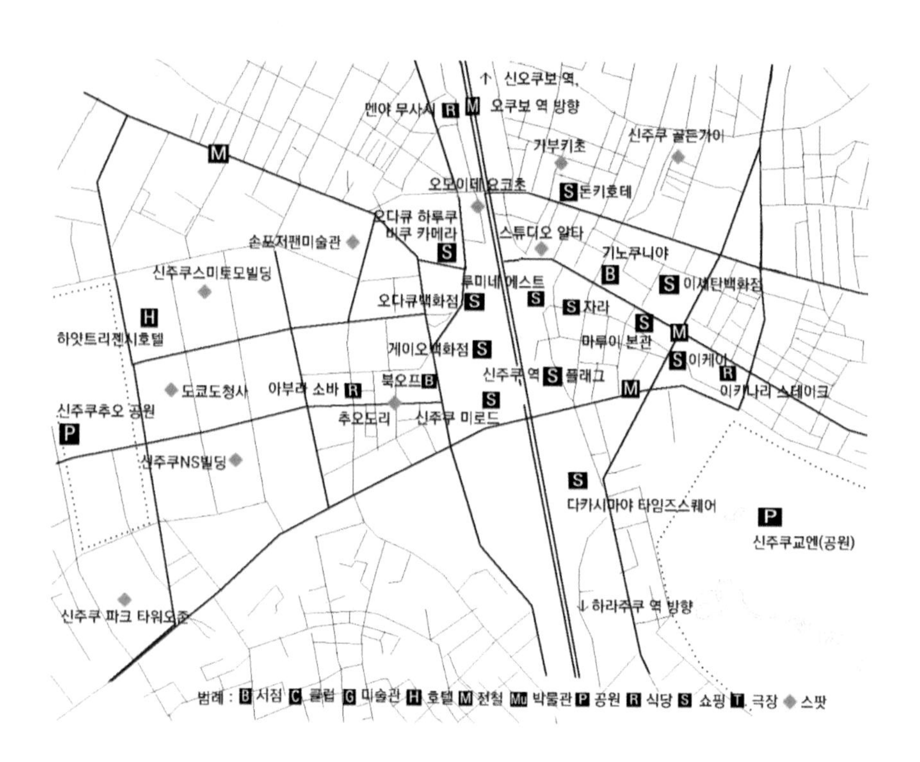

〈니시 신주쿠(西 新宿)〉

오모이데 요코초 思い出横丁 Omoideyokocho Alley

1946년경 30~40개의 의류, 신발 등을 파는 점포에서 시작해, 화재로 잿더미가 된 후 럭스 스트리트라는 블랙마켓(도깨비시장)이 형성되었다.

1947년경부터는 라멘, 야키도리, 우동 등을 파는 식당이 문을 열어, 골목을 이루면서 오늘에 이르고 있다. 서울의 피맛골을 연상케 하는 옛 분위기가 주당들을 불러 도쿄의 대표적인 선술집 거리로 알려져 있다. 최근 다양한 메뉴의 식당, 주점들이 들어섰으나 주메뉴는 꼬치구이인 야키도리, 내장 조림 등으로 가운데 골목인 야키도리요코초(焼き鳥横丁)에는 꼬치 굽는 연기와 냄새가 가득하다. 오모이데 요코초는 추억의 골목길 정도의 뜻! 단, 유흥가이므로 밤늦게 홀로 가지 않는 것이 좋고 골목 안쪽보다는 바깥쪽 식당이나 주점을 이용하자.

교통 : JR 신주쿠(新宿) 역 서쪽 출구에서 북쪽 기차길·오모이데요코초 방향, 바로

주소 : 東京都 新宿区 西新宿, 思い出横丁

시간 : 08:00~24:00(가게별로 다름)

홈페이지 : www.shinjuku-omoide.com

추오도리 전자제품가 中央通り Chuodori Street

신주쿠 게이오(京王) 백화점 앞 횡단보도를 건너면 전자제품 양판점인 요도바시 카메라가 보이고 그 뒤로 게이오 고속버스터미널, 다시 요도바시 카메라 북관이 나타난다. 북관에서 좌회전한 뒤 우회전하면 총합관(総合館), 시계총합관 등 9개의 파트별 요도바시 카메라, 카메라 전문점인 맵 카메라(Map Camera)와 카메라노 기타무라(カメラのキタムラ)등이 보인다. 야마다 전기의 전자제품 양판점인 라비(LABI)는 전자제품가에서 남쪽 대로변에 있고 비쿠 카메라는 신주쿠 서쪽 출구 북쪽 오다큐 하루쿠(HALC) 백화점 2~7F에 자리한다. 전자제품가에는 전자제품 양판점 외 여러 식당, 주점 등이 있어 저녁 시간에는 사람들로 북적이기도 한다.

교통 : JR 신주쿠(新宿) 역 서쪽 출구에서 게이오(京王) 백화점 앞 횡단보도 건너, 도보 5분

주소 : 東京都 新宿区 西新宿, 中央通り

시간 : 09:30~21:00

☆여행 팁 : 도쿄에서 전자제품&카메라 구매하기

도쿄에는 전자제품 양판점인 요도바시 카메라, 비쿠 카메라, 야마다 전기의 라비, 맵 카메라 등이 있어 전자제품과 카메라를 구매하기 좋다. 매장을 방문하기 전, 원하는 모델명, 일본 가격과 비교할 한국 가격 등을 메모하고 전자제품과 카메라에 한국어 메뉴가 표시되는지, 한국에서 애프터서비스(A/S)가 되는지 등을 확인한다. 구매할 때 전자제품 양판점의 포인트를 얻고자 하면 구매 전 회원 가입(매장 문의)을 하고 소비세 8%를 환급받으려면 회원 가입을 하지 않아도 된다. 소비세 환급은 일본 비거주 외국인이 한 상점 또는 한 쇼핑센터에서 화장품, 약품 같은 소모품 구입액이 5,001~500,000엔, 가전제품, 카메라 같은 일반제품 구입액이 10,001엔 이상이어야 한다. 상점이나 쇼핑센터의 텍스 리펀드 센터(Tax Refund Center)에 물품 영수증과 여권을 제시하면 소비세를 환급해준다. 포인트 적립과 세금 환급은 동시에 적용되지 않으니 유리한 쪽으로 선택한다. 일본 텍스프리숍(Tax Free Shop) 표시가 없는 곳은 소비세 환급을 받을 수 없으니 참고! 환급 시, 받은 구매 서류는 출국 시 제출해야 하니 잘 보관한다.

러브 Love

신주쿠 서쪽 출구를 나서면 길쭉한 유리 탄환처럼 생긴 빌딩이 도쿄모드 학원 빌딩이고 옆길로 직진하여 44층, 189m의 신주쿠 아일랜드타워 빌딩 앞에 다다르면 러브 조형물이 보인다. 러브 조형물은 설치 미술가 로버트 인디애나의 작품으로 2005년 후지 텔레비에서 방영된 드라마 〈전차남(電車男)〉에 등장해 관심을 끌었고 이후 여러 일본 드라마에 등장하였다. 연인들이라면 한 번쯤 러브 조형물 앞에서 닭살이 돋는 기념촬영을 해도 좋고 식사 시간이라면 신주쿠 아일랜드타워 지하 식당가에서 식사해도 괜찮다.

교통 : JR 신주쿠(新宿) 역 서쪽 출구에서 도쿄모드 학원 빌딩과 미츠비시 도쿄 UFJ 은행빌딩 사이 길로 직진, 신주쿠 아일랜드타워 빌딩 방향, 도보 8분

주소 : 東京都 新宿区 西新宿 6-5-1

손포 저팬 미술관 損保ジャパン 東郷青児 美術館

63빌딩을 닮은 손포저팬 일본흥아본사 빌딩 옆에 자리한 사설 미술관이다. 1980년대 경제버블이라 불리듯 일본의 경제가 한창 호황일 때 반 고호의 〈해바라기〉를 50억 엔에 사들여 세계적인 관심을 끌었고 고갱, 세잔느, 고흐 등의 작품도 소장하고 있다. 일본의 유명 미술가인 도고 세이지(東郷青児)가 기증한 그의 석판화, 그림 등도 보유하고 있다. 상설전시에서 고갱, 고흐, 세잔느, 도고 세이지의 작품을 감상할 수 있고 초대전시에서 유명 작가나 유명 미술관의 작품을 감상하기 좋다. 우에노의 미술관에 갈 시간이 없다면 신주쿠에서 명화를 감상해보자.

교통 : JR 신주쿠(新宿) 역 서쪽 출구에서 오다큐 하루쿠(小田急 HALC) 백화점, 신주쿠 엘 타워(新宿 エルタワー) 지나 손포저팬 일본흥아본사 빌딩(損保ジャパン 日本興亜本社ビル) 방향, 도보 8분.

주소 : 東京都 新宿区 西新宿 1-26-1

전화 : 03-5777-8600

시간 : 10:00~18:00. 휴무 : 월요일, 전시 교체 기간, 연말연시

요금 : 대인 1,500엔, 대학생 1,100엔, 18세 이하 무료(온라인 할인)

홈페이지 : www.sompo-museum.org

신주쿠 스미토모 빌딩 新宿住友ビンディング Shinjuku Sumitomo Building

52층, 210.3m 높이의 흰색 삼각형 모양의 빌딩으로 도쿄도 청사 앞에 위치한다. 빌딩 대부분은 사무실로 쓰이고 지하 1층~3층에 쇼핑 공간과 식당가, 48층~52층에 전망 레스토랑, 33층에 제2차 세계대전 무렵의 일본 전시상황을 소개하는 평화기념 전시자료관(平和祈念展示資料館), 51층에는 무료 전망대가 있다. 평화기념 전시자료관에는 전쟁으로 피폐해진 일본인, 일본 병사만 그리고 있어 평화기념이라는 전시 의도와 맞는지 의문이 든다. 51층 무료 전망대에서는 도쿄도 청사가 눈앞에 있는 듯하고 신주쿠 일대를 조망할 수 있어 도쿄도 청사를 가지 못하는 사람이라면 한 번쯤 방문해볼 만하다.

교통 : JR 신주쿠(新宿) 역 서쪽 출구에서 중앙 지하도 이용, 신주쿠 스미토모 빌딩(新宿 住友ビンディング) 방향, 도보 8분

주소 : 東京都 新宿区 西新宿 2-6-1
전화 : 03-3344-6365, 전시자료관_03-5323-8709
시간 : 무료 전망대_10:00~22:00, 전시자료관_09:30~17:30
휴무 : 2월 첫째 일요일, 8월 넷째 일요일, 12월 28일, 1월 4일
요금 : 전망대&전시자료관_무료
홈페이지 :
www.sumitomo-sankakuhiroba.jp,
전시자료관_www.heiwakinen.jp/goriyou

신주쿠 NS 빌딩 新宿 NS ビンディング

30층의 정사각형 모양의 빌딩으로 내부에 다시 정사각형 모양의 공간이 있다. 1층 내부 광장에는 29.1m로 세계에서 가장 큰 추시계가 있어 기이함을 자아내고 천장 높이를 가로지르는 구름다리가 아슬아슬하며 지상에서 천정까지 뚫린 공간으로는 밝은 햇볕이 들어온다. 29층에 스카이 레스토랑, 30층에 예전 무료 전망대가 있던 곳에 회의장인 스카이 컨퍼런스가 자리한다. 29층과 30층의 사각 모퉁이 창으로 신주쿠 일대를 조망할 수 있다.

교통 : JR 신주쿠(新宿) 역 서쪽 출구 중앙 지하도 이용, 신주쿠 NS 빌딩(新宿 NS ビンディング) 방향, 도보 8분
주소 : 東京都 新宿区 西新宿 2-4-1
전화 : 03-3342-3755
시간 : 11:00~22:00. 휴무 : 2월 넷째 일요일, 8월 첫째 일요일, 연말연시
홈페이지 : www.shinjuku-ns.co.jp

도쿄도 청사(전망대) 東京道庁舎 Tokyo Metropolitan Gov. Bldg.

일본 건축가 단게 겐조(丹下 建三)가 설계한 도쿄도 청사는 48층, 243m의 제1 본청사, 34층, 163m의 제2 본청사, 제1 본청사 앞 도의회 의사당으로 이루어져 있다. 이 중 45층, 202m의 무료 전망대는 제1 본청사의 북쪽과 남쪽, 트윈 타워에 자리한다. 도쿄도 청사 정문으로

들어가 지하 1층 내려가면 북쪽과 남쪽에 각각 전용 엘리베이터가 있어 1분이 안 되는 짧은 시간에 수직, 상승하게 된다. 무료 전망대에서는 신주쿠와 도쿄 일대가 한눈에 들어오고 밤에 야경을 즐기기도 좋다. 각 전망대에는 간단한 스낵을 판매하는 곳이 있어 음료나 간식을 먹기도 편리하다. 단, 주말이나 여행 성수기에는 찾는 사람이 많아 북적일 수 있으니 참고! 도쿄도 청사 뒤쪽으로 인공폭포와 연못, 놀이터, 산책로가 있는 신주쿠 추오 공원(新宿中央公園)이 자리하고 있으니 가 봐도 좋다.

교통 : JR 신주쿠(新宿) 역 서쪽 출구에서 중앙 지하도 이용, 도쿄도청(東京道庁) 방향, 도보 10분

주소 : 東京都 新宿区 西新宿 2-8-1

전화 : 03-5320-7890

시간 : 북쪽 전망대_09:30~23:00, 남쪽 전망대_09:30~17:30(북쪽 전망대 휴관 시 ~23:00)

휴무 : 북쪽 전망대_둘째, 넷째 월요일, 남쪽 전망대_첫째, 셋째 화요일, 연말연시. 요금 : 무료

홈페이지 :
www.metro.tokyo.lg.jp/korean/offices/outline.html

☆여행 팁_니시(西) 신주쿠의 다른 전망 빌딩들

일본의 빌딩 중에는 고층 전망 레스토랑이 있는 식당가가 많고 전망 레스토랑이 있는 층의 한쪽 공간을 비워 무료 전망대로 이용하고는 한다. 니시(西) 신주쿠의 신주쿠 스미토모 빌딩, 신주쿠 NS빌딩 등이 대표적이고 이들 외 54층, 223m의 신주쿠 센터 빌딩(東京 新宿区 西新宿 1-25-1, 53층 식당가와 무료 전망 로비), 50층, 209m의 신주쿠 노무라 빌딩(東京 新宿区 西新宿 1-26-2, 50층 식당가와 무료 전망 로비)에도 전망 식당가와 무료 전망 로비가 있어 찾아 가볼 만하다. 단, 니시 신주쿠의 최고 전망 빌딩은 도쿄도 청사이므로 도쿄 청사를 가보았다면 굳이 기타 전망 빌딩에 갈 필요는 없다. 단순히 고층 전망뿐만 아니라 고층 전망 레스토랑에서의 전망과 맛있는 식사, 로맨틱한 시간을 갖고자 하는 사람은 방문해도 무방하다. 또한, 무료 전망 로비가 있는 것은 아니지만 신주쿠 엘타워(東京 新宿区 西新宿 1-6-1) 26~27층에 욕실용품 전문업체 토토의 토토 슈퍼 스페이스(TOTOスーパースペース)가 있어 욕실문화에 관심이 있다면 들려도 좋다. 베틀의 북 모양인 도쿄 모드 학원 빌딩도 디자인이 특이하다.

신주쿠 파크 타워·오존 新宿 パークタワー·オゾン Shinjuku Park Tower·Ozone

도쿄도청사를 설계한 단게 겐조의 작품으로 52층, 226.5m이고 세 개의 빌딩을 층층이 붙여놓은 듯한 외관을 하고 있다. 도쿄도청사와 외관의 연속성을 주기 위해 비슷한 모양의 설계, 자재를 썼다고 한다. 지하 1층에 식당과 상점이 있는 파크 타워 에비뉴, 3~7층 리빙 디자인센터 오존(OZONE), 3~4층에 인테리어&잡화 전문점 콘란숍(The Conran Shop) 39~52층에 파크 하얏트 도쿄 호텔이 있고 나머지 층은 사무실로 쓰인다. 신주쿠 서쪽 출구, 엘타워 1층 미쓰비시 도쿄 UFJ 은행 앞에서 신주쿠 파크타워·오존으로 무료 셔틀버스가 출발하는데 정류장 표지판이 잘 눈에 띄지 않으므로 오존(Ozone)이라 적힌 셔틀버스가 정차해 있는지 눈여겨볼 것!

교통 : JR 신주쿠(新宿) 역 서쪽 출구에서 신주쿠 엘 타워(新宿 エルタワー)로 이동, 1층 도쿄UFJ 은행 앞에서 신주쿠 파크타워행 무료 셔틀버스 이용, 5분. * 무료 셔틀버스_월·화·목 10:10~19:20, 수 10:10~16:50, 금~일 10:10~19:50, 약 10~15분 간격

주소 : 東京都 新宿区 西新宿, 新宿パークタワー

전화 : 03-5322-6640

시간 : 10:30~19:00(업체별로 다름)

휴무 : 수요일, 연말연시

홈페이지 : www.shinjukuparktower.com

≫리빙 디자인센터 오존 リビング デザインセンタ オゾン Living Design Center Ozone

스타일리시한 인테리어 소품과 가구 등을 만날 수 있는 곳으로 리빙 디자인의 전문성, 경험, 정수, 파트너십 등을 목적으로 세워졌다. 여러 회사의 다양한 디자인 소품과 가구를 볼 수 있고 상담도 받을 수 있어 인테리어와 가구를 좋아하는 사람이라면 방문해보길 추천한다.

교통 : 신주쿠 파크타워·오존에서 바로

주소 : 東京都 新宿区 西新宿, 新宿パークタワー, 3~7F

전화 : 03-5322-6500

시간 : 10:30~19:00. 휴무 : 수요일,

연말연시. 요금 : 무료
홈페이지 : www.ozone.co.jp

≫콘란숍 The Conran Shop

모던한 가구와 조명, 부엌가구, 욕실용품, 어린이용품 등 주로 인테리어 소품과 가구를 취급하는 곳이다. 한국에서 보기 힘든 디자인의 제품을 이것저것 보고 있노라면 시간이 금방 지나간다. 콘란숍 내의 콘란 카페에서 커피 한 잔을 마시거나 스낵을 즐겨도 괜찮다.

교통 : 신주쿠 파크타워·오존에서 바로
주소 : 東京 新宿区 西新宿, 新宿 パークタワー, 3~4F
전화 : 03-5322-6600
시간 : 11:00~19:00. 휴무 : 수요일, 연말연시. 요금 : 무료
홈페이지 : www.conranshop.jp

도쿄 오페라시티 東京 オペラ シティー Tokyo Opera City

54층의 오페라시티 타워, 신국립극장, 콘서트홀, 리사이틀홀, 아트 갤러리 등이 있는 복합문화 단지를 말한다. 도쿄오페라시티는 크게 신국립극장과 콘서트홀 부분으로 나눌 수 있다. 신국립극장의 오페라 극장(Opera Palace)에서 오페라와 발레, 중극장(Playhouse)에서 뮤지컬과 연극, 소극장(The Pit)에서 콘서트가 열리고 콘서트홀에서는 교향악단, 합창단의 공연, 리사이틀홀에서는 소규모 악단, 중창단의 공연이 열린다. 여러 공연장에서 매일 다양한 공연이 열리는 셈이어서 예술 공연을 좋아하는 사람이라면 언제든지 공연을 관람할 수 있다. 단, 일본은 공연 예약 문화가 발달해, 유명 공연의 경우 일찍 매진될 수가 있으니 홈페이지를 통해 공연상황을 알아보고 예매를 해두는 것도 좋다. 공연을 본 뒤에는 53~54층 레스토랑과 카페에서 식사하거나 맥주 한 잔을 마시며 야경을 감상해도 즐겁다.

교통 : ① JR 신주쿠(新宿) 역 남쪽 출구에서 고가도로 따라 서쪽·오페라시티 방향, 도보 15분. ② JR 신주쿠 역 서쪽 출구, 신주쿠 엘타워(新宿 エルタワー) 1층 미쓰비시 도쿄 UFJ 은행 앞 신주쿠 파크타워·오존행 무료 셔틀버스 이용, 신주쿠 파크타워에 하차 후, 오페라 시티 방향, 도보 8분. ③ JR 신주쿠 역에서 게이오센(京王線) 이용, 하츠다이(初台) 역 동쪽 출구에서 바로
주소 : 東京都 新宿区 西新宿 3-20-2
전화 : 03-5353-0700
시간 : 10:00~17:00
홈페이지 : www.operacity.jp, www.nntt.jac.go.jp

☆여행 스토리_신주쿠 남쪽/서쪽 출구 앞의 버스킹

버스킹(Busking)은 길거리에서 연주하면 관객으로부터 수입을 얻는 것을 말한다. JR 신주쿠 역 남쪽 출구 앞, 니시(西) 신주쿠와 히가시(東) 신주쿠를 연결하는 도로와 신주쿠 역 서쪽 출구 앞길에서 일본 젊은이들의 버스킹을 볼 수 있어 관심이 간다. 보통 오후 5시 무렵 악기나 앰프를 실은 카트를 끌고 와 음향기기 세팅을 하고 6시 무렵 연주를 시작해, 9시 무렵이면 하나둘 사라진다. 이들이 하는 음악은 록에서 포크까지 다양하고 형태도 솔로에서 듀엣, 밴드까지 여러 가지가 있다. 음악 수준은 천차만별이어서 잘하는 사람은 프로 못지않고, 못하는 사람은 이제 막 음악을 하는 사람인 듯한 느낌이 들기도 한다. 관객 수가 음악 수준을 다 대변한다고 볼 수는 없겠지만 관객이 많이 모은 사람이 잘하는 사람임에는 틀림이 없다. 버스킹 하는 사람 중에는 자체 제작한 CD를 팔거나 모금통을 놓고 공연하는 때도 있으니 길거리 음악을 즐기고 맘에 들면 CD를 사거나 모금통에 동전을 넣어도 좋다.

〈히가시 신주쿠(東 新宿〉

스튜디오 알타 スタジオ アルタ Studio ALTA

1980년 일본 최초로 빌딩 외부에 설치된 전광판으로 인해 사람들의 눈길을 끌었고 신주쿠에서 만남의 장소로도 유명했다. 현재는 스튜디오 알타의 전광판보다 큰 전광판을 가진 빌딩이 여럿 있어 전광판 빌딩으로서의 매력이 퇴색된 상태. 스튜디오 알타라는 명칭은 이 건물 7~8층에 방송 프로그램을 녹화하던 다목적 스튜디오가 있기 때문이다.

교통 : JR 신주쿠(新宿) 역 동쪽 출구에서 도보 1분

주소 : 東京都 新宿区 新宿 3-24-3

전화 : 03-3350-5500

시간 : 11:00~20:30

홈페이지 : www.studio-alta.co.jp

신주쿠도리 쇼핑가 新宿通りShinjuku Shopping Street

스튜디오 알타에서 동쪽으로 도쿄메트로 마루노우치센 신주쿠산초메 역까지 이어

지는 도로로 루미네 에스트, 스튜디오 알타, 돈키호테, 비쿠 카메라, 요도바시 카메라, 구찌, ABC 마켓, 꼼사스토어, 기노쿠니야 서점, 이세탄 신주쿠점, 마루이 본관, 세카이도, 무지, 루이비통 등의 쇼핑센터, 상점, 명품점 등이 모여 있어 쇼핑가를 이룬다. 이 거리는 평일과 주말에 상관없이 사람들로 북적여 신주쿠 최대 번화가를 이루고 매주 일요일 12:00~18:00에는 차량이 통제되는 보행자 도로 변신하기도 한다. 웬만한 쇼핑은 이곳에 다 할 수 있으니 굳이 시부야, 긴자 등으로 돌아다닐 필요가 없다.

교통 : JR 신주쿠(新宿) 역 동쪽 출구에서 바로

주소 : 東京都 新宿区 新宿, 新宿通り

☆여행 팁_쇼핑센터이나 레스토랑에서의 가격에 붙는 세금 표시

일본에서 쇼핑센터에서 쇼핑하거나 레스토랑에서 식사할 때 가격표 또는 영수증에 제이네키(税抜き), 제이고미(税込)라는 표시가 있다. 제이네키(税抜き)는 세금 불포함, 제이고미(税込)는 세금포함이란 의미이므로 제이네키(税抜き)가 표시가 있을 때는 표시된 가격에 세금이 더해져 계산되므로 최종 가격이 더 나오게 된다. 세금은 소비세로 2014년 현재 8%. 소규모 상점이나 소규모 레스토랑, 편의점 등에는 보통 제이고미(税込)로 가격이 매겨지고 쇼핑센터나 큰 레스토랑 등에서는 보통 제이네키(税抜き)로 가격이 매겨진다. 고급 레스토랑에서는 세금 외 10% 정도의 서비스 차지(봉사료)가 추가되기도 한다. *이하 레스토랑, 상점 소개 시, 가격에서 제이고미(税込, 세금포함)와 제이네키(税抜き, 세금 불포함)를 구분하는 것이 복잡하므로 구분하지 않음. 제이네키(税抜き)일 때 세금(8%) 추가되어 최종 가격이 됨.

가부키초 歌舞伎町 Kabukicho

신주쿠 동구에 식당, 주점, 파친코, 영화관, 만화방, DVD방, 풍속업소 등 4,000여 개의 업소가 모여 있어 밤이면 불야성을 이룬다. 과거 대놓고 풍속업소에 호객하던 풍경은 최근 많이 사라져 거리는 비교적 잘 정비된 느낌을 준다. 가부키초가 환락가라고 해도 낮에는 회사원들이 가부키초의 식당을 이용하는 풍경을 보면 여느 시내와 다른 바 없으나 밤이 되면

간판이 불이 켜지고 가부키초 입구에서 열띤 호객이 이루어진다. 이들 호객은 남성보다 여성을 대상으로 호스트바로 유인하려는 것이 많아진 것도 최근 달라진 점이다. 환락가는 어느 나라나 현지인 아니면 항상 바가지와 위험이 내포되어 있으니 절대 호객꾼을 따라가지 말고 유흥업소를 소개하는 무료 정보관(無料情報館)도 찾지 않는 것이 좋다. 주점 이용 시, 건물 지하, 위층에 있는 곳은 피하고 길가에서 보이는 대중 주점을 이용하는 것이 좋다.

교통 : JR 신주쿠 역 동쪽 출구에서 스튜디오 옆, 야스쿠니도리(靖國通り)·가부키초(歌舞伎町) 방향. 도보 5분

주소 : 東京都 新宿区 新宿, 歌舞伎町

신주쿠 골든가이 新宿 ゴールデン街

Shinjuku Golden Street

가부키초 동쪽 하나조노진자(花園神社) 옆, 복잡한 골목에 200여 개의 주점 겸 레스토랑이 모여 있는데 주로 바(Bar) 형태가 많다. 1950년대에는 사창가였으나 1958년 매춘방지법 시행으로 주점 골목으로 변모하였다. 전공투(전학공투회의)로 대표되는 학생운동이 한창이던 1968년 무렵에는 운동권 학생들의 모임터로 이용되기도 했다. 현재는 옛 모습을 간직하고 있으면서도 가볍게 한잔할 수 있어 작가, 만화가, 연극인, 출판 종사자 등이 많이 찾는다. 아베야로(安倍夜郎)의 만화 〈심야 식당〉의 배경이 된 곳이기도 해 관광객들로 간혹 보인다. 바 대부분은 크기가 작아 바텐더와 마주 앉아야 해서 뜨내기 손님보다는 단골 위주로 장사를 하는 곳도 많다. 또한 차지(Charge)라고 해서 입장료를 받는 곳이 있으니 참고! 여성 여행자라면 밤늦게 혼자 가지 않는 것이 좋고 가급적 큰길가 업소를 이용.

교통 : JR 신주쿠(新宿) 역 동쪽 출구에서 가부키초(歌舞伎町) 방향, 가부키초 앞 야스쿠니도리(靖國通り)에서 동쪽·하나조노 진자 방향, 하나조노진자(花園神社)

못미처, 우회전 신주쿠 골든가이 방향. 도보 8분
주소 : 東京都 新宿区 新宿, 新宿 ゴールデン街
시간 : 17:00~24:00
요금 : 차지(입장료) 500~1,000엔, 드링크 600~800엔(가게별로 다름)
홈페이지 : www.goldengai.net

코리아타운 Korea Town

도쿄의 코리아타운 하면 신주쿠 역에서 한 정거장 북쪽, 신오쿠보(新大久保)를 떠올리지만, 그 시작은 가부키초 북쪽 도도302호(都道302号) 도로 주변부터 시작된다. 돈키호테 신주쿠점 옆에서 신오쿠보로 연결되는 골목에는 한국 식당, 상점이 곳곳에 자리하고 신오쿠보에 다다르면 신오쿠보 도로 좌우로 한국 식당, 상점, 슈퍼마켓, 민박 같은 한인 업소들이 밀집되어 있다. 이곳을 찾는 사람들은 대부분 한국 TV 드라마, 영화, 가요에 매료된 일본 사람들로 저녁이면 꽤 북적이는 풍경을 볼 수 있다. 도쿄에서 짜장면, 김치찌개, 떡볶이, 컵라면이 생각날 때면 코리아타운으로 발길을 돌려볼 것을 권한다.
교통 : JR 신주쿠 역 동쪽 출구에서 가부키초(歌舞伎町) 지나 도도 302호(都道302号) 도로 방향. 도보 8분
주소 : 東京都 新宿区 新宿, 都道302号~신오쿠보(新大久保)

☆여행 팁_메뉴 자판기 이용 방법

일본의 레스토랑이나 중저가 체인 레스토랑 중에는 메뉴 자판기를 이용하는 곳이 많다. 보통 메뉴 자판기는 식당 문밖에 있거나 식당 입구 안쪽에 자리하여 찾기 쉽다. 메뉴 자판기 이용 방법은 첫째, 원하는 메뉴를 살펴본다. 메뉴에 사진이 붙어 있는 경우가 많으므로 메뉴 사진 참조. 둘째, 메뉴 자판기에 동전이나 지폐를 투입한다. 셋째, 원하는 메뉴의 버튼을 누른다. 넷째 메뉴 자판기에서 식권이 나오면 거스름돈을 챙기고 식권은 주방장에게 건네준다. 어려울 것이 하나도 없지만 그래도 모르겠다면 레스토랑 직원이나 다른 손님의 도움을 받자.

멘야 무사시 麵屋 武蔵 Menya Musashi

1998년 개업한 멘야 무사시의 총본점으로 라멘 맛을 겨루는 TV 프로그램에 수차례 우승하면서 라멘 맛집으로 소문이 났다. 이 때문에 식사 시간에는 언제나 길게 줄을 서 있는 모습을 볼 수 있다. 라멘 집 문을 열면 한쪽에 메뉴 자판기가 있어 원하는 라멘을 선택할 수 있는데 라멘은 보통 국물에 면을 말은 라멘이고 라멘 옆 츠케멘(つけ麺)은 따로국밥처럼 면 따로 양이 적은 진한 국물 따로 먹는 라멘이다. 라멘 위에 올리는 챠슈(チャーシュー 돼지고기), 아지다마(味玉 조미 계란), 고항(ご飯, 밥)을 추가할 수 있다. 자판기에서 나온 식권을 주방장에게 건네주며 깔끔한 맛이나 담백한 맛을 원하면 앗사리(あっさり), 진한 맛을 원하면 콧테리(こってり)라고 하면 된다.

교통 : JR 신주쿠(新宿) 역 서쪽 출구에서 우회전, 북쪽 방향, 횡단보도 건너 직진, 두 번째 블록에서 우회전, 멘야 무사시 방향. 도보 8분

주소 : 東京都 新宿区 西新宿 7-2-6 K-1ビル

전화 : 03-3363-4634

시간 : 11:00~22:30

메뉴 : 무사시라멘(武蔵ら~麺) 1,180엔, 아지다마챠슈 미소라멘(味玉チャーシュー味噌) 1,480엔, 무사시쓰케면(武蔵つけ麺) 1,180엔, 아지다마(味玉, 계란반숙) 100엔, 비루(ビール) 510엔

홈페이지 : www.menya634.co.jp

오다큐 하루쿠 식당가 Odakyu HALC Restaurants

오다큐 백화점 하루쿠에는 8층과 지하에 식당가가 있으나 지하 식당가가 8층 식당가보다 저렴한 메뉴가 많아 이용하기 좋다. 지하 식당가의 주요 레스토랑으로는 닭튀김과 군만두의 텐진(テムジン), 사시미와 사시미 덮밥의 오사시미가 린즈(御さしみ家 りんず), 아부라소바(국물 없는 소바)의 야마토덴(油そば専門店 山ト天), 한국 요리의 양의 가(韓国家庭料理 梁(ヤン)の家), 꼬치와 튀김의 덴가나

(串かつ でんがな) 등이 있다.
교통 : JR 신주쿠(新宿) 역 서쪽 출구에서 오다큐 하루쿠(小田急 HALC) 방향, 도보 3분
주소 : 東京都 新宿区 西新宿 1-5-1, MB3~B3F
전화 : 03-3342-1111
시간 : 11:00~24:00(식당별로 조금 다름)
메뉴 : 군만두(焼餃子) 480엔, 사시미덮밥(海鮮丼) 980엔, 아부라소바(油ソバ) 750엔, 곰탕(コムタン) 864엔, 카키라이스(カキフライ, 닭날개 튀김 정식) 802엔
홈페이지 : www.odakyu-dept.co.jp

이키나리 스테이크 いきなり ステーキ Ikinari Steak

저렴한 가격에 두툼한 소고기 스테이크를 제공하는 곳으로 유명하다. 단, 저렴한 만큼 테이블 회전이 빠르도록 의자 없이, 서서 식사를 해야 한다. 런치 메뉴는 와이드 햄버거 스테이크, 와이드 스테이크, 립아이 스테이크 등이 밥, 국, 샐러드와 함께 제공되는데 디너 시간에는 밥, 국, 샐러드가 별도 계산되므로 런치 메뉴가 더 저렴한 셈이다. 주문하는 방법은 점심 시간에는 런치 메뉴 중 한 가지만 선택하면 된다. 저녁 시간에는 스테이크를 그램(g)당 가격으로 판매! 보통 성인 남성은 300g, 여성은 200g 정도면 충분!
교통 : JR 신주쿠(新宿) 역 동쪽 출구에서 신주쿠 이케아 지나 도보 5분
주소 : 東京都 新宿区 新宿２丁目 5-1 1 千寿新宿ビル
전화 : 03-6273-2929
시간 : 11:00~23:00(런치 11:00~15:00, 평일만)
메뉴 : 런치 세트(밥, 국, 샐러드 포함)_와이드 스테이크(200g) 1,130엔, 와이드 햄버거 스테이크(300g) 1,100엔, 립아이 스테이크 2,070엔/디너_립로스 스테이크 160g 1,518엔, 살로인 스테이크 180g 1,738엔, 히레 스테이크 160g 1,958엔, 밥 198엔, 샐러드 198엔
홈페이지 : http://ikinaristeak.com

누마즈코 沼津港 Numazukou

누마즈코 신주쿠 본점으로 매일 싱싱한 생선과 해산물을 공급받아 정성껏 스시(초밥)로 만들어낸다. 스시의 가격은 생선과 해산물의 종류에 따라 달라진다. 길

가 대중 스시집에 비해 조금 비싼 느낌이 있으나 그만큼 스시의 품질이 낫다고 봐야 할 듯. 좀 더 저렴한 회전스시 집을 찾는다면 신주쿠 역 북쪽, 회전스시(回転寿司) 오에도신주쿠니시구찌점(大江戸新宿西口店)으로 가보자.

교통 : JR 신주쿠(新宿) 역 동쪽 출구에서 자라 신주쿠 점 지나, 누마즈코 방향, 도보 3분

주소 : 東京都 新宿区 新宿３丁目 ３４－１６ 池田プラザビル 1F

전화 : 03-5361-8228

시간 : 11:00~23:00

메뉴 : 참치, 새우, 대하 등 230~600엔, 장어 1,000엔

홈페이지 : www.numazuko.com

아부라 소바 油そば Abura Soba

추오(中央) 거리 전자제품가에 있는 아부라 소바 전문점으로 국물 없이 먹는 아부라 소바와 매운 된장 아부라 소바인 가라이미소 아부라 소바(辛味噌油そば)가 주메뉴다. 아부라 소바와 된장 아부라 소바는 양과 상관없이 같은 가격에 보통(並盛り 나미모리, 160g), 대(오오모리 大盛り 240g), 특대(W모리 W盛り 320g) 중에 선택할 수 있다. 이곳은 메뉴 자판기 없이 밖에서 원하는 메뉴를 선택한 뒤, 문을 열고 들어가 주방에 “OO소바 나미/오오모리/W모리”하고 외친다. 이제 자리에 앉아 기다리면 주방에서 바로 소바를 건네주고 소바를 받아 계산대로 가는 동안 튀김이나 계란반숙, 차슈 등 고명으로 올릴 것을 집게로 집어, 소바 위에 놓으면 소바와 고명 값을 계산해준다.

교통 : JR 신주쿠(新宿) 역 서쪽 출구에서 게이오(京王) 백화점 앞 횡단보도 건너 추오(中央) 거리 전자제품가 방향. 도보 8분

주소 : 東京都 新宿区 西新宿１丁目 １３－６ 西新宿ビル 1F

전화 : 03-3340-4411

시간 : 11:00~다음날 04:00

메뉴 : 아부라 소바(油そば) 780엔, 가라이미소 아부라 소바(辛味噌油そば) 860엔, 차슈(チャーシュー) 340엔, 한주쿠다마고(半熟たまご 반숙 계란) 100엔

홈페이지 : www.tokyo-aburasoba.com

덴푸라 후나바시야 본점 天ぷら 船橋屋

本店 Funabashiya

130여 년의 역사를 가진 튀김(덴푸라) 전문점으로 홀 한편에 개방된 주방에서 신선한 재료를 직접 튀겨 손님에게 낸다. 튀김의 재료는 새우, 생선, 연근, 호박, 감자, 고구마 등으로 다양하다. 간단히 먹기에는 된장국, 단무지에 튀김 새우와 호박, 양파, 감자 등이 밥 위에 올린 덴동이 적당하고 조금 더 튀김의 맛을 맛보고 싶다면 뎀푸라 오쇼쿠지(덴푸라 정식)를 주문해도 좋다.

교통 : JR 신주쿠(新宿) 역 동쪽 출구에서 신주쿠도리(新宿踊り) 이용, 미쓰비시 스미토모(三井住友) 은행 보이면 우회전, 후나바시야 방향. 도보 8분

주소 : 東京都 新宿区 新宿 3-28-14

전화 : 03-3354-2751

시간 : 11:40~22:00

메뉴 : 텐동(天ぷら) 2,020엔, 덴푸라 오쇼쿠지(天ぷら お食事_덴푸라, 밥, 된장국) 2,700/4,050엔

홈페이지 : www.tempura-funabashiya.com

신주쿠 쓰나하치 총본점 新宿 つな八 総本店 Shinjuku Tsunahachi

1924년 창업한 튀김 전문점으로 후나바시야 바로 옆에 있다. 주방장이 바로 튀겨 내는 튀김 요리는 바삭함을 더 하고 여기에 시원한 맥주 한잔을 곁들이면 더할 나위가 없다. 간단히 튀김을 맛보려면 런치 메뉴인 하루젠, 텐동, 좀 더 다양한 튀김을 맛보려면 덴푸라젠이나 에도마에젠을 주문하면 된다. 하루젠은 생선튀김, 2종의 채소튀김, 작은 새우튀김에 밥이 나오고 텐동은 큰 새우 3개와 채소튀김이 올라간 밥, 된장국, 단무지 등이 나온다. 저렴한 런치 메뉴가 없는 저녁 시간에는 비싼 메뉴뿐이니 가급적 점심시간에 방문하는 것이 좋다.

교통 : JR 신주쿠(新宿) 역 동쪽 출구에서 신주쿠도리(新宿踊り) 이용, 미쓰비시 스미토모(三井住友) 은행 보이면 우회전, 신주쿠 쓰나하치 총본점 방향. 도보 8분. 후나바시야 옆.

주소 : 東京都 新宿区 新宿 3-31-8

전화 : 03-3352-1012
시간 : 11:00~22:30
메뉴 : 히루젠(昼膳) 1,540엔, 텐동(天丼) 2,530엔, 덴푸라젠(天麩羅膳) 2,530엔, 에도마에젠(江戸前膳) 4,630엔
홈페이지 : www.tunahachi.co.jp

오이와케 당고 혼포 追分 だんご 本舗 Oiwake Dango

300여 년의 전통을 가진 일본식 떡꼬치, 당고(だんご)를 판매하는 곳이다. 살짝 구워 대나무 살에 3개의 둥근 떡을 살짝 구운 뒤, 조청을 바르면 미타라시(みたらしだんご), 가루 녹차와 팥을 섞어 바르면 맛차안당공(抹茶あんだんご), 팥 앙금을 바르면 고시안당고(こしあんだんご), 팥 속살 앙금만 바르면 시로안당고(白あんだんご)가 된다.

교통 : JR 신주쿠(新宿) 역 동쪽 출구에서 신주쿠도리(新宿踊り) 이용, 마루이 본관 지나 사거리 건너. 도보 10분
주소 : 東京都 新宿区 新宿 3-1-22
전화 : 03-3351-0101
시간 : 10:00~20:30
메뉴 : 미타라당고(みたらしだんご), 고시안당고(こしあんだんご), 시로안당고(白あんだんご), 맛차안당공(抹茶あんだんご) 200~300엔 내외
홈페이지 : www.oiwakedango.co.jp

***쇼핑**

〈니시 신주쿠(西 新宿)〉

오다큐 하루쿠 小田急百貨店 HALC Odakyu HALC

1962년 오다큐 백화점 본점으로 개장하였다가 1967년 오다큐 신주쿠 역 빌딩이 완공되어 오다큐 백화점 본점이 옮겨간 뒤 오다큐 하루쿠라는 이름으로 영업을 하고 있다. 현재 오다큐 하루쿠 빌딩은 지하 2~2층은 오다큐 하루쿠, 2~7층은 비쿠 카메라가 사용한다. 오다큐 헐크 매장은 스포츠 의류, 골프웨어, 스포츠용품 등으로 특화되어 있고 지하 2층에 하루쿠 식품관, 지하 MB3~지하 3층에 식

당가가 자리한다. 한편 오다큐 하루쿠 1층 길가에 오다큐 고속버스터미널이 있어 고텐바 아웃렛이나 하코네로 가는 버스를 이용할 수도 있다. ***2022년 9월 오다큐 신주쿠 빌딩(역사) 재개발로 오다큐 백화점 신주쿠점 폐점.**

교통 : JR 신주쿠(新宿) 역 서쪽 출구에서 오다큐 하루쿠 방향, 도보 3분

주소 : 東京都 新宿区 西新宿 1-5-1, B2~2F

전화 : 03-3342-1111

시간 : 10:00~20:30(일 ~20:30)

홈페이지 : www.odakyu-sc.com/odakyu-halc

게이오 백화점 京王百貨店 Keio Department Store

오다큐 신주쿠 서쪽에 있는 백화점으로 지하층에 식품관, 1층에 화장품과 여성 잡화, 2~4층에 여성 패션, 5층에 남성 패션, 6~7층에 시계와 보석, 인테리어 잡화, 8층에 식당가, 옥상에 스카이 카페가 자리한다. 주요 브랜드로는 버버리, 비비안 웨스트우드, 닥스, 캘빈 클라인, 세이코, 캐릭터 숍인 산리오숍 등이 있다. 게이오 백화점은 중년 여성을 대상으로 마케팅을 하는 것으로 알려져서인지 오다큐 백화점이나 마루이 백화점에 비해 점잖은 분위기를 나고 쇼핑 후 옥상 정원에 올라 잠시 휴식을 취해도 좋다.

교통 : JR 신주쿠(新宿) 역 서쪽 출구에서 바로

주소 : 東京都 新宿区 西新宿 1-1-4

전화 : 03-3342-2111

시간 : 지하 1층~3층 10:00~20:30(일~20:00), 4층~옥상 10:00~20:00, 식당가 11:00~22:00

홈페이지 : www.keionet.com/info/shinjuku

루미네1 LUMINE1

게이오 백화점 서쪽에 있는 쇼핑센터로 지하 2층에 식당가, 지하 1~4층에 패션과 잡화, 5층에 서점, 6층에 식당가가 자리한다. 패션숍은 감각적인 디자인의 제품을 볼 수 있는 편집매장이 많아 젊은 사람들에게 인기가 높다. 식당가는 고급 레스토랑이 아닌 대중 레스토랑이어서 식사하는데 부담이 적고 메뉴가 다양해 입맛에 따라 음식을 맛볼 수 있다.

교통 : JR 신주쿠(新宿) 역 서쪽 출구에서 게이오(京王) 백화점 지나, 바로
주소 : 東京都 新宿区 西新宿 1-1-5
전화 : 03-3348-5211
시간 : 11:00~22:00(토~일 10:30~22:00, 레스토랑 ~23:00)
홈페이지 : www.Lumine.ne.jp/shinjuku

비쿠 카메라 ビッグカメラ 新宿西口店 Bic Camera

도쿄 전역에 30여 개의 지점을 가지고 있는 전자제품·카메라 양판점으로 신주쿠 니시구치점은 오다큐 백화점 하루쿠 2~7층에 자리한다. 매장은 2층 카메라, 3층 오디오와 전자사전, 4층 컴퓨터, 5층 소프트웨어와 DVD, 6층 가전제품과 조명, 7층 애플 A/S센터 등으로 구성되어 있다. 전자제품이나 카메라 신기종을 직접 조작해볼 수 있어 좋고 가격이 10,001엔 이상이면 면세(소비세 8%, 여권 제시) 혜택을 받아 부담이 줄었다. 단, 회원 가입 후 받는 포인트 적립과 면세는 동시에 적용되지 않으니 유리한 쪽으로 선택! JR 신주쿠 역 동쪽 출구 부근에도 비쿠 카메라가 있으나 이곳보다 규모 작다.

교통 : JR 신주쿠(新宿) 역 서쪽 출구에서 오다큐 하루쿠(小田急 HALC)·비쿠 카메라(Bic Camera) 방향, 바로
주소 : 東京都 新宿区 西新宿 1-5-1, 小田急百貨店 HALC 2~7F
전화 : 03-5326-1111
시간 : 10:00~21:00
홈페이지 : www.biccamera.com

요도바시 카메라 ヨドバシカメラ 新宿西口 本店 Yodobashi Camera

요도바시 카메라는 비쿠 카메라와 함께 일본을 대표하는 전자제품과 카메라 양판점으로 도쿄 곳곳에 지점을 운영하고 있다. 신주쿠 추오도리 전자제품가의 신주쿠 니시구치점이 요도바시 카메라 본점으로 이곳에는 본점, 북관, 남관, 동관, 카메라 종합관(総合館), 시계종합관, 게임&호비관 등 파트별 9개의 매장이 분산되어 원하는 상품을 찾기 좋다. 본점이 여러 제품을 직접 볼 수 있는 초대형 매점이므로 굳이 다른 지점을 찾지 말고 본점으로 오는 것이 시간을 절약하는 길이기도 하다. 매장을 방문하기 전 미리 홈

페이지를 통해 모델, 가격 정보, 한국에서의 A/S여부를 확인하는 것이 좋고 면세를 받을지, 포인트 적립을 할지도 생각해 두자. JR 신주쿠 역 동쪽 출구에서 요도바시 카메라가 있으나 본점보다 규모 작다.

교통 : JR 신주쿠(新宿) 역 서쪽 출구에서 게이오(京王) 백화점 앞 횡단보도 건너, 도보 5분

주소 : 東京都 新宿区 西新宿 1-11-1

전화 : 03-3346-1010

시간 : 09:30~22:00

홈페이지 : www.yodobashi.com

라비 ラビ 新宿西口店 LABI

보통 야마다 전기로 알려졌지만, 현재 라비(LABI)라는 상호를 내세우고 있는 전자제품과 카메라 양판점이다. 비쿠 카메라, 요도바시 카메라와 같이 일본 전역에 지점을 두고 있고 도쿄에도 여러 지점이 있다. 신주쿠 니시구치점은 지하 2~9층까지 가전제품, 카메라, 핸드폰, 조명, 컴퓨터, 게임, 호비 등 다양한 상품을 전시, 판매하고 있고 둘러보기 좋다. 이들 전자제품과 카메라 양판점의 1층에는 핸드폰 매장이 있어 아이폰이나 갤럭시폰 등을 직접 만져보고 살 수 있다. 도쿄에서 핸드폰을 살 때는 한국에서 사용할 수 있는 제품인지(언락 확인), 한국의 주파수에 맞는지, 한국에서 A/S가 가능한지 등을 살펴보고 구매한다.

교통 : JR 신주쿠(新宿) 역 서쪽 출구에서 게이오(京王) 백화점 앞 횡단보도 건너, 좌회전한 뒤 큰길에서 우회전, 라비 방향. 도보 5분

주소 : 東京都 新宿区 西新宿 1-18-1

전화 : 03-3341-5995

시간 : 10:00~22:00

홈페이지 :

www.yamadalabi.com/shinjuku-west

북오프 ブックオフ 新宿駅西口店 BOOKOFF

1990년 창업한 북오프는 일본 최대 중고 서점으로 일본 전역에 949개의 지점이 있다. 취급 품목으로는 중고 서적, 음악 CD, 게임 CD, 영화 DVD, 중고 핸드폰 등. 일본어를 잘 하는 사람이라면 다양한 분야의 중고 서적을 찾아보기 좋고 일본어에 익숙하지 않은 사람이라면 만화나, 음악 CD, 영화 DVD, 잡지, 사진집 등이 쉽게 다가온다. 이중 만화는 만화의 명소로 알려진 만다라케, 아니메

이트 등에 가는 것도 좋지만 가까운 곳에 북오프가 있다면 이곳 먼저 방문하는 것도 나쁘지 않다. 만화는 그 종류가 매우 많으므로 제목이나 만화작가의 이름을 메모한 뒤 방문해야 만화의 숲에서 헤매지 않는다.

교통 : JR 신주쿠(新宿) 역 서쪽 출구에서 게이오 백화점 지나, 북오프 방향. 도보 4분
주소 : 東京都 新宿区 西新宿１丁目 １0-2 ４F~６F １１0ビル
전화 : 03-5909-4721
시간 : 10:00~22:00
홈페이지 : www.bookoff.co.jp

아니메이트 アニメイト新宿ハルク Animate Shinjuku

예전 사쿠라야 호비(취미)관이 아니메이트로 상호를 변경하였다. 일본 전역이 지점이 있고 도쿄에만 10여 곳의 지점이 운영 중이다. 일본 최고의 애니메이션과 게임 전문점으로 매장은 코믹과 문고, 신간 코믹과 잡지, 캐릭터상품, DVD와 피규어, 캐릭터상품과 코스프레 상품 등으로 구성되어 있다. 〈시티헌터〉, 〈원피스〉 같은 인기 만화를 볼 수 있어 반갑고 만화 속 복장을 재현한 코스프레 상품은 기발하다는 생각이 들기도 한다. 애니메이션과 게임 마니아라면 한 번쯤 지나는 길에 들려보기를 추천한다. 더 큰 매장을 찾는다면 아니메이트 이케부쿠로점을 찾는 것도 좋다.

교통 : JR 신주쿠(新宿) 역 서쪽 출구에서 북쪽, 아니메이트 방향. 도보 5분
주소 : 東京都 新宿区 西新宿１丁目 ５-１ ハルク 5F
전화 : 03-6258-1370
시간 : 10:00~20:30
홈페이지 : www.animate.co.jp

〈히가시 신주쿠(東 新宿)〉

루미네 에스트 LUMINE EST

JR 신주쿠 역 동쪽 출구 역사 빌딩에 있는 쇼핑센터로 예전에는 마이시티로 불렸던 곳이나 2006년 루미네로 흡수되면서 상호가 루미네 에스트로 변경되었다. 지하 2~6층에는 20대를 겨냥한 크고 작은 패션숍과 잡화 매장, 7~8층에는 식당가가 자리한다. 패션숍은 명품이나 유명 브랜드 없이 편집매장처럼 운영되어 운영자의 취향에 따라 예쁘거나 독특하게 꾸며져 있어 둘러보기 좋고 식당가는 JR 신주쿠 역 동쪽 출구에서 바로 연결되므로 약속 장소 겸 식사 장소로 인기가 높다. 루미네 에스트는 만화 〈시티헌터〉에 등장

한 곳이기도 하다.

교통 : JR 신주쿠(新宿) 역 동쪽 출구에서 바로
주소 : 東京都 新宿区 新宿 3-38-1
전화 : 03-5269-1111
시간 : 11:00~22:00(주말 10:30~) 레스토랑 11:00~23:00
홈페이지 : www.lumine.ne.jp/est

돈키호테 ドン·キホーテ 新宿歌舞伎町店 Don Quixote

다양한 종류에다 저가이면서 품질이 좋은 상품을 판매하는 곳으로 인기가 높다. 취급 품목은 화장품, 문구, 생활 잡화, 액세서리, 가전제품, 파티용품, 가방, 장난감, 게임 등 온갖 잡스러운 것이 망라되어 있다. 이들 상품은 미로처럼 복잡한 매장에 겹겹이 쌓여 있어 상품을 둘러보다 보면 흡사 소풍 날 보물찾기를 하는 기분이 들기도 한다. 최근에는 중국 단체 관광객들도 돈키호테를 찾아 쇼핑가방 가득 상품을 사 가는 경우도 있다.
교통 : JR 신주쿠(新宿) 역 동쪽 출구에서 신주쿠도리(新宿踊り) 이용, 돈키호테 방향, 도보 5분
주소 : 東京都 新宿区 歌舞伎町 1丁目 16-5
전화 : 0570-010-411. 시간 : 24시간
홈페이지 : www.donki.com

기노쿠니야 紀伊國屋 新宿本店 Kinokuniya Book Store

일본 전역에 60여 개의 서점을 가지고 있고 미국, 말레이시아, 싱가포르, 태국 등 해외에도 여러 분점이 있는 일본 최대의 서점이다. 신주쿠 본점은 지하 1층 지도와 여행서, 1층 잡지와 DVD, 2층 문학, 3층 사회과학과 인문과학, 4층 자연과학과 이공, 5층 의학, 6층 아동서와 실용, 7층 양서와 예술, 8층 참고서와 어학으로 구성되어 있다.
교통 : JR 신주쿠(新宿) 역 동쪽 출구에서 신주쿠도리(新宿踊り) 이용, 동쪽·기노

쿠니야 방향. 도보 3분
주소 : 東京都 新宿区 新宿 3-17-7
전화 : 03-3354-0131
시간 : 10:00~21:00
홈페이지 : www.kinokuniya.co.jp

이세탄 伊勢丹 新宿店 Isetan Department Store

1886년 창업한 일본 대표 백화점으로 신주쿠점은 웅장하고 고풍스러운 아르데코 양식의 건물을 자랑한다. 아르데코 양식의 본관 서쪽으로 이세탄 웨스트1, 북쪽으로 파크시티 이세탄 3~5, 남성상품 전용의 맨즈관, 이세탄 뷰티파크2 등의 부속 건물이 있다. 본관은 지하 2층 뷰티와 약품, 지하 1층 식품, 1층 화장품과 액세서리, 2~4층 여성 패션, 4층 귀금속, 5층 인테리어와 문구, 6층 어린이와 생화 용품, 7층 식당가로 구성된다. 남성 고객이라면 이세탄 본관 뒤쪽의 맨즈관을 찾아보는 것이 좋고 이미용, 스파에 관심 있는 여성이라면 뷰티파크2로 발길을 돌려보자.
교통 : JR 신주쿠(新宿) 역 동쪽 출구에서 신주쿠도리(新宿踊り) 이용, 이세탄 방향. 도보 5분
주소 : 東京都 新宿区 新宿 3-14-1
전화 : 03-3352-1111
시간 : 10:30~20:00
홈페이지 : www.mistore.jp/store/shinjuku.html

마루이 본관 マルイ 本館 Marui

이세탄 백화점 건너편에 있는 쇼핑센터로 이세탄이 중년 여성을 대상으로 한다면 이곳은 20~30대를 대상으로 하여 캐주얼한 분위기를 띤다. 매장은 지하 1층 여성 신발과 화장품, 1층 패션 소품, 2층 가방, 3층 뷰티, 4층, 라이프스타일 잡화, 5층 이너웨어, 6층 안경과 스포츠 용품, 7층 남성 패션, 8층 식당가로 구성되어 있다. 오르비스(ORBIS 화장품), FANCL(화장품), 질 스튜어트, 버버리 블루 레벨 같은 유명 브랜드가 눈에 띈다. 마루이 본관 외에 사거리 건너 동쪽으로 트렌디한 패션을 보여주는 마루이 별관(아넥스), 사거리에서 북쪽으로 남성용품 전용의 마루이 맨즈 쇼핑센터가 따로 있어 필요에 따라 방문하면 된다.
교통 : JR 신주쿠(新宿) 역 동쪽 출구에서 신주쿠도리(新宿踊り) 이용, 마루이

본관 방향, 도보 5분
주소 : 東京都 新宿区 新宿 3-30-13
전화 : 03-3354-0101
시간 : 11:00~21:00(일·공휴일 ~20:30)
홈페이지 : www.0101.co.jp

세카이도 世界堂 新宿 本店 Sekaido

미술, 디자인, 문구 등을 전문으로 취급하는 세카이도는 홍대 앞 미술용품 전문점과 같은 곳이나 규모는 더 크다. 매장은 1층 문구와 사무용품, 2층 코믹용품과 디자인 용품, 3층 서양화, 일본화, 조형 재료, 4층 종이와 프린트화, 5층 유채 물감과 유채화, 6층 아트컬처 등으로 구성되어 있다. 이곳이 본점이고 신주쿠 서쪽 추오도리의 전자제품가 부근에도 지점이 있으니 가까운 곳을 이용하자. 매장에 독특한 디자인의 문구, 팬시상품이 많이 있어 미술 애호가나 전공자가 아니어도 즐겁게 둘러보기 좋다.
교통 : JR 신주쿠(新宿) 역 동쪽 출구에서 신주쿠도리(新宿踊り) 이용, 마루이 본관 지나 사거리 건너, 마루이 별관(아넥스)·세카이도 방향. 도보 12분
주소 : 東京都 新宿区 新宿 3-1-1
전화 : 03-5379-1111
시간 : 09:30~21:00
홈페이지 : www.sekaido.co.jp

플래그 フラッグス Flags

JR 신주쿠 역 남동쪽 출구에 인접한 쇼핑센터로 빌딩 앞에 부착된 전광판인 플래그 비전에서 끊임없이 광고나 뮤직비디오가 흘러나온다. 전광판이 있는 스튜디오 알타처럼 이곳도 만남의 장소로 쓰여 항상 사람들로 붐빈다. 플래그는 지하 1~4층에 패션숍, 5~6층에 잡화, 7~10층에 타워레코드가 자리하고 주요 브랜드로는 갭(Gap), 캠퍼(Camper,신발), 뷰티&유스 유나이티드 애로우(Beauty&Youth United Arrows, 패션), 십(Ships, 패션), 오스만(Oshman's, 잡화) 등이 있다.
교통 : JR 신주쿠(新宿) 역 남동쪽 출구에서 바로
주소 : 東京都 新宿区 新宿 3-37-1
전화 : 03-3350-1701
시간 : 11:00~21:00(타워레코드 ~23:00)
홈페이지 : www.flagsweb.jp

루미네 신주쿠 ルミネ新宿 ルミネ2 LUMINE2

JR 신주쿠 역 남동쪽 출구 부근에 있는 쇼핑센터로 1~6층에 패션과 잡화, 7층에 코미디 전문극장 루미네 요시모토가 자리한다. 매장의 규모는 2층 매장이 가장 크고 1층과 3~6층 매장은 넓이가 작은

편이다. 전체적으로 루미네1과 같이 감각적인 디자인이 돋보이는 편집매장이 많아 젊은 층에게 인기를 끈다. 주요 브랜드로는 무지(無印良品), 어반 리서치(urban Research), 질 스튜어트, UGG(오스트레일리아 슈즈), 유나이티드 애로우(United Arrows) 등이 있다. *루미네 신주쿠 남쪽 **바스타신주쿠(쇼핑)** 건물에 **신주쿠 고속버스 터미널** 있음.

교통 : JR 신주쿠(新宿) 역 남쪽 출구에서 바로
주소 : 東京都 新宿区 新宿 3-38-2
전화 : 03-3348-5211
시간 : 11:00~21:00(토~일 10:30~22:00, 레스토랑 ~23:00)
홈페이지 : www.lumine.ne.jp

다카시마야 타임즈스퀘어 タカシマヤ タイムズスクエア

Takashimaya Times Square

JR 신주쿠 역 남동쪽에 있는 백화점으로 지하 1층 식품관, 1층 명품과 화장품, 2~3층 명품과 패션 소품, 4층 안경과 귀금속, 5~8층 여성과 남성 패션, 9층 아동과 스포츠용품, 10층 주방과 생활용품, 11층 생활잡화, 12층 유니클로, 12~14층 식당가로 구성되어 있다. 백화점과 연결된 빌딩에는 디자인 상품과 잡화 전문의 **도큐핸즈(東急ハンズ)**가 있어 패션 쇼핑과 디자인 상품 쇼핑을 한자리에서 하기 좋다.

교통 : JR 신주쿠(新宿) 역 신미나미구치 출구(新南口)에서 바로
주소 : 東京都 渋谷区 千駄ヶ谷 5-24-2
전화 : 03-5361-1111
시간 : 10:00~20:00
홈페이지 : www.takashimaya.co.jp/shinjuku

02 시모키타자와 下北沢 Shimokitazawa

도쿄의 홍대라 할 수 있는 시모키타자와는 도쿄에서 그리 멀지 않는 곳에 있어 부담 없이 다녀오기 좋다. 신주쿠 역과 시부야 역 서쪽으로 지하철로 몇 정거장 되지 않는다. 도쿄 여행에서 어느 정도 도쿄의 빌딩숲, 쇼핑센터에 지루함을 느꼈다면 홍대 거리가 연상되는 주택가와 저층 건물이 늘어선 시모키타자와를 한가롭게 거닐어도 좋을 것이다. 시모키타자와 북쪽은 주택가 속의 독특한 빈티지 숍과 잘 꾸며진 카페, 레스토랑, 남쪽은 소소한 유흥가와 라이브클럽, 연극과 뮤지컬이 공연되는 소극장으로 늘어서 있다. 따라서 낮에 북쪽 지역에서 빈티지 쇼핑을 하고 식사를 한 뒤, 저녁에 남쪽 지역에서 라이브 공연을 즐기기 좋다.

▲ 교통

① 신주쿠(新宿) 역에서 사철 오다큐 오다와라센(小田急 小田原線) 시모키타자와(下北沢) 역 하차.

② 시부야(渋谷) 역에서 사철 게이오 이노카시라센(京王 井の頭線) 시모키타자와 역 하차

▲ 여행 포인트

① 뜻밖에 보물이 있는 빈티지 숍에서 쇼핑하기

② 햇볕 잘 드는 카페에서 브런치 맛보기

③ 기념품숍에서 일본에서만 살 수 있는 아이템 찾아보기

④ 클럽에서 밴드의 흥겨운 음악에 몸을 맡겨보기

▲ 추천 코스

시모키타 상점가→도요 백화점→시모키타자와 남구 상점가→다윈룸→시모키타자와 클럽

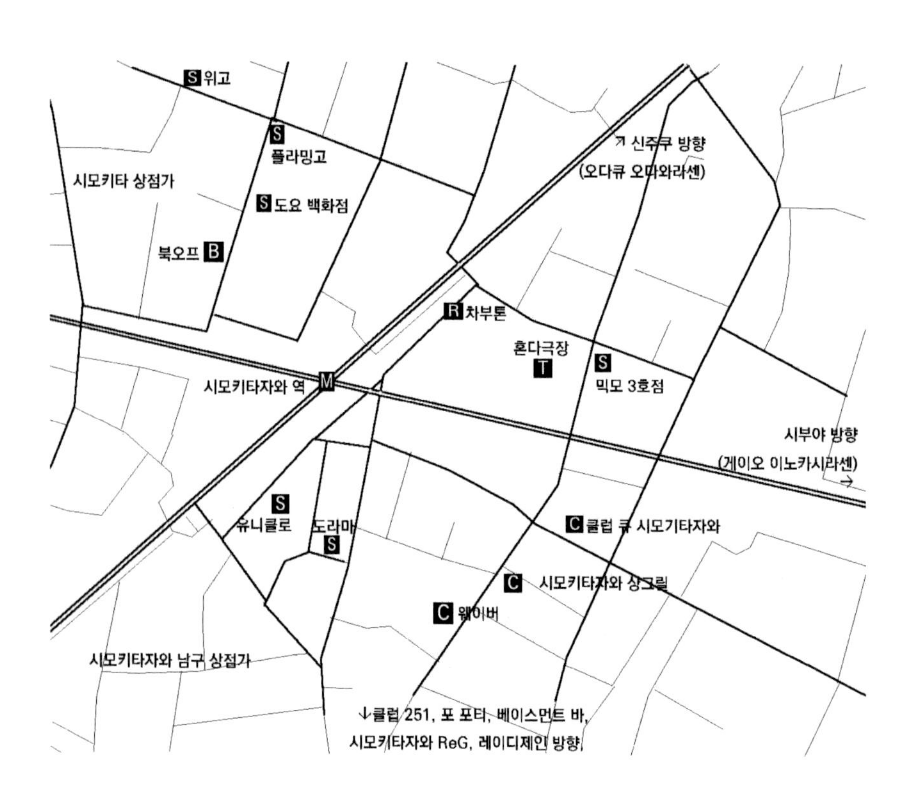

시모키타 상점가 しもきた 商店街 Shimokita Shopping Street

도쿄의 홍대 앞이라 할 수 있는 시모키타자와 역 북쪽의 상점가로 좁은 골목에 패션과 잡화 상점, 레스토랑, 카페 등이 밀집되어 있어 한가롭게 산책하며 쇼핑이나 식사를 하기에 좋다. 골목 곳곳의 개성 강한 인테리어로 장식한 레스토랑이나 카페에서 지나가는 사람들을 바라보며 시간을 보내기도 괜찮다. 패션숍 중에는 신품을 판매하는 곳뿐만 아니라 구제를 판매하는 곳도 여럿 있어 빈티지 마니아라면 한 번쯤 방문하길 추천한다.

교통 : 신주쿠(新宿) 역에서 사철 오다큐 오다와라센(小田急 小田原線) 또는 시부야(渋谷)에서 사철 게이오 이노카시라센(京王 井の頭線) 이용, 시모키타자와(下北沢) 역 북쪽 출구에서 바로

주소 : 東京都 世田谷区 北沢

전화 : 03-3467-3070

홈페이지 : www.shimokita-info.com

≫시모키타 에키마에도리 しもきた 駅前通り Shimokita Ekimaedori

시모키타자와 역 북쪽 출구에서 중간의 요코하마(横浜) 은행을 거쳐 시모키타 사쿠라자카(しもきた 桜坂) 거리에 이르는 거리이다. 이 거리에는 슈퍼마켓 피콕(Peacock), 와인 카페(ワインカフェ), 세가 프레도(Sega fredo) 카페, 칼디 커피 팜(KALDI Coffee Farm), 드러그 스토어 선 드러그(サンドラッグ)와 토모도(Tomod's), 이너웨어점 시크릿 룸 투투(Secret Room TuTu), 잡화점 티-푸어(T-FOUR) 등이 자리한다. 본격적으로 시모키타자와를 둘러보기 전, 카페에서 차 한 잔 마시고 드러그 스토어에서 간단한 화장품이나 건강식품 등을 쇼핑하기 좋은 거리이다.

교통 : 시모키타자와(下北沢) 역 북쪽 출구에서 정면 방향

≫시모키타 오챠메도리 しもきた おちゃめ通り Shimokita Ochamedori

시모키타 에키마에도리 중간 요코하마(横浜) 은행에서 좌회전하여 시모키타 햣카도리(しもきた百花通り)에 이르는 거리이다. 이 거리에는 아동과 유아복점 시라카바(Shirakaba), 양식당 츠나미(Tsunam-i), 빈티지 숍 서니사이드 업(SUNNY

SIDE UP), 패션 안경점 조프(Zoff), 이태리 레스토랑 팡콘토마레(パンコントマテ), 캐주얼웨어 핀카톤(PINKERTON'S), 선데이 브런치(Sunday Brunch), 빈티지 숍 위고(WEGO) 등이 자리한다. 델리&베이킹 앞 골목 안에도 빈티지 숍 모드 오프(Mood Off), 빅 타임(Big Time) 등이 있어 들어가 볼 만하다.
교통 : 시모키타 에키마에도리(しもきた駅前通り) 중간 요코하마(横浜) 은행에서 좌회전

≫시모키타 고지 しもきた 小路 Shimokita Koji
시모키타 오챠메도리(しもきた おちゃめ通り) 중간 패션 안경점 조프(Zoff) 앞으로 난 길로 시모카타 사쿠라자카와 연결되는 약 50m 정도의 짧은 주택가 길이다. 이 거리에는 패션과 액세서리, 잡화를 취급하는 피그테일(Pigtails), 패션 소품점 지저스 다이내믹 저팬(JESUS DYNAMITE JAPAN) 등이 자리한다.
위치 : 시모키타 오챠메도리(しもきた おちゃめ通り) 중간에서 시모카타 사쿠라자카(しもきた 桜坂)까지.

≫시모키타 사쿠라자카 しもきた 桜坂 Shimokita Sakurazaka
시모키타자와 역에서 시모키타 에키마에도리(しもきた 駅前通り)를 지나 드러그 스토어 토모드(Tomod) 거쳐, 만나는 길로 거리 이름처럼 벚꽃(사쿠라)이 피는 봄철에 걷기 좋은 곳이다. 이 거리에는 스테이크 레스토랑 르 몽드(Le Monde), 패션숍 루니(LOUNIE), 패션과 잡화를 취급하는 도코 웨스트(陶幸 WEST), 카페 앤티크 라이프 진(ANTIQUE LIFE ☆ JIN), 양식당 키친 웨스트(キッチンウェスト), 기념품점 블리츠 스토어(Blitz Store), 편집매장 소피토(Soffito) 등이 자리한다.

교통 : 시모키타 에키마에도리(しもきた駅前通り)의 드러그 스토어 토모드 지나.

≫시모키타 니시구치도리 しもきた 西口通り Shimokita Nishikuchidori

시모키타자와 역 북쪽 출구 왼쪽, 게이오 이노카시라센(京王 井の頭線) 철길 옆으로 이어진 길이다. 이 거리에는 가방과 패션 소품점 마리마리(Marimari), 무지(無印良品), 패션과 잡화점 티티카카(チ

チカカ), 유기농 식품점 내추럴 하우스(ナチュラル ハウス) 등이 자리한다.
교통 : 시모키타자와(下北沢) 역 북쪽 출구 왼쪽

≫시모키타 햣카도리 しもきた 百花通り Shimokita Hyatkadori

시모키타자와 역 북쪽 지역의 메인 도로로 무지(無印良品)에서 도요 백화점(東洋百貨店) 지나 시모키타 사쿠라자카(しもきた 桜坂)까지 이어진 거리이다. 이 거리에는 도요 백화점, 음료와 크레이프점 피얼 레이디(Pearl Lady), 와플 카페, 노스 사이드 카페(North Side Cafe), 빈티지 숍 줌블 스토어(Jumble Store)와 플라밍고(Flamingo), J.S 팬케이크 카페, 프레시니스 버거(Freshness Burger) 등이 자리한다. 여러 패션과 소품점이 모여 있는 도요 백화점, 빈티지 숍에서 쇼핑을 하기 좋고 크레이프점, 와플 카페, 팬케이크 카페 등에서 주전부리를 맛보기도 좋아 오가는 사람이 많다.
교통 : 시모키타자와(下北沢) 역 북쪽 출구 왼쪽, 무지로시료힌(無印良品)에서 위쪽

≫시모키타 이치방가이 しもきた 一番街 Shimokita Ichibanggai

시모키타 사쿠라자카(しもきた 桜坂) 한 블록 위쪽의 도로로 동쪽 끝은 오다큐(小田急) 오다와라센(小田原線) 철길, 서쪽 끝은 가마쿠라도리(鎌倉通り)이다. 이 거리에는 뉴욕 컵케이크(N.Y Cupcake), 미용실 에리카(Erika), 일식당 우오쿠니(漁王), 구이식당 아지카네(Ajikane), 카페 8주어(8jours), 장난감 상점 아쿠도쇼(惡童処), 베이커리 찬돈(Chandon), 카페 베어 폰드(Baer Pond), 카레 식당 신(心) 등이 자리한다. 카페와 레스토랑, 주점 등이 많아 식사하거나 술 한잔하기 좋은 곳이다.
교통 : 시모키타자와(下北沢) 역 북쪽 출구에서 시모키타 에키마에도리(しもきた駅前通り) 이용, 시모키타 사쿠라자카(しもきた 桜坂) 한 블록 위쪽

시모키타자와 남구 상점가 下北沢 南口商店街 Shimokitazawa South Shopping Store Street

시모키타자와 역 남쪽 상점가로 패션숍, 빈티지 숍, 레스토랑, 공연장, 클럽 등이 밀집되어 있다. 시모키타자와 역 북쪽 상점가가 주택가 분위기라면 남쪽 상점가는 저층 건물들이 늘어서 있는 준상업지역처럼 보인다. 빈티지 숍, 기념품 상점 등에서 쇼핑하기 좋고 저녁 시간에는 공연장이나 클럽에서 공연이나 음악을 즐기기도 좋으니 한가롭게 걸어보자.

교통 : 신주쿠(新宿) 역에서 사철 오다큐 오다와라센(小田急 小田原線) 또는 시부야(渋谷)에서 사철 게이오 이노카시라센(京王 井の頭線) 이용, 시모키타자와(下北沢) 역 북쪽 출구에서 바로

주소 : 東京都 世田谷区 北沢

전화 : 03-3413-3218

홈페이지 : www.shimokitazawa.org

≫시모키타자와 남구 거리 下北沢 南口通り Shimokitazawa South Exit Street

시모키타자와 역 동쪽이 시모키타자와 동회 상점가, 남쪽이 시모키타자와 남구 상점가이다. 이 거리에는 다이소, 유니클로, 식품관 푸디움(Foodium) 등이 입정한 시모키타자와 최대 쇼핑센터인 레시피 시모키타자와(Recipe Shimokitazawa), 편집매장 사케야(Sakeaya), 실내게임장 아도레스(Adores)와 라스베가스(Las Vegas), 운동화 상점 모부스(Mobus), 메론빵이 맛있는 안젤리카(アンゼリカ), 전자 잡화점 준쿠월드(Junk World), 코믹과 잡지, 게임 전문점 도라마(Dorama), 자가배전 커피점 몰디브(Moldive), 빈티지 숍 시카고(Chicago), 기념품점 다윈룸(Darwin Room) 등이 자리한다. 쇼핑뿐만 아니라 곳곳에 라멘, 덮밥, 교자, 이탈리아, 스테이크 레스토랑, 카페, 주점 등이 있어 먹고 마시는 데 불편함이 없다.

위치 : 시모키타자와(下北沢) 역 남쪽 출구 오른쪽

≫다이자와도리 代沢道りTaizawadori

시모키타자와 남구 거리 아래 교자 전문점 교자노 오우쇼(餃子の王将) 지난 지점부터 챠자와도리(茶沢通り)까지를 말한다. 이 거리에는 빈티지 숍, 클럽 251,

라이브클럽 440 등이 자리하고 챠자와도리에도 동네 사랑방 콘셉트의 인스파이어드 바이 스타벅스(Inspired by Starbucks) 재활용품점인 상점 바라 상점, 라이브클럽 베이스먼트 바(Basement Bar), 라이브클럽 레그(ReG), 재즈 바 레이디 제인(Lady Jane) 등이 영업 중이다. 이곳 클럽은 정말 마니아만 찾는 클럽 분위기여서 클럽 마니아라면 한 번쯤 방문하길 추천!

위치 : 시모키타자와(下北沢) 남구 거리 아래 교자노오우쇼(餃子の王将) 지난 지점부터 챠자와도리(茶沢通り)까지

≫시모키타자와 남구 동쪽 거리 下北沢南口 東街 Shimokitazawa South Exit East Street

시모키타자와 역 남구 정면 거리가 남구 도로, 동쪽 게이오(京王) 이노카시라센(井の頭線) 철도 옆길이 동쪽 거리이다. 이 거리에는 공연장 OFFOFF 씨어터(シアタ)와 에키마에 극장(駅前劇場), 노래방 가라오케관(カラオケ館), 레스토랑 포스트 키친(First Kitchen), 클럽 큐(Club Que) 등이 자리한다. 이곳은 위쪽 유흥가 시모키타자와 도가이(下北沢 東会)와 연결되어 여러 식당과 주점 등이 영업을 하고 있다.

위치 : 시모키타자와(下北沢) 역 남쪽 출구 정면, 게이오 이노카시라센(京王 井の頭線) 철도 옆길

≫시모키타자와 도가이 下北沢 東会 Shimokitazawa East Association

시모키타자와 역 남쪽 출구에서 동쪽으로 시모키타자와 동회라는 상점가가 형성되어 있다. 이 거리에는 슈퍼마켓 오제키(おおぜき), 서점 겸 장난감점 빌리지 뱅가드(Village Vanguard), 공연장 혼다 극장(本多 劇場)과 소극장, 이탈리안 레스토랑 아소(ASSO), 우동집 후쿠야(福屋) 등이 자리한다. 이 밖에 많은 라멘집, 우동집, 덮밥집, 주점 등이 있어 시모키타자와의 유흥가라고 할 수 있다.

위치 : 시모키타자와(下北沢) 역 남쪽 출구에서 좌회전, 철도 굴다리 건너.

르 몽드 ル モンド 下北沢店 Le Monde

자칭 스테이크의 신(ステーキの神様)라고 자부하는 스테이크 전문점이다. 이탈리안 레스토랑 분위기가 로맨틱하고 두툼한 스테이크가 쫄깃하여 맛이 있다. 세트 메뉴에는 밥과 샐러드가 같이 나오므로 음료나 커피 정도 주문하면 된다. 여유가 있다면 일본 국내산 와규(和牛) 스테이크를 맛보아도 괜찮다. 참고로 살로인(サーロイ)은 등심, 히레(ヒレ)는 안심, 립로스(リブロース) 등갈비(?) 정도로 말할 수 있다.

교통 : 시모키타자와(下北沢) 역 북쪽 출구에서 좌회전, 무지(無印良品) 앞에서 우회전, 직진. 도보 4분

주소 : 東京都 世田谷区 北沢 2-29-14, 第11 FMGビル 1F

전화 : 03-5790-9767

시간 : 월·수~금 11:30~14:30, 17:30~21:45, 토~일 11:00~14:45, 17:00~21:45. 휴무 : 화요일

메뉴 : 런치(밥, 샐러드 포함)_히레 스테이크(ヒレステーキ, 100g) 1,380엔, 살로인 스테이크(サーロインステーキ, 150g) 1,270엔, 립로스 스테이크(リブロースステーキ, 150g) 1,100엔

홈페이지 : www.lemonde-japan.com

스테이크 구이신보 ステーキのくいしんぼ 下北沢店 Steak Kuishinbo

스테이크 전문점으로 구이신보 스테이크, 오리지널 햄버거스테이크, 립로스 스테이크, 치킨 스테이크, 로스트 미트 등 기름진 음식 천국이다. 스테이크에는 토마토, 화풍(和風), 네기시오(ねき塩) 등 여러 소스가 있는데 우리 입맛에는 파와 소금만 뿌린 네기시오가 가장 잘 맞는다. 세트 메뉴로 시키면 스테이크에 밥, 샐러드

가 나오고 단품으로 시키면 밥을 추가해 먹는다. 스테이크 양은 남자면 300g, 여자면 200g 정도가 적당하다.

교통 : 시모키타자와(下北沢) 역 남쪽 출구에서 오른쪽, 남구 거리 방향. 교자노오우쇼(餃子の王将) 못미처 좌회전. 도보 5분

주소 : 東京都 世田谷区 北沢 2-19, 熊崎第1ビル 1F

전화 : 03-3419-5588

시간 : 11:00~23:30

메뉴 : 런치(스테이크, 밥, 샐러드 포함)_오늘의 스페셜 런치 790엔, 특제 런치 990엔/디너_구이신보 스테이크(くいしんぼ ステーキ), 오리지널 햄버거 스테이크, 립로스 스테이크

홈페이지 : www.kuishinbo.jp

인스파이어드 바이 스타벅스 Inspired By Starbucks **スターバックス コーヒー**

기존 스타벅스와 달리 동네 사랑방 분위기의 조금 더 편안한 풍경을 콘셉트로 한다. 이 때문인지 커피를 주문받고 내주는 기능 위주의 커피숍 바와 달리 손님과 말이 통하는 소통형 바를 갖추고 있다. 메뉴도 커피에서 벗어나 맥주와 와인 등 가벼운 주류가 있는 것도 특징! 푹신한 소파에 앉아 동네 주민끼리 이야기하듯 수다를 떨고 싶다면 한번 방문하기 추천한다.

교통 : 시모키타자와(下北沢) 역 남쪽 출구에서 오른쪽, 남구 거리 방향. 교자노오우쇼(餃子の王将) 지나 도로 길 건너. 도보 6분

주소 : 東京都 世田谷区 代沢 5-8-13, クリークス代沢

전화 : 03-5431-5250

시간 : 월~목·일 08:00~22:00(금~토 ~23:00)

메뉴 : 커피 500엔~, 아이스크림+와플파이(アップルパイ With アイスリーム), 블루베리 스콘(ブルーベリースコーン), 맥주(ビール), 와인(赤白ワイン)

홈페이지 : www.starbucks.co.jp

*쇼핑

칼디 커피 팜 カルディコーヒーファーム 下北沢店 KALDI Coffee Farm

시모키타 에키마에도리(しもきた 駅前通り)에 위치한 커피와 홍차 전문점으로 음료, 소스 등도 판매한다. 포숑(Fauchon), 마리아주 프레르(Mariage Frere), 자낫(Janat) 같은 유명 홍차 제품이 있어 홍차를 좋아하는 사람에게는 관심이 가는 곳이다. 아울러 갓 로스팅한 커피는 기본으로 한 봉지 사게 되는 유혹에 빠진다.

교통 : 신주쿠(新宿) 역에서 사철 오다큐 오다와라센(小田急 小田原線) 또는 시부야(渋谷)에서 사철 게이오 이노카시라센(京王 井の頭線) 이용, 시모키타자와(下北沢) 역 북쪽 출구에서 바로

주소 : 東京都 世田谷区 北沢 2-25--19, ピアザ近江屋ビル 1F

전화 : 03-5790-0295

시간 : 10:00~23:00

홈페이지 : www.kaldi.co.jp

도요 백화점 東洋 百貨店 Toyo Department Store 도요 햣카텐

시모키타 햣카도리(しもきた 百花通り)에 위치한 쇼핑몰로 빈티지, 액세서리, 잡화 등 20여 개의 작은 상점들이 모여 있다. 주요 상점으로는 여성 패션의 Ocean B.L.V.D, 빈티지의 SMOG, 수입 여성 패션의 TIP-L, 미국산 빈티지의 Lanp, 자연소재 액세서리의 IBUQUI, 잡화와 시계의 absolutely unique, 미국산 빈티지의 Like 등이 자리한다. 상품 가격은 빈티지 의류 1,000엔~, 수제 액세서리 1,000엔~, 중고 운동화 3,000~4,000엔 정도.

교통 : 시모키타자와(下北沢) 역 북쪽 출구에서 좌회전한 뒤 다시 우회전

주소 : 東京都 世田谷区 北沢 2-25-8

전화 : 03-3468-7000

시간 : 12:00~20:00(상점별로 다름)

홈페이지 : www.k-toyo.jp

위고 WEGO 下北沢店

시모키타 오챠메도리(しもきた おちゃめ通り)에 위치한 빈티지 숍으로 1층 여성

패션, 2층 남성 패션 매장으로 나뉜다. 취급 품목은 운동화에서 재킷, 팬츠, 모자 등으로 다양해서 빈티지 편집매장이라 불러도 손색이 없고 빈티지 외 일부 신품도 판매한다.
교통 : 시모키타자와(下北沢) 역 북쪽 출구에서 좌회전한 뒤 다시 우회전, 사거리에서 우회전. 도보 3분
주소 : 東京都 世田谷区 北沢 2-29-3, オークプラザ 1F
전화 : 03-5790-5525
시간 : 11:00~21:00
홈페이지 : https://wegoec.jp

레시피 시모키타 レシピ シモキタ Recipe Shimokita

시모키타자와 역 남쪽 출구 오른쪽에 있는 쇼핑센터로 시모키타자와에서는 가장 큰(?) 규모를 자랑한다. 매장은 지하 1층~지상 1층 식품관 푸디움(Foodium), 2~4층 유니클로, 5층 잡화점 다이소, 6·8층 식당, 주점 등이 있다. 식품관 푸디움에서 스시 벤또를 맛보면 좋고 유니클로에서는 히트택이나 후리스 셔츠, 다이소에서는 필요한 잡화를 사도 괜찮다.
교통 : 시모키타자와(下北沢) 역 남쪽 출구에서 오른쪽 철길 방향, 바로
주소 : 東京都 世田谷区 北沢 2-20-17
시간 : 푸디움 09:00~01:00, 유니클로·다이소 10:00~21:00

빌리지 뱅가드 ヴィレッジヴァンガード 下北沢店 Village Vanguard

시모키타자와 역 동쪽, 시모키타자와(下北沢) 도가이(東会) 상점가에 있는 서점 겸 기념품, 장난감점이다. 서적에는 짧게 서평을 적은 포스트잇이 붙어 있고 이곳에서만 볼 수 있는 기념품인지 장난감인지 구분이 안 가는 독특한 상품들은 미로 같은 매장에 여기저기 쌓여 있다. 신기하고 흥미로운 상품을 자세히 살피다 가는 시간이 많이 지날지 모른다.
교통 : 시모키타자와(下北沢) 역 남쪽 출구에서 왼쪽 굴다리 지나 오른쪽.
주소 : 東京都 世田谷区 北沢 2-10-15
전화 : 03-3460-6145
시간 : 10:00~24:00

홈페이지 : www.village-v.co.jp

다윈룸 好奇心の森 ダーウィンルーム Darwin Room

상호가 호기심의 숲 다윈룸이나 간단히 다윈룸이라고 한다. 리버랄 아트 랩(Liberal Arts Lab), 인문학 연구소라는 거창한 콘셉트를 가지고 탄생한 서점, 화석과 광물 등의 표본, 회화와 공예품 등의 예술품, 문구와 채집구 같은 도구점, 카페를 겸한 곳이다. 매장에는 기묘한 화석, 모형, 문구, 서적 등이 뒤엉켜 있어 뭐 하는 곳인가 하는 생각이 들게 하면서도 다른 곳에서 보기 힘든 것들이 있어 이내 상품을 잘 살피게 된다. 매장 한편의 카페에서 커피나 차도 마실 수 있고 간단한 소품도 살 수 있다.

교통 : 시모키타자와(下北沢) 역 남쪽 출구에서 오른쪽, 직진 도보 5분

주소 : 東京都 世田谷区 代沢 5-31-8

전화 : 03-6805-2638

시간 : 12:00~20:00

휴무 : 격주 목요일(홈페이지 참조)

*극장&클럽

혼다 극장 本多 劇場 Honda Theater 혼다 게키죠

시모키타자와에는 크고 작은 공연장들이 모여 있어 도쿄의 대학로를 이루고 있다. 혼다 극장은 시모키타자와 공연의 중심으로 연극, 콘서트, 뮤지컬 등 다양한 공연이 열린다. 혼다 극장 외 게키 소극장(劇小劇場, 03-3466-0020), 오프오프 씨어터(OFFOFF シアタ, 03-3424-3755), 에키 게키죠(駅前 劇場, 03-3414-0019), 자 스즈나리(ザスズナリ, 03-3469-0511), 소극장 낙원(樂園, 03-3466-0903), 씨어터-711(シアタ-711, 03-3469-9711), 소극장 B1(03-6416-8281) 등 7개의 공연장이 있어 매일 공연을 즐길 수 있다.

교통 : 시모키타자와(下北沢) 역 남쪽 출

구에서 좌회전, 굴다리 지나 우회전. 보도 1분
주소 : 東京都 世田谷区 北沢 2-10-15
전화 : 03-3468-0030
시간 : 14:00, 19:00(공연 별로 다름)
요금 : 일반 4,900엔, 학생 3,500엔(공연 별로 다름)
홈페이지 : www.honda-geki.com

클럽 큐 시모기타자와 Club Que Shimokitazawa

지하 2층에 있는 라이브클럽으로 주로 록 밴드의 공연이 열리고 폴리식스(Polysics), 더 버스데이(The Birthday), 모노 브라이트(Mono bright) 같은 밴드들이 공연했다. 입구 안쪽에 드링크 바가 있고 가운데 홀, 앞쪽에 무대가 마련되어 있다. 티켓은 예매나 현장 판매를 하는데 현장 판매의 경우 대략 오후 4시경부터 티켓을 판매한다. 공연장 오픈은 밤 6시 30분부터, 공연은 밤 7시부터 열린다.
교통 : 시모키타자와(下北沢) 역 남쪽 출구 정면, 철길 옆길. 도보 3분
주소 : 東京都 世田谷区 北沢 2-5-2, ビックベンビル B2F
전화 : 03-3412-9979
시간 : 19:00(18:30 오픈, 매표 대략 16:00~)
시스템 : 입장료(Charge)+별도 드링크
요금 : 입장료 3,000엔(공연 별로 다름), 주류&음료 900엔 내외
홈페이지 : www.ukproject.com/que

클럽 251 Club 251

라이브 바 440과 같은 회사에서 운영하는 라이브클럽으로 같은 빌딩 지하에 위치한다. 안으로 들어가면 바가 있고 가운데 홀, 앞쪽에 무대가 마련되어 있다. 시스템은 입장료(Charge)를 내고 각자 드링크를 사 마시는 것이다.
교통 : 시모키타자와(下北沢) 역 남쪽 출구 오른쪽, 남구 거리 직진. 도보 5분
주소 : 東京都 世田谷区 代沢 5-29-15, SYビル B1F
전화 : 03-5481-4141
시간 : 19:30(오픈 18:30)
시스템 : 입장료(Charge)+별도 드링크
요금 : 입장료(Charge) 2,000엔(공연에 따라 다름), 맥주, 와인 500엔~, 칵테일 600엔~, 드라이카레(볶음밥) 500엔, 후라이드 포테이토 500엔, 술 무제한(飲み放題, 2시간) 1,500~2,000엔
홈페이지 : www.club251.com

시모키타자와 ReG 下北沢 ReG Shimokitazawa ReG

재즈 라이브 하우스 레이디 제인 옆에 있는 공연장으로 주로 록 밴드의 공연이 열린다. 매리 다른 밴드가 공연하므로 매일 새로운 밴드를 만날 수 있어 좋다. 공연 시간은 일요일일 때 우리 관점에서 상상할 수 없는 12시 30분 낮 공연이 열리기도 하나 보통은 오후 4시~7시 사이에 공연이 열린다. 공연장 빌딩 2층에 같은 이름의 레스토랑이 있으므로 이곳에서 식사하고 공연을 관람해도 좋다.

교통 : 시모키타자와(下北沢) 역 남쪽 출구 오른쪽, 남구 거리 직진. 교자점 교자노오우쇼(餃子の王将) 지나 패밀리마트 나오면 좌회전.

주소 : 東京都 世田谷区 代沢 5-30-10, アール下北沢 1F(事務所),B1F(ライブフロア)

전화 : 03-6450-9346

시간 : 16:30(오픈 16:00~)

시스템 : 입장료(Charge)+별도 드링크

요금 : 입장료 2,000엔(공연 별로 다름, 학생 할인, 학생증 지참)

홈페이지 : www.reg-r2.com

포 포티 440 four forty

라이브 바로 점심시간 식사나 차를 제공하고 라이브는 밤 7시부터 시작된다. 지상 1층에 있어 시끄러운 록 음악보다는 J-팝이나 재즈 같은 음악이 주로 공연된다. 시스템은 입장료(Charge)와 1오더(Order, 주문)를 하는 것이다. 1오더 티켓은 음료나 음식으로 교환된다.

교통 : 시모키타자와(下北沢) 역 남쪽 출구 오른쪽, 남구 거리 직진. 도보 5분

주소 : 東京都 世田谷区 代沢 5-29-15

전화 : 03-3422-9440

시간 : 런치 11:30~16:00, 라이브_19:00(18:30 오픈)

시스템 : 입장료(Charge)+1 order(주문)

요금 : 입장료(Charge) 3,000엔(공연 별로 다름), 1Order 500엔(음료, 음식과 교환)

홈페이지 : http://440.tokyo

03 하라주쿠 原宿 Harajuku

하라주쿠는 통통 튀는 패션의 젊은이들이 모이는 곳으로 유명하다. 특히 다케시타도리는 도쿄 10대 패션의 중심이라 할 수 있어 크레이프를 맛보며 지나는 사람들을 구경하는 것만으로도 재미가 있다. 그렇다고 10대 패션만 있는 것도 아니어서 메이지도리와 캣 스트리트에는 20~30대가 좋아할 만한 패션 아이템이 많고 오모테산도와 아오야마에는 세계적으로 유명한 명품숍도 즐비하다. 10대는 아니지만, 나만의 스타일을 원한다면 우라하라주쿠에서 우라하라주쿠풍의 패션을 시도해 보자.

▲ 교통

① JR 야마노테센(山手線) 하라주쿠(原宿) 역 하차

② 지하철 도쿄메트로 치요다센(千代田線), 후쿠토신센(副都心線) 메이지진구마에(明治神宮前) 역 하차

③ 지하철 도쿄메트로 긴자센(銀座線)·한조몬센(半蔵門線)·치요다센(千代田線) 오모테산도(表參道) 역 하차

▲ 여행 포인트

① 일본 젊은 층이 주로 찾는 다케시타도리에서 둘러보기

② 다케시타도리의 마리온 와플 맛보기

③ 메이지도리와 오모테산도에서 명품숍 살펴보기

④ 캣 스트리트와 우라하라주쿠에서 패션 아이템 쇼핑하기

⑤ 메이지진구 숲길 산책하기

▲ 추천 코스

메이지진구→다케시타도리→메이지도리→캣 스트리트→우라하라주쿠→오모테산도→오모테산도힐즈→아오야마

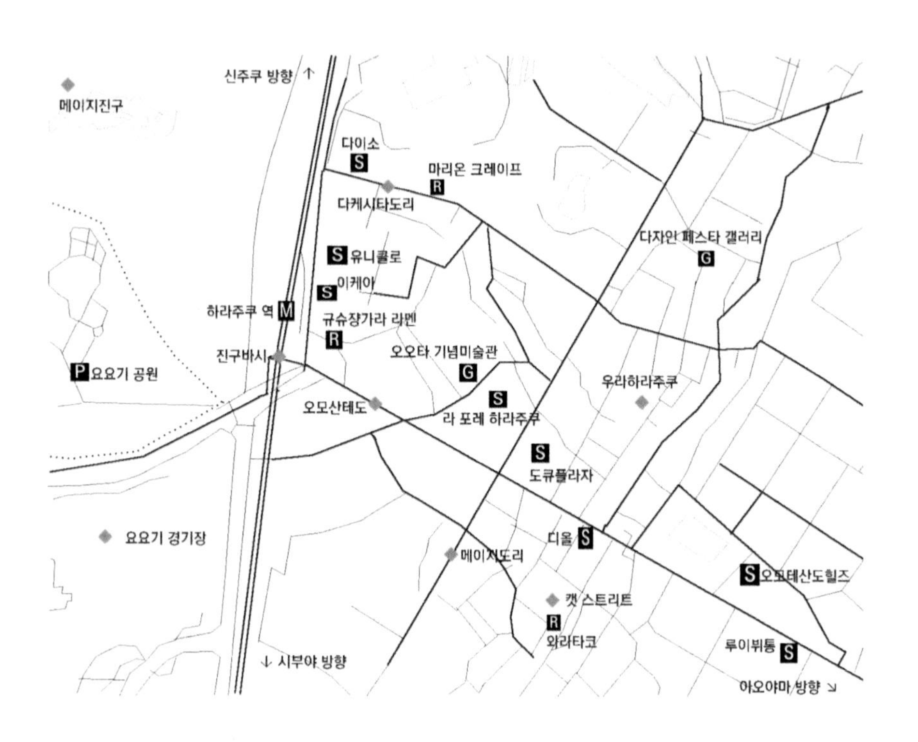

하라주쿠 역 原宿駅 Harajuku Station

연일 사람들로 붐비는 하라주쿠 역은 도쿄에서 가장 오래된 목조 역사로 1924년 영국풍의 목조건물로 지어졌다. 당시 일왕 전용 열차 발착 역으로 세워져, 1952년까지 일반 사람은 이용할 수 없었다고 전한다. 역사 내에는 야마노테센(山手線)이 사용하는 1, 2번 플랫폼 외 두 개의 플랫폼이 비어있는데 이것이 바로 일왕이 사용했다는 궁정 플랫폼이다. 하라주쿠 역은 고풍스러운 모습을 간직하고 있어 기념 촬영하기 좋고 지인과의 약속 장소로도 괜찮다.

교통 : JR 하라주쿠(原宿) 역에서 바로

주소 : 東京都 渋谷区 原宿駅

진구바시 神宮橋 Jingu Bashi

JR 하라주쿠 역과 요요기 공원, 메이지 진구를 잇는 다리로 한쪽에는 차량 통행로이고 한쪽이 꽤 넓은 보행 전용로이다. 다리 자체는 특별한 것이 없으나 주말이면 다리에서 주로 10대에서 20대 초반의 여성들이 만화나 애니메이션 주인공을 복장을 따라 하는 코스프레가 열리는 장소로 알려져 있다. 코스프레 중 어두운 화장과 복장이 고스로리(Goth-Loli), 밝은 화장과 복장이 공주풍이라고 할 수 있는데 이곳에서는 고스로리를 많이 보인다. 코스프레 사진을 찍고 싶으면 멀리서 배경 삼아 찍거나 클로즈업 시 당사자의 허락을 받고 찍는다.

교통 : JR 하라주쿠(原宿) 역에서 진구바시 방향, 도보 1분

주소 : 東京都 渋谷区 代々木 神園町 1

메이지진구 明治神宮 Meiji Jingu

1920년 메이지 일왕과 쇼켄 왕비를 기리기 위해 세워진 신궁으로 1945년 제2차 세계 대전 당시 미국의 폭격으로 대부분 파괴되었다가 1958년 재건되었다. 하라주쿠 역 부근에 신궁의 정문 역할을 하는 커다란 도리이(鳥居)가 세워져 있고 신궁으로 가는 길가에는 울창한 숲이 조성되어 상쾌함이 느껴진다. 가는 길 오른쪽으로 보물 전시관이 있고 보물 전시관을 지나 왼쪽 길로 가면 신궁이 보인다. 신궁 앞 왼쪽에 손님을 맞이하는 갸쿠덴(客殿), 신궁 안쪽 본전인 오샤덴(御社殿), 그 옆에 가쿠라덴(神樂殿), 소원을 적는 오미꾸지(おみくじ)를 파는 사무소가 있고 오샤덴 뒤쪽으로 들어간 곳에 다카라모노덴(宝物殿)이 있다. 메이지 진구는 봄에 화사한 봄꽃을 보기 위해 사람들이 몰리고 평소에는 전통 혼례 명소여서 운이 좋으면 기모노를 입고 혼례를 치르는 일본 사람들을 목격할 수도 있다. 단, 이곳이 한일합병을 주도한 메이지 일왕을 기리는 곳임으로 무심코 참배를 하는 일이 없어야 하나, 일본 문화 탐방의 일환을 돌아보는 것에는 부담을 느끼지 않아도 된다.

교통 : JR 하라주쿠(原宿) 역에서 진구바시(神宮橋) 지나 오른쪽, 메이지진구 방향, 도리이(鳥居)까지 도보 2분, 신궁 건물까지 도보 5분

주소 : 東京都 渋谷区 代々木 神園町 1-1

전화 : 신궁_03-3379-5511, 보물전시장_03-3379-5875

시간 : 신궁_일출~일몰, 보물전_매월 약 15일 정도 개방(홈피 참조), 보물전시장_09:00~16:30(11~2월 ~16:00)

휴무 : 보물전_월요일, 보물전시장_일요일

요금 : 보물전_500엔, 보물 전시장_500엔

홈페이지 : www.meijijingu.or.jp

☆여행 이야기_일본 근대화를 이끈 메이지 일왕

일본 제122대 천황으로 16살에 즉위하여 300여 년간 일본을 지배하던 막부를 무너트리고 왕정복고를 이뤘고 메이지 유신으로 1868년 신정부인 메이지 정부를 탄생시켰다. 메이지 신정부는 일본 최초의 근대 헌법을 제정하고 국회를 개설했으며 학제를 개혁하고 징병제를 시행하는 등 일련의 일본 근대화 작업을 진행하였다. 외부적으로는 청일 전쟁, 러일 전쟁에 승리하였고 한국을 합병했다. 한일합병으로 우리는 우리의 땅과 말을 잃고 오랫동안 고통의 시간을 보냈다. 메이지 일왕 사후, 그를 기리는 메이지 신궁이 만들어졌으니 메이지 신궁을 둘러보되, 참배는 하지 말아야 할 것이다. 메이지 일왕의 아들이 다이쇼 일왕, 다이쇼 일왕의 아들이 쇼와(히로히토) 일왕이다.

요요기 공원 代々木 公園 Yoyogi Park 요요기코엔

요요기 공원은 도쿄에서 4번째로 큰 공원이다. 제2차 세계대전 후 군대 행진을

위한 운동장으로 쓰였고 이후 미군의 주둔지였다. 1964년 도쿄 올림픽을 맞아 공원과 경기장으로 개장하였다. 공원에는 연못과 분수대, 중앙 광장, 조류관, 정원, 사이클 코스 등이 있고 동쪽으로 메이지 진구와 접해있다. 봄날 벚꽃 놀이 가기 좋고 다른 계절에도 푸름이 가득한 공원을 한가롭게 걷기 괜찮다. 요요기 고원 서쪽, 요요기 경기장 곁에 다코야키 같은 주전부리를 파는 노점이 있으니 출출할 때 들려도 좋다.

교통 : JR 하라주쿠(原宿) 역에서 진구바시(神宮橋) 건너 요요기 공원 방향, 바로
주소 : 東京都 渋谷区 代々木 神園町 2-1
전화 : 03-3469-6081
홈페이지 : www.tokyo-park.or.jp

다케시타도리 竹下通り Takeshitadori
10대 위주의 패션, 액세서리, 모자, 문구, 팬시용품, 양말, 잡화, 고스로리나 공주풍 코스프레 복장 등의 상점, 레스토랑 등이 밀집된 거리이다. 항상 중고생에서 20대 초반까지의 일본 사람들이 붐비고 주말에는 발 디딜 틈 없는 북새통을 이룬다. 길가나 길가 카페에 앉아 고스로리나 공주풍 코스프레 복장을 한 사람이나 한껏 댄디하게 멋을 냈지만 어딘지 모르게 어수룩한 티가 나는 사람들을 보는 재미가 쏠쏠하다. 단, 독특하게 꾸미고 나온 사람이 불편할 정도로 뚫어지게 보진 말자. 일본 사람도 독특하게 꾸미고 다니는 사람이 있으면 눈길이 가기는 하나 틀린 게 아니고 다르게 하고 다니는 사람이겠거니 존중(?)하는 문화가 있음도 알아두자. 다케시타도리 한 블록 남쪽 골목을 브람스 골목이라 하고 패션숍, 기념품상점, 레스토랑 등이 모여 있으나 전체적으로 10대 위주의 다케시타도리에 비해 점잖은 느낌이다.

교통 : JR 하라주쿠(原宿) 역에서 횡단보도 건너 좌회전, 다케시타도리(竹下通り) 방향. 도보 1분
주소 : 東京 渋谷区 代々木 神園町, 竹下通り

≫구츠시타야 靴下屋 原宿竹下通り店 Kotsushitaya
여성 패션, 남성 패션, 아동 패션, 유아 패션 등을 취급하는 타비오(Tabio) 산하

양말전문점이다. 매장에는 여성용, 남성용, 아동용 등 종류별 양말과 다양한 색상의 양말이 갖춰져 있어 선물용으로 양말을 사기 좋다. 꼭 구매하지 않아도 되니 매장에 들어가 둘어보자.

교통 : JR 하라주쿠(原宿) 역 쪽 다케시타도리(竹下通り) 입구에서 바로
주소 : 東京都 渋谷区 神宮前1-17-5
전화 : 03-5772-6175
시간 : 11:00~20:00
홈페이지 : www.tabio.com

≫다이소 Daiso

1977년 창업한 일본 대표 저가 잡화점으로 일본 내 2,800개 점포, 해외에 840개의 점포를 가지고 있다. 주요 취급 품목은 문구, 팬시 용품, 주방용품, 인테리어 소품, 잡화, 식품 등으로 다양하다. 물건은 저가이면서 어느 정도 품질을 보장하고 있어 부담 없이 사용하기 좋다.
교통 : JR 하라주쿠(原宿) 역 쪽 다케시타도리(竹下通り) 입구에서 바로
주소 : 東京都 渋谷区 神宮前 1-19-24, ビレッジ107
전화 : 03-5775-9641
시간 : 10:00~21:00
홈페이지 : www.daiso-sangyo.co.jp

≫마츠모토 키요시 マツモトキヨシ Matsumoto Kiyoshi

1932년 창업하고 1954년 회사를 설립한 일본 최대의 약(薬 쿠스리), 잡화 전문점으로 일본 전역에 680여 개의 점포를 가지고 있다. 약국(Drug Store)라고 하여 약만 파는 것이 아니라 화장품, 미용과 건강용품, 잡화 등도 취급한다. 비상용 구급약, 간단한 화장품 등을 살 때 들리면 좋다.
교통 : JR 하라주쿠(原宿) 역에서 길 건너 이케아 옆, 바로.
주소 : 東京都 渋谷区 神宮前 1-14-25
전화 : 03-5413-3066
시간 : 09:00~21:30

홈페이지 : www.matsukiyo.co.jp

≫보디라인 Body Line 原宿店

하라주쿠 최대의 고스로리, 공주풍 코스프레 패션 전문점이다. 주요 취급 품목은 어두운 계통의 고스로리(Goth-Loli), 펑크, 코스프레, 잡화, 어린이 공주 패션 등. 매장을 방문하면 톡톡 튀는 원색의 공주풍 복장이 눈에 들어오고 조금은 괴기한 느낌의 고스로리 복장도 눈길이 간다. 독특한 패션을 원한다면 방문해볼 만하다.

교통 : JR 하라주쿠(原宿) 역 나와, 다케시타도리(竹下通り) 입구에서 도보 5분
주소 : 東京都 渋谷区 神宮前 1-6-15, 原宿ジュネスビル 2F
전화 : 03-5410-6665
시간 : 11:00~20:00
홈페이지 : www.bodylinetokyo.co.jp

≫소라도 ソラド 竹下通り SoRaDo

작은 상점이 대부분인 다케시타도리에 보기 드문 쇼핑센터로 지하 1층에 구제 패션의 위고(WEGO), 1층에 캐주얼웨어의 핑크 라테(Pink Latte), 2~3층에는 킹케밥, 핫도그의 아이스 도그, 둥근 빵에 소스를 바른 바쿠단야혼포(ばくだん焼 本舗), 디저트숍 스위트 파라다이스 등이 자리한다. 다케시타도리를 돌아다니다가 2~3층 식당가에서 아이스크림을 맛보며 잠시 쉬기 좋다.

교통 : JR 하라주쿠(原宿)역 쪽 다케시타도리(竹下通り) 입구에서 도보 5분
주소 : 東京都 渋谷区 神宮前 1-8-2
전화 : 03-6440-0568
시간 : 10:30~20:30(토~일 ~21:00), 2~3층 식당가 11:00~21:00
홈페이지 : www.solado.jp

메이지도리 明治通り Meijidori

이 거리에는 여러 유명 브랜드숍과 편집매장이 있어 패션에 관심이 있는 사람들을 불러 모으고 있다. 20~40대를 겨냥한 메이지도리의 상품이 10대 위주의 다케시타도리에 비해 높아서인지 비교적 차분한 분위기를 낸다. 메이지도리로 내려가 캣 스트리트, 오모테산도, 아오야마 순으로 걸어보자.

교통 : JR 하라주쿠(原宿) 역에서 오모테산도(表参道) 이용, 사거리 북쪽과 남쪽

거리 방향. 도보 5분 또는 지하철 치요다센(千代田線), 후쿠토신센(副都心線) 메이지진구마에(明治神宮前) 역 4, 5번 출구, 바로
주소 : 東京都 渋谷区 神宮前, 明治通り

≫찰스&키스 Charles&Keith 東急プラザ 表参道原宿店

찰스 웡과 키스 웡이 세운 싱가포르 패션 브랜드로 세계 각국에 여러 지점을 갖고 있다. 주요 취급 품목은 여성 패션, 가방, 신발, 액세서리 등이다. 전체적으로 간결하고 세련된 디자인으로 여성 고객에게 인기!
교통 : 오모테산도(表参道) 사거리에서 북쪽 방향, 도보 1분
주소 : 東京都 渋谷区 神宮前 4-30-3 東急プラザ表参道原宿 3F
전화 : 050-5434-1519
시간 : 10:00~21:00
홈페이지 : https://charleskeith.jp

≫히스테릭 글래머 ヒステリックグラマー Hysteric Glamor

1984년 일본에서 창업한 캐주얼 브랜드로 트렌드에 연연하지 않고 독자적인 디자인을 추구하는 것으로 알려져 있다. 이런 디자인은 1960년대의 록이나 사이키델릭, 히피 문화의 영향을 받은 듯 느껴지기도 한다. 하라주쿠 매장은 지하에 여성 패션, 1층에 남성 패션으로 나눠, 히스테릭 글래머만의 제품을 선보인다.

교통 : 오모테산도(表参道) 사거리에서 남쪽, 히스테릭 글래머 방향. 도보 5분
주소 : 東京都 渋谷区 神宮前 6-23-2, B1F~1F
전화 : 03-3409-7227, 03-3797-5910
시간 : 10:00~21:00
홈페이지 : www.hystericglamour.jp

≫블루/블랙 레벨 크레스트브리지 ブルーレーベル/ブラックレーベル・クレストブリッジ Blue/Black Crestbridge

브랜드 콘셉트로 '영국 영감(BRITISH INSPIRATION), 당대 스타일(CONTEMPORARY STYLE)'을 표방하는 곳이다. 매장은 영국의 전통양식 안에

컨템포러리한 요소를 더하여 런던 호텔의 리셉션처럼 편안한 공간으로 꾸며져 있다. 플래그십 매장으로 다양한 캐주얼 남성과 여성 패션을 볼 수 있는 것도 장점!

교통 : 오모테산도(表参道) 사거리에서 남쪽, 아소코 지나 버버리 블루레이블 방향. 도보 8분
주소 : 東京都 渋谷区 神宮前 6-16-18
전화 : 03-6419-3093
시간 : 11:00~20:00
홈페이지 : www.crestbridge.jp

캣 스트리트 キャットストリート Cat Street
JR 하라주쿠 역에서 오모테산도 이용, 사거리 지나 자이르(Gyre) 쇼핑몰 옆길이 캣 스트리트로 시부야 방향은 유명 브랜드숍, 고급 편집매장, 캐릭터숍, 우라하라주쿠 방향은 구제 패션숍, 캐주얼 패션숍 등이 자리한다. 시부야 방향 낮은 건물 사이를 가로지르는 캣 스트리트를 걷다 보면 홍대나 합정동 어느 골목을 걷는 듯한 느낌이 들기도 한다.
교통 : JR 하라주쿠(原宿) 역에서 오모테산도(表参道) 이용, 사거리 지나 자이르(Gyre) 쇼핑몰 옆길 방향. 도보 8분 또는 지하철 치요다센, 후쿠토신센(千代田線) 메이지진구마에(明治神宮前) 역 4번 출구에서 자이르 쇼핑몰 방향, 도보 3분
주소 : 東京都 渋谷区 神宮前, キャットストリート

≫데님&서플라이 Denim&Supply Ralph Lauren

세계적인 패션 브랜드 랄프로렌의 서브 브랜드로 젊은 층을 대상으로 캐주얼 패션을 선보인다. 주요 취급 품목은 주로 데님 소재의 스커트, 팬츠, 재킷, 폴로셔츠 등이다. 매장을 둘러보며 한국에서 보기 힘든 디자인이 있다면 구입해보는 것도 좋을 것이다.
교통 : 오모테산도(表参道) 자이르 쇼핑몰에서 캣 스트리트 이용, 남쪽 방향. 도보 8분
주소 : 東京 渋谷区 神宮前 5-17-13
전화 : 03-6438-5802
시간 : 11:00~20:00
홈페이지 : www.ralphlauren.co.jp

우라하라주쿠 裏原宿 Uraharajuku
다케시타도리의 끝에서 메이지도리 건너거나 오모테산도 사거리에서 캣 스트리트 이용해 북쪽으로 간 곳에 자리한다. 이곳에는 골목 속에 작은 패션숍, 빈티지 숍, 미용실, 레스토랑, 주점 등이 숨어있는데 주류가 아닌 마이너 느낌의 독특한 분위기를 자아낸다. 이런 분위기를 우라하라주쿠 스타일이라고 부르기도 한다. 마치 번화가가 되기 전, 초기 홍대 분위기라고 할까.
교통 : JR 하라주쿠(原宿) 역에서 오모테산도(表参道) 이용, 사거리 지나 1~2블록 지나 우회전, 북쪽, 우라하라주쿠(裏原宿) 방향. 도보 10분 지하철 치요다센(千代田線), 후쿠토신센(副都心線) 메이지진구마에(明治神宮前) 역 5번 출구에서 우라하라주쿠 방향. 도보 5분
주소 : 東京都 渋谷区 神宮前, 裏原宿

≫조조 미용실 美容室 Hair JOJO

우라하라주쿠에서 있는 미용실에는 여자보다 남자 손님이 자주 보인다. 스타일리스트 컷이 5,000엔부터 시작되고 야마자키 미용사의 컷은 8,500엔으로 동네 미용실보단 비싸지만, 강남 미용실과는 비슷한 가격(?)이 아닐까 싶다. 컷 외 펌(Perm, 파마)이나 염색도 동네 미용실보단 조금 비싸고 강남 미용실보단 훨씬 싸다. 우라하라주쿠 스타일의 머리를 해보고 싶다면 방문해도 좋다.
교통 : 다케시타도리(竹下通り) 끝에서 메이지도리 건너 골목 안으로, 골목 안에 접어들자마자 좌회전, 미용실 방향. 도보 5분
주소 : 東京都 渋谷区 神宮前 3-24-3
전화 : 03-3404-1563
시간 : 11:00~21:00 휴무_화요일
요금 : 스타일리스트 컷 5,000엔~, 야마자키 컷 8,500엔, 펌(Perm) 10,000엔~, 염색(Color) 6,000엔~. 세금별도

≫빔스 워먼 ビームス ウィメン Beams Women

일본 편집매장 브랜드 빔스(Beams)의 편집매장으로 여성 패션 상품을 취급한다. 캐주얼한 분위기의 아웃터, 재킷, 팬츠, 모자, 장갑, 신발, 가방 등을 선보인다. 가격대는 중고가로 여성용 체크무늬 셔츠 12,000엔~, 남성용 누비 자켓

28,000엔~
교통 : 다케시타도리(竹下通り) 끝에서 메이지도리(明治通り) 건너 골목 안으로, 골목 안에 접어들자마자 좌회전. 도보 5분
주소 : 東京都 渋谷区 神宮前 3-25-15, B1
전화 : 03-5413-6415
시간 : 11:00~21:00
홈페이지 : www.beams.co.jp

디자인 페스타 갤러리 Design Festa Gallery

우라하라주쿠 중심에 튀지 않는 2층과 3층이 연결된 흰색 건물로 건물 외관에 파이프 오브제가 예술적으로 장식이 되어 있어 눈길을 끈다. 내부는 크고 작은 전시장으로 이용되는데 주로 미술, 조각, 사진 등을 다루는 신진 아티스트에게 개방된다. 참신한 신인 아티스트의 예술혼을 느끼고 싶다면 한 번쯤 방문해도 좋다.
교통 : JR 하라주쿠(原宿) 역에서 오모테산도(表參道) 이용, 사거리 건너 우회전, 캣 스트리트 이용, 디자인 페스타 갤러리 방향. 도보 10분 지하철 치요다센(千代田線), 후쿠토신센(副都心線) 메이지진구마에(明治神宮前) 역 5번 출구에서 우라하라주쿠, 디자인 페스타 방향. 도보 5분
주소 : 東京都 渋谷区 神宮前 3-20-18
전화 : 03-3479-1442
시간 : 11:00~20:00
홈페이지 : www.designfestagallery.com

오모테산도 表參道 Omotesando

JR 하라주쿠 역에서 동쪽으로 아오야마까지 뻗은 길로 보통 명품숍, 오모테산도 힐즈가 있는 오모테산도 사거리에서 아오야마 사거리 전까지의 구간을 말한다. 길 양편으로 무성한 가로수가 심겨 있고 보행로도 넓은 편이어서 명품숍을 구경하며 한가롭게 걷기 좋다. 명품숍이 있는 빌딩은 각기 독특한 첨단 디자인이 적용되어 지나는 사람들의 눈길을 간다.
교통 : JR 하라주쿠(原宿) 역 또는 지하철 치요다센(千代田線), 후쿠토신센(副都心線) 메이지진구마에(明治神宮前) 역에서 오모테산도(表參道) 방향. 바로
주소 : 東京都 渋谷区 神宮前, 表參道

≫디올 Dior

2003년 일본 건축가 카주요 세이지마(Kazuyo Seijima) & 루에 니시자와(Ryue Nishizawa)가 설계한 빌딩으로 외

장 투명 유리에 전체적으로 흰색 톤의 디자인을 가졌다. 밤에 조명을 들어오면 흰색의 직사각형 조명처럼 느껴지기도 한다. 디올은 세계적인 패션 명품 브랜드 중 하나로 의류, 신발, 가방, 액세서리 등 다양한 제품이 판매된다.

교통 : 오모테산도(表參道) 사거리에서 디올 방향. 도보 3분

주소 : 東京都 渋谷区 神宮前 5-9-11

전화 : 03-5464-6263

시간 : 11:00~20:00

홈페이지 : www.dior.com

≫버버리 バーバリー Burberry

2004년 일본 건축가 키쇼 구로가와(Kisho Kurogawa)가 설계한 일본 간호협회 빌딩으로 건물 앞에 대형 원뿔 조형물이 있고 본 건물 중간에는 노천카페가 있는 열린 공간이 있다. 이 빌딩 1층에 입주해 있는 버버리는 영국 대표 패션 명품 브랜드로 특유의 체크무늬가 유명하고 최근에는 체크무늬를 탈피한 제품도 선보인다.

교통 : 오모테산도(表參道) 사거리에서 버버리 방향. 도보 5분

주소 : 東京都 渋谷区 神宮前 5-2-29

전화 : 03-5778-7891

시간 : 11:00~20:00

홈페이지 : https://jp.burberry.com

≫루이뷔통 ルイ・ヴィトン Louis Vuitton

2002년 일본 건축가 준 아오키(Jun Aoki)가 설계한 빌딩으로 루이뷔통의 트렁크 제품에서 영감을 얻었다고 한다. 이 때문인지 각층은 격자로 표현된 트렁크를 쌓은 듯한 느낌이 든다. 루이뷔통은 프랑스 대표 패션 명품 브랜드 중 하나로 특히 가방, 지갑 제품이 인기!

교통 : 오모테산도(表參道) 사거리에서 루이비통 방향. 도보 5분

주소 : 東京都 渋谷区 神宮前 5-7-5

전화 : 120-001-854

시간 : 11:00~20:00

홈페이지 : https://jp.louisvuitton.com

≫휴고 보스 ヒューゴボス Hugo Boss

2013년 일본 건축가 노리히코 단(Norihiko Dan)이 설계한 오모테산도 케야키 빌딩으로 나뭇가지를 모은 뒤 중간

을 졸라맨 모습을 하고 있다. 이 빌딩을 사용하는 휴고 보스는 독일 대표 패션 명품 브랜드로 안경, 향수, 액세서리 등이 인기를 끈다.

교통 : 오모테산도(表參道) 사거리에서 토즈 방향. 도보 5분 또는 지하철 치요다센(千代田線), 긴자센(銀座線), 한조몬센(半蔵門線) 오모테산도(表參道) 역 A1출구에서 휴고 보스 방향. 도보 1분

주소 : 東京都 渋谷区 神宮前 5-1-3

전화 : 03-6418-9365

시간 : 11:00~20:00

홈페이지 : www.hugoboss.com

오오타 기념미술관 太田 記念美術館

우키요에(浮世絵)는 14세기 무로마치(室町)시대부터 19세기 에도(江戶) 말까지 그려진 전통 목판화를 말한다. 유키요에의 뜻은 다소 철학적인 '덧없는 세상의 그림' 그림은 주로 서민 생활을 묘사한 풍속화가 많았다. 19세기 우키요에는 유럽에 전해져 인상파 탄생에 영향을 미치기도 했는데 유럽 수출용 도자기 포장지로 우키요에 그림이 사용되었다. 유럽의 화가가 그 포장지를 보고 인상이라는 새로운 그림의 영감을 얻었다. 현재 미술관에는 우키요에 명인인 가츠시카 호쿠사이(葛飾北斎)와 안도 히로시게(安藤広重) 등의 작품 1만여 점을 소장, 전시한다.

교통 : JR 하라주쿠(原宿) 역에서 오모테산도(表參道0 이용, 알테카 플라자(Alteka Plaza) 지나 좌회전, 미술관 방향. 도보 5분

주소 : 東京 渋谷区 神宮前 1-10-10

전화 : 03-3403-0880

시간 : 10:30~17:30. 휴무 : 월요일

요금 : 700~1,000엔(전시 별로 다름)

홈페이지 : www.ukiyoe-ota-muse.jp

아오야마 青山 Aoyama

아오야마 사거리 동쪽 지역으로 명품 브랜드, 로컬 브랜드숍이 늘어서 있어 고급 쇼핑가를 이루고 있다. 긴자의 북적이는 명품숍이 불편하다면 조금 한가하게 상품을 둘러볼 수 있는 아오야마 거리로 오는 것도 나쁘지 않다. 아울러 오모테산도

의 명품숍 빌딩과 같이 독특한 첨단 디자인의 빌딩을 볼 수 있는 점도 흥미롭다.

교통 : JR 하라주쿠(原宿) 역에서 오모테산도(表參道) 이용, 아오야마 방향. 도보 15분 또는 지하철 치요다센(千代田線), 긴자센(銀座線), 한조몬센(半蔵門線) 오모테산도(表參道) 역 A4, 5번 출구에서 아오야마 방향. 도보 1분

주소 : 東京都 港区 南青山, 靑山

≫스파이럴 スパイラル Spir

일본 건축가 후미히코 마키(槇文彦)가 설계한 빌딩으로 1980년대 일본 포스트모던 건축의 대표 빌딩으로 여겨진다. 외관 한쪽은 유리 외관, 다른 한쪽은 콘크리트 외관으로 되어있어 언밸런스한 느낌을 주고 안쪽에는 나선형 슬로프의 스파이럴 가든이 있어 친근한 느낌을 준다. 스파이럴은 복합문화 빌딩으로 스파이럴홀(공연장), 스파이럴 가든(아트리움), 레스토랑 등이 자리한다.

교통 : 아오야마(靑山) 사거리에서 남쪽 방향, 도보 1분 또는 지하철 치요다센(千代田線), 긴자센(銀座線), 한조몬센(半蔵門線) 오모테산도(表參道) 역 B1번 출구에서 스파이럴 방향. 바로

주소 : 東京都 港区 南青山 5-6-23

전화 : 03-3498-1171

시간 : 10:00~20:00

홈페이지 : www.spiral.co.jp

≫프라다 プラダ Prada

건축가 작크 & 피에르(Jacques Herzog & Pierre de Meuron)가 설계한 빌딩으로 사선으로 교차해서 줄을 그은 듯한 유리 외관이 인상적이다. 유리 외관 건물은 안에서 안과 밖에서 조망할 수 있으므로 개방감이 두드러진다. 프라다는 이탈리아 대표 패션 명품 브랜드로 여러 제품 중 가방, 액세서리가 인기를 끈다.

교통 : 아오야마(靑山) 사거리 지나 프라다 방향. 도보 3분 또는 지하철 치요다센(千代田線), 긴자센(銀座線), 한조몬센(半蔵門線) 오모테산도(表參道) 역 A4, 5번 출구에서 프라다 방향. 바로

주소 : 東京都 港区 南青山 2-5-2-6

전화 : 03-6418-0400

시간 : 11:00~20:00

홈페이지 : www.prada.com

*레스토랑&카페

규슈쟝가라 라멘 九州じゃんがら Kyusyu Jangara Ramen

돼지 뼈를 고아 육수를 낸 규슈 돈고츠 라멘 전문점으로 입맛에 따라 가쿠니쿠(角肉 편육), 미타마고(味玉子 계란), 멘타이코(めんたいこ 명란), 기쿠라게(きくらげ 목이버섯), 챠슈(チャーシュー 돼지고기), 멘마(めんま 죽순), 네기(ねぎ 파) 등의 고명 선택이 가능하다. 하나하나 말하기 어려우면 한글 메뉴를 청하거나 모두를 뜻하는 '젠부이리(全部入り)'라고 하면 된다.

교통 : JR 하라주쿠(原宿) 역 또는 지하철 치요다센(千代田線), 후쿠토신센(副都心線) 메이지진구마에(明治神宮前) 역 3번 출구에서에서 오모테산도(表參道) 방향, 바로

주소 : 東京都 渋谷区 神宮前 1-13-21

전화 : 03-3404-5572

시간 : 11:00~23:30(준비시간_월~금 15:00~17:00)

메뉴 : 규슈 쟝가라(九州じゃんがら) 630엔/1,030엔, 본샨(ぼんしゃん) 730/1180엔, 고본샨(こぼんしゃん) 730/1180엔 내외

홈페이지 : www.kyusyujangara.co.jp

마리온 크레이프 マリオン クレープ Marion Crepes

다케시타도리 중간에 있는 크레이프 전문점으로 크레이프 또는 크레페라고 한다. 크레이프는 계란이 든 밀가루 반죽을 얇게 펴서, 잘 구워 만든 간식으로 초콜릿을 올려 따뜻하게 먹는 핫 크레이프, 튜나(참치)를 올려 간식으로 먹는 스낵 크레이프, 바나나와 크림을 올려 차게 먹는 콜드 크레이프, 아이스크림을 올려 먹는 아이스 크레이프, 초콜릿과 과일, 아이스를 복합적으로 올려 먹는 스페셜 크레이프 등이 있다.

교통 : JR 하라주쿠(原宿) 역 또는 지하철 치요다센(千代田線), 후쿠토신센(副都心線) 메이지진구마에(明治神宮前) 역 2,3번 출구에서 다케시타도리(竹下通り) 방향, 다케시타도리 중간. 바로

주소 : 東京都 渋谷区 神宮前 1-6-15

전화 : 03-3401-7297

시간 : 10:30~20:00(주말 10:00~)

메뉴 : 초콜릿, 아몬드 초코, 튜나(참치), 바나나 크림, 애플 크림, 카스타드 아이

스, 바나나초코 스페셜 500엔 내외
홈페이지 : www.marion.co.jp

와라타코 笑たこ Wara Tako

캣 스트리트에 있는 다코야키 전문점으로 다코야키((たこ焼き)는 밀가루 반죽에 문어, 파 등을 넣고 다시 밀가루 반죽을 부어 공처럼 구워내는 음식을 말한다. 다코야키의 종류는 문어만을 넣는 다코야키, 다코야키에 매실, 파를 올리는 우메네기, 계란 프라이를 올리는 오무타코 등이 있다. 다코야키는 다코야키 전용 소스나 가쓰오부시 소스, 마요네즈 등을 뿌려 먹으면 더욱 맛있다.

교통 : JR 하라주쿠(原宿) 역에서 오모테산도(表參道) 방향, 사거리 지나 자이르(Gyre) 쇼핑몰 옆길 방향. 도보 3분 또는 지하철 치요다센(千代田線), 후쿠토신센(副都心線) 메이지진구마에(明治神宮前) 역 4번 출구에서 사거리 건너 자이르 쇼핑몰 옆길 방향. 바로
주소 : 東京都 渋谷区 神宮前 5-11-3
전화 : 03-3409-8787
메뉴 : 다코야키, 우메네기, 오무타코
시간 : 12:00~21:00
홈페이지 : https://waratako.com

아니베르세르 카페 アニヴェルセル カフェ Anniversaire Cafe

고풍스러워 보이는 건물 앞 아니베르세르 카페에서 커피를 마시거나 책을 보는 풍경은 마치 프랑스 파리의 노천카페를 연상케 한다. 이 때문인지 아니베르세르 카페의 노천 좌석은 항상 빈자리를 찾기 어렵다.

교통 : JR 하라주쿠(原宿) 역에서 오모테산도(表參道) 이용, 사거리 지나 아니베르세르 카페 방향. 도보 15분 또는 지하철 치요다센(千代田線), 한조몬센(半蔵門線), 긴자센(銀座線) 오모테산도(表參道) 역 A2번 출구에서 바로
주소 : 東京都 港区 北青山 3-5-30
전화 : 03-3475-6288
시간 : 10:00~23:00(금~토 24:00)
메뉴 : 런치_라자냐(ラザニア) 2,310엔, 샌드위치 2,200엔, 디너_코스 14,850엔, 티라무스 1,650엔, 카페라테 1,210엔, 커피 1,100엔 내외
홈페이지 :
http://cafe.anniversaire.co.jp

마이센 まい泉 青山本店 Maisen

오모테산도에 있는 돈가스 레스토랑으로 고급 돈가스에는 가고시마에서 가져온 흑돼지(黒豚)를 사용해 육질을 고소하면서 쫄깃하다. 가볍게 맛볼 메뉴로는 동그랑땡 돈가스 덮밥 정식인 가츠마부시젠(かつまぶし膳), 카레를 얹은 가츠카레가 있고 구로부타를 사용한 고급 메뉴에는 구로부타 히레가츠동(黒豚 ヒレかつ丼), 구로부타 히레가츠젠(黒豚 ヒレかつ膳) 등이 있다. 저렴한 런치 세트가 있는 점심시간 방문하는 것이 좋다.

교통 : JR 하라주쿠(原宿) 역에서 오모테산도(表參道) 이용, 사거리, 오모테산도힐즈(表參道ヒルズ) 지나 하라니혼도리(原二本通り)에서 좌회전, 마이센 방향. 도보 15분 또는 지하철 치요다센(千代田線), 긴자센(銀座線), 한조몬센(半蔵門線), 오모테산도(表參道) 역 A2번 출구에서 하라니혼도리 골목 안으로. 도보 3분

주소 : 東京都 渋谷区 神宮前 4-8-5

전화 : 0120-428-485

시간 : 11:00~22:45

메뉴 : 특제히레가츠(特製ヒレかつ) 789엔, 카츠카레빵(かつカレーパン) 381엔, 가츠마부시젠(かつまぶし膳), 가츠카레(かつカレー), 구로부타 히레가츠동(黒豚 ヒレかつ丼), 구로부타 히레가츠젠(黒豚 ヒレかつ膳)

홈페이지 : http://mai-sen.com

센키치 千吉 Senkichi

우리에게는 생소한 카레 우동을 맛볼 수 있는 곳으로 여러 향신료를 배합해 만든 카레를 우동에 얹어 준다. 메뉴 대부분은 카레 정식이어서 카레 우동과 밥(ご飯), 단무지(香物)가 나온다. 양이 부족하다면 주문할 때 곱빼기 오오모리(大盛り)이라고 하고 양이 괜찮으면 보통 나미모리(並盛り)라고 하는데 메뉴판 표기에는 보통 나미(並), 곱빼기 다이(大)라고만 적혀 있으니 참고!

교통 : JR 하라주쿠(原宿) 역에서 오모테산도(表參道) 이용, 아오야마 사거리에서 우회전. 도보 15분 또는 지하철 치요다센(千代田線), 긴자센(銀座線), 한조몬센(半蔵門線) 오모산테도(表參道) 역 B3출구에서 센키치 방향. 바로

주소 : 東京都 港区 南青山 5-6-25

전화 : 03-3400-4920

시간 : 11:00~03:00
메뉴 : 센키치 카레동(千吉カレーうどん) 750엔, 매운 카레우동(和風スパイシーカレーうどん) 800엔, 짬뽕카레운동(ちゃんぽんカレーうどん) 850엔, 구로카페우동(黒カレーうどん) 850엔
홈페이지 :
www.hanamaruudon.com/senkichi

킬 훼봉 아오야마 キル フェ ボン 青山 Quil Fait Bon

아오야마 거리 동북쪽 골목 안에 자리한 타르트 전문점으로 눈에 띄는 간판이 없어 그냥 지나치기 쉽다. 타르트(Tarte)는 밀가루와 버터를 섞어 둥근 파이를 만들고 그 위에 초콜릿, 딸기, 망고, 블루베리 등을 올려(Topping) 장식한 것을 말하고 토핑 재료에 따라 다양한 타르트를 만들 수 있다. 마카오나 홍콩에서 인기를 끄는 에그 타르트는 소형 타르트에 계란 노른자를 올린 것.
교통 : JR 하라주쿠(原宿) 역에서 오모테산도(表参道) 이용, 아오야마(青山) 사거리에서 좌회전 후 골목 안. 도보 15분 또는 지하철 치요다센(千代田線), 긴자센(銀座線), 한조몬센(半蔵門線) 오모산테도(表参道) 역 A4번 출구에서 킬 훼봉 방향. 도보 1분
주소 : 東京都 港区 南青山 3-18-5
전화 : 03-5414-7741
시간 : 11:00~20:00
메뉴 : 망고 타르트(マンゴープリンのタルト), 딸기 타르트(イチゴのタルト), 블루베리 타르트(ブルーベリーのタルト) 1조각 600~800엔, 한판 6,000~7,500엔
홈페이지 : www.quil-fait-bon.com

*쇼핑

위고 WEGO 原宿竹下通り店

1994년 창업한 빈티지 전문점으로 일본 전역에 117개의 매장을 가지고 있다. 구제 의류는 남녀별, 종류별로 구분하여 진열되어 있어 원하는 옷을 찾기 편리하다. 보통 매장 앞에 저가의 미끼 상품이 있고 매장 안쪽에는 간간이 유명 브랜드의 의류도 볼 수 있으니 주의 깊게 살펴보자. 근처에 또 하나의 위고 상점이 있으니 찾아가 보자.
교통 : JR 하라주쿠(原宿) 역에서 다케시타도리 이용, 위고 방향. 도보 5분
주소 : 東京都 渋谷区 神宮前１丁目 8−２５ Solado 竹下通り B1

전화 : 03-5414-5536
시간 : 10:00~21:00
홈페이지 : www.wego.jp

라 포레 하라주쿠 ラフォーレ 原宿 La Foret Harajuku

오모테산도 사거리에 있는 쇼핑센터로 일부 유명 브랜드를 제외하면 하라주쿠만의 패션을 보여주는 작은 패션숍으로 가득한 곳이다. 지하 1.5~1층에 고스로리, 0.5~3층에 여성 패션, 4~5.5층에 캐주얼 패션, 6층에 라 포레 박물관(행사장)이 자리한다. *길 건너 **도큐 플라자(東急プラザ)**도 방문해 보자.
교통 : JR 하라주쿠(原宿) 역에서 오모테산도(表參道) 사거리 방향, 사거리 왼쪽. 도보 5분 또는 지하철 치요다센(千代田線), 후쿠토신센(副都心線) 메이지진구마에(明治神宮前) 역 5번 출구, 도보 1분
주소 : 東京都 渋谷区 神宮前 1-11-6, B1.5F~6F
전화 : 03-3475-0411
시간 : 11:00~20:00
홈페이지 : www.laforet.ne.jp

오모테산도힐즈 表參道ヒルズ Omote-sando Hills
하라주쿠 대표 쇼핑센터로 우리에게도 잘 알려진 일본 건축가 안도 다다오가 설계했고 본관, 서관, 도준관(同潤館) 3개의 건물로 구성된다. 본관 내부는 삼각형 모양으로 비어있고 각층은 비스듬한 경사로를 따라 오르내릴 수 있게 되어 있다. 매장은 지하 3~2층 패션과 라이프스타일, 지하 1~2층 패션과 쥬얼리, 액세서리, 3층 레스토랑과 바가 있는데 전체적으로 고급스러운 느낌이 난다.

교통 : JR 하라주쿠(原宿) 역에서 오모테산도(表參道) 사거리 방향, 사거리 지나 오모테산도힐즈(表參道ヒルズ) 방향. 도보 8분 또는 지하철 치요다센(千代田線), 후쿠토신센(副都心線)) 메이지진구마에(明治神宮前) 역 5번 출구에서 오모테산도힐즈 방향 3분
주소 : 東京都 渋谷区 神宮前 4-12-10
전화 : 03-3497-0310
시간 : 11:00~21:00(레스토랑 ~24:00)
홈페이지 : www.omotesandohills.com

플라잉 타이거 Flying Tiger Copenhagen
1995년 덴마크 코펜하겐에서 창업한 디자인 잡화 전문점으로 북유럽 감성이 반영된 디자인 상품을 판매한다. 취급 품목

은 디자인이 반영된 문구, 생활용품, 욕실용품, 파티용품, 팬시 용품 등 그 종류가 매우 많다. 톡톡 튀는 독특한 디자인 잡화의 가격이 100~1,000엔 내외여서 부담 없이 쇼핑할 수 있는 것도 장점으로 뽑힌다.

교통 : JR 하라주쿠(原宿) 역에서 오모테산도(表參道) 이용, 사거리, 오모테산도힐즈(表參道ヒルズ) 지나 하라니혼도리(原二本通り)에서 좌회전, 마이센 방향. 도보 15분 또는 지하철 치요다센(千代田線), 긴자센(銀座線), 한조몬센(半蔵門線), 오모테산도(表參道) 역 A2번 출구에서 하라니혼도리 골목 안으로. 도보 3분
주소 : 東京都 渋谷区 神宮前 4-3-2
전화 : 03-6804-5723
시간 : 11:00~20:00
홈페이지 :
https://blog.jp.flyingtiger.com

크레용 하우스 Crayon House

일본 유명 작가 오치아이 게이코(落合 惠子)가 설립한 복합문화센터로 서점, 레스토랑, 식품매장 등이 있다. 매장은 지하 1층 유기농 농산물을 판매하는 야채 시장/유기농 재료를 이용한 레스토랑 광장, 1층 일본과 세계의 동화책으로 꾸민 크레용 하우스, 2층 원목 장난감과 봉제 인형이 있는 크레용 마켓, 3층 여성 서적과 유기농 화장품 등이 있는 미즈 크레용 하우스로 구성되어 있다. 세계 각국의 독특하고 다양한 아동서를 보고 싶다면 한 번쯤 방문해도 좋다.

교통 : JR 하라주쿠(原宿) 역에서 오모테산도(表參道) 이용, 사거리, 오모테산도힐즈(表參道ヒルズ) 지나 토즈 옆 골목 방향. 도보 15분 또는 지하철 치요다센(千代田線), 긴자센(銀座線), 한조몬센(半蔵門線), 오모테산도(表參道) 역 A1번 출구로 나와 토즈 옆 골목 방향. 도보 3분
주소 : 東京都 港区 北青山 3-8-15
전화 : 03-3406-6308
시간 : 서점_11:00~19:00(레스토랑 ~23:00, 식품 매장 ~22:00)
홈페이지 : www.crayonhouse.co.jp

04 시부야 渋谷 Shibuya

도쿄의 신촌이라 할 수 있는 곳으로 여러 백화점과 쇼핑센터, 유흥가, 라이브클럽, 러브호텔 거리까지 다채로운 색채를 지녔다. 시부야 역 앞, 사람으로 가득한 횡단보도 풍경은 매력이 가득한 시부야의 모습을 바로 보여주고 횡단보도를 건너 시부야 속으로 들어가면 쇼핑에, 먹거리에, 즐길거리에 한동안 헤어나지 못한다. 마치 시모키타자와의 대도시 편이라고 할까. 낮에 백화점이나 쇼핑센터에서 쇼핑하고 식사를 하고 저녁에 라이브클럽에서 싸이키 조명에 취하다 보면 어느새 지하철역에서 첫 지하철을 기다리고 있을지 모른다.

▲ 교통

① JR 야마노테센(山手線), 사이쿄센(埼京線), 쇼난신주쿠라인(湘南新宿ライン), 요코스카센(横須賀線), 특급 나리타익스프레스(特急 成田エキスプレス) 시부야(渋谷) 역 하차

② 지하철 도쿄메트로 한조몬센(半蔵門線), 긴자센(銀座線), 후쿠토신센(副都心線) 시부야 역 하차

③ 사철 도큐 요코센(東急 東横線), 게이오 이노카시라센(京王 井の頭線) 시부야 역 하차

▲ 여행 포인트

① 큐프론트의 스타벅스에서 시부야 역 앞 횡단보도 인파 감상하기

② 시부야 센터가이, 분카무라도리 등에서 쇼핑하기

③ 시부야 회전초밥집에서 스시 맛보기

④ 시부야 클럽에서 나이트 라이프 즐기기

▲ 추천 코스

큐프론트→센터가이&스페인자카→만다라케→시부야 109→분카무라→시부야 클럽

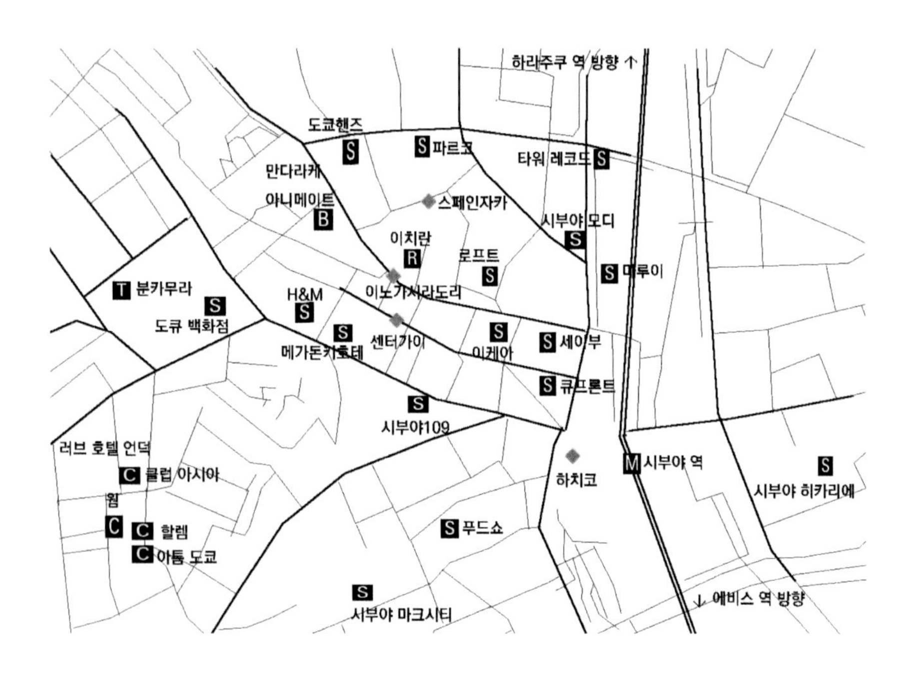

하치코 ハチ公 Hachiko

JR 시부야 역 앞에 있는 일본 명견 아키다 견(秋田犬)의 동상으로 이름은 '하치'이나 보통 충견(忠犬) 하치코(ハチ公)라 불린다. 매일 퇴근 시간 무렵 시부야 역에 나와 주인을 기다렸던 하치는 주인이 죽은 뒤에도 10년을 제자리에서 주인을 그리워했다고. 1934년 처음 동상이 세워졌고 현재의 동상은 1948년 재건된 것이다. 하치코 옆 녹색 전차는 1954년~1970년까지 시부야와 요코하마 간을 운행하던 것! 하치코와 녹색 전차는 복잡한 시부야에서 만남의 장소로 이용하면 좋다.

교통 : JR 시부야(渋谷) 역 하치코(ハチ公) 출구에서 바로

주소 : 東京都 渋谷区 道玄坂, ハチ公

큐프론트 Qフロント QFront

JR 시부야 역 하치코 출구 정면에서 보이는 8층 빌딩으로 쉴 새 없이 광고나 뮤직비디오 등이 흘러나오는 대형 전광판이 인상적이다. 1~2층에 시부야 만남의 장소인 스타벅스 커피숍, 지하 2~7층까지는 음악 CD, 게임 CD, 책 등을 판매, 대여하는 츠타야(Tsutaya), 8층 일본식 선술집 이자카야(居酒屋)인 푼라쿠(ぷん楽)이 입점해 있다. 판매 매장은 지하 2층 게임과 애니메이션, 지하 1층 영화 DVD, 1층 최신 음악 CD, 2층 J팝, 6층 잡지와 서적, 7층 코믹(만화), 렌탈 매장은 3~5층 음악 CD, 영화 DVD로 구분된다. 2층 스타벅스에서 사람들이 물밀 듯이 밀려는 JR 시부야 역 앞 횡단보도를 가장 잘 볼 수 있으니 인파가 만들어낸 장관을 보려는 사람은 한 번쯤 방문해도 좋다.

교통 : JR 시부야(渋谷) 역 하치코(ハチ公) 출구에서 길 건너, 바로

주소 : 東京都 渋谷区 宇田川町 21-6

전화 : 03-5428-1071

시간 : 츠타야_10:00~02:00

홈페이지 :
http://store-tsutaya.tsite.jp

고엔도리 公園通り Koendori

세이부 백화점 A관과 B관 샛길로 위쪽으로 NHK 방송국까지 연결된다. 이 길에는 세이브 백화점, 마루이시티 쇼핑센터, 파르코, 로프트&무지(Loft&Muji) 같

은 대형 쇼핑센터, 디즈니 스토어 같은 상점, 레스토랑들이 늘어서 있다. 참고로 고엔도리 북쪽에 있던 담배&소금 박물관(たばこと塩の博物館)은 2015년 봄 스미다구 요코가와로 이전을 위해 폐관되었다.
교통 : JR 시부야(渋谷)역 하치코(ハチ公) 출구에서 길 건너 큐프론트에서 우회전, 세이부(西武) 백화점과 마루이시티 샛길. 도보 5분
주소 : 東京都 渋谷区, 公園通り

이노가시라도리 井の頭通り Inokashira-dori
JR 시부야 역에서 고엔도리 가기 전, 세이브 백화점 A관과 B관 샛길로 SPA 패션 브랜드인 자라(Zara), 디자인 상품 쇼핑몰인 도큐핸즈 같은 대형 쇼핑센터, 중소 패션숍, 상점, 레스토랑 등이 자리한다. 길의 중간에는 파르코 백화점까지 연결되는 스페인자카가 있기도 하다.
교통 : JR 시부야(渋谷) 역 하치코(ハチ公) 출구에서 길 건너 큐프론트에서 우회전, 세이부(西武) 백화점 A관과 B관 사이. 도보 5분
주소 :東京都 渋谷区, 井の頭通り

≫자라 ザラ 渋谷宇田川町店 Zara
스페인에서 시작된 세계적인 SPA 패션 브랜드로 자라만의 차분하고 튀지 않는 디자인의 패션을 선보인다. 부담 없이 입을 수 있는 데님 소재의 팬츠나 셔츠 등을 고르면 좋고 세일 기간에서 더욱 저렴하게 구입할 수 있다. 이곳 외 고엔도리 입구에도 자라 지점(渋谷公園通り店)이 자리한다.

교통 : 세이부(西武) 백화점 A관과 B관 사이에서 자라 방향. 도보 1분
주소 : 東京都 渋谷区 宇田川町 25-10
전화 : 03-3496-0411
시간 : 11:00~22:00
홈페이지 : www.zara.com/jp

스페인자카 スペイン坂 Spain Zaka

이노가시라도리에서 파르코 백화점을 연결하는 좁은 언덕길로 10대를 겨냥한 작은 패션숍, 잡화점, 레스토랑 등이 자리하고 있는 것만 보아서는 왜 스페인자카(スペイン坂, 스페인 비탈길)인지 고개가 갸우뚱해진다. 이 같은 이름이 붙은 이유는 이곳에 있었던 카페 아라비가(阿羅比花) 주인이 사진 속 스페인 풍경에 반해 스페인풍으로 카페를 꾸미고 나서부터라는 설, 단순히 스페인자

카 오르는 계단이 로마의 스페인 계단을 닮아서 붙여졌다는 설 등이 있다. 거리의 유래가 어찌 되었건 이노가시라도리에서 파르코 백화점이 있는 고엔도리를 연결하므로 늘 오가는 사람들로 북적인다.
교통 : JR 시부야(渋谷) 역에서 길 건너, 오른쪽, 세이부(西武) 백화점 A관과 B관 사이에서 자라(Zara) 지나, 바로
주소 : 東京都 渋谷区, スペイン坂

≫유니클로 ユニクロ 渋谷道玄坂店 UNIQLO

일본 대표 SPA 패션 브랜드로 내복처럼 입는 히트텍, 가볍게 입을 수 있는 후리스 같은 제품이 인기를 끈다. 대체로 튀지 않고 무난한 디자인의 옷이 많고 가격과 비교하면 품질이 좋은 것이 인기 요인이다.
교통 : JR 시부야(渋谷) 역에서 길 건너, 왼쪽 도겐자카(道玄坂) 도로 이용, 도보 3분
주소 : 東京都 渋谷区 道玄坂２丁目 2 9-5 内 渋谷プライム
전화 : 03-5456-8311
시간 : 10:00~21:00
홈페이지 : www.uniqlo.com

센터가이 タセンター街 Center Street

JR 시부야 역에서 봤을 때 큐프론트 왼쪽 길로 작은 패션숍, 잡화점, ABC 마켓 같은 신발 가게, 게임장, 레스토랑 등이 밀집되어 있다. 시부야에서 사람이 제일 많은 길 중의 하나로 오가는 사람 중에는 특히 10대와 20대 젊은이들이 많이 보인다. 한때는 온통 얼굴을 하얗거나 검게 화장을 한 고갸루와 야맘바, 흰색의 긴 덧양말인 루즈 삭스를 쉽게 볼 수 있었던 곳이나 지금은 어디 갔는지 그들을 볼 수 없다. 이 거리에는 간편하게 먹을 수 있는 대중식당이 많아 시부야 구경 중 식사를 위해 찾아도 좋다.
교통 : JR 시부야(渋谷) 역 하치코(ハチ公) 출구에서 길 건너, 큐프론트 옆길. 도보 1분
주소 : 東京都 渋谷区, タセンター街

분카무라도리 文化村通り Bunkamura-dori

10~20대를 위한 패션몰인 시부야 109

옆길로 염가 종합 잡화점인 SPA 패션 브랜드 H&M, 돈키호테, 도큐 백화점 본점, 분카무라(文化村) 등이 자리한다. 이 길의 이름이기도 한 분카무라는 영화관, 공연장, 전시장이 있는 복합문화센터이다. 또한 도큐 백화점 지나 클럽이 모여 있는 램블링 스트리트로 가는 길이어서 오가는 젊은이들이 많이 보인다.

교통 : JR 시부야(渋谷) 역 하치코(ハチ公) 출구에서 길 건너 왼쪽 시부야 109 방향. 도보 3분

주소 : 東京都 渋谷区 道玄坂, 文化村通り

≫에이치 앤 엠 H&M 渋谷店

1947년 스웨덴에서 여성 패션전문의 헤네스(Hennes)가 창업하였고 1968년 모리츠 위드포스라는 사냥용품 업체를 인수하며 남성 패션도 취급하게 되어 헤네스 앤 모리츠, 즉 H&M(Hennes & Mauritz AB)이 되었다. 1990년대 후반 트렌드에 따라 빨리 만들고 파는 패스트 패션이 유행함에 따라 급속히 세계 각국에 매장을 늘렸다. H&M은 최신 패션에서 일상 패션까지 다양한 제품을 만들고 합리적인 가격을 높은 품질을 보장하고 있어 소비자로부터 큰 인기를 끌고 있다. 무난한 디자인의 캐주얼 복장은 부담 없이 구입해 입기 좋고 코트나 정장도 가격과 비교하면 디자인이 깔끔한 편이다. H&M 시부야 매장은 초대형 매장이어서 다른 H&M을 가기보다 이곳에서 원하는 상품을 찾는게 빠르다.

교통 : 시부야 109에서 도큐(東急) 백화점 본점 방향. 도보 3분

주소 : 東京都 渋谷区 道玄坂 33-6

전화 : 03-5456-7778

시간 : 월~목 10:00~22:00(금~토 ~22:30)

홈페이지 : www2.hm.com/ja_jp/index.html

≫돈키호테 MEGAドン・キホーテ 渋谷本店 Don Quijote

염가 종합 잡화점 돈키호테 중에 규모가 큰 메가(MEGA) 점이다. 넓은 매장에서 문구, 생화 잡화, 화장품, 파티용품, 패션 소품 등 다양한 상품을 판매한다. 주위에 클럽이나 주점 등이 많아 새벽 늦은 시간까지 영업하므로 어느 때와도 쇼핑할 수 있다. 클럽에 간다면 이곳에서 형광

봉, 후레쉬 같은 간단한 클럽 용품(?)을 구매해 가는 것도 좋다.
교통 : 시부야 109에서 도큐(東急) 백화점 본점 방향. 도보 3분
주소 : 東京都 渋谷区 宇田川町 28-6
전화 : 05-7007-6311. 시간 : 24시간
홈페이지 : wwww.doki.com

분카무라 文化村 Bunkamura

분카무라도리 끝, 도큐 백화점 본점과 연결된 건물로 공연장, 극장, 전시장이 있는 복합 문화센터이다. 분카무라는 지하 1층 전시장 더 뮤지엄(The Museum), 베이커리와 카페, 서점, 1층 다목적 공연장 코쿤(Theatre Cocoon)과 전시장, 3층 오페라와 발레, 클래식 공연장 오차드 홀(Orchard Hall), 6층 주로 예술영화를 상영하는 영화관 르 시네마(Le Cinema) 1·2관으로 구성되어 원하는 전시나 공연, 영화를 관람하기 좋다. 홈페이지를 통해 미리 전시, 공연, 상영작품과 시간을 파악하고 방문하면 더욱 좋다.
교통 : JR 시부야(渋谷) 역 하치코(ハチ公) 출구에서 길 건너 왼쪽 시부야 109 방향. 도보 5분
주소 : 東京都 渋谷区 道玄坂 2-24-1
전화 : 03-3477-9111
홈페이지 : www.bunkamura.co.jp

도겐자카 道玄坂 Dogenzaka

JR 시부야 역 부근의 도큐 플라자. 시부야 마크시티, 시부야 109 같은 쇼핑센터가 있고 시부야 109를 지난 지점에서 클럽이 모여 있는 램블링 스트리트로 올라가는 길과 연결된다. 시부야 마크시티 부근에는 여러 게임장, 저렴한 대중식당이 모여 있어 들릴 만하나 직장인 대상이어서 여행객이 이용하기 서먹할 수 있다. 클럽이 모여 있는 램블링 스트리트 주위에는 러브호텔이 몰려 있어 러브호텔 언덕이라고 불리기도 한다.
교통 : JR 시부야(渋谷) 역에서 길 건너 왼쪽 길, 도보 3분
주소 : 東京都 渋谷区, 道玄坂

우오가시 닛폰이치 魚がし 日本一 渋谷センター街店 Uogashi Nipponichi

일본 특유의 서서 먹는 스시(다치구이스시 立ち食い寿司) 집으로 안에 들어가 자리를 잡으며 주방장에게 메뉴를 보고 원하는 한 종류의 스시 2개씩 주문하면 된다. 스시를 따로 주문하기 귀찮으면 런치 세트를 주문해도 괜찮다.

교통 : JR 시부야(渋谷) 역 하치코(ハチ公) 출구에서 길 건너 큐프론트 옆 센터 가이 이용, 직진. 도보 5분

주소 : 東京都 渋谷区 宇田川町 25-6

전화 : 03-5728-5451

시간 : 월~토 11:30~23:30(일 ~23:00)

메뉴 : 런치_니기리 세트(旬にぎり) 800엔~, 스시 1개 100엔 내외

홈페이지 : www.susinippan.co.jp

가이텐스시 元祖寿司 渋谷センター街店 Gansosushi

1981년 창업한 가이텐스시(回転寿司 회전스시)집으로 싱싱한 스시 1접시 당 최저 125엔이어서 찾는 사람이 많다. 타원형 테이블에 앉으면 자리 앞에 수도꼭지가 보이는데 컵을 대고 수도꼭지를 누르면 녹차(무료)가 나온다. 벽면에 접시 색깔 별로 가격이 125엔~500엔까지 적혀 있으므로 빙글빙글 돌아가는 스시 접시의 색을 잘 살펴보고 가져오자.

교통 : JR 시부야(渋谷) 역 하치코(ハチ公) 출구에서 길 건너 큐프론트 옆 센터 가이(センタ 街) 이용, 직진. 전자 양판점 라비(LABI) 보이면 우회전. 도보 5분

주소 : 東京都 渋谷区 宇田川町 29-1

전화 : 03-3496-2888

시간 : 11:30~23:00

메뉴 : 스시 1접시 125엔, 125엔~ *세금 불포함

홈페이지 : www.gansozushi.com

이치란 一蘭 渋谷スペイン坂店 Ichiran

후쿠오카 하카타(博多)의 돈고츠 라멘을 기본으로 하는데 특이하게 좌석이 독서실 칸막이 좌석처럼 1인용으로 되어있다. 자판기에서 라멘과 추가로 가에다마(替玉, 사리), 챠슈(チャーシュー, 돼지고기 편육), 고항(ごはん, 밥) 등을 주문한다. 자리에 앉으면 주문서에 맛의 농도(味の濃ち), 맛의 강도(こってり度), 마늘(にんにく), 파(ねぎ), 돼지고기(チャーシュー), 매운 양념장(祕伝のたれ), 면의 강도(麵のかたさ) 표시하게 되어있다. 보통은 기본(基本), 없음(なし), 있음(あり)으로 표시하고 나머지는 알아서 표시하면 된다. 주문서를 제출하고 잠시 기다리면 칸막이를 열고 라멘을 갖다 준다.

교통 : JR 시부야(渋谷) 역 하치코(ハチ公) 출구에서 길 건너 오른쪽 세이부(西武) 백화점 사이 길, 직진 후 제로게이트 쇼핑센터에서 스페인자카 방향. 도보 10분

주소 : 東京都 渋谷区 宇田川町 13-7, コヤスワン B1F

전화 : 03-3464-0787

시간 : 10:00~22:00

메뉴 : 라멘(らめん) 980엔, 라멘+가에다마(替玉, 사리) 1,320엔, 추가_차슈(チャーシュー) 250엔, 고항(ごはん, 밥) 250엔

우메가오카 스시노미도리 梅丘寿司の美登利 Umemkaoka Sushinomidori

시부야 마크시티 4층 식당가에서 가장 인기 있는 레스토랑으로 언제나 길게 줄을 선 모습을 볼 수 있다. 싱싱한 스시를 합리적인 가격에 맛볼 수 있어 사람들의 발길을 끈다. 가성비 높게 스시를 맛보려면 점심시간에 취급하는 한정 런치(限定ランチ)를 선택하는 것이 좋고, 저녁 시간이라면 참치와 새우, 장어 스시가 있는 초특선 니기리(超特選 にぎり)나 역

시 참치와 새우, 장어 스시가 있는 이타상마구로즈쿠시(板さんおまぐろつくし)을 선택하는 것도 괜찮다.
교통 : JR 시부야(渋谷) 역 하치코(ハチ公) 출구에서 길 건너 왼쪽 시부야 마크 시티 방향. 도보 5분
주소 : 東京都 渋谷区, 道玄坂 1-12-3, 渋谷マークシティー 4F
전화 : 03-5458-0002
시간 : 11:00~15:00, 17:00~22:00 (토~일 ~21:30)
메뉴 : 한정런치(限定ランチ) 1,980엔, 테이크 아웃_니기리(にぎり) 1,000엔~
홈페이지 : www.sushinomidori.co.jp

*쇼핑

산젠리 약품 三千里薬品 神南店 Sanz-enri Yakuhin 산젠리야쿠힌

의약품, 화장품, 건강식품 등을 취급하는 일본식 드러그 스토어로 JR 시부야 역 오른쪽 길 건너와 JR 시부야 역 길 건너 큐프론트 왼쪽 등 2곳이 있다. 매장은 드러그 스토어인 마츠모토 키요시에 비해 좁으나 여성 여행자들이 선호하는 SK-II 화장품을 30% 할인된 가격으로 판매하는 곳이어서 눈길을 끈다. 같은 산젠리 약품이라도 다 SK-II 화장품을 30% 할인하는 것은 아니니 참고!
교통 : JR 시부야(渋谷) 역 서쪽으로 나와, 시부야 109 맨즈 방향, 바로
주소 : 東京都 渋谷区 神南 1-23-8
전화 : 03-3463-7583
시간 : 08:00~22:00
홈페이지 : www.3000ri.co.jp

세이부 西武 渋谷店 Seibu

시부야에서 가장 큰 규모의 쇼핑센터로 여성 고객 대상의 A관과 남성 고객 대상의 B관, 디자인 상품점 로프트(Loft), 명품 브랜드와 유명 디자이너의 숍이 있는 시부야 모비다(Movida)관으로 나뉜다. 로프트를 빼면 전체적으로는 중년층을 대상으로 한 백화점이라고 할 수 있다. A관은 지하 2층과 8층 레스토랑, 지하 1

층 식품관, 1층 화장품, 2~7층 여성 패션과 액세서리, B관은 지하 1~층 뷰티 살롱과 부티크, 2층 여성과 남성 패션, 3층 여성 패션, 4~6층 남성 패션과 액세서리, 7층 가구와 인테리어, 8층 잡화 등으로 구성된다.
교통 : JR 시부야(渋谷) 역 하치코(ハチ公) 출구에서 길 건너 오른쪽, 도보 1분
주소 : 東京都 渋谷区 宇田川町 21-1
전화 : 03-3462-0111
시간 : 10:00~21:00(일 ~20:00)
홈페이지 :
www.sogo-seibu.jp/shibuya

타워 레코드 タワーレコード 渋谷店 Tower Records

도쿄의 음악 레코드점은 크게 영국계의 HMV와 미국계의 타워 레코드가 있는데 이중 타워 레코드는 일본에 상표권을 매도하여 일본 기업이 되었다. 이곳 타워 레코드는 8층 건물을 사용하고 있고 음악 CD, 영화 DVD, 게임 CD 등 음악과 영상, 게임 관련 상품을 판매한다. J-팝이나 일본에 진출한 K-팝이 궁금하다면 한 번쯤 방문해도 괜찮다.
교통 : JR 시부야(渋谷) 역 하치코(ハチ公) 출구에서 오른쪽 길 건너, 시부야 109맨즈 지나 타워 레코드 방향. 도보 5분
주소 : 東京都 渋谷区 神南 1-22-14
전화 : 03-3496-3661
시간 : 11:00~22:00
홈페이지 :
https://tower.jp/store/kanto/Shibuya

시부야 모디 渋谷モディ 마루이시티 マルイシティ 渋谷 Marui City

예전 마루이시티(マルイシティ)에서 시부야 모디로 상호를 바꾼 곳이다. 세이부 백화점이 중년층을 대상으로 한다면 시부야 모디는 20~30대를 대상으로 한 젊은 분위기의 잡화&호비(취미)관이라고 할 수 있다. 취급 품목은 잡화, 아니메, 뷰티, 남녀신발, 서적과 CD·DVD 등. 9층 식당가에서 커피를 마시거나 식사를 해도 즐겁다.
교통 : JR 시부야(渋谷) 역 하치코(ハチ公) 출구에서 길 건너 오른쪽, 세이부(西武) 백화점 지나. 도보 5분
주소 : 東京都 渋谷区 神南 1-21-3
전화 : 03-3464-0101
시간 : 11:00~22:00
홈페이지 : www.0101.co.jp/721

로프트&무지 ロフト&無印良品 Loft&-Muji

로프트는 디자인 생활 잡화, 인테리어 소품을 취급하는 곳이고, 무지(無印良品)는 패션과 잡화를 함께 취급하는 곳이다. 이들은 한 빌딩에 입주해 있는데 지하 1~5층에 무지, 6~7층에 로프트가 자리한다. 로프트에서 캐릭터가 있는 컵이나 보온병, 볼펜과 수첩 같은 문구, 무지에서 향기로운 꽃 냄새가 나는 방향제, 깔끔하게 디자인된 데님 셔츠 같은 것을 구입하기 좋다. 쇼핑 후에는 2층 카페&밀 무지(Cafe&Meal Muji)에서 커피 한 잔을 마셔도 괜찮다.

교통 : JR 시부야(渋谷) 역 하치코(ハチ公) 출구에서 길 건너, 오른쪽 세이부(西武) 백화점 지나 로프트 방향. 도보 8분
주소 : 東京都 渋谷区 宇田川町 21-1
전화 : 로프트 03-3462-3807/무지 03-3770-1636
시간 : 11:00~21:00
홈페이지 : 로프트_www.loft.co.jp, 무지_www.muji.com

파르코 Parco

젊은 감각의 쇼핑센터로 지하 1층은 레스토랑과 카페가 있는 식당가, 1층은 잡화, 2~4층은 남녀 패션, 5층 아웃도어 패션, 6층은 게임과 아니메 등 있는 호비관, 7층은 식당가, 8층은 각종 공연이 열리는 파르코 극장과 영화관, 9층은 이벤트 홀, 10층은 루프톱 가든으로 이루어져 있다.

교통 : JR 시부야(渋谷) 역 하치코(ハチ公) 출구에서 길 건너 오른쪽, 세이부(西武) 백화점 지나 파르코 방향. 보도 10분
주소 : 東京都 渋谷区 宇田川町 15-1
전화 : 03-3464-5111
시간 : 11:00~20:00
홈페이지 : https://shibuya.parco.jp

도큐핸즈 東急ハンズ 渋谷店 Tokyu

Hands

독특한 디자인 상품, 생활용품, DIY(Do Your Self) 상품 등을 취급하는 전문 쇼핑센터이다. 매장은 지하 1층 DIY 제품, 1층 여행용품과 핸드폰 액세서리, 문구, 2층 문구와 뷰티, 화장품, 3층 목욕용품과 부엌 용품, 4층 생활용품과 침실 용품, 인테리어 소품, 5층 가방과 종이, 6층 파티용품과 애완동물 용품, 7층 모형과 호비로 구성되어 있다.

교통 : JR 시부야(渋谷) 역 하치코(ハチ公) 출구에서 길 건너 오른쪽 세이부(西武) 백화점 샛길, 제로 게이트 지나 오른쪽. 도보 10분

주소 : 東京都 渋谷区 宇田川町 12-18

전화 : 03-5489-5111

시간 : 10:00~21:00

홈페이지 :

http://shibuya.tokyu-hands.co.jp

만다라케 まんだらけ 渋谷店 Madarake Shibuya

세계 최대의 중고 만화, 애니메이션 전문점으로 각종 만화, 애니메이션 DVD, 동인지, 캐릭터 피규어, 코스프레 의상 등 다양한 상품을 마련해두고 있다. 동인지는 하나의 작품 또는 작가를 좋아하는 사람들이 그 작품 또는 그 작가의 만화를 바탕으로 패러디하거나 창작해 단편 만화로 그린 것을 말한다.

교통 : JR 시부야(渋谷) 역 하치코(ハチ公) 출구에서 길 건너 오른쪽 세이부(西武) 백화점 샛길, 직진 후 우다가와초(宇田川町) 파출소 갈래 길에서 아래쪽. 도보 10분

주소 : 東京都 渋谷区 宇田川町 32-2 渋谷B E A M B1~2F

전화 : 03-3477-0777

시간 : 12:00~20:00

홈페이지 : www.mandarake.co.jp

시부야 109 渋谷 109 Shibuya 109

10~20대 여성을 대상으로 한 쇼핑센터로 귀엽거나 유니크한 디자인의 패션을 선보인다. 이 때문인지 학생으로 보이는 젊은 층 고객이 많이 방문한다. 지하 2층~8층까지의 매장은 작은 패션숍으로 되어있고 각기 독특한 디자인의 스커트, 코트, 팬츠, 액세서리 등을 판매한다.

***2023년 1월 역사 재개발로 도큐 백화**

점(東急 百貨店·本店) 폐점

교통 : JR 시부야(渋谷) 역 하치코(ハチ公) 출구에서 길 건너 왼쪽 시부야 109 방향. 도보 3분

주소 : 東京都 渋谷区 道玄坂 2-29-1

전화 : 02-3477-5111

시간 : 10:00~20:00

홈페이지 : www.shibuya109.jp

시부야 마크시티 渋谷 マークシティー Shibuya Mark City

시부야 엑셀 호텔이 있는 이스트(East) 동과 사무실이 있는 웨스트(West) 동으로 나뉜다. 이스트 동은 지하 1층~3층 이스트몰, 4층 레스토랑, 5~25층 호텔이고 웨스트 동은 지하 1층~2층 웨스트몰, 4층 상점과 레스토랑, 5~11층 사무실로 되어 있다.

교통 : JR 시부야(渋谷) 역 서쪽 출구에서 웨스트몰 1층과 연결, 바로

주소 : 東京都 渋谷区 道玄坂 1-12-1

전화 : 03-3780-6503

시간 : 10:00~21:00, 레스토랑_11:00~23:00

홈페이지 : www.s-markcity.co.jp

*클럽

클럽 쿼트로 Club Quattro

1988년 시부야에서 오픈한 클럽으로 유명 밴드가 공연하는 라이브하우스이자 신인 밴드의 데뷔 무대이기도 하다. 클럽 내부는 전면에 밴드가 서는 무대 중간에 홀, 한쪽에 간단한 음료나 주류를 마실 수 있는 바(Bar)로 되어있다. 클럽 내 모르는 사람이 주는 음료는 마시지 않는다.

교통 : JR 시부야(渋谷) 역 하치코(ハチ

公) 출구에서 길 건너 오른쪽 세이부(西武) 백화점 샛길, 직진 후 우다가와초(宇田川町) 파출소 갈래 길에서 아래. 도보 10분
주소 : 東京都 渋谷区 宇田川町 32-13 4~5F
전화 : 03-3477-8750
시간 : 티켓 오픈_17:00, 공연 시작_18:00(공연 별로 다름)
요금 : 선구매_3,900엔, 당일_4,500엔(공연 별로 다름)
홈페이지 :
www.club-quattro.com/shibuya

클럽 아시아 Club Asia

시부야 유명 클럽 중 하나로 층에 따라 클럽 아시아, 부에노스(Vuenos), 클럽 아시아 피(Club Asia P) 등 3개의 플로어로 나뉜다. 데이 타임에는 라이브 공연, 클럽 타임에는 유명 디제이가 디제잉을 하는 클럽 공연이 펼쳐진다. 라이브 공연이 없는 날, 초저녁에 방문한다면 굳게 닫힌 클럽 아시아의 문만 보고 올 가능성이 높으니 클럽 문을 열기 전인 밤 10시 30분 정도에 방문하는 것이 좋다. 클럽 이용 시 여권 같은 신분증을 지참하고 만취하지 않으며 현지인과 다투지 않고 금지 약물을 권하는 사람이 있다면 피한다.
교통 : JR 시부야(渋谷) 역 하치코(ハチ公) 출구에서 길 건너 왼쪽 시부야109 지나 도큐(東急) 백화점 방향. 도큐 백화점 왼쪽으로 가다가 램블링 스트리트(Rambling St.)에서 좌회전. 도보 15분
주소 : 東京都 渋谷区 円山町 1-8
전화 : 03-5458-2551
시간 : 데이 타임_18:00~, 클럽 타임_23:00~
요금 : 3,000엔(공연, 디제이에 따라 다름)
홈페이지 : https://clubasia.jp

할렘 Harlem

시부야 최대의 힙합(Hip Hop)과 알앤비(R&B) 클럽으로 같은 빌딩에 클럽 아톰도 입주해 있다. 클럽 내부는 2층의 전면에 디제이 부스, 중간에 홀, 한쪽에 음료, 주류를 마실 수 있는 바(Bar)가 있고 3의 한쪽에 VIP룸, 중간에 디제이 부스, 다른 한쪽에 바가 있는 구조이다. 클럽 문을 여는 밤 10시 무렵에는 홀에 사람

이 적을 수 있으니 참고!
교통 : 클럽 아시아(Club Asia)에서 남쪽, 클럽 할렘 방향. 도보 1분
주소 : 東京都 渋谷区 円山町 2-4, 2~3F
전화 : 03-3461-8806
시간 : 22:00~(때때로 다름). 휴무 : 월
요금 : 3,000엔(공연, 디제이에 따라 다름)
홈페이지 : www.harlem.co.jp

아톰 토쿄 ATOM TOKYO

시부야 대표 클럽 중 하나로 클럽 할렘과 같은 빌딩으로 4~6층을 이용한다. 4층은 동굴 이미지의 사이키델릭 플로어(Psychedelic Floor), 5층은 메인 플로어, 6층은 힙합 플로어로 되어있어 각기 다른 분위기, 다른 음악을 들으며 즐기기 좋다. 자정 전에 입장하면 입장료 할인이 되는 경우가 있으나 홀에 사람이 적어 재미가 덜할 수 있다.
교통 : 클럽 아시아(Club Asia)에서 남쪽, 클럽 할렘(Club Harlem) 방향. 바로
주소 : 東京都 渋谷区 円山町 2-4, 4~6F
전화 : 03-5428-5195
시간 : 22:00~(때때로 다름)
홈페이지 : https://atom-tokyo.com

웜 Womb

시부야 러브호텔 밀집 지역 내에 있고 시부야 최대 규모를 자랑한다. 클럽 내부는 1층에 디제이 부스, 2층에 메인 플로어, 3층에 음료와 주류를 즐길 수 있는 바카운터(Bar Counter), 4층에 서브 플로어로 되어있다. 낮에는 라이브 공연이 열리고 밤에는 클럽으로 운영되므로 취향에 맞게 이용하면 된다. 클럽마다 공연과 디제이 스케줄을 공개하고 있으므로 방문하고자 하는 사람은 클럽 홈페이지를 참고하자.
교통 : 클럽 아시아(Club Asia)에서 서쪽으로 간 뒤 첫 번째 골목(호텔 루테시아 ホテル ルテシア)에서 좌회전. 바로
주소 : 東京都 渋谷区 2-16
전화 : 03-5459-5773
시간 : 공연_14:30~, 클럽_22:00~(때때로 다름)
홈페이지 : www.womb.co.jp

05 지유가오카 自由が丘 Jiyugaoka

도쿄의 가로수길이라고 할 만한 곳으로 한적한 고급 주택가 곳곳에 고급 패션숍, 인테리어숍, 카페, 레스토랑 등이 자리해 한가롭게 거닐기 좋다. 시모키타자와 북쪽 빈티지 거리의 업그레이드판이라고 할 수 있다. 단지 마음에 드는 물건을 많지만, 가격을 보면 선뜻 손에 넣지 못하는 아쉬움을 주는 곳이기도 하다. 또한, 이곳은 늦은 아침 카페에 앉아 브런치를 즐기기 좋은 곳으로 급하게 이곳저곳 다닐 사람에게는 적당하지 않다. 한가롭게 도쿄의 고급 주택가 일상을 둘러보고자 하는 사람에게 맞는 곳이니, 파리지앵이 아닌 도쿄지앵이 되고픈 사람이라면 한 번쯤 방문하기를 추천한다.

▲ 교통

① 시부야(渋谷) 역에서 사철 도큐 도요코센(東急 東横線) 지유가오카(自由が丘) 역 하차 *도큐 도요코센의 특급, 급행, 각 역 정차 요금이 같으므로 빨리 갈 수 있는 특급이나 급행 기차 이용

② 도큐 오이마치센(東急 大井町線) 지유가오카 역 하차. *JR 야마노테센(山手線) 부근에서 이용하기 어려움

▲ 여행 포인트

① 고급 주택가 트렌디한 패션숍 둘러보기

② 잘 꾸며놓은 카페에서 브런치 맛보기

③ 유럽을 연상케 하는 그린 스트리트 산책하기

④ 몽상클레르, 스위트 포레스트 등에서 디저트 골라 먹기

▲ 추천 코스

카틀레아도리→몽상 클레르→거베라도리→그린 스트리트→스위트 파라다이스

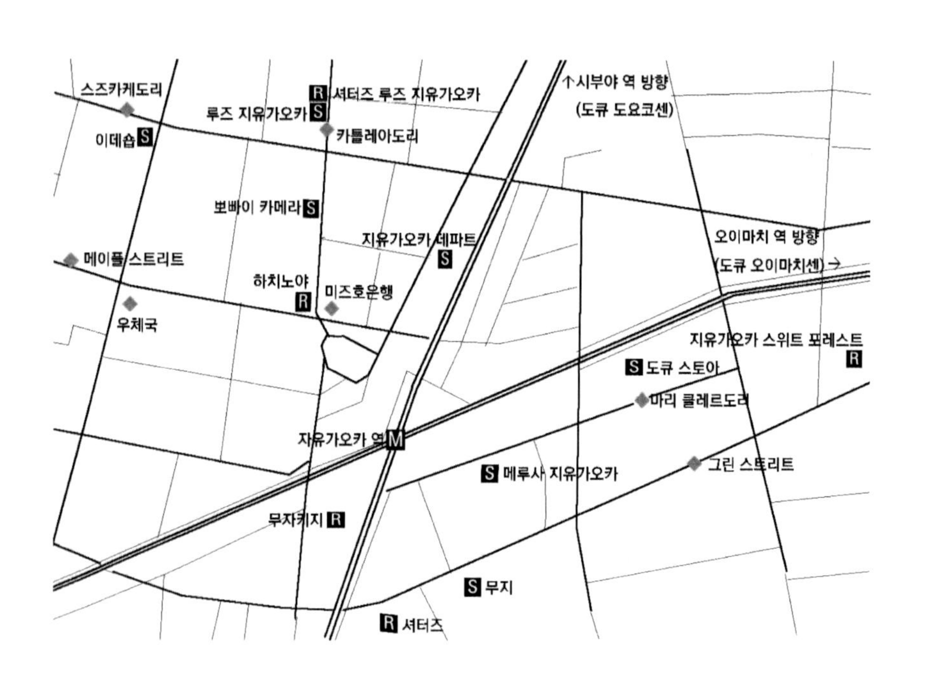

메이플 스트리트 メイプル ストリート Maple Street

지유가오카 역 북쪽 출구 맞은편으로 난 거리로 몇몇 상점과 패션숍, 레스토랑, 카페 등이 자리한다. 역의 영향을 받는 사거리를 지나면 한가한 주택가가 나오고 이곳에 패션숍과 카페, 레스토랑이 있는 전형적인 지유가오카의 풍경이 펼쳐진다. 이 거리에는 일본전통 과자 와가시(和菓子 화과자) 전문점 하치노야(蜂の家), 문구점 츠타야(Tsutaya), 생활소품점 하나(ha-na), 패션숍 투모로우랜드(Tomorr-ow Land), 구두점 토트 르 몽드(Tout Le Monde), 카페 카바논(Cafe Cabanon), 가구점 가쿠라(家具蔵) 등이 자리한다.

교통 : 시부야(渋谷) 역에서 사철 도큐 도요코센(東急 東横線) 지유가오카(自由が丘) 역 북쪽 출구 맞은편, 바로

주소 : 東京都 目黒区 自由が丘, メイプル ストリート

홈페이지 : www.jiyugaoka-abc.com

스즈카케도리 すずかけ通り Suzukake-dori

동쪽 도큐(東急) 도요코센(東横線) 철길에서 카틀레아도리, 가베라도리를 지나 서쪽으로 이어지는 거리이다. 독특한 개성을 가진 패션숍, 카페, 레스토랑 등이 자리하고 있어 메이플 스트리트와 함께 지유가오카의 본 모습 중 하나로 꼽힌다. 평일에는 한가롭게 돌아보기 좋지만, 주말에는 사람들이 많아 카페나 레스토랑 이용 시 기다려야 할 수도 있다. 이 거리에는 녹차 전문점 나나즈 그린티(ナーズ グリーンティー), 쌀 빵집 와라(WARA), 패션숍 엔조(ENZO), 패션숍 꽁뜨와 데 꼬또니에(Comptoir Des Cotonniers), 구두와 가방숍 아르테미스(Artemis), 사진 갤러리 뽀빠이 카메라(ポパイカメラ 2号店), 아동복점 브리즈(Breezee), 장난감과 잡화점 티피 탑(Tippy Top), 개구리 장난감점 프록스(Frogs), 인테리어 소품점 타임리스 컴포트(タイムレス コンフォート) 등이 위치한다.

교통 : 지유가오카(自由が丘) 역 북쪽 출구 나와, 미즈호(Mizuho) 은행에서 우회전, 카틀레아도리(カトレア通り) 이용, 사거리에서 동서 방향. 도보 3분

주소 : 東京都 目黒区 自由が丘, すずかけ通り

카틀레아도리 カトレア通り Cattleyadori

남쪽에서 북쪽으로 직선으로 뻗은 지유가오카의 메인 도로 중 하나이다. 잡화점, 패션숍, 카페, 레스토랑, 쇼핑센터 루즈 지유가오카(Luz Jiyugaoka), 이탈리아 베니스를 모방한 작은 상가 라 비타(LA VITA) 등이 있고 평일에는 일본 미시들의 유모차 부대, 주말에는 연인들이 오가는 풍경을 볼 수 있다. 이 거리에는 필름 카메라와 카메라 소품점 뽀빠이 카메라(ポパイ カメラ), 목욕용품점 사봉(Sabon), 드러그 스토어 학 드러그(Hac Drug), 패션숍 블루(B.L.U.E), 인테리어 소품점 와타시노헤야(私の部屋), 패션숍 라우라 아쉴리(Laura Ashley), 생활 잡화점 미키야(Mikiya's), 서점 겸 장난감점 빌리지 뱅가드(Village Vanguard), 패션숍 제이 페리(J. Ferry), 베이커리 겸 카페 루피시아(Lupicia), 일본 전통찻집 고소안(古桑庵) 등이 자리한다.

교통 : 지유가오카(自由が丘) 역 북쪽 출구 나와, 미즈호(Mizuho) 은행에서 우회전. 도보 1분

주소 : 東京都 目黒区 自由が丘, カトレア通り

가베라도리 ガーベラ通り Gerberadori

카틀레아도리 서쪽으로 나란히 위치한 거리로 패션숍, 잡화점, 레스토랑, 카페 등이 늘어서 있어 한가롭게 둘러보기 좋다. 단, 차량의 거의 다니지 않는 카틀레아도리와 달리 차량이 다니는 도로이므로 길가를 걸을 때 주의가 요구된다. 이 거리에는 유니클로, 슈퍼마켓 등이 입점한 쇼핑센터 피콕(Pea Cock), 인테리어 소품과 가구점 이데숍(IDEE SHOP), 유럽 양식기 전문점 빌레로이 & 부흐(Villeroy & Boch), 슈트 전문 퍼펙트 수트팩토리(Perfect Suit Factory), 패션편집매장 스펙치오(SPECCHIO), 인테리어 소품점 ACME, 운동화상점 ABC 마켓, 고양이 캐릭터숍 와치 필드(Wachi Field), 카레 전문점 니시키야(にしきや), 베이커리 몽상 클레르(Mont St, Claire) 등이 자리한다. 이 거리 패션숍의 특징은 1~2층 패션 매장, 3층 레스토랑 겸 카페를 운영한다는 것!

교통 : 지유가오카(自由が丘) 역 북쪽 출구 맞은편, 애플 스트리트 지나 사거리에서 우회전. 도보 2분
주소 : 東京都 目黒区 自由が丘, ガーベラ通り

마리 클레르도리 マリクレール通り Marie Clairedori

주택가로 이루어진 지유가오카 역 북쪽과 달리 지유가오카 역 남쪽 출구와 접한 쇼핑센터, 상점, 레스토랑이 있는 상업지역이자 유흥가(?)이다. 이곳만 보면 지유가오카인지 시부야 골목인지 구분이 되지 않는 가장 지유가오카스럽지 않는 곳! 이 거리에는 쇼핑센터 메르사·지유가오카 파트(メルサ·自由が丘店パート) 1~2와 풀렐 위드(フレル · ウィズ), 베이커리 고베야 키친(Kobeya Kitchen), 홍차 전문점 TWG 등이 자리한다.
교통 : 지유가오카(自由が丘) 역 남쪽 출구에서 바로
주소 : 東京都 目黒区 自由が丘, マリクレール通り

그린 스트리트 グリーン ストリート Green Street

거리 중앙에 가로수가 심겨 있고 그 아래 벤치가 놓여 있어 시민들의 휴식처가 되는 지유가오카의 상징이 되는 풍경 중 하나! 이 거리에는 가로수와 벤치뿐만 아니라 작은 상점가 트레인치 지유가오카(Trainchi Jiyugaoka), 패션 잡화점 칸칸(かんかん), 카페 셔터(Shutter), 패션&잡화점 무지(無印良品), 패션숍 갭(GAP), 인테리어 소품&생화잡화점 프랑프랑(Fracfrac), 패션숍 토미 힐피거(Tommy Hilfiger), 빈티지 숍 라스타(Rastar), 쇼핑센터 라 쿠르 지오가오카(La Cour Jiyugaoka) 등이 자리한다. 테이크아웃 커피를 들고 한가롭게 산책하기 좋고 유명 브랜드 상점에서 쇼핑해도 즐겁고 디저트숍이 모여 있는 스위트 포레스트(Sweets Forest)에서 달콤한 디저트를 맛보기도 괜찮다.
교통 : 지유가오카(自由が丘) 역 남쪽 출구 건너편 오른쪽 골목길 지나. 도보 1분
주소 : 東京都 目黒区 緑が丘, グリーン ストリート

하치노야 蜂の家 自由が丘本店 Hachinoya

1956년 창업한 일본전통 과자 와가시(和菓子) 전문점이다. 와가시는 맛도 맛이지만 색과 모양을 중시해 흡사 과자 공예품처럼 보이기도 한다. 누에고치(?)를 닮은 마유모나카(まゆ最中), 우유를 사용해 고소한 단팥빵 지유가오카 미로쿠(自由が丘 みるく), 입안에서 살살 녹는 카스테라(かすてーら), 밤 양갱(栗むし羊羹) 등 맛보고 싶은 것이 많고 선물용으로도 좋다.

교통 : 지유가오카(自由が丘) 역 북쪽 출구에서 바로

주소 : 東京都 目黒区 自由が丘 2-10-6

전화 : 03-3717-7367

시간 : 10:30~19:00

메뉴 : 마유모나카(まゆ最中) 5개 650엔, 지유가오카 미로쿠(自由が丘 みるく) 173엔, 카스테라(かすてーら) 250엔, 밤 양갱(栗むし羊羹) 918엔

홈페이지 : www.hachinoya.co.jp

고소안 古桑庵 Kosoan

고소안(古桑庵) 이름 중 뽕나무 상(桑)이 있는 것처럼 실제 뽕나무로 지은 일본전통 다실이다. 고소안이란 이름은 메이지 시대 소설가 나쓰메 소세키(夏目 漱石) 장녀의 사위 소설가 마츠오카 유즈루(松岡譲)가 지었다. 이 건물은 1954년 완공되었고 일반을 대상으로 다실과 갤러리로 이용하기 시작한 것은 1999년부터이다. 다실 내에는 인형 작가 와타나베 부구자(渡辺芙久子)의 인형과 골동품으로 꾸며져 있고 갤러리에서는 때때로 전시가 열리기도 한다.

교통 : 지유가오카(自由が丘) 역 북쪽 출구 나와, 미즈호(Mizuho) 은행에서 우회전, 직진. 도보 5분

주소 : 東京都 目黒区 自由が丘 1-24-23

전화 : 03-3718-4203

시간 : 11:00~18:30 휴무_수요일

메뉴 : 가키고오리(かき氷, 빙수) 900엔, 맛차(抹茶, 분말녹차) 900엔, 레귤라 커피(レギュラーコーヒー) 600엔, 맛차젠

자이(古桑庵風抹茶白玉ぜんざい, 분말녹차+모찌) 1,000엔, 안미츠(あんみつ, 팥디저트) 900엔, 맛차오레(抹茶オーレ, 맛차 아이스) 900엔
홈페이지 : http://kosoan.co.jp

몽상 클레르 モンサン クレール Mont St. Clair

가베라도리(ガーベラ通り) 위쪽의 프랑스 제과점으로 지유가오카 역에서 조금 먼 느낌이지만 이곳의 케이크 몽블랑(モンブラン), 몽상 클레르(モンサンクレール), 세라비(セラヴィ), 데리스 쇼콜라(デリスショコラ) 등을 맛보면 잘 왔다는 생각을 하게 된다. 케이크 외 타르트 피구 노르(タルト フィグノワール)나 초콜릿 카시스(カシス)를 맛보아도 좋다.
교통 : 지유가오카(自由が丘) 역 북쪽 출구에서 가베라도리(ガーベラ通り) 방향, 가베라도리에서 우회전, 직진. 도보 10분
주소 : 東京都 目黒区 自由が丘 2-22-4, サクレジユウガオカ 1F
전화 : 03-3718-5200
시간 : 11:00~19:00 휴무_수요일
메뉴 : 몽블랑(モンブラン), 몽상 클레르(モンサンクレール), 세라비(セラヴィ), 데리스 쇼콜라(デリス ショコラ), 가렛 밀루티유(ガレットミルティーユ), 타르트 피구 노르(タルト フィグノワール), 카시스(カシス, 초콜릿)
홈페이지 : www.ms-clair.co.jp

셔터즈 シャッタズ 自由が丘店 Shutters

1998년 개점한 양식당으로 동료들과 함께 맛있는 요리를 즐기는 최고의 시간을 제공한다는 콘셉트를 가지고 있다. 상호는 즐거운 순간을 기록하는 사진기의 셔터에서 따왔다. 가로수와 벤치가 놓인 그린 스트리트에 있어 유럽의 노천카페 분위기가 나고 깔끔한 요리는 입맛을 돋게 한다. 런치 메뉴 중 스파게티나 카레 등이 먹을 만하고 시원한 맥주 한 잔도 OK!

교통 : 지유가오카(自由が丘) 역 남쪽 출구에서 그린 스트리트(Green St.) 방향. 도보 2분
주소 : 東京都 世田谷区 奥沢 5-27-15
전화 : 03-3717-0111
시간 : 10:00~21:30
메뉴 : 런치_까르보나라 1,320엔, 참치와 토마토 치즈카레(ツナとトマトの焼きチーズカレー) 1,380엔, 베이컨 샐러드(ほうれん草とベーコンのサラダ) 1,000엔, 캐주얼 코스 2,000엔
홈페이지 : www.ys-int.com

지유가오카 스위트 포레스트 自由が丘スイート フォレスト Jiyugaoka Sweet Forest

라 쿠르 지유가오카(ラ·クール 自由が丘) 2층에 있는 디저트몰이다. 입구로 들어가면 아이스크림 전문점인 믹스앤 믹크림(Mix'n Mixream), 아이스크림과 케이크 전문 베리베리(Berry Berry), 와플 비슷한 빵 케이크 전문점 규슈 빵케이크(九州 パンケーキ専門店), 홍콩 디저트점 홍콩 스위트 과향(Hongkong Sweets 果香), 크레페 전문점 메르시 크레페(Merci Crepe), 프랑스 디저트 아세 데세르(アシェット・デセール) 전문점 아 라 미뉴트(A La Minute), 달걀흰자 위주로 구운 과자인 수플레 전문점 르 수플레(ル スフレ) 등의 디저트숍이 동화의 나라처럼 꾸며져 있다.
교통 : 지유가오카(自由が丘) 역 남쪽 출구에서 좌회전, 풀렐 위드 지나. 도보 4분
주소 : 東京都 目黒区 緑が丘 2-25-7, ラ·クール 自由が丘 2F
전화 : 03-5731-6600
시간 : 10:00~20:00
메뉴 : 딸기아이스크림 케이크(ストロベリー ショートケーキ), 프린세스 클레르(プリンセス・クレール, 케이크), 규슈빵케이크 플레인(九州パンケーキプレーン), 구롱(九龍, 홍콩식수정과), 후류이 루즈(フリュイ ルージュ, 크레이프), 후란 보워즈 수플레(フランボワーズのスフレ)
홈페이지 : www.sweets-forest.com

*쇼핑

뽀빠이 카메라 ポパイ カメラ 本店 Popeye Camera

창업 78년 된 사진 전문점으로 필름 카메라, 필름, 카메라 가방, 카메라 용품 등을 판매하고 사진 인화, 사진 CD 입력, 대형 프린트, 필름 카메라 대여 등의 업무도 취급한다. 사진에 관심이 있는 사람은 안으로 들어가 둘러보아도 좋다.

교통 : 지유가오카(自由が丘) 역 북쪽 출구에서 미즈호(MIZUHO) 은행에서 우회전. 도보 1분. 2호점은 본점에서 북쪽으로 올라가 사거리에서 좌회전하면 바로.
주소 : 東京都 目黒区 自由が丘 2-10-2
전화 : 본점_03-3718-3431
시간 : 본점_12:00~18:00
휴무 : 수요일
요금 : 현상(35mm) 550엔, 인화(A5지) 650엔, 필름 카메라(Klasse W) 3,800엔(필름, 인화 포함. 7박 8일)
홈페이지 : www.popeye.jp

이데숍 イデーショップ 自由が丘店 IDEE SHOP

'인생은 생활이다'라는 콘셉트를 가진 가구점 겸 인테리어 소품점이다. 지유가오카점은 이데 최대 규모의 플래그십 상점으로 1층 인테리어 소품, 2~3층 가구와 블라인드로 구성된다. 4층에는 베이크숍(BAKESHOP)이라는 인기 있는 베이커리 카페가 있다.

교통 : 지유가오카(自由が丘) 역 북쪽 출구에서 미즈호(MIZUHO) 은행에서 우회전, 사거리에서 좌회전. 도보 4분
주소 : 東京都 目黒区 自由が丘 2-16-29
전화 : 03-5701-7555
시간 : 11:30~20:00(토~일 11:00~), 베이크숍_09:30~20:00(토~일~22:00)
홈페이지 : www.idee.co.jp

타임리스 컴포트 タイムレス コンフォート 自由が丘店 Timeless Comfort

지하 1층~지상 2층 규모의 인테리어 소품과 잡화점으로 스타우브(Staub) 무쇠솥, 소파, 커피 메이커, 자기 소(Cow) 장식품, 입욕제인 버터 바스 피저(Butter Bath Fizzer)와 바스 큐브(Bath Cube)

같은 제품이 눈에 띈다. 1층에는 카페가 있어 식사하거나 커피 한잔하기 좋다.

교통 : 지유가오카(自由が丘) 역 북쪽 출구에서 미즈호(MIZUHO) 은행에서 우회전, 사거리에서 좌회전. 도보 3분
주소 : 東京都 目黒区 自由が丘 2-9-11, 自由が丘八幸ビル
전화 : 03-5701-5271
시간 : 11:00~19:00
휴무 : 매달 3번째 수요일
홈페이지 : https://store.world.co.jp/s/brand/timelesscomfort

루즈 지유가오카 Luz 自由が丘 Luz Jiyugaoka

카틀레아도리(カトレア通り) 8층 빌딩의 지하 1층~지상 3층에 여러 상점과 레스토랑이 있어 지유가오카 북쪽, 미시 아줌마들의 사랑방이 되고 있다.
교통 : 지유가오카(自由が丘) 역 북쪽 출구에서 미즈호(Mizuho) 은행에서 우회전, 도보 3분
주소 : 東京都 目黒区 自由が丘 2-9-6
시간 : 10:00~22:00
홈페이지 : http://luz-jiyugaoka.com

라 비타 ラ・ヴィータ 自由が丘 LA VITA

지유가오카의 메인거리인 카틀레아도리(カトレア通り) 위쪽에 있는 유럽풍 상점가이다. 조용한 주택가 거리에 난데없이 이탈리아 베니스를 모티브로 한 성당 비슷한 중세 느낌의 건물과 운하(?), 돌다리 등의 풍경은 조금 의아하기도 하다.
교통 : 일본 전통찻집 고소안(古桑庵) 지나. 도보 7분
주소 : 東京都 目黒区 自由が丘 2-8-3
전화 : 03-3723-1881
시간 : 08:30~20:00
홈페이지 : www.jiyugaoka-abc.com

06 다이칸야마&에비스 代官山&恵比寿 Daikanyama&Ebisu

다이칸야마와 에비스는 가깝게 붙어 있지만 둘의 모습은 확연히 다르다. 다이칸야마는 고급 주택가 속 패션숍, 인테리어숍, 카페, 레스토랑 등이 있어 한가롭게 거닐기 좋고, 에비스는 한자리에 백화점과 비어스테이션, 전망대, 사진미술관이 있어 바삐 돌아가는 도시 테마파크를 연상시킨다. 다이칸야마는 고급스럽다는 점에서 지유가오카와 닮아있지만, 외관은 디자인된 건물이 많아 더 세련되어 보인다. 에비스는 도시 테마파크(?)인 만큼 동선에 따라 쇼핑하고 먹고 즐기기에 최적화되어 있다.

▲ 교통

① JR 야마노테센(山手線), 사이쿄센(埼京線), 쇼난신주쿠라인(湘南新宿ライン) 에비스(恵比寿) 역 하차

② 지하철 도쿄메트로 히비야센(日比谷線) 에비스 역 하차

③ 시부야(渋谷)에서 사철 도큐 도요큐센(東急 東横線) 다이칸야마(代官山) 역 하

차 *도큐 도요큐센의 특급(特急), 급행(急行), 각 정 정차(各停停車) 중 각 정 정차를 이용, 한 정거장 후 하차.

▲ 여행 포인트

① 다이칸야마의 고급 주택가 트렌디한 패션숍 둘러보기

② 다이칸야마의 캐슬 스트리트에서 디저트 맛보기

③ 에비스의 도쿄도 사진미술관, 맥주 기념관 살펴보기

④ 에비스의 비어스테이션에서 삿포로 맥주 마시기

⑤ 에비스 가든플레이스타워 무료 전망대에서 야경 감상하기

▲ 추천 코스

규야마테도리→다이칸야마 어드레스→캐슬 스트리트→에비스 맥주 기념관→도쿄도 사진미술관→삿포로 비어 스테이션

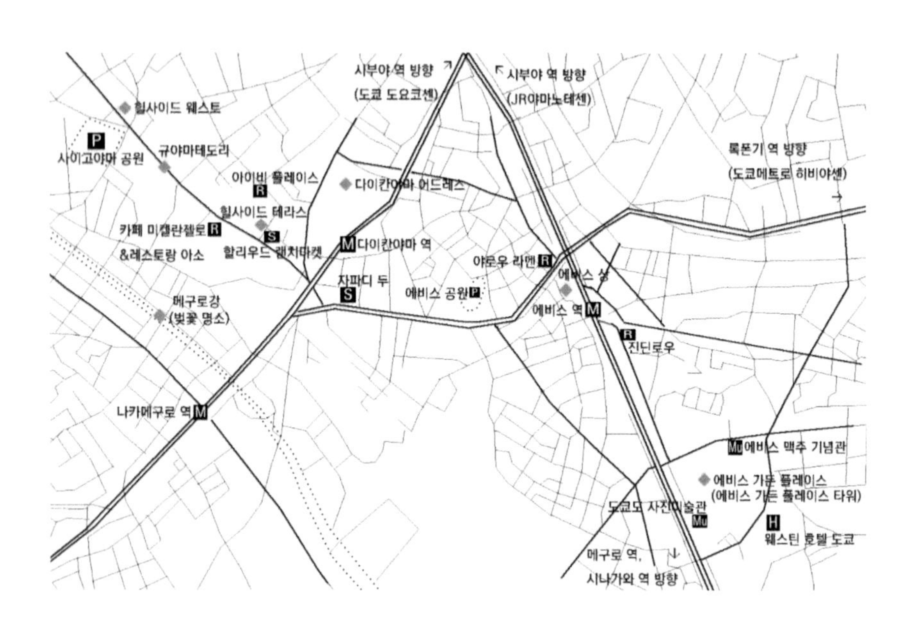

〈다이칸야마(代官山)〉

고마자와도리 駒沢通り Komazawadori

JR 에비스역 서쪽 출구에서 규야마테도리 삼거리까지를 말한다. 이 거리에는 크고 작은 독특한 개성의 패션숍, 잡화점, 가구점, 카페, 베이커리 등이 자리하고 있어 규야마테도리로 가는 길에 가볍게 걸으며 둘러보기 좋다. 요시노야, 마츠야 같은 대중 레스토랑은 JR 에비스역 서쪽 출구에서 지하철 히비야센 3·4번 출구 사이에 집중되어 있으니 참고!

교통 : JR 야마노테센(山手線), 지하철 히비야센(日比谷線) 에비스(恵比寿) 역에서 바로

주소 : 東京都 渋谷区 恵比寿西, 駒沢通り

시간 : 상점&카페 오픈 시간_10:00~11:00

≫자파디 두 ザパディ・ドゥ Zapady-Doo

규야마테도리 삼거리 부근에 있는 잡화점으로 빈티지풍의 접시, 컵, 포크와 나이프 같은 주방용품, 꽃병, 촛대 같은 인테리어 소품, 해먹, 바비큐 용기 같은 캠핑 용품 등 다양한 상품을 갖추고 있다. 독특한 인테리어 소품을 사고자 할 때 들리기 좋다.

교통 : JR 에비스(恵比寿) 역 서쪽 출구에서 고마자와도리(駒澤通り) 이용, 규야마테도리(舊山手通り) 삼거리 방향. 도보 8분

주소 : 東京都 渋谷区 恵比寿西 1-33-15, 1F

전화 : 03-5458-4050

시간 : 11:00~20:00

홈페이지 : www.dulton.jp/stores/daikanyama

≫컬리 컬렉션 カーリーコレクション Curly Collection

1984년 창업한 잡화점으로 주로 핑크색의 유아, 아동복, 패션 소품을 취급한다. 이들 패션 소품에는 귀여운 캐릭터가 새겨진 동전 지갑, 에코백, 원색의 조화가 돋보이는 손수건, 애니메이션 캐릭터가 있는 핸드폰 케이스 등이 돋보인다.

교통 : JR 에비스(恵比寿) 역 서쪽 출구에서 고마자와도리(駒澤通り) 이용, 규야마테도리(舊山手通り) 삼거리 방향. 도보

8분
주소 : 東京都 渋谷区 恵比寿西 1-34-15
전화 : 03-3770-7661
시간 : 11:00~19:00
홈페이지 : www.curlycollection.jp

규야마테도리 旧山手通り Kyuyamatedori
하치만도리와 함께 다이칸야마의 대표 거리 중 하나로 규야마테도리 삼거리부터 힐사이드 테라스, 츠타야(Tsutaya) 서점, 프랑스 요리학교 코르동 블루(Le Cordon Bleu)를 거쳐, 사이고야마 공원으로 이어진다. 이 거리에는 다이칸야마 대표 주상복합단지인 힐사이드 테라스, 고급 패션숍, 잡화점, 외국 대사관, 서점, 카페, 레스토랑이 늘어서 있어 산책하며 둘러보기 좋다. 또한, 힐사이드 테라스 F~H동 뒤쪽에서 하치만도리로 연결되는 골목에도 여러 패션숍과 카페, 레스토랑이 있어 들릴 만하다.
교통 : JR 에비스(恵比寿) 역, 지하철 히비야센(日比谷線) 에비스 역에서 고마자와도리(駒澤通り) 이용, 규야마테도리(舊山手通り) 삼거리 지나 규야마테도리 방향. 도보 10분
주소 : 東京都 渋谷区 猿楽町, 旧山手通り
시간 : 상점&카페 오픈 시간_10:00~11:00

≫힐사이드 테라스 ヒルサイド テラス Hillside Terrace
다이칸야마의 대표 주상복합단지 힐사이드 테라스는 일본 유명 건축가 마키 후미히코(槇文彦)의 설계로 1967년 공사를 시작해 1992년 완공하였다. 힐사이드 테라스는 규야마테도리 왼쪽으로 A~E동, 오른쪽으로 F~H동이 자리하고 동별로 한 두 개의 패션숍이나 잡화점, 갤러리가 자리해 번잡하지 않다. 주요 갤러리와 패션숍으로는 아트 프론트 갤러리(アートフロントギャラリー, A棟 1F, 세계판화 2,000점), 오브세션 갤러리(ジ・オブセッション・ギャラリー, C棟 2F, 국내외 화가 작품), 마리아 러브레이스(マリア・ラブレース, F棟 B1F, 웨딩드레스), 후루티 디 보스코(フルッティ ディ ボスコ, G棟 2F, 가방과 패션소품) 등이 있다.

교통 : 규야마테도리(舊山手通り) 삼거리에서 도보 1~3분
주소 : 東京都 渋谷区 猿楽町 29-18
전화 : 03-5489-3705
홈페이지 : www.hillsideterrace.com

≫베스 마그마 Bess MAGMA
1985년 창업한 전원주택 전문회사로 다이칸야마에 이글루 형태, 산장 형태 등 6개의 견본 전원주택을 전시한다. 이들

주택은 문을 열고 내부까지 둘러볼 수 있어 전원주택에 관심이 있다면 찾아볼 만하다.

교통 : 규야마테도리(舊山手通リ) 삼거리에서 힐사이드 테라스(ヒルサイドテラス) 지나 베스 마그마 방향. 도보 6분
주소 : 東京都 目黒区 青葉台 1-4-5
전화 : 03-3462-7000
시간 : 토~화요일 10:00~18:00
휴무 : 수~금요일
홈페이지 : https://magma.bess.jp

≫힐사이드 웨스트 ヒルサイド ウエスト Hillside West

1998년 일본 유명 건축가 마키 후미히코(槇文彦)가 설계한 건물로 A동과 B동으로 나뉜다. 건물 전면을 덮는 가는 창살의 가림막이 인상적이고 전체적으로 콘크리트와 금속, 나무를 이용해 깔끔한 느낌이 난다. 현재 프랑스 요리점인 레스토랑 르 프티 브동(レストラン・ル・プティ・ブドン, A棟 B1F), 부엌가구점 암스타일 키친(アムスタイルラウンジ, A棟 1F) 등이 입점하고 있다.
교통 : 규야마테도리(舊山手通リ) 삼거리에서 힐사이드 테라스(ヒルサイドテラス) 지나 힐사이드 웨스트 방향. 도보 10분
주소 : 東京都 渋谷区 鉢山町 13-4
전화 : 03-3461-5961
홈페이지 : www.hillsideterrace.com

≫시더 스톤 빌라 Ceder Stone Villa

1984년 일본 유명 건축가 마키 후미히코(槇文彦)가 설계한 건물로 폭은 좁고 길이가 조금 긴 직사각형 건물이다. 건물 전면에 작은 격자가 있는 커다란 유리창으로 장식되어 있어 깔끔한 분위기를 낸다. 현재 1층에는 패션숍이 영업 중!
교통 : 규야마테도리(舊山手通リ) 삼거리에서 힐사이드 테라스(ヒルサイドテラス) 지나 힐사이드 웨스트(ヒルサイド ウエスト) 방향. 도보 10분
주소 : 東京都 渋谷区 鉢山町 15-5

사이고야마 공원 西鄕山 公園 Saigotama Park 사이고야마코엔

1981년 개장한 공원으로 야트막한 언덕에 있어 도쿄 서쪽 일대를 조망하기 좋다. 날씨가 좋을 땐 후지산까지 보인다는

데 이건 천운이 있어야 가능해 보인다. 공원 터가 원래 명치 시대 정치가인 사이고 다카모리(西郷 隆盛) 동생의 집이 있던 곳이어서 사이고야마라는 이름이 붙었다. 공원 입구에 레스토랑 겸 카페와 푸드 트럭이 주차해 있어 식사 가능!

교통 : 규야마테도리(舊山手通り) 삼거리에서 힐사이드 테라스(ヒルサイドテラス) 지나 사이고야마 공원(西郷山 公園) 방향. 도보 10분
주소 : 東京都 目黒区 青葉台 2-10-28
전화 : 03-5722-9745
홈페이지 :
www.city.meguro.tokyo.jp/shisetsu/shisetsu/koen/saigo.html

하치만도리 八幡通り Hachimandori
규야마테도리 삼거리에서 다이칸야마 대표 랜드마크인 다이칸야마 어드레스 방향의 거리로 크고 작은 패션숍, 잡화점, 카페, 레스토랑 등이 자리한다. 하치만도리 동쪽 다이칸야마 어드레스 옆, 캐슬 스트리트와 연결해 둘러보면 좋다.
교통 : 규야마테도리(舊山手通り) 삼거리에서 하치만도리(八幡通り) 방향, 바로
주소 : 東京都 渋谷区 代官山町, 八幡通り

≫다이칸야마 어드레스 代官山 アドレス Daikanyama Address

2000년 도준카이 아파트(同潤会アパート) 자리를 재개발하여 만든 주상복합단지다. 6개의 건물과 실내 수영장, 다이칸야마 공원, 광장인 어드레스 플라자 등으로 이루어져 있고 다이칸야마 역과 연결된다. 36층의 최고급 아파트인 더 타워에 500가구가 거주하고 하치만도리 방향의 디쎄뜨(17 Dixsept)라 불리는 상가에 40여 개의 상점과 레스토랑이 입점해 있다. 주요 상점과 레스토랑으로는 1F의 슈퍼마켓 다이칸야마 피콕(代官山ピーコック), 스시 레스토랑 우메가오카 스시 미도리 총본점(梅丘寿司の美登利総本店), 2F의 샬롯 디저트 같은 패션과 잡화점, 3F의 100엔 숍인 세리아(Seria) 등.
교통 : 규야마테도리 삼거리에서 하치만도리(八幡通り) 이용, 다이칸야마 어드레스 방향, 도보 3분
주소 : 東京都 渋谷区 代官山町 17-6
전화 : 03-3461-5586
시간 : 11:00~20:00(상점, 레스토랑별로 다름)
홈페이지 : www.17dixsept.jp

캐슬 스트리트 キャッスル ストリート

Castle Street

다이칸야마 어드레스 동쪽, 다이칸야마 역에서 시부야로 이어지는 길로 이 길에는 작지만 독특한 패션숍, 잡화점, 카페, 레스토랑 등이 있어 사람들의 발길을 끈다. 이 길의 끝에 캐슬 다이칸야마라는 오래된 서양풍(?) 맨션이 있고 맨션 1층에 빈티지 제품을 판매하는 풀업(Full Up) 같은 빈티지 숍이 여럿 있으니 빈티지에 관심이 있다면 들려도 좋다. 이곳의 주요 카페와 베이커리로는 와플로 유명한 와플즈(Waffle's), 과일 타르트로 유명한 킬 훼봉 다이칸야마점 등이 있으니 천천히 구경하며 내려가 보자

교통 : 규야마테도리(舊山手通り) 삼거리에서 다이칸야마 어드레스(代官山 アドレス) 방향, 다이칸야마 어드레스 통과, 다이칸야마(代官山) 역 방향. 도보 5분

주소 : 東京都 渋谷区 代官山町, キャッスル ストリート

〈에비스(恵比寿)〉

에비스상 恵比寿像 Ebisu Statue

배 나온 중국 포대 화상을 닮은 일본의 신으로 풍어와 사업의 신이다. 머리에 에보시(烏帽子)라는 모자를 쓰고 왼손에 생선인 도미, 오른손에 낚시를 들고 있는 모습을 하고 있다. 예전 도미 같은 생선을 팔면 돈이 되기에 상업이 번성하기 시작한 12세기 무렵 상업의 신이자 복신(福神)으로 여겨졌다. 에비스란 지명은 1887년 에비스 가든 플레이스 자리에 일본 맥주 양조회사의 에비스 맥주 공장이 있었기 때문에 붙어진 것이고 에비스 맥주의 캐릭터가 에비스 신이었다.

교통 : JR 에비스(恵比寿) 역 서쪽 출구, 지하철 히비야센(日比谷線) 1번 출구에서 바로

주소 : 東京都 渋谷区 恵比寿, 恵比寿 像

에비스 가든 플레이스 恵比寿 ガーデンプレース Ebisu Garden Place

1887년 에비스 맥주 공장이 있던 곳을 1991년부터 재개발하여 1994년 사무실과 사진미술관, 백화점, 호텔, 레스토랑 등이 있는 복합상업 단지인 에비스 가든 플레이스를 탄생시켰다. 이곳에는 맥주 바인 비어 스테이션, 사무 빌딩인 에비스 가든 플레이스, 도쿄도 사진미술관, 샤토 레스토랑 조엘 로뷔숑, 웨스틴 호텔 도

쿄, 에비스 맥주 기념관 등이 다양한 시설이 있어 사람들의 발길을 끈다. 샤토 레스토랑 앞에는 로댕과 마요르 등의 조각 18개가 산재하여 있어 이를 찾아보는 재미가 있다. 광장에서는 때때로 맥주 축제, 백화점 이벤트 등이 열려 심심할 새가 없다.

교통 : JR 에비스(恵比寿) 역 동쪽 출구에서 스카이워크 이용, 도보 5분

주소 : 東京都 渋谷区 恵比寿 4-20

전화 : 03-5423-7111

시간 : 10:00~20:00

홈페이지 : www.gardenplace.jp

≫에비스 가든 플레이스 타워 恵比寿ガーデン プレース タワー Ebisu Garden Place Tower

에비스의 대표 랜드마크로 지하 4층, 지상 40층, 높이 167m의 복합상업빌딩이다. 지하 2층~4층에는 은행, 우체국, 병원 같은 상업시설, 5~37층에는 사무실, 38~39층에는 10여 개의 레스토랑이 있는 식당가로 운영된다. 38~39층 식당가 전용 엘리베이터를 이용해 식당가 오르면 빌딩 모퉁이에 무료 전망대가 있어 시부야, 신주쿠 방향의 풍경을 조망할 수 있다. 다른 방향의 풍경은 식당가 레스토랑 이용 시 레스토랑 내부에서 조망할 수 있다.

교통 : JR 에비스(恵比寿) 역 동쪽 출구에서 스카이워크 이용, 도보 5분

주소 : 東京都 渋谷区 恵比寿 4-20-3

전화 : 03-5423-7111

시간 : 07:00~24:00

홈페이지 : www.gardenplace.jp

≫도쿄도 사진미술관 東京都 寫眞 美術館 Tokyo Metropolitan Museum of Photography 도쿄도 사신 비츄츠칸

일본 최초의 사진과 영상 전문 미술관으로 지하 1층과 2~3층에 전시장, 1층 극장과 카페, 4층 도서실(무료)을 갖추고 있다. 3개의 전시장에서는 보통 각각의 전시가 열리므로 모두 다 보거나 마음에 드는 전시만 봐도 되고 1층 극장에서 상영되는 영상물을 감상해도 된다. 전시를 본 뒤에는 4층 도서실에 들려 사진집이

나 사진 잡지를 열람해도 괜찮다.
교통 : JR 에비스(恵比寿) 역 동쪽 출구에서 스카이워크 이용, 에비스 가든 플레이스 타워(恵比寿 ガーデン プレース タワー) 오른쪽. 도보 5분
주소 : 東京都 目黒区 三田 1-13-3, 恵比寿ガーデンプレイス内
전화 : 03-3280-0099
시간 : 10:00~18:00(목~금 ~20:00)
요금 : 1,000~1,500엔(전시에 따라 다름)
홈페이지 : http://topmuseum.jp

≫에비스 맥주 기념관 恵比寿 麦酒(ヱビス ビール) 記念館 Beer Museum Ebisu 에비스 비루 키넨칸

삿포로 맥주 건물 지하에 있는 맥주 기념관으로 100여 년의 에비스 맥주의 역사, 맥주 광고, 맥주 CM송, 대형 맥주 숙성고 등을 살펴볼 수 있다. 기념관은 무료 견학과 유로 투어로 나뉜다. 유로 투어의 경우 맥주 시음이 포함되어 있다. 견학이나 투어 후 시음장인 테이스팅 살롱(テイスティングサロン)에서 에비스 맥주, 코하쿠 에비스 맥주, 흑맥주인 에비스 프리미엄 블랙, 에비스 스카우트 크리미 탑, 보통 맥주와 흑맥주가 섞인 에비스 프리미엄 믹스 등 여러 맥주를 맛볼 수 있다. 소시지나 핫도그 같은 안주, 맥주와 안주가 함께 나오는 세트 메뉴를 맛봐도 좋다. 에비스 맥주를 테마로 한 기념품을 사도 재미있다. 참고로 1887년~1985년까지 이곳 에비스 맥주 공장에서 에비스 맥주가 생산되었고 에비스 맥주의 모회사는 일본 맥주 양조회사(1887년 창업)에서 삿포로 맥주를 생산하는 삿포로 홀딩스(1876년 창업)로 흡수되었다.
교통 : JR 에비스(恵比寿) 역 동쪽 출구에서 스카이워크 이용, 에비스 가든 플레이스 타워(恵比寿 ガーデン プレース タワー) 왼쪽, 미츠코시(三越) 백화점 지나 삿포로(札幌) 맥주 오른쪽 지하. 도보 5분
주소 : 東京都 渋谷区 恵比寿 4-20-1
전화 : 03-5423-7255
시간 : 무료 견학 11:00~19:00, 유료 투어 11:10~17:10. 휴무 : 월요일
요금 : 에비스 투어 500엔(맥주 시음 포함), 안주 400~800엔, 함부르크 세트, 에비스 세트
홈페이지 : www.sapporobeer.jp/brewery/y_museum

카페 미켈란젤로&레스토랑 아소 Cafe Michelangelo&Restaurant Aso

규야마테도리 중간 유럽에서 봄 직한 노천카페가 눈에 들어오는데 길가로 향한 좌석은 빈자리가 없어 부러운 눈길을 보내며 안으로 들어가게 된다. 다이칸야마 산책 중 잠시 들려 커피 한잔하기 좋고 파스타나 스테이크로 식사를 해도 괜찮다. 카페 안에는 레스토랑 아소(ASO)가 있어 조용한 분위기에서 식사하고자 하는 사람이라면 찾아가 보자. 간판은 아소로 되어있고 다가 가보면 카페 미켈란젤로와 아소라고 되어있는 동판이 각각 붙어 있다.

교통 : JR 에비스(恵比寿) 역 또는 지하철 히비야센(日比谷線) 에비스 역에서 규야마테도리(舊山手通り) 삼거리 방향, 규야마테도리 삼거리에서 카페 미켈란젤로 방향. 도보 18분

주소 : 東京都 渋谷区 猿楽町 29-3

전화 : 03-3770-9517

시간 : 카페_11:00~22:00, 아소_12:00~15:30, 17:30~22:00

메뉴 : 미켈란젤로_드립 커피 670엔, 카페라페 780엔, 생맥주 820엔, 파스타 1,100엔~, 모듬 모리아와세(ソーセージの盛り合わせ 모듬 소세지) 1,980엔/아소_코스 요리 6,000엔~

홈페이지 : www.hiramatsurestaurant.jp

알로하 테이블 アロハテーブル代官山フォレスト Aloha Table Daikanyama Forest

힐사이드 테라스의 츠타야(Tsutaya) 서점 옆 위치한 레스토랑으로 주말에는 앉을 자리가 없을 정도로 붐빈다. 점심시간이라면 메인 요리와 스프, 음료가 나오는 런치 메뉴를 선택하는 것이 좋고 다른 시간이라면 버거나 파스타, 샐러드 같은

단품을 주문해도 좋다. 레스토랑 입구에 사진과 함께 메뉴가 소개되어 있으므로 주문하는 데 불편함이 없다.

교통 : 규야마테도리(舊山手通り) 삼거리에서 알로하 테이블 방향. 도보 5분

주소 : 東京都 渋谷区 猿楽町 17-10

전화 : 03-5456-7033

시간 : 11:00~22:00

메뉴 : 프리미엄 로코모코(햄거버 스테이크) 1,980엔, 로코모코 1,200엔, 앙구스 비프 스테이크 2,519엔, 모코 후라이드 치킨 플랫 990엔

홈페이지 : http://daikanyama.alohatable.com

아이비 플레이스 IVY PLACE

2011년 카페와 레스토랑, 바가 있는 복합 식음료 공간으로 문을 열었다. 츠타야 서점 동쪽(안쪽)에 있어 찾아가기 쉽고 애피타이저, 메인 요리, 피자, 파스타 등 다양한 요리를 선보여 인기를 끌고 있다. 주말 식사 시간에는 자리를 잡기 힘들 정도로 찾는 사람이 많다. 이곳만의 요리를 맛보고 싶다면 '이번 주 메인 디시'를 비롯한 플레이트 메뉴를 주문하는 것이 좋고 단품으로 피자나 파스타를 선택해도 괜찮다. 물론 코스 요리를 선택할 수 있으면 더할 나위가 없고.

교통 : 규야마테도리(舊山手通り) 삼거리에서 츠타야 서점·아이비 플레이스 방향. 도보 5분

주소 : 東京都 渋谷区 猿楽町 16-15

전화 : 03-6415-3232

시간 : 08:00~22:00, 런치_11:30~15:00, 디너_17:30~22:00

메뉴 : 런치_코스 요리 3,980엔, 피자 1,700엔, 파스타 1,880엔~, 이번 주 메인 디시 2,000엔

홈페이지 : www.tysons.jp/ivyplace

비어 스테이션 ビヤステーション Beer Station

에비스 가든 플레이스 입구에 있는 붉은

벽돌 건물로 야외 발코니와 내부 1층, 2층에 약 500명을 수용할 수 있는 좌석을 마련하고 있다. 세계 최고의 에비스 생맥주 판매점으로 연간 75,000리터의 맥주를 소비한다. 이곳에는 에비스 맥주나 삿포로 맥주 외에도 기네스 맥주, 하이네켄 등 세계의 맥주도 맛볼 수 있어 맥주 마니아에게 환영을 받고 있다. 에비스 가든 플레이스를 둘러본 뒤 비어 스테이션에 들려 잘 구워진 소시지에 시원한 맥주로 마무리하는 것은 에비스 여행의 불문율처럼 여겨지기도 한다. 식사 메뉴도 다양해서 골라 먹는 재미가 있다.

교통 : JR 에비스(恵比寿) 역 동쪽 출구에서 스카이워크 이용, 에비스 가든 플레이스 타워(恵比寿 ガーデン プレース タワー) 방향. 도보 5분

주소 : 東京都 渋谷区 恵比寿 4-20-4

전화 : 03-3442-9731

시간 : 11:30~22:00

메뉴 : 삿포로 생맥주 630엔~, 병맥주 530엔~, 소세지모리아와세(ソーセージ盛り合わせ 모듬 소세지) 1,980엔, 히가와리 런치(日替りランチ 오늘의 런치) 950엔, 스테이크 1,050엔, 햄버거 스테이크 980엔

홈페이지 : www.newtokyo.co.jp/yebisu

샤토 레스토랑 조엘 로뷔숑 ガストロノミー "ジョエル・ロブション"

Chateau Restaurant Joel Robuchon

에비스 가든 플레이스의 유럽풍 대저택을 레스토랑과 바로 이용하고 있다. 1층은 캐주얼 레스토랑 라 테이블 드 조엘 로뷔숑(La Table de Joel Robuchon), 2층은 와인 바인 루주 바(Rouge Bar), 2~3층은 조엘 로뷔숑 레스토랑(Joel Robuchon Restaurant)으로 구성된다. 조엘 로뷔숑은 프랑스 요리학교 르 코르동 블뢰 출신의 스타 요리사로 세계 각국에 자신의 이름을 건 레스토랑을 운영 중이다. 이곳 레스토랑의 요리 가격이 꽤 비싼 편임으로 디너 코스보다는 조금 저렴한 런치 코스를 주문하는 것이 좋고 고급 레스토랑이므로 가능하다면 복장에도 신경을 쓰는 것이 바람직하다. 도쿄에서 맛보는 정통 유럽의 고급 요리를 맛보고 싶다면 한 번쯤 방문해도 좋다.

교통 : JR 에비스(恵比寿) 역 동쪽 출구에서 스카이워크 이용, 에비스 가든 플레이스 타워(恵比寿 ガーデン プレース タワー)방향. 도보 8분

주소 : 東京都 目黒区 三田 1-13-1

전화 : 03-5424-1347

시간 : 11:00~22:00 *토~일 런치 영업!

메뉴 : 저가 코스_20,000/25,000/30,000엔, 고가 코스_48,000~70,000엔(텍스 포함, 서비스차지 12% 별도)

홈페이지 : www.robuchon.jp

가무가츠 キムカツ 恵比寿本店 Kamu-katsu

돼지고기 로스를 25층이 되게 슬라이스를 쳐서 튀김옷을 입힌 뒤 잘 튀긴 것으로 돼지고기 특유의 퍽퍽함을 없애고 부드러움을 강조해 인기를 끌고 있다. 돈가스는 고기 그대로의 플레인(プレーン), 후추를 넣은 구로고쇼(黒胡椒), 마늘을 넣은 갈릭(ガーリック), 치즈를 넣은 치즈(ちーず), 파를 넣은 네기시오(ねぎ塩), 매실시소를 넣은 우메시소(梅しそ), 유자후추를 넣은 유즈고쇼(ゆず胡椒) 등 7가지 맛 중에 입맛에 따라 선택할 수 있다.

교통 : JR 에비스(恵比寿) 역 동쪽 출구에서 나와, 대각선 길 방향, 교차로 지나. 도보 3분

주소 : 東京都 渋谷区 恵比寿 4-9-5

전화 : 03-5420-2929

시간 : 11:00~21:00

메뉴 : 런치_기무가츠 런치젠 1,100엔, 치즈 런치젠 1,480엔, 흑돼지로스젠 2,080엔, 새우후라이런치젠 1,880엔

홈페이지 : www.kimukatsu.com

*쇼핑

할리우드 랜치마켓 ハリウッドランチマーケット Hollywood Ranch Market

다이칸야마 대표 빈티지, 잡화 전문점으로 1972년 센터가야에서 처음 문을 열었고 1979년 다이칸야마로 이전하였다. 상점 밖에 철제 거북이와 악어, 낡은 간판 등으로 장식하여 미국의 허름한 빈티지 숍 분위기가 나고 내부에는 빈티지풍의 신상 청바지, 티셔츠, 액세서리, 신발 등으로 가득 차있다. 손님 중에는 일본 현지인도 있지만, 다이칸야마를 찾은 서양 사람들도 꽤 보인다. 이곳이 부자 동네여서인지 가격은 착하지 않으니 참고!

교통 : 규야마테도리(舊山手通り) 삼거리에서 할리우드 랜치마켓 방향. 도보 3분

주소 : 東京都 渋谷区 鉢山町 28-17

전화 : 03-3463-5668

시간 : 11:00~19:00

홈페이지 : www.hrm-eshop.com

루토트 갤러리 ルートートギャラリー代官山 Rootote Gallery

2001년 시작된 루토트 백은 숄더백 또는 에코백의 안쪽 또는 바깥쪽에 지퍼를 달아 지갑이나 핸드폰, 현금, 열쇠 등을 넣을 수 있게 만든 기능성 가방이다. 12가지의 기본 디자인에 캐릭터 프린트, 문양, 재질에 따라 많은 디자인의 루토트 백이 있으니 마음에 드는 물건이 있는지 찾아보자.

교통 : 규야마테도리(舊山手通り) 삼거리에서 하치만도리(八幡通り) 방향, 다이칸야마 어드레스(代官山 アドレス) 못미처 우회전. 캐슬 스트리트(Castle St.))에서 직진. 도보 10분 또는 도큐 도요코센(東急 東横線) 다이칸야마(代官山) 역 서쪽 출구에서 도보 4분

주소 : 東京都 渋谷区 代官山町 18-10

전화 : 03-3464-5535

시간 : 11:30~19:00

홈페이지 : http://rootote.jp

미스터 프렌들리 카페 ミスターフレンドリーカフェ Mr. Friendly Cafe

처진 눈썹인 인상적인 미스터 프렌들리 캐릭터숍으로 인형, 문구, 가방, 쿠션, 핸드폰 액세서리 등 다양한 디자인 상품을 판매하고 있다. 한쪽에 카페를 겸하고 있고 간식으로 먹기 좋은 미스터 프렌들리 핫케이크에 커피 한 잔을 해도 좋다.

교통 : 도큐 도요코센(東急 東横線) 다이칸야마(代官山) 역 서쪽 출구에서 캐슬 스트리트(Castle St.) 직진, 사거리에서 우회전 언덕 방향. 도보 5분 또는 지하철 히비야센(日比谷線) 2번 출구 나와 좌회전, 언덕 위 직진. 도보 10분

주소 : 東京都 渋谷区 恵比寿西 2-18-6, SPビル

전화 : 03-3780-0986

시간 : 11:00~20:00

홈페이지 : www.mrfriendly.jp

07 록폰기 六本木 Roppongi

도쿄의 이태원과 한남동쯤 되는 곳으로 예전에 미군 시설이 있었고 현재에도 여러 외국 대사관이 있어 길거리에서 외국인을 흔히 볼 수 있다. 외국인 상대의 소란스러운 술집이나 라이브클럽 정도 있던 록폰기에서 고급스러운 록폰기가 된 것은 쇼핑센터, 미술관, 전망대 등이 있는 록폰기힐즈가 세워지고부터. 이후 국립 신미술관, 쇼핑센터, 미술관, 레스토랑 등이 있는 도쿄 미드타운이 설립되면서 현재의 고급스러우면서 국제적인 이미지의 록폰기가 완성되었다.

▲ 교통

① 에비스(恵比寿) 역에서 지하철 도쿄메트로 히비야센(日比谷線) 이용, 록폰기(六本木) 역 하차

② 신주쿠니시구치(新宿西口) 역 또는 요요기(代々木) 역에서 지하철 도에이 오에도센(都営 大江戸線) 이용, 록폰기 역 하차

③ 하라주쿠(原宿)의 메이지진구마에(明治神宮前) 역에서 지하철 도쿄메트로 치요다센(千代田線) 이용, 노기자카(乃木坂) 역 하차_국립 신미술관(國立新美術館)

▲ 여행 포인트

① 모리 타워의 도쿄 시티뷰 전망대에서 도쿄 전망하기

② 모리 미술관, 국립 신미술관, 산토리 미술관의 명화 감상하기

③ 록폰기 클럽에서 나이트라이프 즐기기

▲ 추천 코스

국립 신미술관→도쿄 미드타운→록폰기 힐스→도쿄 시티뷰 전망대→모리 미술관→웨스트워크

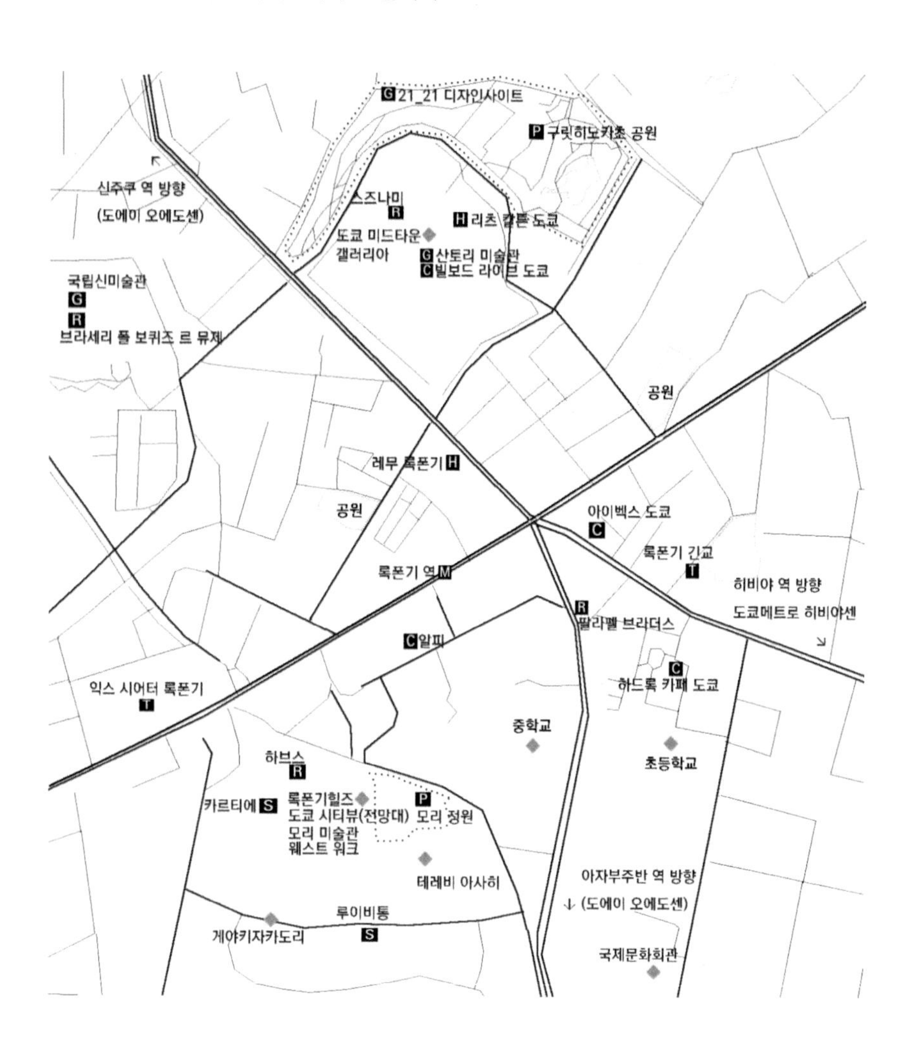

국립 신미술관 国立新美術館 The National Art Center, Tokyo 고쿠리츠 신비주츠칸

2007년 개관한 미술관으로 일본의 건축가 구로카와 기쇼(黑川 紀章)가 주위의 숲과 아울리게 일렁이는 듯한 유리 곡선을 가진 유리 외관의 건물을 만들어냈다. 신미술관은 지하 1층 미술 관련 기념품을 판매하는 뮤지엄숍과 카페테리아 카레(Carré), 1층 전시장과 전 세계의 예술가와 디자이너의 상품을 판매하는 수버니어 프롬 도쿄(Souvenir From Tokyo), 카페 코켈(Coquille), 2층 전시장과 카페 살롱 드 더 론드(Salon de The Rond), 3층 전시장과 미슐랭 가이드 별 3개를 받은 프랑스 요리사 폴 보퀴즈의 레스토랑 브라세리 폴 보퀴즈 르 뮤제(Brasserie Paul Bocuse Le Musee)로 구성된다. 미술관 요금은 전시 별로 다른데 많을 땐 3개 정도의 전시가 열리기도 하니 모두 관람하기보다 원하는 전시만 관람하는 것이 알뜰 여행의 지름길이다.

교통 : ① 도쿄메트로 치요다센(千代田線) 노기자카(乃木坂) 역 6번 출구에서 바로 또는 히비야센(日比谷線) 록폰기(六本木) 역 4번 출구에서 도쿄 미드타운(東京 ミッドタウン) 지나 국립 신미술관 방향, 도보 5분. ② 도에이 오에도센(都営 大江戸線) 록폰기 역 7번 출구에서 국립 신미술관 방향, 도보 3분

주소 : 東京都 港区 六本木 7-22-2

전화 : 03-5777-8600

시간 : 10:00~18:00(금 ~20:00)

휴무 : 화요일, 연말연시

요금 : 1,000~1,500엔 내외(전시 별로 다름)

홈페이지 : www.nact.jp

도쿄 미드타운 東京 ミッドタウン Tokyo Midtown

2007년 옛 방위청 터를 재개발한 복합 상업 단지로 지하 5층, 지상 54층, 높이 248m로 사무실과 리츠 칼튼 호텔이 있는 미드타운 타워, 25층으로 사무실과 주거공간이 있는 미드타운 이스트, 13층으로 사무실이 있는 미드타운 웨스트, 오크우드 프리미어 호텔, 산토리 미술관, 쇼핑과 레스토랑이 있는 갤러리아와 가든 테라스, 플라자, 21-21 디자인 사이트, 구릿히노키초 공원(区立檜町公園) 등으로

구성된다. 도쿄 미드타운은 잘 정리된 주변 환경과 편리한 쇼핑 공간, 다양한 메뉴가 있는 식당가, 산토리 미술관과 21_21 디자인 사이트 같은 문화 공간, 구릿히노키초 공원 등이 있어 연인들의 데이트 장소나 가족 나들이 장소로 인기를 끈다.

교통 : 도에이 오에도센(都営 大江戸線) 록폰기(六本木) 역 8번 출구에서 바로 또는 도쿄메트로 히비야센(日比谷線) 4a 출구에서 도쿄 미드타운 방향, 도보 2분

주소 : 東京都 港区 赤坂 9-7-1

전화 : 04-3475-3100

시간 : 상점_11:00~21:00, 레스토랑_11:00~24:00

홈페이지 : www.tokyo-midtown.com

≫갤러리아 ガレリア Galleria

미드타운 웨스트 서쪽에 있는 빌딩으로 내부에 1층~4층, 150m에 이르는 오픈 공간이 있어 쾌적함을 더하고 오픈 공간 주위로 패션숍과 잡화점, 레스토랑, 산토리 미술관 등이 자리한다. 매장은 지하 1층 식당가, 1층 남녀 패션숍과 잡화점, 식당가, 2층 패션숍과 액세서리점, 식당가, 3층 인테리어&디자인숍, 식당가, 산토리 미술관, 4층 레스토랑과 바로 구성된다. 주요 브랜드로는 보스(패션, 1F), 피가로 파리(여성 패션, 2F), 비아 버스 스톱(패션, 2F), 스톰 스톱(아동 패션, 3F), 이토야 탑드로어(문구, 3F), 키친 스토어(부엌용품, 3F) 등이 있다. 패션 편집매장에서 개성 넘치는 의류를 살펴보아도 좋고 3층의 인테리어와 디자인 용품점에서 맘에 드는 상품을 찾아보아도 시간 가는 줄 모른다.

교통 : 미드타운 이스트와 웨스트 사이 플라자에서 갤러리아 빌딩 방향, 바로

주소 : 東京都 港区 赤坂 9-7-1, Galleria B1F~4F

전화 : 04-3475-3100

시간 : 상점_11:00~21:00, 레스토랑_11:00~24:00

홈페이지 : www.tokyo-midtown.com

≫플라자 プラザ Plaza

미드타운 웨스트와 이스트 사이 지하와 지상 공간을 말하고 이곳에는 레스토랑과 카페, 베이커리가 모여 있어 식당가를 이루고 일부 패션숍과 인테리어&디자인숍이 자리한다. 매장은 지하 1층 식당가와 유니클로, 1층 식당가, 2층 레스토랑과 바로 구성된다. 지하 1층 식당가에서는 식사하거나 베이커리에서 주전부리를 사 먹기 좋고 1층의 카페에서는 야외 좌석에서 커피를 마시며 한가로운 시간을 보내기 괜찮다.
교통 : 도쿄 미드타운(東京 ミッドタウン) 앞에서 미드타운 이스트와 웨스트 사이 방향, 바로
주소 : 東京都 港区 赤坂 9-7-1, Plaza B1F~2F
전화 : 04-3475-3100
시간 : 상점_11:00~21:00, 레스토랑_11:00~24:00
홈페이지 : www.tokyo-midtown.com

≫산토리 미술관 サントリー美術館 Suntory Museum of Art

1961년 라이프스타일 아트(Lifestyle Art)를 콘셉트로 아카사카에서 처음 개관하였고 2007년 도쿄 미드타운이 완공되면서 현재의 장소로 이전하였다. 주로 세계 유명 작품을 소장하고 있는 여느 유명 미술관과 달리 산토리 미술관은 일본인의 미의식과 생활 감각이 표현된 일본 작가의 도기, 그림, 유리 병풍 등 3,000여 점을 소장하고 있다. 전시 또한 라이프스타일 아트라는 콘셉트에 맞는 전시가 주를 이룬다.
교통 : 도쿄 미드타운(東京 ミッドタウン)의 갤러리아 3층에서 바로 연결
주소 : 東京都 港区 赤坂 9-7-4, Garden Side(Galleria) 3~4F
전화 : 03-3479-8600
시간 : 10:00~18:00(금~토 ~20:00)
휴무 : 화요일, 연말연시
요금 : 1,000~1,500엔(전시 별로 다름)
홈페이지 : www.suntory.co.jp

≫후지필름 스퀘어 Fujifilm Square

후지필름에서 운영하는 사진 박물관으로 사진 역사와 문화에 대해 알아보고 다양한 클래식 카메라를 감상할 수 있으며

사진 전시까지 관람할 수 있는 곳이다. 박물관은 입구 오른쪽에 사진 전시장인 후지필름 포토 살롱, 중간에 후지필름 카메라로 찍은 사진을 전시하는 미니 갤러리, 왼쪽에 사진 역사를 알아보고 클래식 카메라를 감상할 수 있는 포토 히스토리 뮤지엄, 최신 후지필름 카메라를 체험해 볼 수 있는 터치 후지필름 등으로 구성된다. 후지필름과 후지필름 카메라만의 독특한 사진을 감상하고 싶다면 한 번쯤 방문하길 추천한다.

교통 : 도쿄 미드타운(東京 ミッドタウン) 앞에서 미드타운 웨스트 방향, 바로
주소 : 東京都 港区 赤坂 9-7-1, Midtown West 1~2F
전화 : 03-6271-3350
시간 : 10:00~19:00. 휴무 : 연말연시
요금 : 무료
홈페이지 : http://fujifilmsquare.jp

≫21_21 디자인사이트 21_21 Design Sight

안도 다다오의 설계로 2007년 개관한 디자인 박물관이나 그 시작은 1980년대 이세 미야케가 일본에서의 디자인 박물관을 구상하고 이를 건축가 안도 다다오 같은 이들과 토의하면서부터이다. 2003년 '디자인 박물관을 만들 때' 하는 기사 신문에 실리며 주위를 환기시켜 2007년 디자인 박물관을 세울 수 있었다. 1년에 2번 기획전이 열리고 때때로 특별 전시회가 개최된다. 박물관 뒤로 녹음이 우거진 구릿히노키초 공원이 연결되어 박물관 관람 후 산책하기도 괜찮다.

교통 : 도쿄 미드타운(東京 ミッドタウン) 앞에서 미드타운 웨스트 지나 우회전, 21_21 디자인사이트 방향, 바로
주소 : 東京都 港区 赤坂 9-7-6
전화 : 03-3475-2121
시간 : 11:00~20:00 휴무_화요일
요금 : 성인 1,000엔, 대학생 800엔, 중고생 500엔, 초등생 이하 무료
홈페이지 : www.2121designsight.jp

록폰기힐즈 六本木ヒルズ Roppongi Hills

옛날 집과 낡은 아파트가 있던 록폰기힐즈 지역은 1986년 도쿄도로부터 재개발 유도지구 지정, 1998년 재개발조합이 설립, 2000년 착공하여 2003년 사무실,

호텔, 쇼핑센터, 방송국 등이 있는 복합 상업 단지로 완공하게 된다. 주요 시설로는 54층, 높이 238m의 사무실과 모리 미술관, 전망대인 도쿄 시티뷰, 쇼핑센터, 토호 시네마 등이 있는 모리 타워, 주거 공간인 록폰기힐즈 레지던스, 방송국 아사히 TV, 쇼핑센터 레드햇&할리우드 플라자 등이 있다. 록폰기힐즈는 이 지역의 새로운 랜드마크로 쇼핑과 식사, 영화, 공연, 예술 등을 한자리에서 즐길 수 있어 사람들에게 인기를 끈다. 근년에는 모리 타워 전망대인 도쿄 시티뷰에서 한 걸음 더 나아가 스카이 데크라는 이름으로 옥상을 개방하여 아슬아슬한 풍경을 감상할 수 있게 되었다.

교통 : 도쿄메트로 히비야센(日比谷線) 록폰기(六本木) 역 1c 출구에서 바로 연결 또는 도에이 오에도센(都営 大江戸線) 록폰기 역 3번 출구에서 록폰기힐즈 방향. 도보 3분

주소 : 東京都 港区 六本木 6-10-1

시간 : 상점_11:00~21:00, 레스토랑_11:00~23:00

홈페이지 : www.roppongihills.com

≫메트로 햇 メトロハットハリウッドプラザ Metro Hat & Hollywood Plaza

메트로 햇은 도쿄메트로 히비야센 록폰기 역 1c 출구가 모자를 닮은 원형 타워로 되어 있어 붙여진 이름이고 할리우드 플라자는 메트로 햇 뒤쪽의 작은 쇼핑센터를 말한다. 메트로 햇에는 일부 상점과 레스토랑, 할리우드 플라자에는 패션, 스포츠웨어 상점이 자리한다. 상점 내 아디다스 오리지널숍(1F), 아르마니 진 & 주니어(ARMANI JEANS & JUNIOR, 1F), 디젤(DIESEL, 2F), 히스테리 글래머HYSTERIC GLAMOUR, 2F) 등의 브랜드가 눈에 띈다.

교통 : 도쿄메트로 히비야센(日比谷線) 록폰기(六本木) 역 1c 출구와 바로 연결

주소 : 東京都 港区 六本木 6-10-1, メトロハット&ハリウッドプラザ

시간 : 11:00~21:00

홈페이지 : www.roppongihills.com

≫노스 타워 ノースタワー North Tower

도에이 오에도센 3번 출구에서 록폰기힐즈 방향으로 가다 보면 만나게 되는 빌딩으로 1층에 털리스 커피(Tully's

Coffee), 패션숍 바나나 리퍼블릭(BANANA REPUBLIC, 1~2F)이 자리하고 지하 1층에는 여러 대중 레스토랑 있는 식당가를 이룬다. 모리 타워의 웨스트 워크 내의 고급 레스토랑이 부담스럽다면 이곳에서 식사하고 구경을 나서도 괜찮다.

교통 : 도쿄메트로 히비야센(日比谷線) 1a 출구 또는 도에이 오에도센(都営 大江戸線) 록폰기(六本木) 역 3번 출구에서 노스 타워 방향. 도보 1~3분

주소 : 東京都 港区 六本木 6-10-1, ノースタワー

시간 : 11:00~21:00

홈페이지 : www.roppongihills.com

≫모리 타워 森タワー Mori Tower

록폰기힐즈의 메인 빌딩으로 54층, 높이 238m이고 전체적으로 외피와 내피가 겹쳐 보이는 타원형 외관이다. 대부분 사무실로 쓰이고 저층에 쇼핑센터인 웨스트 워크와 복합영화관 토호 시네마, 52층 전망대인 도쿄 시티뷰와 전시장인 모리 아트센터, 53층 모리 미술관, 옥상에 노천 전망대인 스카이 데크 등의 문화, 오락 시설을 갖추고 있다.

교통 : 메트로 햇 & 할리우드 플라자에서 도보 1분

주소 : 東京都 港区 六本木 6-10-1, 森タワー

시간 : 상점_11:00~21:00, 레스토랑_11:00~23:00

홈페이지 : www.roppongihills.com

≫마망 ママン Maman

메트로 햇에서 모리 타워로 올라가면 만나게 되는 거미 모양의 조형물로 프랑스 작가 루이스 부르주아의 작품이다. 마망은 프랑스어로 '엄마'라는 뜻인데 복잡다단한 현대 사회 속에서 엄마와 모성애를 알을 품은 거미에 빗대어 표현하였다고 한다. 모리 타워에 도착하면 마망의 의미를 생각하면서 마망과 모리 타워가 카메라 한 앵글에 나올 수 있도록 기념사진을 찍어보자. 참고로 루이스 부르주아의 마망 작품은 세계 각국에 여러 작품이 있으므로 다른 곳에서 만나더라도 당황하지 않기!

교통 : 메트로 햇 & 할리우드 플라자에서 도보 1분

주소 : 東京都 港区 六本木 6-10-1

≫도쿄 시티뷰(전망대) 東京シティビュー

Tokyo City View

티켓을 산 뒤 전망대 전용 엘리베이터를 이용하여 모리 타워 52층, 높이 250m의 전망대인 도쿄 시티뷰에 도착한다. 도쿄 시티뷰에서는 가깝게 도쿄 타워와 오다이바, 시부야, 신주쿠, 멀리 요코하마와 후지산 풍경이 한눈에 들어온다. 한때 도쿄에서 꽤 높은 전망대였던 도쿄 타워는 매우 작게 느껴지고 멀리 새로 생긴 스카이트리도 성냥 크기 정도로 보인다. 도쿄 시티뷰에서 다시 엘리베이터를 타고 옥상으로 오르면 지상에서 높이 238m, 해발 270m인 루프톱 전망대 스카이 데크(Sky Deck)가 있어 옥상의 햇살과 바람을 느끼면 풍경을 조망할 수 있다. 스카이 데크 입장 시 카메라 지참은 가능하나 바람에 날릴만한 모자나 우산은 가지고 갈 수 없고 바람이 강하거나 비와 눈이 내리는 날에도 안전상의 이유로 조기 폐쇄되니 참고!

교통 : 모리 타워(森タワー) 앞에서 왼쪽 도쿄 시티뷰·모리 미술관 매표소 방향. 도보 2분

주소 : 東京都 港区 六本木 6-10-1, 六本木ヒルズ 森タワー, 52F

전화 : 03-6406-6652

시간 : 전망대_10:00~22:00, 스카이 데크_11:00~22:00

요금 : 평일_일반 2,100엔, 고등학생·대학생 1,500엔, 중학생 이하 850엔 *인터넷 예약 시 할인, 스카이 데크_일반~고등학생 500엔, 중학생 이하 300엔

홈페이지 : https://tcv.roppongihills.com

≫모리 미술관 森美術館 Mori Museum 모리 비주츠칸

현대성과 국제성을 모토로 설립된 미술관으로 장르에 치우치지 않고 미술, 사진, 건축, 설치미술 등 다양한 분야의 현대미술을 선보인다. 역설적으로 이런 점으로 인해 간혹 작품을 이해하는데 어려움을 느끼게 되지만 이런 점마저 현대 미

술을 이해하는 한 방식으로 생각해도 좋을듯하다. 작품을 감상하며 이해가 되지 않는 부분이 있다면 곳곳에 배치된 직원에게 질문을 던져도 좋다. 모리 미술관 아래층(52F)에는 모리 아트센터 갤러리(森アーツセンターギャラリー)가 있어 영화, 패션 같은 색다른 주제부터 전통적인 명화까지 폭넓은 작품을 감상할 수 있다.

교통 : 모리 타워(森タワー) 앞에서 왼쪽 도쿄 시티뷰·모리 미술관 매표소 방향. 도보 2분

주소 : 東京都 港区 六本木 6-10-1, 六本木ヒルズ 森タワー, 53F

전화 : 03-5777-8600

시간 : 모리 비술관_10:00~22:00(화~17:00), 모리아트센터 갤러리_10:00~20:00(전시 별로 다름)

요금 : 모리미술관 평일_일반 2,000엔, 고등학생·대학생 1,300엔, 중학생 이하 700엔/모리 아트센터_평일 일반 2,300엔, 고등학생·대학생 1,100엔, 초등생 600엔

홈페이지 :
모리 미술관 www.mori.art.museum,
모리 아트센터 갤러리
https://macg.roppongihills.com

≫웨스트 워크 ウェストウォーク West Walk

록폰기힐즈의 대표 쇼핑센터로 모리 타워 2~6층에 자리하는데 패션숍, 잡화, 구두 등 다양한 품목을 취급하는 상점, 세계 각국의 메뉴를 맛볼 수 있는 레스토랑이 가득하다. 주요 브랜드로는 이사(Issa, 패션, 2F), 유나이티드 애로우(UNITED ARROWS, 패션, 2F), 자라(ZARA, 패션, 2~3F), 플라스트(PLST, 패션, 3F), 아기토(AGITO, 잡화, 3F), 오니츠카 타이거(Onitsuka Tiger, 구두, 4F) 등이 있다. 이중 자라에는 남녀 패션, 아동 패션이 함께 있어 온가족이 입을 만한 옷을 고르기 좋고 오니츠카 타이거에서 개성 넘치는 구두를 골라도 괜찮으며 아기토에서 향초, 패브릭 등 잡화를 둘러보아도 즐겁다.

교통 : 메트로 햇 & 할리우드 플라자에서 도보 1분

주소 : 東京都 港区 六本木 6-10-1, 森タワー 1~6F

시간 : 상점_11:00~21:00, 레스토랑_11:00~23:00

홈페이지 : www.roppongihills.com

≫힐사이드 ヒルサイド Hill Side

모리 타워의 웨스트 워크 지하에서 남쪽으로 향하면 패션숍과 잡화점, 레스토랑이 모여 있는 힐사이드가 나타난다. 이스

트네이션(ESTNATION, 패션, 1~2F), 에브리 키즈 스페셜(EVERY KID'S SPECIAL, 유아패션, B2F), 비비안 탐(VIVIENNE TAM, 패션, 1F) 등의 브랜드숍이 있다. 힐사이드 앞에는 공연이나 이벤트가 열리는 록폰기힐즈 아리나(六本木アリナ)가 있어 운이 좋으면 맥주 이벤트나 패션 이벤트를 관람할 수 있다.

교통 : 모리 타워(森タワー)의 웨스트 워크 지하에서 힐사이드 방향. 도보 2분
주소 : 東京都 港区 六本木 6-10-1, 森タワー B2F~2F
시간 : 상점_11:00~21:00, 레스토랑_11:00~23:00
홈페이지 : www.roppongihills.com

≫게야키자카도리 けやき坂通り Keyakizakadori

모리 타워와 록폰기힐즈 레지던스 샛길을 말한다. 이 거리는 도쿄의 청담동이라고 할 만큼 유명 명품숍이 늘어서 있어 쇼핑 마니아의 관심을 끈다. 주요 브랜드로는 보스(BOSS), 에스카다(ESCADA), 페라가모(Salvatore Ferragamo), 아르마니(GIORGIO ARMANI), 버버리(BURBERRY), 루이비통(LOUIS VUITTON), 츠타야(TSUTAYA, 문구) 등. 이곳의 명품숍은 사람들로 붐비는 긴자의 명품숍보다 사람이 적어 여유를 가지고 명품을 살펴볼 수 있어 좋다. 또한, 록폰기힐즈 레지던스는 도쿄의 타워 팰리스라고 할 만큼 고가의 거주지이니 명품숍을 보듯 눈으로만 담아두자.

교통 : 모리 타워(森タワー) 앞에서 웨스트 워크, 힐사이드 지나 게야키자카도리 방향. 도보 7분
주소 : 東京都 港区 六本木 6-10-1, けやき坂通り
홈페이지 : www.roppongihills.com

≫모리 정원 毛利庭園 Mori Garden 모리 데이엔

모리 타워와 테레비 아사히 사이에 있는 녹지 공간으로 에도 시대 다이묘(大名)의 저택 흔적이 남아 있다. 정원 중앙에 넓은 연못이 있어 시원함을 더하고 자연을 축소, 모방했지만 인공미가 나는 수목의 배치는 전형적인 일본 정원임을 알게 한다. 록폰기 아리나, 텔레비전 아사히 등을 둘러볼 때 잠시 들려 쉬어가기 좋다.

교통 : 모리 타워(森タワー) 앞에서 아사히 TV 방향. 아사히 TV 지나 모리 정원 방향. 도보 4분
주소 : 東京都 港区 六本木 6-9-1

≫**테레비 아사히 テレビ朝日 Asahi TV**
요미우리, 니혼게이자이와 함께 일본 3대 미디어 그룹인 아사히 TV 본사로 일본 건축가 마키 후미히코(槇 文彦)가 유리 외관의 타원형 건물로 설계했다. 1층에 프로그램 홍보 부스인 아트리움이 있어 〈도라이몽〉, 〈아따 맘마〉 같은 애니메이션 캐릭터, 인기 프로그램 진행자의 전신 브로마이드 등을 볼 수 있다. 이벤트 행사장인 록폰기 이리나 쪽 입구에는 기념품 상점도 있어 각종 캐릭터 인형, 열쇠고리 등을 살펴보기 좋다.

교통 : 모리 타워(森タワー) 앞에서 아사히 TV 방향. 도보 3분
주소 : 東京都 港区 六本木 6-9-1, テレビ朝日
전화 : 03-6406-1111
시간 : 아트리움_09:30~20:30(일 ~20:00)
홈페이지 : www.tv-asahi.co.jp

*레스토랑&카페

카페테리아 카레 カフェテリア カレ Caferia Carré

국립 신미술관 지하 1층에 있는 카페테리아로 간단한 식사나 음료를 마시기 좋은 곳이다. 주요 메뉴로는 도시락인 벤또(お弁当), 계절 스파게티((季節のスパゲッティ), 고기덮밥인 하쉬드 비프(ハッシュドビーフ), 샌드위치(サンドイッチ), 커피(コーヒー) 등이 있고 양이 많은 사람은 주문할 때 '오오모리(大盛り)'라고 말해도 좋다.

교통 : ① 도쿄메트로 치요다센(千代田線) 노기자카(乃木坂) 역 6번 출구에서 바로 또는 히비야센(日比谷線) 롯폰기(六本木) 역 4번 출구에서 도쿄 미드타운(東京 ミッドタウン) 지나 국립 신미술관(國立 新美術館) 방향, 도보 5분. ② 도에이 오에도센(都営 大江戸線) 롯폰기 역 7번 출구에서 국립 신미술관 방향, 도보 3분

주소 : 東京都 港区 六本木 7-22-2, 國立 新美術館 B1F

전화 : 03-5770-8163

시간 : 10:00~18:00(금 ~19:00)

휴무 : 화요일, 연말연시

메뉴 : 벤또(お弁当) 648엔~, 계절 스파게티(季節のスパゲッティ), 하시드 비프(ハッシュドビーフ), 샌드위치(サンドイッチ), 커피(コーヒー)

홈페이지 : www.nact.jp

스즈나미 鈴波 Suzunami

도쿄 미드타운의 쇼핑과 레스토랑 공간인 갤러리아 지하 1층에 있는 일식당으로 쌀밥에 생선 구이, 된장국, 반찬이 있는 생선 정식이 주 메뉴이다. 메뉴 중 스즈나미데이쇼쿠(鈴波定食)이 가장 인기를 끌고 이보다 한 단계 나은 정식을 원하면 나고야어젠(名古屋御膳)을 주문하면 된다.

교통 : 도에이 오에도센(都営 大江戸線) 롯폰기(六本木) 역 8번 출구에서 바로 또는 도쿄메트로 히비야센(日比谷線) 4a

출구에서 도쿄 미드타운(東京 ミッドタウン) 방향. 도쿄 미드타운 앞에서 미드타운 웨스트 지나 갤러리아 방향. 바로
주소 : 東京都 港区 赤坂 9-7-1, 東京ミッドタウン, ガレリア, B1
전화 : 03-5413-0335
시간 : 런치_11:00~15:30, 디너_16:30~21:00
메뉴 : 런치(ランチ)세트 1,296~2,160엔, 디너(ディナー)세트 1,296~2,160엔
홈페이지 :
www.tokyo-midtown.com/www.suzunami.co.jp

브라세리 폴 보퀴즈 르 뮤제 ブラッスリー ポール・ボキューズ ミュゼ
Brasserie Paul Bocuse Le Musee

미슐랭 가이드에서 별 3개를 받은 프랑스 요리사 폴 보퀴즈의 레스토랑으로 국립 신미술관 3층에 위치한다. 미술관 내 원뿔을 거꾸로 세워놓은 위에 레스토랑이 있다. 주문은 페이스트를 바른 빵이나 과자인 리에트(リエット), 어류 요리 또는 육류 요리(魚料理 또는 肉料理), 디저트(デザート), 커피(コーヒー)가 있는 메뉴 블랑이나 여기에 전채(前菜)가 추가되는 메뉴 루즈, 오렌지, 베르 등의 세트 메뉴를 시키면 좋다.
교통 : ① 도쿄메트로 치요다센(千代田線) 노기자카(乃木坂) 역 6번 출구에서 바로 또는 히비야센(日比谷線) 롯폰기(六本木) 역 4번 출구에서 도쿄 미드타운(東京 ミッドタウン) 지나 국립 신미술관(國立 新美術館) 방향, 도보 5분. ② 도에이 오에도센(都営 大江戸線) 롯폰기 역 7번 출구에서 국립 신미술관 방향, 도보 3분
주소 : 東京都 港区 六本木 7-22-2, 國立 新美術館 3F
전화 : 03-5770-8161
시간 : 런치_11:00~16:00, 디너_16:00~21:00(금 ~22:00) 휴무_화요일, 연말연시
메뉴 : 런치_메뉴 블랑(Menu Blanc) 2,640엔, 메뉴 루즈(Menu Rouge) 4,180엔, 디너_메뉴 오렌지(Menu Orange) 4,180엔, 메뉴 베르(Menu Vert) 6,050엔
홈페이지 : www.nact.jp

하브스 ハーブス Harbs
1976년 나고야에서 창업한 케이크 전문

점으로 행복을 담은 마음으로 케이크를 만든다는 콘셉트를 가지고 있다. 취급 제품은 크레이프에서 케이크, 타르트, 무스(Mousse) 등으로 다양한데 하나같이 홈메이드 스타일로 재료를 아끼지 않고 풍성하게 만들어 보는 것만으로 군침이 돈다.

교통 : 도쿄메트로 히비야센(日比谷線) 록폰기(六本木) 역 1c 출구에서 바로 연결 또는 도에이 오에도센(都営 大江戸線) 록폰기 역 3번 출구에서 록폰기힐즈(六本木 ヒルズ) 방향. 록폰기힐즈의 모리 타워 앞에서 웨스트 워크 지나 힐사이드 방향 도보 4분

주소 : 東京都 港区 六本木 6-10-1, 六本木ヒルズ ヒルサイド 1F

전화 : 03-5772-6191

시간 : 11:00~20:00

메뉴 : 스트로베리 케이크(ストロベリーケーキ), 스트로베리 무스(ストロベリームース), 메론 타르트(マロンタルト) 1조각 700엔~ 1판 7,000엔~

홈페이지 : www.harbs.co.jp

***라이브카페&클럽**

아이벡스 도쿄 Ibex Tokyo

록폰기의 인기 클럽 중 하나로 클럽 한쪽에 디제이 부스가 있고 중간에 홀, 다른 한쪽에 음료나 주류를 사마실 수 있는 바가 자리한다. 주로 나오는 음악은 힙합과 레게, R&B 등이고 홈페이지를 통해 당일 출연 디제이의 이름을 확인할 수 있다. 입장료는 23:00 이전 입장 시 무료이나 이벤트에 따라 달라지고 금·토 23:00 이후 입장 시 1,500엔(음료 1잔 포함)을 받기도 한다. 일본은 택시비가 비싸므로 심야에 클럽을 나왔을 때 어떻게 할지 방안을 생각해 두는 것도 좋고 가장 좋은 방법은 미리 록폰기 인근에 싼 호텔을 잡아두는 것!

교통 : 도에이 오에도센(都営 大江戸線) 록폰기(六本木) 역 5번 출구에서 뒤쪽 사거리에서 좌회전, 가이엔히가시도리(外苑東通り) 이용, 패밀리 마트에서 아이벡스 도쿄 방향. 도보 4분

주소 : 東京都 港区 六本木 3-15-24, アリエスビル, 4F
전화 : 03-3474-1057
시간 : 월·목 22:00~06:00, 금·토 21:00~07:00
휴무 : 화~수·일(이벤트에 따라 다름)
요금 : 무료, 금·토_21:00~23:00 무료, 23:00 이후 1,500엔(음료 1잔 포함) * 이벤트에따라 다름
홈페이지 : www.ibex-tokyo.net

라이브 도쿄 ビルボード・ライブ・東京 Billboard Live Tokyo

100여 년의 역사를 가진 미국의 음악 차트 빌보드(Billboard)의 이름을 딴 라이브 레스토랑으로 입장료는 음료 1잔이 나오는 캐주얼 에이리어와, 음료 1잔+간식(?)이 나오는 서비스 에이리어 요금을 나뉜다. 뮤직피(캐주얼/서비스 에이리어 요금)에 유료의 캐주얼 푸드 플랜이나 구르메 플랜을 이용하면 식사까지 해결할 수 있고 뮤직피+플랜 외 피자나 파스타, 음료를 따로 주문해 즐겨도 된다. 공연은 재즈, 팝, 소울, J-팝 등 다양하게 진행되고 간혹 래퍼의 조상님 격인 MC 해머 같은 유명인의 공연도 열린다. 당일 공연을 보기 어려우니 홈페이지의 공연 스케줄을 참고하여 마음에 드는 공연이 있다면 예매를 하자.

교통 : 도에이 오에도센(都営 大江戸線) 록폰기(六本木) 역 8번 출구에서 바로 또는 도쿄메트로 히비야센(日比谷線) 4a 출구에서 도쿄 미드타운(東京 ミッドタウン) 방향. 도쿄 미드타운 앞에서 미드타운 웨스트 지나 갤러리아 방향. 도보 3분
주소 : 東京都 港区 赤坂 9-7-1, 東京ミッドタウン, ガレリア内ガーデン テラス 4F
전화 : 03-3405-1133
시간 : 부정기적. 주중_1/2스테이지 17:30~19:00/20:45~21:30, 토_1/2스테이지 17:00~18:00/20:00~21:00, 일_1/2스테이지15:30~16:30/18:30~19:30
요금 : 캐주얼 에이리어(음료 1잔)_4,000엔 내외, 서비스 에이리어(음료 1잔+간식)_6,000엔 내외, 캐주얼 푸드 플랜_뮤직피(캐주얼/서비스 에이리어 요금)+1,080엔, 구르메 플랜_뮤직피+1,550엔, 음료, 파스타, 피자 1,000

~2,000엔 내외
홈페이지 : www.billboard-live.com

하드록 카페 도쿄 Hard Rock Cafe Tokyo

1983년 하드록 카페 일본 제1호점이자 세계 제4호점으로 문을 열었고 1995년 이곳에서 록그룹 롤링 스톤즈(Rolling Stones)의 심야 프라이빗 파티와 본 조비(Bon Jovi)이 시크릿 라이브는 오늘날까지 전설로 남아 있다. 2012년 내외관 리뉴얼하여 다시 문을 열고 오늘에 이르고 있다. 공연은 저녁 8~9시 무렵 시작하니 그 전 입장하여 식사하거나 기념품점을 둘러보고 공연을 감상하는 것이 좋다. 이곳 외 우에노역사 안에도 하드록 카페(일본 제7호점)가 있으니 가까운 곳을 이용해 보자.
교통 : 도쿄메트로 히비야센 록폰기 역 3번 출구 나와, 사거리에서 우회전, 가이엔히가시도리 이용, 하드록 카페 방향. 도보 3분
주소 : 東京都 港区 六本木 5-4-20
전화 : 03-3408-7018
시간 : 레스토랑_11:30~23:00
요금 : 샹그리아(SANGRIA) 1,280엔, 모히토(MOJITO) 1,280엔, 맥주 880엔, 피시 앤 칩스(FISH&CHIPS) 880엔, 나초 1,680엔, 피시 샌드위치(FISH SANDWICH) 1,580엔, 바비큐립(BBQ RIBS & PULLED PORK) 2,980엔
홈페이지 : www.hardrockcafe.com/location/tokyo-roppongi

록폰기 긴교 六本木 金漁

극장식 레스토랑으로 방콕의 트랜스젠더 쇼인 카바레 쇼를 연상케 하는 아름답고 섹시한 트랜스젠더와 일반인의 쇼를 선보인다. 쇼의 콘셉트는 네오 가부키(Neo-Kabuki)라고. 쇼 차지(Show Charge)라 불리는 입장료는 내면 쇼를 관람할 수 있고 음료나 음식을 주문하여 맛볼 수 있다. 록폰기 긴교 외 니시(西) 신주쿠의 가르콘 펍(Garcon Pub, 新宿区 西新宿 2-6-1, 住友ビル, 49F, 03-3344-6591, 쇼타임 19:30/22:00, 일 휴무)과 가부키초의 구로도리노고(黒鳥の湖, 新宿区 歌舞伎町 2-25-2, ア

ラオビル, B2F, 03-3205-0128, 쇼타임 19:30/22:00, 일 휴무) 같은 공연도 열리니 관심이 있다면 찾아가 보자. *가부키초 지역은 도쿄 최고의 유흥가이므로 밤에는 일행과 함께 가는 것이 좋다.

교통 : 도에이 오에도센(都営 大江戸線) 록폰기(六本木) 역 5번 출구, 뒤쪽 사거리에서 좌회전, 가이엔히가시도리(外苑東通り) 이용, 록폰기 긴교 방향. 도보 3분
주소 : 東京都 港区 六本木 3-14-17
전화 : 03-3478-3000
시간 : 18:00~23:00, 쇼_1회 19:30(18:00 입장), 2회 22:00(21:00 입장) 휴무_월요일
요금 : 쇼차지(입장료) 3,500엔 내외, 음료 700엔~, 음식 600엔~ *텍스+서비스 차지 20%
홈페이지 : www.kingyo.co.jp

알피 アルフィー Alfie

1980년 문을 연 재즈 하우스로 아자부(麻布) 경찰서 옆 하마 록폰기 빌딩(ハマ六本木ビル) 5층에 자리한다. 문을 열고 들어가면 오른쪽에 음료와 주류를 맛볼 수 있는 바(Bar), 앞쪽에 드럼과 피아노가 있는 작은 무대, 왼쪽에 테이블이 보인다. 공연은 매일 20:00과 21:30, 2회 열리고 입장료인 뮤직 차지(Music Charge)는 공연마다 다르지만 3,000~4,000엔 정도. 뮤직 차지에는 음료 값을 포함하지 않아 음료나 주류 1잔은 반듯이 주문해야 한다. 2회차 공연이 끝난 23:00 이후에는 뮤직 차지가 없으므로 부담 없이 들려도 된다. 재즈에 관심이 있는 사람이라면 홈페이지의 라이브 스케줄을 참고하여 방문하길 추천한다.

교통 : 도쿄메트로 히비야센(日比谷線) 록폰기(六本木) 역 1a번 출구에서 알피 방향, 도보 1분
주소 : 東京都 港区 六本木 6-2-35, ハマ六本木ビル, 5F
전화 : 03-3479-2037
시간 : 18:00~24:00
요금 : 뮤직 차지(Music Charge, 입장료) 3,000~4,000엔(공연에 따라 다름), 음료&맥주 1,000엔 내외
홈페이지 : https://alfie.tokyo

08 하마마츠초&시오도메&츠키지&도요스 浜松町&汐留&築地&豊洲 Hamamatsucho&Shiodome&Tsukiji&Toyosu

하마마츠초, 시오도메, 츠키지는 조금씩 떨어져 있지만, 지하철을 타면 서에서 동으로 쉽게 이동할 수 있다. 하마마츠초의 도쿄 타워는 일본 드라마와 영화의 단골 로케이션 장소이자, 그리 높지 않아 아날로그 감성이 드는 전망대이다. 시오도메의 하마리큐온시 정원에서는 아기자기하게 꾸며놓은 일본 정원을 감상하기 좋고 덴쓰 시키게키죠 우미에서는 세계적인 뮤지컬을 감상할 수 있어 즐겁다. 츠키지는 장외 시장에서 건어물을 구매하기 좋고 새벽 참치 경매를 보려면 도요스 시장으로 가보자.

▲ 교통

① 신주쿠니시구치(新宿西口) 역 또는 요요기(代々木) 역에서 지하철 도에이 오에도센(都営 大江戶線) 이용, 아카바네바시(赤羽橋) 역 하차_도쿄 타워

② JR 하마마츠초(浜松町) 역 하차 또는 지하철 도에이 오에도센, 아사쿠사센(浅草線) 이용, 다이몬(大門) 역 하차_하마마츠초(浜松町)

③ JR 신바시(新橋) 역 하차 또는 신주쿠니시구치(新宿西口) 역, 요요기(代々木) 역에서 지하철 도에이 오에도센 이용, 시오도메(汐留) 역 하차

④ 신주쿠니시구치(新宿西口) 역, 요요기(代々木) 역에서 지하철 도에이 오에도센 이용, 츠키지시조(築地市場) 역 또는 도쿄메트로 히비야센(日比谷線) 이용, 츠키지(築地) 역 하차

▲ 여행 포인트

① 하마마츠초의 도쿄 타워에서 도쿄 풍경 조망하기

② 시오도메의 하마리큐온시 정원 산책하기

③ 덴쓰 시키게키조(사계 극장) 우미에서 뮤지컬 감상하기

④ 도요스 시장에서 새벽 참치 경매 둘러보기

▲ 추천 코스

도요스 시장→도쿄 타워→조조지→닛테레 오토케→애드 뮤지엄 도쿄→하마리큐온시 정원→츠키지 시장

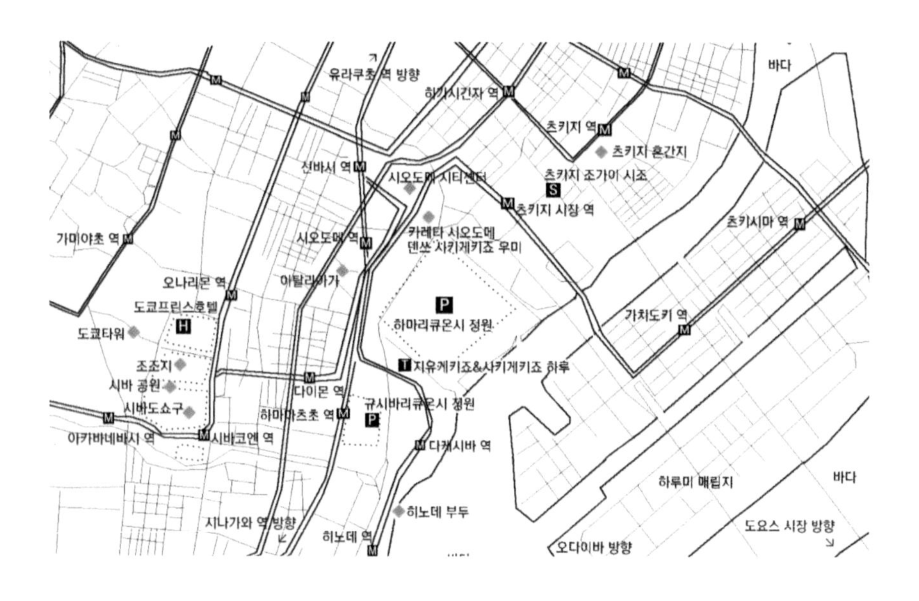

〈하마마츠초(浜松町)〉

도쿄 타워 東京 タワー Tokyo Tower

도쿄 타워는 보통 관광 전망대로 알고 있지만 1958년 완공된 전파 탑으로 도쿄가 있는 관동지역 반경 100km를 커버한다. 최고 높이 333m, 탑데크(전망대) 높이 250m, 메인데크(전망대) 높이 150m로 가깝게 조조지와 시오도메, 멀리 롯폰기힐즈와 시오도메, 츠키지 일대가 한눈에 보인다. 특히 유리 바닥을 통해 보이는 지상의 모습은 절로 다리를 흔들리게 만든다. 메인데크 1층에는 전망대 외 카페 라 투어(Cafe La Tour)가 있어 차 한 잔 마시기 좋고 한쪽을 무대로 꾸민 클럽 333에서는 매일 오후 재즈 연주나 디제이의 음악을 들을 수도 있다. 2층에는 전망대와 기념품 판매점, 특별 전망대로 가는 엘리베이터 탑승구가 자리한다. 탑데크에는 전망대와 전망 망원경이 있는데 날씨가 흐리면 올라간 보람이 없으므로 날씨를 꼭 확인하자.

교통 : 도에이 오에도센(都営 大江戸線) 아카바네바시(赤羽橋) 역 아카바네바시(赤羽橋) 출구에서 도쿄 타워 방향. 도보 3분

주소 : 東京都 港区 芝公 4-2-8

전화 : 03-3433-5111

시간 : 메인데크_09:00~23:00, 탑데크_09:00~22:45)

요금 : 메인데크_대인 1,080엔, 고등학생 900엔, 중학생 이하 630엔, 탑 데크_대인 3,000엔, 고등학생 2,800엔, 중학생 이하 2,000엔 *탑 데크는 메인데크 입장료 포함, 인터넷 예약 시 할인

홈페이지 : www.tokyotower.co.jp

조조지 増上寺 Zojoji

일본의 여러 불교 종파 중 정토종(浄土宗)의 7대 본산 중 하나로 1393년에 창건되었다. 도쿠가와 이에야스(徳川家康)가 도쿄가 있는 관동지역을 다스릴 때 도쿠가와 가문의 위패를 모신 보다이지(菩提寺)로 삼았다. 현재에도 안고쿠덴(安国殿) 뒤쪽에 도쿠가와 이에야스 가문의 위패를 모신 도쿠가와 이에야스 보쇼(徳川家康 墓所)가 남아 있다. 도쿠가와 이에야스의 보쇼를 비롯한 대웅전 격인 오토노(大殿), 안고쿠덴 등의 사찰 건물은 전란과 전쟁을 겪으며 대부분 소실되었고 1974년 주요 건물만 재건되었다. 유일하

게 원형을 유지하고 있는 것은 1622년 세워진 사찰의 정문인 산게다츠몬(三解脫門)으로 일본 국보 격인 국지정문화재(国指定文化財)이기도 하다. 오토노는 관람할 수 없고 안고쿠덴 정도만 안을 들여다볼 수 있는데 한국이나 중국의 사찰 분위기와 다는 다른 느낌이 난다. 매년 12월 31일 밤에는 한국의 보신각 타종처럼 새해를 알리는 108번의 타종 행사가 열리기도 한다. 도쿄 타워를 방문했을 때 조조지를 들린 뒤, 조조지 옆 시바 공원(芝 公園)을 거쳐 아카바네바시 역으로 돌아가면 적절한 동선이 된다.

교통 : 도에이 오에도센(都営 大江戸線) 아카바네바시(赤羽橋) 역 아카바네바시(赤羽橋) 출구에서 도쿄 타워·조조지(뒤쪽) 방향. 도보 3분 또는 도에이 미타센(三田線) 시노코엔(芝公園) 역 A4 출구에서 바로

주소 : 東京都 港区 芝公園 4-7-35

전화 : 03-3432-1431

시간 : 09:00~17:00

홈페이지 : www.zojoji.or.jp

시바 도쇼구 芝東照宮

조조지를 본 뒤, 시바 공원(芝公園) 중앙에 도쿠가와 이에야스를 모신 신사인 도쇼구(東照宮)가 있으니 지나는 길에 들려보자. 이 도쇼구에서는 이에야스 본인의 명령으로 만든 이에야스가 앉아 있는 목상을 볼 수 있다. 도쇼구는 이곳 외 우에노 공원에도 있다.

교통 : 도에이(都営) 미타센(三田線) 시바코엔(芝公園) 역에서 나와, 바로

주소 : 東京都 港区 芝公園４丁目８－１０

홈페이지 : www.shibatoshogu.com

규시바리큐온시 정원 旧芝離宮恩賜 庭園 Kyushibarikyu Garden 규시바리큐온시 테이엔

도쿄에 남아 있는 에도(江戸) 시대 초기의 다이묘 테이엔(大名 庭園)중 하나이다. 다이묘는 에도 시대 봉록이 1만석

이상인 영주를 말한다. 돌아서 제자리로 돌아오는 연못 정원이란 뜻의 회유식 천수정원(回遊式 泉水庭園)의 특징을 잘 보여주는 공원 중 하나로 연못을 중심으로 한 정원의 구획과 배치가 매우 아름답다. 연못에서 노니는 오리나 물새를 보며 한가롭게 산책하기 좋고 꽃 피는 봄이면 활짝 핀 꽃을 배경으로 기념촬영을 하기도 괜찮다.

교통 : JR 하마마츠(浜松) 역 북쪽 출구에서 바로

주소 : 東京都 港区 海岸 1-4-1

전화 : 03-3434-4029

시간 : 09:00~17:00

휴무 : 연말연시(12월 29~1월1일)

요금 : 일반 150엔, 65세 이상 70엔, 초등생 이하 무료

홈페이지 : www.tokyo-park.or.jp/park/format/index029.html

지유게키죠&시키게키죠 하루 自由劇場&四季劇場 春, 秋 Jiyu Theater&Siki Theater Haru, Aki

지유게키죠(自由劇場)는 도쿄 하마마츠초에 있는 극단 사계(四季)의 소규모 전용 극장(500석)으로 주로 연극을 공연하고 시키게키죠(四季劇場) 하루(春)와 아키(秋)는 극단 사계의 전용 극장(1,255석/907석)으로 주로 〈라이온 킹〉, 〈맘마미아〉 같은 뮤지컬을 공연한다. 이들 시키게키죠는 도쿄에 하마마츠초의 하루(春)와 아키(秋), 지유게키죠(自由劇場) 외 시오도메(汐留)의 우미(海), 오이마치(大井町)의 나츠(夏) 등 4곳이 있다. 일본 전국에는 삿포로(札幌), 신나고야(新名古屋), 오사카(大阪) 등에서도 운영된다. 연극과 뮤지컬은 일본어로 공연되지만, 어느 정도 줄거리를 알고 가면 전체 극을 이해하는 데 큰 어려움이 없다. 공연 작품은 〈맘마미아(시키게키죠 아키)〉, 〈라이온 킹(시키게키죠 하루)〉, 〈옛날 옛날에 코끼리가 오다(むかしむかしゾウがきた, 지유게키죠)〉, 〈게키단시키 페스티벌(시키게키죠 우미 海, 시오도메 汐留)〉, 〈리틀 머메이드(시키게키죠 나츠 夏, 오이마치 大井町)!〉 등.

교통 : JR 하마마츠(浜松) 역 북쪽 출구에서 우회전, 사거리 지나 좌회전 지유게키죠 & 시키게키조 방향. 도보 5분

주소 : 東京都 港区 海岸 1-10-48/1-10-53
전화 : 03-5776-6730
시간 : 1일 1회 또는 2회 공연, 13:00, 17:30 또는 18:30 휴무_월요일(공연에 따라 다를 수 있음)
요금 : 뮤지컬(S1, S2, A, B, C, 발코니석) 9.800~4,000엔 내외
홈페이지 : www.shiki.gr.jp

〈시오도메(汐留)〉

니혼테레비 타워 日本テレビ タワー Nihon Television Tower

지하 4층, 지상 32층, 유리 외관의 현대식 빌딩으로 일본 민영 방송사인 니혼테레비 본사로 쓰이고 지하 2층~2층에는 닛테레 타워라고 하여 캐릭터 상점과 레스토랑, 카페 등이 있는 상업시설로 이용된다. 이중 지하 1~2층 니혼테레비의 마스코트 난다로(なんだろう)와 애니메이션 캐릭터 기념품을 판매하는 닛테레야(日テレ室), 2층 방송 현장을 볼 수 있는 오픈 스튜디오인 마이 스튜디오(My Studio), 세계최대 규모의 태엽 시계인 닛테레 오토케(日テレ 大時計) 등이 볼만하다.
교통 : 도에이 오에도센(都営 大江戸線) 시오도메(汐留) 역 7번 출구에서 도보 1분 또는 JR 신바시(新橋) 역 시오도메(汐留) 출구에서 지하데크 이용, 도보 3분
주소 : 東京都 港区 東新橋 1-6-1
전화 : 03-6215-4444
시간 : 상점 10:00~19:00, 레스토랑 11:00~23:00
홈페이지 : www.ntv.co.jp/shiodome

≫닛테레 오토케 日テレ 大時計 Nitele Otoke

2003년 니혼테레비 타워가 완공되고 2006년 니혼테레비 타워 2층에 가로 18m, 세로 12m, 두께 3m, 무게 28톤의 세계 최대 태엽 시계인 닛테레 오토케가 설치되었다. 〈하울의 움직이는 성〉이나 동화에 등장할 듯한 디자인으로 인해 말을 하지 않아도 미야자키 하야오가 떠오를지 모른다. 실제 미야자키 하야오(宮崎駿)가 설계하고 지브리 스튜디오에서 제작했다. 시계가 작동할 때에는 시계

전체가 움직이고 연기를 뿜는 등의 신기하면서 정교하게 돌아가는 모습을 보여준다. *정시, 2분 45초 전부터 작동 시작!
교통 : 니혼테레비 본사 왼쪽 대 계단으로 올라가 오른쪽 빌딩 벽면
위치 : 니혼테레비 타워 2F 야외
시간 : 월~금 12:00, 15:00, 18:00, 20:00(토~일 10:00 추가)
요금 : 무료
홈페이지 : www.ntv.co.jp/tokei

파나소닉 시오도메 미술관 パナソニック汐留 美術館 Panasonic Shiodome Gallery

파나소닉 도쿄 본사 빌딩 4층에 있는 미술관으로 1997년부터 프랑스 대표 화가 조르주 루어의 유화판화 약 230점을 수집하였고 2003년 이를 전시하기 위해 미술관을 열었다. 미술관 내 루오 갤러리에서 조르주 루오의 작품을 상설전시하고 다른 공간에서는 수시로 여러 작가의 기획전이 열린다. 홈페이지에 전시 일정이 공개되어 있으니 관심 있는 전시가 있다면 한 번쯤 들려도 좋다.
교통 : 도에이 오에도센(都営 大江戸線) 시오도메(汐留) 역 3·4번 출구에서 도보 1분 또는 JR 신바시(新橋) 역 시오도메(汐留) 출구에서 지하 데크 이용, 도보 3분
주소 : 東京都 港区 東新橋 1-5-1, パナソニック 東京 汐留 ビル, 4F
전화 : 03-5777-8600
시간 : 10:00~18:00 휴무_수요일
요금 : 일반 1,000엔 내외
홈페이지 : panasonic.co.jp/es/museum

≫파나소닉 리빙 쇼룸 パナソニック リビング ショウルーム 東京 Panasonic Living Showroom Tokyo

파나소닉 도쿄 본사 지하 2층에서 1층에 걸친 전시장으로 다양한 부엌용품, 조명용품, 생활용품 등을 둘러볼 수 있다. 전시장은 1층 일상 생화 중의 불편함을 없앤 생활용품을 만나는 리폼 파크(リフォームパーク), 지하 1층 조명과 전기기구를 보여주는 조명과 전기 플로어(あかりと電気設備のフロア), 지하 2층 부엌과 욕실용품을 보여주는 부엌과 욕실 플로어(キッチン・水まわりと内装収納の

フロア) 등으로 구성된다.
위치 : パナソニック 東京 汐留 ビル, B2F~1F
전화 : 03-6218-0010
시간 : 10:00~18:00. 휴무 : 수요일
요금 : 무료
홈페이지 : https://sumai.panasonic.jp/sr/tokyo

구 신교정차장 철도역사전시실 旧新橋停車場 鉄道歴史展示室 Railway History Gallery 데츠도레키시 덴지시츠

철도역사 전시실은 시오도메 시티타워와 파나소닉 빌딩에 둘러싸여 대로에서 보이지 않는다. 시오도메 시티타워 빌딩을 통과하거나 돌아가면 안쪽에 옛 기차역 건물이 보인다. 이는 구 신바시 역을 재현한 것인데 1872년 신바시 역에서 요코하마까지 일본 최초로 철도가 개통된 것을 기념한 것이다. 현재는 철도 역사박물관과 전시장으로 쓰이고 있다.
교통 : 도에이 오에도센(都営 大江戸線) 시오도메(汐留) 역 3·4번 출구에서 도보 1분 또는 JR 신바시(新橋) 역 시오도메(汐留) 출구에서 지하 데크 이용, 바로
주소 : 東京都 港区 東新橋 1-5-3
전화 : 03-3572-1872
시간 : 10:00~17:00. 휴무 : 월요일
요금 : 무료
홈페이지 : www.ejrcf.or.jp/shinbashi

시오도메 시티센터 汐留 シティーセンター Shiodome City Center

녹색 또는 청색으로 보이는 유리 외관에 유려한 곡선이 적용된 지하 4층 지상 42층 빌딩으로 후지쓰, ANA항공, 미쓰이 화학 같은 대기업이 입주하고 있다. 이용자가 많은 사무 빌딩이어서 지하 2층~지상 3층에 대중 식당가, 41~42층 고급 식당가의 레스토랑이 잘되어 있는 편이다. 41층 식당가 한쪽에서 가깝게 하마리큐 정원, 긴자, 멀리 오다이바의 풍경을 조망할 수 있어 작은 전망대 역할을 한다.
교통 : 도에이 오에도센(都営 大江戸線) 시오도메(汐留) 역 4번 출구에서 도보 1분 또는 JR 신바시(新橋) 역 시오도메(汐留) 출구에서 지하 데크 이용, 바로
주소 : 東京都 港区 東新橋 1-5-2
전화 : 03-5568-3215
홈페이지 : www.shiodome-cc.com

카레타 시오도메 カレッタ 汐留 Caretta Shiodome

하마리큐 정원(浜離宮 庭園)에서 봤을 때 48층, 높이 210m의 타원형 유리 외관 빌딩이나 전체적으로는 부드러운 삼각형 모양이다. 4~45층은 일본 최대의 광고회사 덴쓰(電通) 본사, 지하 1~2층은 상점과 레스토랑이 있는 카레타몰(カレッタ モール)과 광고 박물관인 애드 뮤지엄 도쿄(ADMT), 1~3층은 카페와 레스토랑이 있는 캐넌 테라스와 덴쓰시키게키죠 우미(電通四季劇場 海), 46~47층은 식당가인 스카이 레스토랑이 자리한다. 46층 레스토랑 모퉁이에는 작은 전망대가 있으므로 식사를 하지 않더라도 올라가 주변 풍경을 감상해도 좋다. 카레타 시오도메라는 이름은 일본 근해에서 볼 수 있는 붉은 바다거북의 학명인 카레타 카레타(Caretta Caretta)에서 온 것으로 지하 2층 카레타 플라자에 거대한 바다거북을 상징화한 분수가 있기도 하다. 카레타 몰과 캐넌 테라스가 문화와 엔터테인먼트, 패션, 음식 등이 있어 찾는 이들이 많다.

교통 : 도에이 오에도센(都営 大江戸線) 시오도메(汐留) 역 6번 출구에서 도보 1분 또는 JR 신바시(新橋) 역 시오도메(汐留) 출구에서 지하 데크 이용, 도보 5분. 유리카모메(ゆりかもめ) 시오도메 역에서 지하 데크 이용, 도보 2분

주소 : 東京都 港区 東新橋 1-8-2, カレッタ汐留

전화 : 03-6218-2100

홈페이지 : www.caretta.jp

≫애드 뮤지엄 도쿄 アドミュージアム東京 Advertising Museum Tokyo

카레타 시오도메 지하 1~2층에 있는 일본 최초의 광고 박물관으로 전시장에서 옛날 광고 변천사와 최신 광고 관련 전시를 볼 수 있고 광고 도서관에서는 1만 5천여 권에 달하는 광고 서적을 열람할 수 있다. 때때로 AV홀에서 광고나 광고 관련 영상물이 관람해도 좋고 뮤지엄숍에서 기념품을 사도 괜찮다. 광고에 관심이 있는 사람이라면 한 번쯤 방문하길 추천

한다.
교통 : 도에이 오에도센(都営 大江戸線) 시오도메(汐留) 역 6번 출구에서 바로
주소 : 東京都 港区 東新橋 1-8-2, カレッタ汐留, B1F~B2F
전화 : 03-6218-2500
시간 : 11:00~18:30(토~일 ~16:30)
휴무 : 월요일. 요금 : 무료
홈페이지 : www.admt.jp

≫카레타몰&캐넌 테라스 カレッタ モール & キャニオン テラス Caretta Mall & Canyon Terrace

카레타 시오도메 저층부로 문화, 상업 시설이 있는 곳으로 상점과 레스토랑, 광고 박물관 애드 뮤지엄 도쿄(ADMT), 뮤지컬 전용 극장인 덴쓰 시키게키죠 우미 등이 자리한다. 정확히는 지하 1~2층이 상점과 레스토랑, 이벤트 광장이 있는 카레타몰, 1~3층이 레스토랑과 카페가 있는 캐넌 테라스. 광고 박물관이나 뮤지컬을 보러왔을 때 식사를 하거나 차 한 잔 마시기 좋은 곳이다.
교통 : 도에이 오에도센(都営 大江戸線) 시오도메(汐留) 역 6번 출구에서 바로
주소 : 東京都 港区 東新橋 1-8-2, カレッタ汐留 B2F~3F
홈페이지 : www.caretta.jp

≫덴쓰 시키게키죠 우미 電通 四季劇場 海 Dentsu Siki Theater Umi

하마마츠초와 긴자 사이의 시오도메 시오사이트(汐留 シオサイト)의 중심이 되는 극장으로 극단 사계(四季)에서 운영하고 좌석은 1,216석이다. 정확히는 덴쓰혼샤 빌딩(電通本社ビル)인 카레타 시오도메(カレッタ汐留) 저층부에 위치한다. 2002년 개장 첫 공연으로 뮤지컬 맘마미아가 인기리에 공연되었고 2014년 12월 게키단시키 페스티벌(劇団四季 Festival)을 거쳐, 차기 작품이 공연될 예정이다. 뮤지컬에 관심이 있다면 게키단 시키의 홈페이지 스케줄을 참고하여 뮤지컬 관람을 해도 좋다.
교통 : 도에이 오에도센(都営 大江戸線) 시오도메(汐留) 역 6번 출구에서 도보 1분 또는 JR 신바시(新橋) 역 시오도메(汐留) 출구에서 지하 데크 이용, 도보 5분. 유리카모메(ゆりかもめ) 시오도메 역에서 지하 데크 이용, 도보 2분

주소 : 東京都 港区 東新橋 1-8-2, カレッタ汐留 1~3F
전화 : 03-5776-6730
시간 : 1일 1회 또는 2회 공연, 13:00, 17:30 또는 18:30
휴무 : 월요일(공연에 따라 다름)
홈페이지 : www.shiki.gr.jp

하마리큐온시 정원 浜離宮恩賜 庭園
Hamarikyu Gardens 하마리큐온시 테이엔

시오도메 동쪽 바닷가에 있는 에도 시대 대표적인 다이묘(大名)의 정원으로 바닷가라는 입지 요인으로 인해 정원 내 연못에는 바닷물이 들고 나게 되어있다. 하마리큐(浜離宮)라는 이름은 메이지 유신 때 황실의 이궁(離宮)이 이곳에 있었기 때문이다. 카레타 시오도메 쪽에 대수문(大手門) 출구, 도에이 오에도센 동쪽 출구 쪽에 중앙 어문(中央の御門)이 있고 대수문에서 동쪽 끝에 수상 버스정류장이 있어 아사쿠사나 히노데(日の出)를 거쳐 오다이바로 가기 편하다. 정원 내에는 계절마다 유채꽃, 코스모스 등 아름다운 꽃으로 꾸며져 있어 기념촬영을 하거나 산책하기 좋다.

교통 : 도에이 오에도센(都営 大江戸線) 시오도메(汐留) 역 6번 출구에서 도보 7분 또는 JR 신바시(新橋) 역 시오도메(汐留) 출구에서 지하 데크 이용, 도보 15분. 유리카모메(ゆりかもめ) 시오도메 역에서 지하 데크 이용, 도보 7분
주소 : 東京都 中央区 浜離宮庭園 1-1
전화 : 03-3541-0200
시간 : 09:00~17:00 휴무_연말연시(12월 29일~1월 1일)
요금 : 일반 300엔, 초등학생 이하 무료
홈페이지 : www.tokyo-park.or.jp/park/format/index028.html

〈츠키지(築地)〉

츠키지 시장 築地 市場 Tsukiji Shijo 츠키지 시조

에도 시대 니혼바시(日本橋) 어시장으로 출발해 왕궁에 수산물을 공급했고 1935년 현 위치에 도쿄도 중앙도매시장이 정식 개설되어 오늘날까지 이어지고 있다. 츠키지 시장은 수산물을 취급하는 어시장과 시장 내 스시 음식 골목인 우오가시요코초(漁がし横町), 채소 시장으로 나뉘고 이중 어시장을 조나이 시조(場内市場, 장내 시장), 츠키지 시장 입구 옆 어시장을 조가이 시조(場外市場, 장외 시장)이라 부른다. 츠키지 어시장은 예전 하루 2,000톤 이상의 수산물이 거래되어 일본

최대이자 세계최대 규모를 자랑했다. ※ **츠키지 조나이 시조(장내 시장)만 2018년 10월 도요스 시장(豊洲市場)으로 이전!**
교통 : 도에이 오에도센(都営 大江戸線) 츠키지시조(築地市場) 역A1 출구에서 도보 1분 또는 하마리큐온시 정원에서 도보 5분
주소 : 東京都 中央区 築地４丁目 16番2号
전화 : 03-3541-9444
시간 : 06:00~14:00. 휴무 : 일요일, 부정기 휴일(홈페이지 참조)
홈페이지 : www.tsukiji.or.jp

≫우오가시요코초 漁がし横町 Uogashi-yokocho

츠키지 시장 입구에서 안으로 들어가 왼쪽에 있는 시장 부자재 상점과 스시 레스토랑 골목을 말한다. 배치상으로는 10호관과 B동, 그 앞에 A동과 9호관~4호관, C동, 그 앞에 1호관과 D동이 자리하고 그중 레스토랑은 8호관과 6호관, 1호관에 집중되어 있다. 레스토랑은 대부분 츠키지 시장에서 당일 가져온 신선한 재료로 스시나 덮밥인 마구로동, 스시 벤또 등을 낸다. 이곳에서 어느 집이 맛집인가 하는 것은 길게 줄을 선 것으로 알 수 있는데 시간이 없다면 줄이 적은 옆집으로 가도 괜찮다. 영업은 보통 새벽에서 오전까지 하므로 오후에는 문을 닫는 업소가 많은데 이럴 때 츠키지 시장 옆 장외 시장의 여러 레스토랑을 이용하면 되니 스시나 마구로동 맛을 보지 못할 걱정은 하지 않아도 된다.
교통 : 츠키지 시장(築地 市場) 입구에서 안으로 들어가 왼쪽, 도보 1분
주소 : 東京都 中央区 築地 5-2, 漁がし横町
전화 : 03-3547-8011
시간 : 05:00~12:00(레스토랑별로 다름)
휴무 : 일요일(홈페이지 참조)
홈페이지 :
www.uogashiyokocho.or.jp

≫조가이 시조 場外 市場 Jogai Shijo

츠키지 시장 입구 동쪽에 있는 시장으로 칼, 그릇 같은 시장 부자재 상점, 말린 오징어, 쥐포, 새우 같은 건어물 상점, 참치, 생선을 볼 수 있는 생선 상점, 스시나 마구로동을 맛볼 수 있는 레스토랑 등이 모여 있다. 츠키지 시장 내 장내 시장이 도매 시장인 데 반해 이곳은 소매 시장이므로 자유롭게 돌아다니며 쇼핑을 하거나 음식을 맛보기 좋다. 간혹 맛보기를 주는 집이 있으므로 맛을 보거나 다코야키, 아이스크림 같은 주전부리를 사 먹어도 괜찮다.

교통 : 도에이 오에도센(都営 大江戸線) 츠키지시조(築地市場) 역 A1 출구에서 가이조시조 방향, 사거리 지나. 도보 2분
주소 : 東京都 中央区 築地 4-4, 場外市場
시간 : 상점 09:00~19:00, 레스토랑 11:00~22:00. 휴무 : 일요일
홈페이지 : www.tsukiji.or.jp

츠키지 혼간지 築地 本願寺 Tsukiji Honganji

일본 불교 계파 중 정토진종 본원사파(浄土真宗 本願寺派)의 사찰로 교토의 본원사(本願寺)가 본산이다. 처음에 츠키지 별원(築地 別院)으로 건립되었다가 2012년 츠키지혼간지(築地 本願寺)로 개칭되었다. 사찰 건물 중앙에 인도 궁전을 연상케 하는 커다란 돔이 있고 돌기둥이 있는 아치형 현관이 있는 독특한 외관을 가지고 있어 눈길을 끈다. 본전 안에는 아미타여래입상을 모시고 있는 동시에 가톨릭 성당에서 봄 직한 파이프 오르간이 있어 여러모로 보기 드문 사찰이라는 생각이 든다.
교통 : 도에이 오에도센(都営 大江戸線) 츠키지시조(築地市場) 역 A1 출구에서 가이조시조 지나 사거리 건너 우회전 후 좌회전, 츠키지 혼간지 방향. 도보 7분
주소 : 東京都 中央区 築地 3-15-1
전화 : 03-3541-1131
시간 : 4월~9월 06:00~17:30, 10월~3월 06:00~15:00
홈페이지 : http://tsukijihongwanji.jp

도요스 시장 豊洲 市場 Toyosu Shijo 도요스 시조

2018년 10월 참치, 생선 경매가 이루어지는 츠키지 조나이 시조(장내 시장)가 도요스 시장으로 이전했다. 도요시 사장은 크게 수산 도매장동, 수산 중도매장동, 청과동 등이 있는데 참치 경매는 수산 도매장동에서 열린다.

교통 : 신바시 역(新橋駅)에서 유리카모메 이용, 사조마에 역(市場前駅) 하차.

주소 : 東京都 中央卸売市場 豊洲市場 豊洲6丁目6-2

전화 : 03-3520-8205

시간 : 05:00~17:00(새벽 참치 경매 종료). 휴무 : 일요일, 공휴일

홈페이지 : www.tokyo-fish-market.net

☆여행 팁_도요스 시장 참치 경매 참관

도요스 시장 참치 경매는 새벽 5시 30분부터 수산 도매장동에서 열린다. 따라서 30분 전에 도착에 줄을 서는 것이 좋다. 5시에 입장하여 출입증을 받고 관리 시설동에서 도매동까지 이동한다. 도매동에 도착하면 직접 경매장으로 갈 수는 없고 위층 복도 창문을 통해 참치가 바닥에 늘어선 모습, 경매하는 모습 등을 관람할 수 있다. 아무래도 경매 현장에 갈 수 있었던 츠치지 시장에 비해 생동감을 떨어지는 편! 참고로 참치 경매 가격은 1kg 당 20만 원 내외. 참치 경매를 다 보았으면 수산 중도매장동, 수산물 상점, 식당가로 이동한다. 식당에서는 참치회 또는 참치 덮밥을 맛볼 수 있다. 인기 식당은 대기 줄이 길어, 빨리빨리 가보자!

위치 : 수산 도매장동

시간 : 05:00~(새벽~오전에 경매 끝남)

휴무 : 일요일, 공휴일

요금 : 무료

*레스토랑&카페

푸드코트 フードコート Food Court

도쿄 타워 2층 풋 타운(フットタウン) 내에 있는 푸드코트로 와플의 핑크 도트(Pink dot.), 돈부리와 카레의 탄바야(丹波屋), 라멘의 우메이야(宇明家), 피자와 파스타의 피자-라 익스프레스(PIZZA-LA EXPRESS), 햄버거의 맥도날드 등의 레스토랑이 자리한다. 메뉴가 간식으로 맛볼 와플에서 라멘, 돈부리, 피자까지 다양하고 저렴하므로 한 끼 식사하는 데 부담이 없다. 인근에 변변한 레스토랑이 없으니 이곳에서 식사하고 움직이는 것이 편하다. 도쿄 타워 입구에는 하라주쿠에서 인기를 끈 마리온 크레이프 지점도 있으니 하라주쿠에서 크레페 맛을 보지 못한 사람은 이곳에서 크레페를 먹어보자.

교통 : 도에이 오에도센(都営 大江戸) 아카바네바시(赤羽橋) 역 아카바네바시(赤羽橋) 출구에서 도쿄 타워 방향. 바로
주소 : 東京都 港区 芝公 4-2-8
전화 : 03-3433-5111
시간 : 09:30~21:50
메뉴 : 와플&팬케이크 250~750엔, 돈부리&카레 600~800엔, 라멘700~1,000엔, 피자&파스타 600~800엔
홈페이지 : www.tokyotower.co.jp

마루가메 세이멘 丸亀製麺

광고 박물관과 극단 사계의 우미(海) 극장이 있는 카레타 시오도메(カレッタ 汐留) 빌딩 지하 2층에 자리한 우동 전문점이다. 기본 메뉴는 가마타마우동(釜玉うどん), 붓가게우동(ぶっかけうどん 국물우동), 카레우동(カレーうどん), 니꾸우동(肉うどん)이다. 그 외 덴푸라(튀김), 돈부리, 삼각김밥 등도 있다. 우동의 양에 따라 보통은 나미모리(並盛り, 표기는 並), 곱빼기는 오오모리(大盛り)라고 하고 특대는 도쿠(得)로 표기! 가격이 저렴해 여러 가지를 맛보는 재미가 있다.

교통 : 도에이 오에도센(都営 大江戸線) 시오도메(汐留) 역 6번 출구에서 도보 1분 또는 JR 신바시(新橋) 역 시오도메(汐留) 출구에서 지하데크 이용, 도보 5분

주소 : 東京都 港区 東新橋 1-8-2, カレッタ汐留, B2F
전화 : 03-3573-6550
시간 : 11:00~22:00
메뉴 : 보통_가마타마우동(釜玉うどん) 390엔, 붓가게우동(ぶっかけうどん 국물우동) 320엔, 카레우동(カレーうどん) 510엔, 니꾸우동(肉うどん) 590엔, 덴푸라(튀김) 140엔~
홈페이지 : www.caretta.jp

시오도메 시티센터 식당가 汐留 シティーセンター レストラン Shiodome Citycenter Restaurants

시오도메 시티센터 지하 3층~지상 3층에는 대중 레스토랑, 41~42층에는 고급 레스토랑이 있어 예산과 입맛에 따라 레스토랑을 찾아가기 좋다. 이중 1층 식당가는 푸드코트 형태로 오므라이스의 에그도쿄(Eggs Tokyo), 빵과 커리의 초우더스 스프 & 델리(Chowder's SOUP & DELI), 스시의 호쿠리쿠트야마(北陸富山), 태국 요리의 둔(タイ料理 沌), 벤또 전문점 자파벤(JAPABEN), 닭고기 덮밥의 온드리데이(オンドリ亭), 스테이크의 오스테리아(OSTERIA) 등이 있어 메뉴를 선택하기 좋다. 식당가 이용 방법은 각 레스토랑에 음식을 주문한 뒤 공용 테이블에서 식사를 하면 된다. 좀 더 정리된 레스토랑을 원하면 지하 1~3층, 고급 레스토랑을 원하면 41~42층 식당가를 이용해 보자.
교통 : 도에이 오에도센(都営 大江戸線) 시오도메(汐留) 역 4번 출구에서 도보 1분 또는 JR 신바시(新橋) 역 시오도메(汐留) 출구에서 지하데크 이용, 바로
주소 : 東京都 港区 東新橋 1-5-2, 汐留 シティーセンター, B3F~3F, 41~42F
전화 : 03-5568-3215
메뉴 : 베이커리, 카레, 덮밥, 벤또, 스시 등 600~1,000엔 내외
홈페이지 : www.shiodome-cc.com

츠키지 칸노 つきじ かんの Tsukiji Kanno

장외 시장인 가이조시조(場外市場)의 몬자키도리(もんぜき道り) 길가에 있는 마구로동 전문점으로 내부에 좌석이 있는 것이 아니라 길가 좌석을 이용한다. 주문은 순수 참치 덮밥인 마구로동(まぐろ丼), 혼마구로동(本まぐろ丼) 또는 참치에 연어 알이 있는 서비스동(サービス丼) 등을 시키면 한 끼 식사로 거뜬하다. 식당 앞에 사진으로 된 메뉴가 있으니 사진을 보고 맛깔나는 것을 골라보는 것도 괜찮은데 참치나 연어알 등 내용물이 많을수록 가격이 비싸진다.
교통 : 도에이 오에도센(都営 大江戸線)

츠키지시조(築地市場) 역 A1 출구에서 몬자키도리(もんぜき道り) 방향. 바로
주소 : 東京都 中央区 築地 4-4, もんぜき道り
전화 : 03-3546-0300
시간 : 10:00~19:00. 휴무 : 일요일
메뉴 : 마구로동(まぐろ丼) 700엔, 아지우미센동(味海鮮丼모듬) 1,200엔, 살몬동(サーモン丼 연어) 800엔
홈페이지 : www.tsukiji-kanno.com

스시잔마이 すしざまい 本店 Sushizanmai

유명 스시 체인 레스토랑으로 츠키지 부근에만 본점 포함 9곳의 곳이 있고 전국에 수십 곳의 지점을 운영 중이다. 연중무휴, 24시간 영업, 저렴한 가격이라는 파격적인 영업 전략에 힘입어 인기 스시 레스토랑으로 자리 잡았다. 2013년 츠키지 시장 경매로 223kg의 초대형 참치를 1억 5540만 엔에 낙찰받아 화제를 모으기도 했다. 간단히 먹으려면 스시 단품이나 우에치라시동(上ちらし丼) 같은 스시 덮밥, 제대로 먹으려면 스시 모듬 세트인 마구로 잔마이(まぐろざんまい)을 주문해 보자.

교통 : 도에이 오에도센(都営 大江戸線) 츠키지시조(築地市場) 역 A1 출구에서 몬자키도리(もんぜき道り) 방향. 몬자키도리 안쪽. 도보 3분
주소 : 東京都 中央区 築地 4-11-9
전화 : 03-3541-1117. 시간 : 24시간
메뉴 : 1개_아카미(赤身 참치 살코기), 나카토로(中とろ, 참치 중뱃살), 오토로(大とろ, 참치 대뱃살), 사몬(サーモン, 연어), 이카(いか, 오징어), 아나고(あなご) 104~1,078엔, 우에치라시동(上ちらし丼 스시덮밥), 우니·이쿠라동(うに·いくら丼, 성게·연어 알 덮밥), 마구로잔마이(まぐろざんまい) 1,500~4,000엔
홈페이지 : www.kiyomura.co.jp

다이와즈시 大和 寿司 Daiwa Sushi

츠키지 장내 시장이 도요스 시장으로 이전함에 따라 다이와즈시도 도요스 시장 청과동으로 이전하였다. 츠키지에 있을 때부터 맛집이어서 항상 식당 앞에 줄 선 모습을 볼 수 있다. 도요시 시장 새벽 참치 경매를 후딱 보고 청과동으로 이동해, 줄을 서자. 메뉴는 스시 하나하나 고르기보다 스시 세트를 선택하는 것

이 무난하다.
교통 : 신바시 역(新橋駅)에서 유리카모메 이용, 사조마에 역(市場前駅) 하차. 청과동 방향
주소 : 東京都 江東区 豊洲6丁目325街区 青果棟 1F
전화 : 03-6633-0220
시간 : 06:00~13:00. 휴무 : 일요일
메뉴 : 스시 세트 1인 4,000엔 내외, 1개_오토로(大トロ 참치뱃살), 마구로(まぐろ 침치), 에비(えび, 새우), 타이(たい, 도미), 타코(たこ, 문어) 300~1,000엔

***쇼핑**

쇼추 오소리티 焼酎オーソリティ Sho-Chu AUTHORITY

카레타 시오도메 지하 2층에 자리한 사케(소주)와 와인 전문점으로 일본 각지의 유명 소주, 원료별, 소주, 가격대별 소주, 세계 각국에서 수입된 와인 등 매우 많은 종류의 소주와 와인을 판매한다. 소주는 곡주나 고구마주를 증류해서 얻어지는 맑은 술을 말한다. 너무 많은 종류의 소주와 와인이 있어 선택하기 어려울 때는 종업원에게 추천을 받아도 괜찮다. "OO 추천해주세요"는 "스이센시데 구다사이(推薦して ください)". 주당이라면 한 번쯤 방문해야 할 곳!
교통 : 도에이 오에도센(都営 大江戸線) 시오도메(汐留) 역 6번 출구에서 도보 1분 또는 JR 신바시(新橋) 역 시오도메(汐留) 출구에서 지하데크 이용, 도보 5분
주소 : 東京都 港区 東新橋 1-8-2, カレッタ汐留, B2F
전화 : 03-5537-2105
시간 : 11:00~20:00
가격 : 소주 1,000~30,000엔 내외
홈페이지 :
www.rakuten.ne.jp/gold/w-authority

09 오다이바 お台場 Odaiba

도쿄만을 바라보며 쇼핑과 먹거리, 엔터테인먼트를 즐길 수 있는 곳이 인공섬 오다이바이다. 오다이바로 건너가는데 이용되는 레인보우 브리지는 미니 자유의 여신상, 대관람차와 함께 오다이바의 상징이고 쇼핑센터 덱스 도쿄 비치, 아쿠아시티 오다이바, 파레트 타운은 유명 브랜드에서 잡화까지 다양한 상품을 쇼핑하기 좋다. 일본 과학미래관은 재미있는 과학원리를 체험하기 괜찮다.

▲ 교통

① 유리카모메(ゆりかもめ) 신바시(新橋)에서 사철 유리카모메 이용, 오다이바(お台場) 하차. *유리카모메 06:00~23:50(豊州)/00:30(有明), 요금 190엔~380엔, 1일 승차권(1日 乘車券) 820엔. 1일 승차권 편리!

② JR 오사키(大崎) 역에서 린카이센(りんかい線) 이용, 도쿄텔레포트(東京テレポート) 역 하차

③ 유리카모메 히노데(日の出) 역 히노데 또는 아사쿠사(浅草) 선착장에서 수상 버

스(水上バス) 이용, 오다이바해빈 공원(お台場海浜公園) 하선

④ JR 시나가와(品川) 역 항남구(港南口)의 버스정류장에서 도버스(都バス) 나미(波) 01번 이용, 오다이바 하차 *운행 편수 적음

▲ 여행 포인트

① 오다이바에서 레인보우 브리지, 자유의 여신상 조망하기

② 아쿠아시티의 라멘 국기관에서 라멘 맛보기

③ 다이바시티 도쿄의 건담 조형물에서 기념 촬영하기

▲ 추천 코스

덱스 도쿄 비치→아쿠아시티 오다이바→자유의 여신상→후지TV 본사→다이바시티 도쿄 플라자→일본 과학미래관→메가웹→비너스 포트

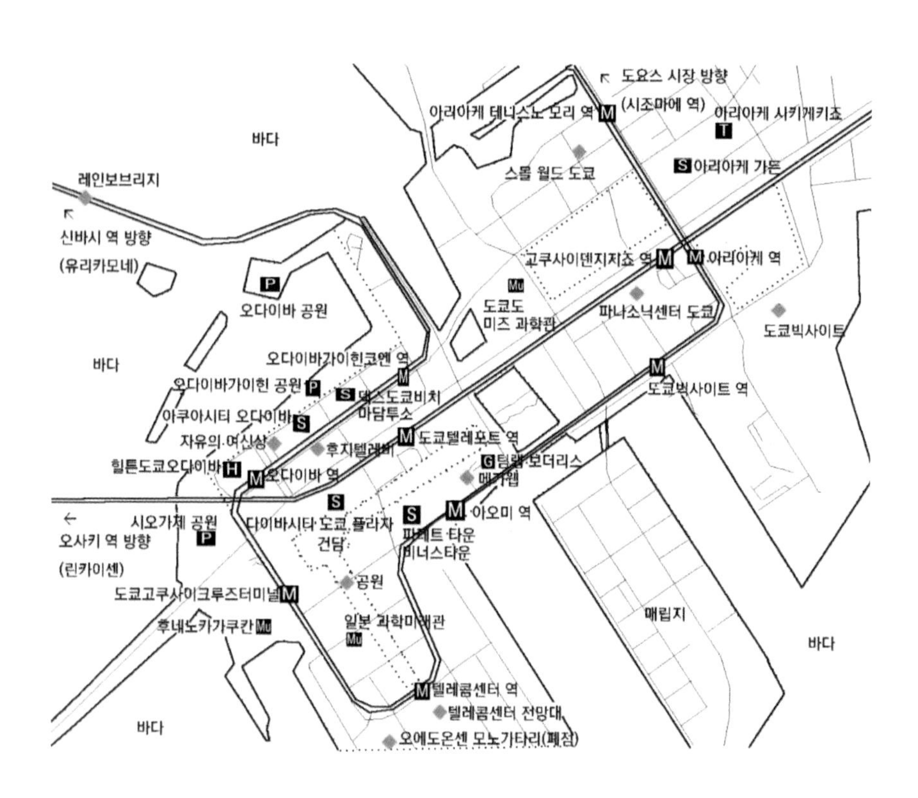

레인보우 브리지 レインボ ブリッジ
Rainbow Bridge

1993년 도쿄 본토의 시바우라(芝浦)와 오다이바(お台場)를 잇는 현수교이다. 길이는 918m. 다리 조망은 다리 동쪽 오다이바가이힌코엔(お台場海浜公園) 역 부근 다이바 공원, 다이바(台場) 역 부근 아쿠아시티의 자유의 여신상 앞이나 다리 서쪽 유리카모메의 시바우라후토(芝浦ふ頭) 역 부근의 산책로에서 할 수 있다. 보통 다이바 역에서 후지 TV 본사를 보고 자유의 여신상이 있는 바닷가에서 레인보우 브리지를 보는 경우가 많다. 레인보우 브리지를 배경으로 셀카를 찍으려면 셀카봉, 야경을 찍으려면 삼각대를 준비하는 것이 좋다. 셀카를 찍을 때 레인보우 브리지와 자유의 여신상을 배경으로 본인의 모습을 사진에 잘 넣는 것이 관건! 밤이라면 카메라 플래시를 켜자.
교통 : 유리카모메(ゆりかもめ) 다이바(台場) 역 하차. 아쿠아시티(Aqua City)·자유의 여신상 방향, 도보 2분 *다리 서쪽_유리카모메 시바우라후토(芝浦ふ頭)에서 산책로 방향, 도보 5분
주소 : 東京都 港区 台場
시간 : 서쪽 산책로_4~10월 09:00~21:00, 11~3월 10:00~18:00
휴무 : 서쪽 산책로_매월 3번째 월요일

마담 투소 マダム タッソー 東京
Madam Tussauds Tokyo

세계적인 밀랍인형 박물관으로 팝의 황제 마이클 잭슨, 축구 스타 데이비드 베컴, 밤하늘을 나는 ET, 영화배우 레오나르도 디카프리오, 안젤리나 졸리, 오바마 미국 대통령, 고이즈미 전 일본 총리 등의 유명인을 한자리에서 만나볼 수 있다. 실제로 만나기 어려운 유명인을 배경을 기념촬영을 해보는 것도 밀랍인형 박물관 방문의 재미 중 하나!
교통 : 유리카모메(ゆりかもめ) 오다이바가이힌코엔(お台場海浜公園)에서 도보 1분 또는 린카이센(りんかい線) 도쿄텔레

포트(東京テレポート) 역에서 도보 5분
주소 : 東京都 港区 台場 1-6-1, デックス 東京 ビーチ Island Mall 3F
전화 : 0800-100-5346
시간 : 10:00~21:00. 휴무 : 화~수요일
요금 : 대인(중학생 이상) 2,600엔, 마담투소+레고랜드_대인 5,400엔
홈페이지 :
www.madametussauds.com/Tokyo

레고랜드 디스커버리 센터 レゴランドディスカバリー センター 東京 LEGO-LAND Discovery Center Tokyo

세계적으로 유명한 조립 블록 메이커인 레고랜드에서 운영하는 테마파크. 눈높이는 어린이에 맞춰져 있으나 어른들도 레고를 테마로 한 어트랙션을 이용하다 보면 어느새 동심의 세계로 돌아간 것을 느끼게 된다. 레고랜드를 볼 때 마담 투소 도쿄와 함께 이용할 수 있는 콤보 입장권을 구매하면 할인된다.
교통 : 유리카모메(ゆりかもめ) 오다이바가이힌코엔(お台場海浜公園) 역에서 도보 1분 또는 린카이센(りんかい線) 도쿄텔레포트역(東京テレポート) 역에서 도보 5분
주소 : 東京都 港区 台場 1-6-1, デックス 東京 ビーチ Island Mall 3F
전화 : 0800-100-5346
시간 : 10:00~21:00(티켓 마감 ~19:00)
요금 : 일반(3세 이상) 2,800엔, 마담투소+레고랜드_대인 5,400엔
홈페이지 :
www.legolanddiscoverycenter.jp/tokyo

도쿄 조이폴리스 東京 ジョイポリス Tokyo Joy Polis

덱스 도쿄 비치의 씨사이드몰 3F에 있는 실내 테마파크로 여러 가지 어트랙션을 즐기거나 때때로 열리는 스테이지 쇼를 감상하고 게임장에서 아케이드 게임을 즐길 수도 있다. 조이폴리스 내 숍 스트리트에는 카페와 레스토랑, 기념품 상점이 있어 차를 마시거나 간단한 식사를 하고

기념품을 고르기 좋다.
교통 : 유리카모메(ゆりかもめ) 오다이바가이힌코엔(お台場海浜公園) 역에서 도보 1분 또는 린카이센(りんかい線) 도쿄텔레포트(東京テレポート) 역에서 도보 5분
주소 : 東京都 港区 台場 1-6-1, デックス 東京 ビーチ Seaside Mall 3F
전화 : 03-5500-1801
시간 : 11:00~19:00(토~일 ~20:00)
요금 : 입장권_대인 800엔, 고등~초등 500엔, 패스포트_대인 4,500엔, 소인 3,500엔, 나이트 패스포트(주중 16:00~) 대인 3,500엔, 소인 2,500엔
홈페이지 : http://tokyo-joypolis.com

다이바잇초메 상점가 台場一丁目 商店街 Daiba Itchome Stores 다이바잇초메 쇼텡가이

세월이 흘러 모든 것이 첨단을 달리는 시대에 흘러간 옛것을 그리워하는 것은 한국이나 일본이나 비슷한 것 같다. 이곳에는 1960년대 일본의 옛 변두리, 시타마치(下町)를 재현하여 옛 가정집, 구멍가게, 귀신의 집, 스티커 사진관 등을 꾸며놓았다. 시타마치 거리를 걸으며 불량식품을 맛보고 유치한 장난감을 살펴보며 즐겁게 지내보자.
교통 : 유리카모메(ゆりかもめ) 오다이바가이힌코엔(お台場海浜公園) 역에서 도보 1분 또는 린카이센(りんかい線) 도쿄텔레포트(東京テレポート) 역에서 도보 5분
주소 : 東京都 港区 台場 1-6-1, デックス 東京 ビーチ Island Mall 4F
전화 : 03-3599-6500
시간 : 상점_11:00~21:00
홈페이지 : www.odaiba-decks.com

오다이바가이힌 공원 お台場海浜 公園 Odiaba Kaihin Park 오다이바가이힌 코엔

쇼핑센터 덱스 도쿄 비치와 아쿠아시티 북쪽 해변에 펼쳐진 공원으로 동북쪽에는 백사장이 있는 레이보우 공원(レインボ公園)에서 서쪽으로 섬처럼 이어진 곳에는 다이바 공원(台場 公園)이 자리한다. 이들 공원 중 보통 쇼핑센터 덱스 도쿄 비치나 자유의 여신상이 있는 아쿠아시티 부근의 오다이바가이힌 공원에 많이 간다. 공원에는 해변을 따라 산책로가 조성되어 있어 한가롭게 걷기 좋고 멀리 레인보우 브리지를 배경으로 기념촬영을 하기도 괜찮다.
교통 : 유리카모메(ゆりかもめ) 다이바(台場) 역 또는 오다이바가이힌코엔(お台場海浜公園) 역에서 공원 방향. 도보 1~2분. 히노데(日の出)에서 수상버스 이용, 오다이바카이힌코엔 역 하차
주소 : 東京都 港区 台場 1
전화 : 03-5531-0852

홈페이지 : www.tptc.co.jp/park/01_02

≫자유의 여신상 自由の女神像 Statue of Liberty 지유노죠신조

뉴욕에서 봄직한 자유의 여신상(?)이 쇼핑센터 아쿠아시티 오다이바 부근에 있어 흥미를 끈다. 뉴욕의 오리지널 자유의 여신상에 비해, 크기가 작아 미니 자유의 여신상이라고 할 수 있으나 밤 레인보우 브리지 배경으로 미니 자유의 여신상을 넣고 사진을 찍으면 꽤 볼 만한 기념사진이 된다. 오다이바에 미니 자유의 여신상이 생긴 것은 1998년으로 일본의 한 회사가 프랑스 해를 기념하여 프랑스에서 미니 자유의 여신상을 대여, 전시하면서부터이다. 뜻밖에 미니 자유의 여신상이 인기를 끌자 1년 뒤 진품 미니 자유의 여신상은 프랑스에 돌려주고 그 자리에 복제품 미니 자유의 여신상을 세우게 되었다고 한다. 오다이바를 방문하게 된다면 잊지 말고 자유의 여신상과 함께 사진을 찍어보자.

위치 : 아쿠아시티(Aqua City)와 호텔 니코 도쿄(Hotel Nokko Tokyo) 사이

도쿄 레저 랜드 東京 レジャー ランド Tokyo Leisure Land

아쿠아시티 4층에 있는 종합오락시설이다. 온갖 오락기기기를 이용해 볼 수 있는 곳으로 체험 어트랙션에서 아케이드 게임, 볼링, 가라오케 등 해보고 싶은 오락기기가 넘쳐난다. 카운터에서 동전을 바꿔 게임을 하다 보면 시간 가는 줄 모른다. 오락 게임에 관심이 없는 사람이라면 볼링장에서 볼링공을 굴리며 경쾌한 스트라이크 기대해보아도 좋다.

교통 : 유리카모메(ゆりかもめ) 다이바(台場) 역 하차, 아쿠아시티 방향. 도보 5분

주소 : 東京都 港区 台場1丁目7-1 アクアシティ お台場 4F

전화 : 03-3570-5657

시간 : 11:00~21:00. 요금 : 입장 무료

홈페이지 :

www.aquacity.jp/shop/index.php?id=4972

후지 텔레비죤 フジ テレビジョン 本社 Fuji TV Building

오다이바 바닷가에 직선과 원형의 조화를 이룬 첨단 건물이 후지 TV 본사 빌딩으로 일본 유명 건축가인 단게 겐조(丹下健三)가 설계하였다. 후지TV 관람은 우선 1층 안내센터에서 안내 팸플릿을 얻은 뒤, 튜브 에스컬레이터를 타고 7층으

로 이동하여 티켓 판매장에서 스탬프 찍는 종이인 스탬프 시트를 받고 이벤트와 라이브 무대 열리는 옥상 정원을 둘러본다. 25층 구체 전망실 하치타마(はちたま)로 이동하여 오다이바 전망을 살피고 24층 공중 회랑 코리도르(コリドール)에서도 서쪽의 레인보우 브리지, 동쪽의 대관람차를 조망한다.

이어 5층 스튜디오 견학 스페이스인 원더 스트리트(ウンダー ストリート)에서 〈SMAP x SMAP〉, 〈노다메 칸타빌레(のだめカンタービレ)〉 같은 후지 TV의 인기 프로그램을 살펴보고 1층 씨어터몰(シアターモール)에서 후지TV의 마스코트 라후(ラフ)와 기념촬영을 하는 것으로 관람을 마친다. 후지TV의 인기 프로그램이나 드라마, 애니메이션을 둘러보는 재미가 쏠쏠하고 캐릭터숍에서 귀여운 캐릭터 인형을 구매해도 좋다. 단, 일본 학생의 단체 관람이 있다면 인근 아쿠아시티나 건담 프론트 도쿄 등을 먼저 보고 다시 오는 것도 괜찮다.

교통 : 유리카모메(ゆりかもめ) 다이바(台場) 역에서 도보 4분 또는 린카이센(りんかい線) 도쿄텔레포트(東京テレポート) 역에서 도보 4분

주소 : 東京都 港区 台場 2-4-8

전화 : 03-5500-8888

시간 : 전망대_10:00~18:00(티켓 마감 ~17:00). 휴무 : 전망대 월요일

요금 : 전망대_대인(고등학생 이상) 700엔, 소인(중학~초등) 450엔

홈페이지 : www.fujitv.co.jp/gotofujitv

건담 베이스 도쿄 ガンダムベース 東京
The Gundam Base Tokyo

다이바시티 도쿄 플라자(Diver City Tokyo Plaza) 7층에 있는 건담 성지이다. 건담의 시작은 1979년 애니메이션 〈기동전사 건담〉이 방송되고부터이고 이후 많은 시리즈가 만들어졌다. 2009년에는 건담 시리즈 방송 30주년을 맞이해, 건담 베이스 도쿄에서 건담에 대한 영상을 상영하고 다이바시티 도쿄 플라자 앞 대형 건담 모형인 건푸라(ガンプラ)를 구경할 수 있게 하였다. 현재는 여러 건담 모형을 살 수 있는 숍존, 구매한 건담 모형을 조립해 볼 수 있는 빌딩존, 건프라 공장을 재현한 팩토리존, 이벤트가 열리는 이벤트존으로 운영되고 있다. 건담 베이스 도쿄를 본 뒤에, 대형 건담 모형인 건푸라와 기념촬영을 해보자.

교통 : 유리카모메(ゆりかもめ) 다이바

(台場) 역에서 도보 5분 또는 린카이센(りんかい線) 도쿄 텔레포트(東京テレポート) 역에서 도보 5분
주소 : 東京都 江東区 青海 1-1-10, ダイバー シティ 東京 プラザ 7F
전화 : 03-6426-0780
시간 : 10:00~20:00
홈페이지 : www.gundam-base.net

후네노카가쿠칸 船の科學館 Museum of Maritime Science

커다란 배 모양의 전시장으로 바다와 배를 테마로 하고 있다. 배 모양의 본관은 2015년 현재 리모델링을 위해 휴관 중이고 그 옆 소야호와 범선 모형을 전시하고 있는 후네노카가쿠칸 별관 전시장(船の科學館 別館 展示場)과 초대 남극 관측선 소야(宗谷) 호 등은 둘러볼 수 있다. 범선 모형이나 배에 관심이 없는 사람은 별다른 것이 없으므로 굳이 들리지 않아도 된다.
교통 : 유리카모메(ゆりかもめ) 후네노카가쿠칸(船の科學館) 역 서쪽 출구에서 바로
주소 : 東京都 品川区 東八潮 3-1
전화 : 03-5500-1111
시간 : 10:30~16:30. 요금 : 무료
홈페이지 : www.funenokagakukan.or.jp

일본 과학미래관 日本 科學未來館 Miraikan 니혼 가쿠칸미라이칸

관람자가 직접 체험하고 과학과 과학자 등과 교류를 통해 과학을 가깝게 할 수 있도록 하는 것을 콘셉트로 한 과학박물관이다. 층별 소개를 보면 1층 기획전시장과 뮤지엄숍, 3층 상설 전시장과 실험공방, 지오 코스모스(Geo Cosmos), 5층 상설 전시장과 미라이칸 카페(Miraikan Cafe), 6층 돔시어터 가이아(ドームシアターガイア), 7층 회의장으로 되어있다.
이들 전시장에서 과학의 원리, 천체 현상 등을 체험할 수 있는 츠나가리(TSUNAGARI), 우주, 태양계, 지구, 지구 환경 등에 대해 알아보는 익스플로러 더 퓨처(Explore the frontiers), 로봇, 발명, 네트워크 등에 대해 체험을 할 수 있는 크리에이트 유어 퓨처(Create your future) 등의 카테고리별로 나뉘어, 전시

를 보고 체험도 할 수 있게 꾸며졌다. 이 중 3층의 로봇 코너의 걷는 로봇 아시모(ASIMO), 혼다에서 만든 외발 스쿠터(?)가 인기를 끈다. 아울러 1층 천장에 매달아 놓은 구(球) 모양의 디스플레이, 지오 코스모스에는 100만 개의 LED가 쓰여 실제와 비슷한 화질로 영상 '우주에서 바라본 오늘의 지구'를 보여준다. 어린이를 동반한 여행자라면 한 번쯤 방문하기 추천한다.

교통 : 유리카모메(ゆりかもめ) 텔레콤센터(テレコムセンター) 역 북쪽 출구에서 도보 7분 또는 후네노카가쿠(船の科学館) 역 동쪽 출구에서 도보 8분

주소 : 東京都 江東区 青海 2-3-6

전화 : 03-3570-9151

시간 : 10:00~17:00. 휴무 : 화요일

요금 : 대인 630엔, 고등~초등 210엔

홈페이지 : www.miraikan.jst.go.jp

파레트 타운 パレット タウン Palette Town

오다이바 아오미(青海) 역 부근에 있는 상업·문화 단지로 중세 유럽 거리 풍경을 테마로 한 쇼핑몰 비너스 포트, 도요타 자동차 쇼룸인 메가 웹, 실내 어뮤즈먼트 파크인 도쿄 레저 랜드, 오다이바의 상징 중 하나인 대관람차, 라이브 공연장인 젭 도쿄(Zepp Tokyo) 등으로 이루어져 있다. 쇼핑과 놀이, 공연, 먹거리 등을 한 자리에서 즐길 수 있어 찾는 사람이 많고 야간 대관람차는 연인들의 프러포즈 장소로도 인기가 높다.

교통 : 유리카모메(ゆりかもめ) 아오미(青海) 역에서 바로 또는 린카이센(りんかい線) 이용, 도쿄텔레포트(東京テレポート) 역에서 바로

주소 : 東京都 江東区 青海 1-3-15

전화 : 03-3529-1821

시간 : 11:00~20:00

홈페이지 : www.palette-town.com

≫메가웹 メガウェブ Mega Web

자동차 마니아라면 빼놓을 수 없는 곳이 바로 도요타 자동차를 전시하는 메가웹이다. 메가웹은 최신 도요타 자동차를 전시하는 도요타 시티 쇼케이스(Toyota City Showcase), 세계의 명차를 선보이는 히스토리 게라지(History Garage), 미니 자동차를 타볼 수 있는 라이드 스튜디오(Ride Studio), 1.3km 실제 트랙을 달

려볼 수 있는 라이드 원(Ride One) 등을 이루어져 있어 자동차를 보고 체험해 보는데 부족함이 없다.
위치 : 파레트 타운 내
전화 : 03-3599-0808
시간 : 11:00~19:00. 요금 : 무료
홈페이지 : www.megaweb.gr.jp

- 도요타시티 쇼케이스 トヨタ シティショウケース Toyota City Showcase

메가웹으로 들어가면 종류별 도요타 자동차가 늘어서 있는 넓은 공간이 보인다. 1층 도요타 라인업 존(Toyota Line Up Zone)에서 최신 도요타 자동차 60여종, 2층 글로벌 디스커버리 존(Global Discovery Zone)에서 해외 인기 도요타 자동차 전시한다. 2층 와쿠도시 존(Waku-Doki Zone)은 경주용 차를 전시하는 가주 레이싱(GAZOO Racing), 콤팩트카를 전시하는 GRMN, PS3의 인기 자동차 경주 게임인 그란 투리스모(グランツーリスモ6, GT6, 11:00~19:00, 무료) 부분으로 나뉘고, 간단한 식사를 할 수 있는 루키 카페(ルーキーカフェ)도 자리한다.

- 히스토리 게라지 ヒストリーガレージ History Garage

2층은 1950년~1970년대 세계의 명차를 볼 수 있는 히스토릭 카 컬렉션(Historic Car Collection), 와인 저장고를 닮은 복도에 자동차 관련 서적, 모델 자동차 등이 전시된 코리도(Corridor), 1층은 카페, 세계 명차 복원을 볼 수 있는 리스토어 핏(Restore Pit), 세계 명차 미니어처를 볼 수 있는 GP 아카이브 등으로 구성된다.

- 라이드 스튜디오 ライド スタジオ Ride Studio

미니 자동차를 타고 약 230m의 실내 트랙을 달려볼 수 있는 곳이다. 어린이나 자동차 운전면허가 없는 사람은 초보자 강습을 통해, 운전을 해볼 수 있고 자동

차 운전면허가 있는 사람은 초보자 강습이 면제되어 바로 체험 운전이 가능하다.
시간 : 11:00~19:00(접수 마감 18:00)
이용조건 : 초교 저학년~성인, 신장 115cm~150cm(미니카 별로 다름)
요금 : 초심자 강습(初心者講習, 15분), 주행체험(走行体験, 15분) 300엔 내외

≫파레트타운 대관람차 パレットタウン大観覧車 다이칸란샤

직경 100m, 최대 높이 115m의 거대한 대관람차(다이카란사)는 오다이바의 상징 중 하나로 여겨진다. 날씨가 화창한 날에는 대관람차에서 멀리 후지산, 가깝게 도쿄 타워, 스카이트리, 레인보우 브리지 등을 조망할 수 있다. 연인이라면 대관람차에서 특별한 프러포즈를 해도 좋고 대관람차에서 달콤한 키스를 나눠도 괜찮다.
위치 : 파레트 타운(パレット タウン) 내
전화 : 03-5500-2655
시간 : 11:00~22:00(금~토, 공휴일 ~23:00)
요금 : 대인 1,000엔, 어린이 500엔
홈페이지 : www.daikanransha.com

≫젭 도쿄 Zepp Tokyo

일본 최대의 스탠딩 라이브 홀 중 하나로 1층 스탠딩 2,416명, 2층 좌석 200석, 스탠딩 93석 등 총 2,709명을 수용한다. 입구로 들어가면 왼쪽에 로커, 오른쪽에 음료 판매대가 있고 안쪽에 넓은 홀과 앞쪽에 무대가 보인다. 수시로 일본의 제이 팝(J-Pop), 세계 유명 밴드의 공연, 이벤트 등이 열려 공연이나 이벤트를 즐기기 좋다. 이곳 외 다이바시티 도쿄(DiverCity Tokyo)에 젭 다이바시티 도쿄점(스탠딩 2,473명 수용), 후쿠오카(福岡), 삿포로(札幌), 오사카(大阪), 나고야(名古屋) 등에도 공연장을 운영하고 있다. 공연에 관심이 있다면 홈페이지의 공연 일정을 참고해 예매를 해두는 것이 좋다.
교통 : 유리카모메(ゆりかもめ) 아오미(青海) 역 북쪽 출구에서 바로
주소 : 東京都 江東区 青海 1-3-11
전화 : 03-3599-0710
시간 : 공연시간 19:06, 오픈 18:00(공연 별로 다름)
요금 : 스탠딩 공연 7,190엔(공연 별로 다름)

홈페이지 : www.zepp.co.jp

≫팀랩 보더리스 チームラボ ボーダレス teamLab Borderless

일본 도시건축 개발 회사인 모리빌딩과 디지털 아트 예술가 집단인 팀랩이 협업해, 문을 연 미디어 아트 전시관이다. 1층은 관람, 2층은 체험 위주이다. 500여 대의 빔프로젝트를 이용한, 50여 점의 미디어 아트 작품을 선보인다. 그중 쏟아지는 폭포와 꽃 천지를 재현한 '플라워 포레스트', 맑고 투명한 크리스털의 향연을 보이는 '크리스털 월드'는 관람객을 환상의 세계로 이끌기에 충분하다.
교통 : 유리카모메 아오미 역에서 팀랩 보더리스 방향, 도보 5분
주소 : 東京都 江東区 青海1丁目3-8 お台場パレットタウン2F
전화 : 03-6368-4292
시간 : 09:00~21:00
요금 : 성인 3,200엔, 나이트 패스_성인 2,200엔
홈페이지 : https://borderless.teamlab.art/ko

텔레콤센터 전망대 テレコセンター 展望台 Telecom Center Observatory 텔레콤센터 덴보다이

텔레콤센터 빌딩 동동(東棟) 21층에 자리한 전망대로 저녁 시간에 문을 닫는 후지TV 전망대와 달리 오후부터 밤까지 문을 열어 야경을 즐기기 좋은 곳이다. 전망대 동쪽으로 멀리 도쿄 스카이트리, 서쪽으로 컨테이너 부두, 북쪽으로 레인보우 브리지와 도쿄 타워, 후지산, 남쪽으로 항만과 도쿄 게트 브리지 등을 조망할 수 있다. 전망대에 오르기 전, 서동(西棟) 5층의 카페테리아 아이하우스(アイ☆ハウス), 서동 2층의 식당가에서 식사하면 좋고 연인과 분위기를 내려면 전망대가 있는 동동 21층의 레스토랑 겸 바 프리시우스 도쿄 베이(Precious Tokyo Bay)에서 칵테일 한 잔을 마셔도 괜찮다.
교통 : 유리카모메(ゆりかもめ) 텔레콤센터(テレコセンター) 역 남쪽 출구에서 바로
주소 : 東京都 江東区 青海 2-5-10, 東棟 21F
전화 : 03-5500-0021
시간 : 15:00~21:00(토~일 11:00~)
휴무 : 월요일
요금 : 대인 500엔, 어린이 300엔
홈페이지 : http://i-house5.com

도쿄 빅사이트 東京 ビッグサイト Tokyo Big Sight 도쿄 비쿠사이트

일본 최대의 전시, 국제회의 공간인 컨벤션센터로 역피라미드 모양의 회의동, 동 전시장, 서 전시장 등으로 되어있다. 빅사이트의 대표 이벤트로는 도쿄 국제애니메니션페어(3월경), 도쿄 모터싸이클쇼(3월경), 도쿄 토이페스티벌(6~7월경), 도쿄 모터쇼(11~12월경) 등이 개최된다. 이중 도쿄 국제애니메니션페어가 진행되는 기간에는 빅사이트 앞에 캐릭터 코스프레를 한 사람들이 등장해 재미있는 볼거리를 제공하기도 한다. 전시, 관람을 마친 뒤에는 회의동에서 동 전시관 방향이 북쪽 콘코스(コンコス) 식당가(1F), 동 전시관의 동 식당가(2F), 회의동의 털리스 커피(Tully's Coffee) 등에서 식사를 하거나 커피를 마셔도 좋다. 전시가 없다면 회의동 8층 옥외 전망 데스크에서 조망해도 좋은데 때때로 밖으로 나가는 문이 잠겨 있을 수가 있으니 참고!

교통 : 유리카모메(ゆりかもめ) 고쿠사이텐지조세이몬(國際展示場正門) 역에서 도보 3분, 린카이센(りんかい線) 고쿠사이텐지조(國際展示場) 역에서 도보 7분

주소 : 東京都 江東区 有明 3-11-1

전화 : 03-5530-1111

시간 : 08:00~17:00(전시 별로 다름)

홈페이지 : www.bigsight.jp

파나소닉센터 도쿄 パナソニックセンター東京 Panasonic Center Tokyo

한때 세계를 주름잡던 일본 대표 전자업체 파나소닉에서 운영하는 쇼룸이다. 전시장은 1층 2020년 미래의 모습을 제안하는 원더 라이프 박스 2020(Wonder Life-BOX 2020)와 루믹스 카메라, 전동 안마기 등 파나소닉 제품 체험장, 2층 닌텐도 게임을 체험할 수 있는 닌텐도 게임 프론트(ニンテンドーゲームフロント), 과학원리 체험 박물관 리스피아(リスーピア, 2~3F), 카페 이-필(E-FEEL) 등으로 구성된다. 과학원리 체험 박물관인 리스피아는 어른, 아이 할 것 없이 재미있게 과학원리를 알아볼 수 있고 카메라를 좋아한다면 루믹스 코너에서 마음껏 카메라를 조작해 볼 수도 있어 즐겁다.

교통 : 유리카모메(ゆりかもめ) 고쿠사이텐지조세이몬(國際展示場正門) 역에서 도

보 5분, 린카이센(りんかい線) 고쿠사이 텐지조(國際展示場) 역에서 도보 2분
주소 : 東京都 江東区 有明 3-5-1
전화 : 03-3599-2600
시간 : 10:00~18:00. 휴무 : 월요일
요금 : 입장료 무료, 3층 리스피아 디스커버리필드 500엔
홈페이지 : www.panasonic.com/jp/corporate/center-tokyo.html

☆여행 이야기_오에도온센 모노가타리(大江戸溫泉 物語)의 추억

도쿄 여행자는 물론 현지인에게도 인기를 끌던 오다이바의 오에도온천이 2021년 9월 문을 닫았다. 오에도온천은 2003년 문을 연 테마 온천으로 지하 1,400m에서 천연 온천수를 끌어 올려 사용했다. 온천 건물은 일본 애니메이션에서 봤을 듯한 옛날 일본 가옥 모양을 하고 있고 내부는 각종 애니메이션 캐릭터, 색색의 종이우산 등으로 꾸며져 있었다. 온천에서는 일본 전통복장인 유카타를 착용하고 다니며 대욕탕이나 개인 욕탕에서 온천을 하고 구내식당에서 식사하기 좋았다. 심야 추가 요금을 내면 수면실을 이용할 수 있어 도쿄에서의 특별한 밤을 보낼 수 있어 괜찮았다. ※도쿄 동쪽, 지바(千葉)에 오에도온천(大江戸温泉物語) 우라야수 만게쿄(浦安万華郷) 분점이 있으니 오에도온천의 추억이 있는 사람은 찾아가 보자. 수영복 지참(노천탕).

오에도온센 모노가타리 우라야수 만게쿄 大江戸温泉物語 浦安万華郷
교통 : 도쿄→신우라야스(新浦安) 역에서 버스 또는 택시 이용.
주소 : 千葉県 浦安市 日の出７丁目３-１２
전화 : 047-304-4126 / 시간 : 11:00~24:00
요금 : 평일/주말_대인(중학 이상) 1,880엔/2,218엔 *타월 포함
홈페이지 : https://urayasu.ooedoonsen.jp

*레스토랑&카페

오션 클럽 뷔페 Ocean Club Buffet

호화 유람선 레스토랑과 같은 공간에 즐긴다는 콘셉트를 가지고 있는 뷔페로 덱스 도쿄 비치 5층에 자리한다. 창밖으로 레인보우 브리지와 도쿄의 모습을 볼 수 있어 로맨틱한 분위기를 자아내고 일식과 양식, 중식 등 다채로운 음식이 입맛을 자극한다. 세금이 따로 붙지만, 평일 런치 뷔페의 경우 일반 식당에서 식사하고 커피숍에서 커피 마신다는 생각을 하면 런치 뷔페가 훨씬 나을 수 있으니 참고! 여름철에는 먹고 마시는 뷔페인 다베노미호우다이(食べ飲み放題)를 운영하기도 한다.

교통 : 유리카모메(ゆりかもめ) 오다이바가이힌코엔(お台場海浜公園) 역에서 도보 1분 또는 린카이센(りんかい線) 도쿄텔레포트(東京テレポート) 역에서 도보 5분
주소 : 東京都 港区 台場 1-6-1, デックス 東京 ビーチ Seaside Mall 5F
전화 : 03-3599-6655
시간 : 11:00~17:30
메뉴 : 런치 평일/주말 _대인 1,538엔/2,739엔, 다베노미호우다이(食べ飲み放題, 120분) 4,000엔 내외
홈페이지 : www.createrestaurants.com

탄토 탄토 タントタント 台場店 Tanto Tanto

이탈리아 본토에서 맛보던 파스타와 피자를 맛볼 수 있는 이탈리안 레스토랑으로 100여 석의 좌석을 갖고 있어 여유롭게 식사하기 좋다. 런치 메뉴 돌체 세트(ドルチェ セット)는 옚은 피자와 샐러드, 케이크, 커피, 피자 세트(ピッツァ セット)는 파스타와 샐러드, 피자 소, 커피가 나와, 가성비가 높고 맛도 괜찮다. 이 때문인지 유모차를 끌고 온 도쿄 미시부대들의 인기를 끌고 있기도 하다. 파스타나 피자를 좋아한다면 방문하길 추천한다.

교통 : 유리카모메(ゆりかもめ) 아오미(青海) 역에서 바로 또는 린카이센(りんかい線) 이용, 도쿄텔레포트(東京テレポート) 역에서 바로
주소 : 東京都 江東区 青海 1-3-15, Venus Fort 3F
전화 : 03-3599-2301
시간 : 11:00~15:00(토~일 ~21:00)
메뉴 : 런치_돌체 세트(ドルチェ セット, 피자), 피자 세트(ピッツァ セット, 파스타+피자) 1,500엔 내외, 파스타 899~1,149엔, 피자 900~1,200엔
홈페이지 : www.venusfort.co.jp

도쿄 라멘 고꾸키칸 무 東京ラーメン国

技館 舞

아쿠아시티 오다이바 5층에 있는 라멘 전문식당가로 하카다(博多)의 라멘 지난보(らーめん 二男坊, 돈고츠 라멘)과 니시에쇼텐(西江商店, 마젠 라멘 まぜラーメン), 오사카(大阪)의 마코토야(まこと屋, 우골 라멘)와 엔벳상(えべっさん, 교자), 교토(京都)의 텐텐유(天天有, 중화소바), 지바(千葉)의 가츠우라비치스타일(勝浦ビーチスタイル, 탄탄면), 삿포로(札幌)의 미소라멘노요시노(みそラーメンのよし乃) 등 6곳의 라멘집과 1곳의 교자집이 영업 중이다. 메뉴는 돈고츠(돼지뼈) 라멘, 미소(된장) 라멘, 소유(간장) 라멘, 시오 라멘(소금), 챠슈(돼지고기 고명) 라멘 등이 있어 입맛에 따라 선택하면 된다.

교통 : 유리카모메(ゆりかもめ) 다이바(台場) 역에서 도보 3분 또는 린카이센(りんかい線) 도쿄텔레포트(東京テレポート) 역에서 도보 7분

주소 : 東京都 港区 台場 1-7-1, Aqua City Odaiba 5F

전화 : 03-3599-4700

시간 : 11:00~21:00

메뉴 : 돈고츠 라멘, 미소 라멘, 소유 라멘, 시오 라멘 등 850~1,100엔

홈페이지 : www.aquacity.jp

*쇼핑

아쿠아시티 오다이바 アクアシティ お台場 Aqua City Odaiba

유리카모메 다이바 역 부근에 있는 쇼핑센터로 1층 하나마루야(はなまる屋), 스즈키 커리(鈴木 カリー) 등의 식당가, 도쿄 최대의 복합영화관인 메디아주(Mediade, 10:30~21:00, 주말 10:00~21:00, 대인 1,800엔), 3층 코치(Coach), 라코스테(Lacoste), 프레드페리(Fred Perry), 갭(GAP), 4층 다이소(Daiso). 5층 시즐러(Sizzler), 라멘 마코토야(ラーメン まこと屋) 등의 식당가와 각지의 라멘을 맛볼 수 있는 멘마쓰리(麺祭り), 3D 영상을 볼 수 있는 소니

익스피리언스(11:00~19:00, 대인 500엔, 소인 300엔), 6층 레드 랍스터(Red Lobster), 타이요우로(太陽樓) 같은 식당가 등이 자리한다. 쇼핑센터에서 한가롭게 쇼핑을 하고 5~6층 레스토랑에서 창밖으로 레인보우 브리지를 바라보며 식사를 해도 즐겁다.

교통 : 유리카모메(ゆりかもめ) 다이바(台場) 역에서 도보 3분 또는 린카이센(りんかい線) 도쿄텔레포트(東京テレポート) 역에서 도보 7분
주소 : 東京都 港区 台場 1-7-1
전화 : 03-3599-4700
시간 : 11:00~21:00
홈페이지 : www.aquacity.jp

덱스 도쿄 비치 デックス 東京 ビーチ Decks Tokyo Beach

레인보우 브리지가 보이는 바닷가에 있는 쇼핑센터 겸 위락시설로 바다를 향한 테라스가 시원해 보인다. 쇼핑시설로는 아일랜드몰의 3~5F, 씨사이드몰의 3~5F에 패션, 잡화, 스포츠용품, 생활용품 등의 상품을 취급하고 위락시설로는 밀랍인형 박물관 마담 투소 도쿄, 세계적인 조립블록 테마의 레고랜드 디스커버리 도쿄, 여러 어트랙션을 체험해 볼 수 있는 도쿄 조이폴리스 등이 있다. 이 밖에 귀신의 집, 미로, 오락실 등이 있으니 관심 있는 사람은 이용해보면 좋고 일식, 양식, 아시아식 등의 메뉴를 선보이는 식당가에서 식사하기도 괜찮다.
교통 : 유리카모메(ゆりかもめ) 오다이바 가이힌코엔(お台場海浜公園) 역에서 도보 1분 또는 린카이센(りんかい線) 도쿄텔레포트(東京テレポート) 역에서 도보 5분
주소 : 東京都 港区 台場 1-6- 1
전화 : 03-3599-6500
시간 : 10:30~20:00
홈페이지 : www.odaiba-decks.com

다이바시티 도쿄 플라자 ダイバー シティ 東京 プラザ Diver City Tokyo Plaza
2012년 개장한 쇼핑센터로 쇼핑센터 앞 18m 건담 모형이 세워져 있는 곳으로도 유명하다. 상점 중에는 자라(Zara), 유니클로(UNIQLO), H&M, 버버리 블루 라벨(Burberry Blue Label), 디젤(Disel), 라코스테(Lacoste) 같은 유명 브랜드가 눈길을 끈다. 7층에는 건담 테마 상점인 건담 베이스 도쿄(ガンダムベース 東京)

가 있어 건담 마니아의 성지가 되고 있다. 식사 시간이라면 2층 푸드코트(フードコート)에서 식사를 해도 즐겁다.

교통 : 유리카모메(ゆりかもめ) 다이바(台場)에서 도보 5분 또는 린카이센(りんかい線) 도쿄텔레포트(東京テレポート) 역에서 도보 5분
주소 : 東京都 江東区 青海 1-1-10
전화 : 03-6380-7800
시간 : 11:00~20:00
홈페이지 : https://mitsui-shopping-park.com/divercity-tokyo

비너스 포트 ヴィーナスフォート Venus Fort

파레트 타운 내 중세 거리를 테마로 한 쇼핑몰로 쇼핑을 하거나 멋진 조각이 있는 분수대, 중세 성당 건물 등을 배경으로 기념촬영을 하기도 좋다. 1층 비너스 패밀리 존은 어린이를 위한 디어 키즈 클럽(Dear Kids Club), 식당가인 푸드 파크(Food Park), 2층 비너스 그랜드 존은 로마의 트레비 분수, 분수 광장, 교회 광장, 진실의 입 등 중세 거리, 자라(Zara), 버버리 블루 라벨(Burberry Blue Label), 디젤(Disel), 폴로 랄프로렌(Polo Ralph Lauren) 같은 상점가, 3층 비너스 아웃렛은 제이 페리 아웃렛 셀렉트(J. Ferry Outlet Select), 리바이스 아웃렛(Live's Outlet), 프랑프랑 바자르(Franc franc Bazar) 등이 자리한다. 비너스 포트 매장의 면적이 넓으므로 시간 절약을 위해, 홈페이지에서 원하는 매장 위치와 상품을 확인하고 방문하는 것이 좋다.

교통 : 유리카모메(ゆりかもめ) 아오미(青海)에서 바로 또는 린카이센(りんかい線) 이용, 도쿄텔레포트(東京テレポート) 역에서 도보 3분
주소 : 東京都 江東区 青海 1-3-15, パレット タウン 1~3F
전화 : 03-3599-0700
시간 : 11:00~20:00
홈페이지 : www.venusfort.co.jp

10 마루노우치 丸の内 Marunouchi

일본의 상징적인 존재인 일왕이 거주하는 고쿄, 국회의사당과 경시청 같은 관광서 밀집 지역인 가스미가세키, 서울역과 비슷하지만, 규모는 3~4배 큰 도쿄역이 있는 도쿄의 중심이다. 보통은 고쿄를 둘러보고 인근 긴자나 아키하바라, 우에노 등으로 이동하기 때문에 고쿄 북쪽의 미술관, 공예관, 과학기술관이 있는 기타노마루 공원을 들르지 못하는 경우가 많아 아쉬운 생각이 든다. 상징적인 의미의 고쿄 일대보다 실속(?) 위주의 기타마루 공원 지역을 둘러보는 것이 나을 수도 있다.

▲ 교통

① JR 야마노테센(山手線), 게이힌(京浜) 도호쿠센東北線), 추오센(中央線), 게이요센(京葉線), 무사시노센(武蔵野線), 특급 나리타익스프레스(特急 成田エキスプレス), 지하철 도쿄메트로 마루노우치센(丸の内線) 도쿄(東京) 역 하차

② 지하철 도쿄메트로 유라쿠초센(有楽町線) 사쿠라다몬(桜田門) 역 하차_사쿠라다몬, 국회의사당

③ 지하철 도쿄메트로 치요다센(千代田線), 마루노우치센(丸の内線) 곳카이기지도마에(国会 議事堂前) 하차_국회의사당
④ 지하철 도쿄메트로 도자이센(東西線) 다케바시(竹橋) 역 또는 도자이센, 한조몬센(半蔵 門線), 도에이 신주쿠센(都営新宿線) 구단시타(九段下) 역 하차_기타노마루 공원(北の丸 公園)

▲ 여행 포인트

① 고쿄의 메가네바시, 사쿠라다몬 둘러보기
② 신마루 빌딩 식당가에서 도쿄역 조망하기
③ 기타노 마루 공원의 도쿄 국립 근대미술관, 니혼 부도칸 살펴보기
④ 도쿄 다카라즈카 극장, 제국 극장에서 공연 관람하기

▲ 추천 코스

도쿄 국립 근대미술관→도쿄 국립 근대미술관 공예관→과학기술관→도쿄역→고쿄→사쿠라다몬

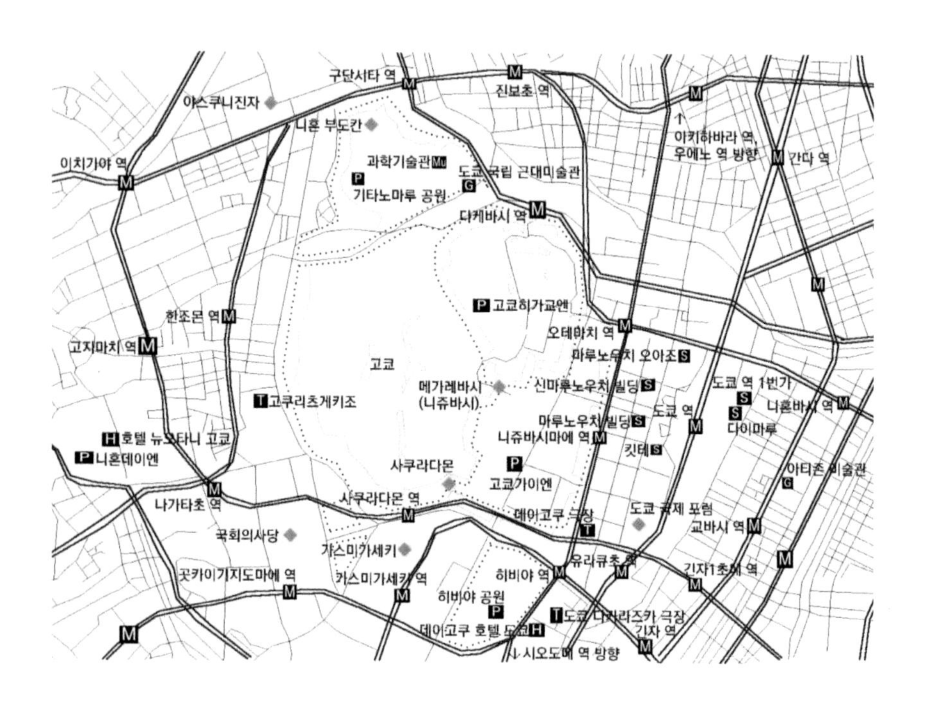

국회의사당 国会議事堂 Parliament House 곳카이기지도

옛 서울의 중앙청을 닮은 건물로 1936년 완공되었다. 중앙에 탑처럼 솟은 부분이 있고 중앙을 중심으로 좌우에 사무동이 있는 외관을 보인다. 정면에서 볼 때 왼쪽이 중의원(衆議院), 오른쪽이 참의원(参議院)이다. 일본 의회는 상원인 참의원과 하원인 중의원의 양원으로 구성되고 참의원은 6년의 임기가 보장되는 것에 반해, 중의원은 4년의 임기가 보장되지 않는다. 일본 정치 뉴스에 수상이 의회를 해산하고 선거를 다시 치른다는 것은 중의원을 해산하고 다시 뽑는다는 이야기. 하지만 당시의 민의에 따라 중의원을 선출하는 것임으로 참의원보다 실질적인 권력을 갖고 있다고 할 수 있다. 국회의사당 견학은 홈페이지의 신청서를 작성해, 국회의사당 뒤쪽의 참의원 참관 접수창구에 제출하면 된다.

교통 : 도쿄메트로 치요다센(千代田線), 마루노우치센(丸の内線) 곳카이기지도마에(国会議事堂前) 역에서 도보 1분
주소 : 東京都 千代田区 永田町 1-7-1
전화 : 03-3581-3111, 견학_03-5521-7445
시간 : 견학_월~금 09:00~16:00(1일 8회, 회당 1시간 소요). 요금 : 견학 무료
신청 : 참의원 참관 접수창구(参議院参観受付窓口_参議院西通用門横)
홈페이지 : www.sangiin.go.jp

가스미가세키 霞ヶ関 Kasumigaseki

도쿄 치요다구의 관청 밀집 지역을 말하는데 원래는 지방 영주인 다이묘(大名)들의 저택이 있던 곳이다. 1868년 메이지 일왕의 왕정복고 이후 다이묘의 반란을 의식해 저택을 몰수하고 관청가로 만들어 오늘에 이른다. 주요 관청으로는 가스미가세키 1초메(霞ヶ関 一丁目)에 경제산업성, 구 우정성, 중앙합동청사 제1호관(농림수산성), 제5호관(후생노동성, 환경성), 제6호관(법무성, 최고 검찰청, 도쿄 고등검찰청, 도쿄 지방검찰청), 가스미가세키 2초메(二丁目)에 경시청, 외무성, 중앙합동청사 제2호관(총무성), 제3호관(국토교통성, 해상보안청), 가스미가세키 3초메(三丁目)에 재무성, 국세청, 문부과학성, 중앙합동청사 제4호관(금융청) 등이 자리한다. 이중 눈에 띄는 곳은 서양

풍의 법무성 구 본관(法務省 旧本館)과 일본 만화나 영화에 자주 등장하는 경시청 건물! 국회의사당을 보고 가스미가세키를 거쳐 히비야코엔으로 가는 길에 가볍게 둘러보자.

교통 : 도쿄메트로 치요다센(千代田線), 마루노우치센(丸の内線) 곳카이기지도마에(国会議事堂前) 역 또는 도쿄 메트로 치요다센, 마루노우치센, 히비야센(日比谷線) 가스미가세키(霞ヶ関) 역에서 바로

주소 : 東京都 千代田区 永田町 1-7-1

히비야 공원 日比谷 公園 Hibiya Park 히비야코엔

원래 다이묘(大名)의 저택이 있었고 메이지 시대에는 육군의 연병장으로 쓰였다가 1903년 일본 최초의 서양식 도시공원으로 문을 열었다. 남쪽에 야외 음악당과 붉은 벽돌이 인상적인 히비야 공회당(1929년)이 남아 있고 공원 곳곳에 약 3,200그루의 나무가 심어져 도심 속의 편안한 쉼터 역할을 한다.

교통 : 도쿄 메트로 치요다센(千代田線), 마루노우치센(丸の内線), 히비야센((日比谷線) 가스미가세키(霞ヶ関) 역 또는 도쿄메트로 치요다센, 히비야센, 도에이 미타센(三田線) 히비야(日比谷) 역에서 바로

주소 : 東京都 千代田区 日比谷公園 1

전화 : 03-3501-6428

홈페이지 : www.tokyo-park.or.jp/park/format/index037.html

고쿄 皇居 Imperial Palace

고쿄(皇居)는 원래 일본을 장악한 도쿠가와 이에야스가 당시 정치 중심지이자 일왕이 거주하던 교토에서 정치 중심지를 도쿄로 옮기면서 에도성(1456년)을 세운 곳이다. 이후 쇼군이 다스리는 에도 막부 시대를 지나 1868년 메이지 유신으로 왕정복고가 일어나 교토에 천 년 동안 살던 일왕이 고쿄에서 살기 시작해 오늘에 이르고 있다. 고쿄의 건물은 대부분 제2차 세계 대전으로 파괴된 것을 후대에 복원한 것이고 고쿄를 둘러싼 성곽은 1968년에 다시 쌓은 것이다.

도쿄의 주요 건물은 고쿄 입구에서 볼 수 있는 안경을 닮아 메가네바시(めがね橋) 또는 니쥬바시(二重橋), 성벽 위의 3

층 망루인 후지미야구라(富士見櫓), 가장 아름다운 망루로 알려진 후시미야구라(伏見櫓), 왕실의 제반 업무를 담당하는 궁내청 청사인 구나이초초샤(宮内庁庁舎), 매년 1월 2일, 일왕 생일인 12월 23일 공개되는 광장 규덴히가시니와(宮殿東庭) 등이 있다. 고쿄 내부는 1일 2회 또는 일년 2회 임시 개장일(12월 23일, 1월 2일)에 견학이 허용된다. 참고로 고쿄 앞 광장을 고쿄가이엔(皇居外苑)이라고 하는데 광장 한쪽에 가마쿠라 시대 말 고다이고 일왕을 도와 가마쿠라 막부를 무너트리는 데 공을 세운 구스노키 마사시게(楠木 正成) 조각상에 세워져 있다. 광장에서 마루노우치의 빌딩가를 조망하기도 좋다.

교통 : ① 도쿄메트로 유라쿠초센(有楽町線) 사쿠라다몬(桜田門) 역에서 도보 6분. ② 도쿄메트로 치요다센(千代田線), 히비야센(日比谷線), 도에이 미타센(三田線) 히비야(日比谷) 역 또는 치요다센 니쥬바시(二重橋) 역에서 도보 10분. ③ 도쿄메트로 유라쿠초센(有楽町線)유라쿠초(有楽町) 역, JR 유라쿠초 역 또는 도쿄메트로 마루노우치센(丸の内線) 도쿄(東京) 역, JR 도쿄 역에서 도보 10~13분

주소 : 東京都 千代田区 千代田 1

전화 : 03-3213-1111(08:45~16:30)

시간 : 견학_10:00~13:30, 1일 2회, 약 1시간 15분 소요.

휴무 : 토~일, 공휴일, 왕실 행사 있는 날

신청 : 전화나 인터넷 홈페이지

홈페이지 : http://sankan.kunaicho.go.jp

≫메가네바시 めがね橋 Megarebashi

고쿄가이엔(皇居外苑)과 고쿄를 연결하는 다리로 생김새가 안경을 닮아 메가네바시(めがね橋)라는 별칭으로 불리고 정식명칭은 다리에 2개의 아치가 있어 니쥬바시(二重橋)라고 한다. 다리 위에 오래된 가로등이 있어 멋스러움을 더하고 다리 안쪽으로 경비병이 있어 기념엽서의 풍경을 완성한다. 이런 니쥬바시는 도쿄역 북동쪽 니혼바시 미츠코시 본점(日本橋 三越 本店) 부근의 니혼바시(日本橋), 시오도메(汐留) 하마리큐 정원(浜離宮恩賜 庭園)의 오테몬바시(大手門橋) 등에서도 찾아볼 수 있다. 메가네바시 동쪽 광장은 고쿄가이엔(皇居外苑)이라는 공원으로 마루노우치의 빌딩가를 조망하기 좋다.

교통 : 고쿄 앞에서 바로

주소 : 東京都 千代田区 千代田 1

≫사쿠라다몬 桜田門 Sakuradamon

원래 일왕이 사는 고쿄 지역에는 1456년 완공된 에도성(江戸城)이 자리 잡고

있었다. 에도성과 에도성 내의 건물은 대부분 일본 내의 세력다툼과 제2차 세계대전을 통해 파괴되었으나 사쿠라다몬은 1636년 세워진 이래로 그 자리를 굳건히 지키고 있다. 이 문에서는 역사적 사건이 종종 일어났는데 1860년 에도 시대 미토 번과 사쓰마 번의 낭인들이 하코네 번의 다이묘 이이 나오스케를 습격한 사쿠라다몬 밖의 변(桜田門外の変), 1932년 이봉창 의사의 히로히토 일왕 암살미수 사건 등이 일어나기도 했다. 안타깝게 이봉창 의사는 뜻을 이루지 못하고 형장의 이슬로 사라졌다. 기타노마루 공원(北の丸 公園) 북쪽에도 후대에 사쿠라다몬과 같게 복원된 다야스몬(田安門)이 자리하니 지나는 길에 찾아보자.

교통 : 도쿄메트로 유라쿠초센(有楽町線) 사쿠라다몬(桜田門) 역에서 바로
주소 : 東京都 千代田区, 桜田門

고쿄 히가시 공원 皇居 東御苑 Imperial Palace East Garden 고쿄 히가시코엔
고쿄 동쪽에 있는 공원으로 옛 **에도성**의 혼마루, 니노마루, 산노마루가 있던 지역이다. 다른 공원과 달리 입구에서 입원표를 받고 나갈 때 반환해야 한다. 이 때문인지 다른 공원에 비해 더 조용한 분위기를 자아내고 잘 정리된 나무와 잔디밭 사이를 걷다 보면 몸과 마음이 개운해지는 느낌이 난다. 공원에서 북쪽의 기타고교몬(北桔橋門)으로 나가면 기타노마루 공원(北の丸 公園) 방향으로 이어진다.

교통 : 도쿄메트로 치요다센(千代田線), 히비야센(日比谷線), 한조몬센(半蔵門線), 마루노우치센(丸の内線), 도자이센(東西線), 도에이 미타센(都営 三田線) 오테마치(大手) 역 C10 출구 또는 도자이센 다케바시(竹橋) 역에서 도보 1분 또는 JR 도쿄 역 마루노우치 출구에서 도보 15분
주소 : 東京都 千代田区 丸の内, 東御苑
전화 : 03-3213-2050
시간 : 4~10월 09:00~17:00(그 외

09:00~16:00/16:30)
휴무 : _월, 금요일. 요금 : 무료
홈페이지 :
www.kunaicho.go.jp/event/higashigyoen

기타노마루 공원 北の丸 公園 Kitano-maru Park 기타마루 코엔

기타노마루 공원은 고쿄 앞 광장과 함께 고쿄가이엔(皇居外苑)에 속한다. 고쿄 북쪽에 있는 공원으로 에도 시대 사무라이들이 거주하였던 곳이고 메이지 유신 이후에는 근위사단의 병영이 있었다. 이곳에는 도쿄 국립 근대미술관, 옛 근위사단 사령부 건물을 리모델링한 공예관, 과학기술관, 체육관이자 공연장인 니혼부도칸 등이 자리한다. 북쪽의 다야스몬(田安門)을 나와, 길 건너 왼쪽으로 가면 야스쿠니진자(靖国神社)로 연결된다.
교통 : 도쿄메트로 도자이센(東西線) 다케바시(竹橋) 역 1a 출구에서 도보 8분 또는 도자 이센, 한조몬센(半蔵門線), 도에이 신주쿠센(都営 新宿線) 구단시타(九段下) 역 2번 출구에서 도보 3분
주소 : 東京都 千代田区 北の丸公園 1-1
전화 : 03-3211-7878, 시간 : 24시간
홈페이지 :
www.env.go.jp/garden/kokyogaien

≫도쿄 국립 근대미술관 東京国立 近代美術館 The National Museum of Morden Art, Tokyo 도쿄고쿠리츠 킨다이비쥬츠칸

일본 최초의 국립미술관으로 1952년 추오구(中央区) 교바시(京橋)에서 처음 설립됐고 1969년 현 장소인 기타노마루 공원으로 이전하였다. 1999년 시설 노후화로 미술관 문을 닫고 대규모 중축 공사를 해 2001년에 다시 문을 열어 오늘에 이르고 있다. 미술관에서는 메이지 시대 후반에서 현대에 이르는 국내외 근·현대 작품 약 9,200점을 보유하고 상설 소장작품전을 열고 있으며 간간이 기획전이 열리기도 한다. 도쿄 국립 근대미술관 분관으로 미술관 서쪽 공예관(工芸館), 도쿄역 남동쪽 도에이 아사쿠사센(浅草線) 다카라초(宝町) 역 A4번 출구 부근에 필름센터(東京都 中央区 京橋 3-7-6, 1일 2~3회 영화 상영, 요금 520엔)가 있으니 지나는 길에 들려보자.
교통 : 도쿄메트로 도자이센(東西線) 다케바시(竹橋) 역 1b 출구에서 도보 3분
주소 : 東京都 千代田区 北の丸公園 3-1
전화 : 03-5777-8600

시간 : 10:00~17:00(금 ~20:00)
휴무 : 월요일, 연말연시
요금 : 소장작품전_일반 430엔, 대학생 130엔, 기획전_전시 별로 다름
홈페이지 : www.momat.go.jp

≫과학기술관 科學技術館 Science Museum 가가쿠기쥬츠칸

도쿄 국립 근대미술관 북쪽에 있는 과학 박물관으로 지하 1층~지상 5층 규모를 자랑하고 체험 위주의 전시를 진행한다. 전시실은 2층 자동차와 자전거, 3층 전기와 석탄, 오로라, 4층 에너지와 철, 베어링, 5층 빛과 눈, 컴퓨터 등으로 이루어져 있다. 5층 포레스트(Forest) 전시에 한해, 토요일 2회(10:30~10:45, 13:30~13:45) 가이드 투어가 진행되기도 하니 참여해 보자.
교통 : 도쿄메트로 도자이센(東西線) 다케바시(竹橋) 역 1b 출구에서 도쿄 국립 근대미술관 지나 우회전, 과학 기술관 방향. 도보 13분
주소 : 東京都 千代田区 北の丸公園 2-1
전화 : 03-3212-2440
시간 : 09:30~16:50. 휴무 : 수요일
요금 : 일반 720엔, 중고생 410엔, 어린이 260엔
홈페이지 : www.jsf.or.jp

≫니혼 부도칸 日本 武道館 Nippon Budokan

1964년 개원한 일본 무술 진흥과 청소년 무술 교육을 위한 체육관으로 수용인원은 1만4,471명이다. 1964년 도쿄 올림픽 때 유도 경기장으로 사용되었고 이후 매년 유도, 합기도, 가라테, 이종격투기 같은 경기가 열린다. 무술 대회 외 간간이 비틀스, 딥 퍼플, 동방신기 같은 국내외 유명 가수들의 공연이 열려, 연예인이면 누구나 한 번쯤 서보고 싶은 무대로 여겨지기도 한다.
교통 : 도쿄메트로 한조몬센(半蔵門線), 도자이센(東西線), 도에이 신주쿠센(都営新宿線) 구단시타(九段下) 역 2번 출구에서 도보 5분 또는 과학기술관에서 도보 5분
주소 : 東京都 千代田区 北の丸公園 2-3
전화 : 03-3216-5100
홈페이지 : www.nipponbudokan.or.jp

야스쿠니진자 靖国神社 Yasukuni Shrine

1869년 메이지 일왕이 국가를 위해 희생된 사람을 기리기 위해 도쿄쇼콘샤(東京招魂社)를 세웠고 1879년 야스쿠니 신사로 개칭되었다. 야스쿠니라는 명칭은 메이지 일왕이 지었는데 '조국을 평안케 한다.', '평화로운 국가를 건설한다.'라는 뜻이라고. 이곳에는 막부 말기 이후 메이지 유신, 청일 전쟁, 러일 전쟁, 대동아 전쟁 등에서 희생된 246만 6천 명의 영령이 안치되어 있다. 야스쿠니진자 안쪽에는 일종의 전쟁 기념관인 유수칸(遊就館)이 있는데 이곳에는 야스쿠니에 안치된 영령의 유품, 전쟁에 사용된 무기, 전쟁 사료 등 약 10만 점의 전쟁 유물을 전시한다. 야스쿠니진자 앞에는 1974년 동으로 만들어 세운 오도리(大鳥居), 그 앞쪽에는 1893년 일본 최초의 서양식 동상인 근대 일본 육군의 창설자 오무라 마스지로(大村 益次郎)의 동상에 세워져 있다. 넓은 참배로는 구단시타 역 부근까지 이어진다. 야스쿠니진자가 안타까운 것은 전쟁을 일으킨 전범까지 안치해, 모든 영령을 합동으로 기리고 있다는 것이다.

교통 : 도쿄메트로 한조몬센(半蔵門線), 도자이센(東西線), 도에이 신주쿠센(都営新宿線) 구단시타(九段下) 역 2번 출구에서 도보 12분

주소 : 東京都 千代田区 九段北 3-1-1

전화 : 03-3261-8326

시간 : 08:15~17:00(11~2월 ~16:00), 유수칸 09:00~16:30

요금 : 무료, 유수칸_일반 800엔, 대학생 500엔, 중고생 300엔, 어린이 무료

홈페이지 : www.yasukuni.or.jp

도쿄 다카라즈카 극장 東京宝塚 劇場 Tokyo Dakarazuka Theater 도쿄다카라즈카 게키죠

1934년 다카라즈카 가극의 중심이 되는 극장으로 개관하였고 2001년 리뉴얼을 거쳐 재개관하였다. 총 좌석 수는 2,069석으로 대극장에 속하고 매표소 옆에 다카라즈카 출연 배우들의 사진, 공연 CD 등을 판매하는 기념품 상점이 자리한다. 다카라즈카 가극은 우리의 '여성국극'처럼 여성만으로 이루어진 연기와 노래, 춤이 있는 공연을 말한다. 그 시초는 1913년 한큐전철의 창업자 고바야시 이

치조(小林 一三)가 다카라즈카 창가대를 만들고부터이고 1940년 다카라즈카 가극단으로 명칭이 변경되었다. 다카라즈카 가곡은 TV가 없던 시대에는 엄청난 인기를 누렸고 1960년대 TV가 보급되면 인기가 떨어지기도 했으나 여성이 남성역까지 하는 독특한 배역 설정과 만화, 역사물, 소설 등을 각색한 다양한 스토리, 화려한 분장과 의상, 뛰어난 노래와 춤 등으로 인해 오늘날까지 인기를 끈다.
주요 공연장으로는 효고현 다카라즈카시의 다카라즈카 대극장과 도쿄 다카라즈카 극장이 있으며 주요 작품으로는 만화를 각색한 〈베르사유의 장미〉가 있다. 다카라즈카 가극의 남녀 주인공은 여느 영화배우나 TV 스타 못지않은 인기를 자랑하고 있고 공연은 조기 매진되므로 관람을 원하면 홈페이지나 매표소에서 예매하는 것이 좋다.
교통 : 도쿄메트로 치요다센(千代田線), 히비야센(日比谷線), 도에이 미타센(都営三田線) 히비야(日比谷) 역 A13번 출구 또는 도쿄메트로 유라쿠초센(有楽町線) 유라쿠초(有楽町) 역, JR 유라쿠초 역에서 도보 1~5분
주소 : 東京都 千代田区 有楽町 1-1-3
전화 : 03-5251-2001
시간 : 매표소&기념품 상점 10:00~18:00, 공연 11:00, 15:00, 18:30(공연에 따라 다름). 휴무 : 매주 월요일
요금 : 좌석(SS석, S석, A석, B석) 12,000엔~3,500엔(공연 별로 다름)
홈페이지 :
https://kageki.hankyu.co.jp/theater/tokyo

히비야 샨테 극장 日比谷 シャンテシネ Hibiya Chanter Cine Theater 히비야 샨테 게키죠

유라쿠초 히비야 샨테 빌딩 내에 있는 극장으로 1987년 샨테시네(シャンテシネ)로 문을 열었고 2009년 토호 시네마즈 샨테(TOHO シネマズ シャンテ)로 개칭되었다. 히비야 샨테 극장은 일본 극장 문화변화를 주도한 것으로 알려졌는데 예전 단관 상영관으로 운영되던 것을 상영관이 여러 개인 복합상영관으로 바꾸는 데 기폭제가 되었고 아무 좌석이나 자유롭게 앉던 것에서 전 좌석 지정제를 도입하기도 했다고. 현재 극장에서 최신 영화에서 독립영화까지 다양한 영화를 감상할 수 있고 극장 앞 네무 광장(合歓の広場)에서는 토호 영화사 제작한 영화 〈고질라〉의 고질라 조형물과 일본 인기 배우, 성룡, 톰 크루즈, 배용준 등의 손도장을 찾아볼 수도 있어 영화를 좋아한다면 한 번쯤 방문해도 좋다. 아울러 인근 히비야 샨테(日比谷シャンテ) 빌딩의 지하 2층~지상 3층에 패션숍과 레스토랑이 있으니 지나는 길에 들려보자.
교통 : 도쿄메트로 치요다센(千代田線),

히비야센(日比谷線), 도에이 미타센(都営三田線) 히비야(日比谷) 역 A13/A11번 출구 또는 도쿄메트로 유라쿠초센(有楽町線) 유라쿠초(有楽町) 역, JR 유라쿠초 역에서 도보 1~3분
주소 : 東京都 千代田区 有楽町 1-2-2
전화 : 03-3591-9001
시간 : 11:00~20:00
요금 : 영화_일반 1,800엔, 대학생 1,500엔, 중고생 1,000엔
홈페이지 :
www.hibiya-chanter.com
https://hlo.tohotheater.jp

데이고쿠 극장 帝國 劇場 Imperial Theatre 데이고쿠 게키죠

데이고쿠 극장은 1911년 일본 최초의 서양식 극장으로 설립되었고 1923년 관동 대지진 후 복구되었다가 1966년 현재의 모습으로 재건축되었다. 제국 극장은 1,826석의 대극장으로 시키(四季) 극단과 더불어 일본 뮤지컬계를 양분하는 토호(東寶)에서 운영한다. 토호는 1932년 창립된 일본 5대 스튜디오 중 하나로 연극, 다카라즈카 가극, 영화, TV 드라마, 뮤지컬 등 다양한 분야를 제작하고 제국극장(뮤지컬), 다카라즈카 극장(가극), 히비야 씨어터 크리에(日比谷 シアタークリエ, 다카라즈카 극장 맞은편, 연극, 음악극), 토호 영화관 등을 운영한다. 제국 극장은 예전에 오페라, 연극, 가부키 등을 중심으로 운영되었고 현재는 〈레미제라블〉, 〈미스 사이공〉, 〈모차르트〉 같은 뮤지컬 위주의 공연이 열린다. 한국에서 인기를 끌었던 〈모차르트〉, 〈마리 앙투아네트〉 같은 작품이 일본 버전에서는 어떻게 다른지 살펴보는 것도 흥미롭다. 단, 뮤지컬 관람을 위해서는 홈페이지나 매표소에서 예매 필수!
교통 : 도쿄메트로 치요다센(千代田線), 히비야센(日比谷線), 도에이 미타센(都営三田線) 히비야(日比谷) 역 B2번 출구 또는 도쿄메트로 유라쿠초센(有楽町線) 유라쿠초(有楽町) 역, JR 유라쿠초 역에서 도보 1~3분
주소 : 東京都 千代田区 丸の内 3-1-1
전화 : 03-3213-7221
시간 : 매표_10:00~18:00, 공연_12:30, 17:45(공연 별로 다름)
휴무 : 월요일 또는 수요일(부정기적, 홈페이지 참조)
요금 : 좌석(S석, A석, B석) 13,000~4,000엔(공연 별로 다름)
홈페이지 :
www.toho.co.jp/stage/teigeki/index.php

도쿄 국제 포럼 東京 国際 フォーラム Tokyo International Forum 도쿄 고쿠사이 포럼

1996년 구 도쿄도 청사 자리에 세워진 지하 3층, 지상 11층 빌딩으로 라파엘 뷔니오리(Rafael Vinoly)가 설계했다. 볼록 렌즈를 세워놓은 듯한 빌딩과 크기가 점점 커지는 사각형 빌딩으로 구성되는데 볼록 렌즈 모양의 빌딩 내부는 역시 작은 볼록 렌즈 모양의 공간을 두어 답답하지 않고 열린 느낌이 난다. 이곳에는 7개의 홀과 전시홀, 33개의 회의실이 있어 컨벤션센터, 콘서트장, 전시장으로 사용되고 부대시설로 상점과 레스토랑, 카페가 있다.

교통 : 도쿄메트로 유라쿠초센(有楽町線) 유라쿠초(有楽町) 역, JR 유라쿠초 역 또는 도쿄 메트로 마루노우치센(丸の内線) 도쿄(東京) 역, JR 도쿄 역에서 바로
주소 : 東京都 千代田区 丸の内 3-5-1
전화 : 03-5221-9000
시간 : 07:00~23:30
홈페이지 : www.t-i-forum.co.jp

도쿄 역 東京駅 Tokyo Station 도쿄에키
러일 전쟁에서 승리한 것을 기념하여 일본 근대 건축의 거장 다츠노 긴고(辰野金吾)가 빅토리안 양식으로 설계해 1914년 완공했다. 아치형에 시계가 달려있고 돔 지붕이 있는 붉은 벽돌 건물로 서울역(1925년, 츠카모토 야스시 塚本靖 설계) 분위기가 나나 크기는 약 4배 정도 된다. 1945년 제2차 세계 대전 당시 도쿄 대공습으로 대부분 파괴된 것을 1947년 현재의 모습으로 재건했다. 현재 도쿄역은 일일 발착 편수 약 4,000편, 유동인구 약 100만 명에 이르는 도쿄 최대의 역이다. 2005년에는 도쿄역 고쿄 반대쪽 야에(八重) 출구 쪽에 상점과 레스토랑이 있는 도쿄역 1번가가 생겨, 쇼핑이나 식사를 하기 편리해졌다.

교통 : JR 야마노테센(山手線), 추오센(中央線), 게이힌(京浜) 도호쿠센(東北線), 게이요센(京葉線), 나리타익스프레스(成田エキスプレス) JR 도쿄(東京) 역 또는 도쿄메트로 마루노우치센(丸の内線) 도쿄 역에서 바로. 고쿄 방향으로 나갈 땐 마루노우치 출구 이용!
주소 : 東京都 千代田区 丸の内 1

*레스토랑&카페

샤샤 라멘 謝謝 ラーメン Sasa Ramen

히비야 샨테 극장에서 철길 쪽에 있는 대중식당으로 근처에 저렴한 식당이 많아 식사 시간이면 사람들로 북적인다. 주요 메뉴 카테고리는 한 가지 요리와 된장국, 군만두, 밥이 나오는 서비스 데이쇼쿠(サービス定食), 면과 군만두, 밥이 나오는 멘데이쇼쿠(麵定食), 덮밥과 라멘이 반반씩 나오는 한라멘세트(半ラーメンセット) 등이 있다.

교통 : 도쿄메트로 치요다센(千代田線), 히비야센(日比谷線), 도에이 미타센(都営三田線) 히비야(日比谷) 역 A2 출구에서 도보 1분 또는 JR 유라쿠초(有楽町) 역에서 히비야 샨테 방향, 도보 3분

주소 : 東京都 千代田区 有楽町 1-3-8, かどやビル, 1F

전화 : 03-3580-1762

시간 : 11:00~21:00

메뉴 : 서비스데이쇼쿠(サービス定食), 멘데이쇼쿠(麵定食), 한라멘세트(半ラーメンセット) 850엔 내외

프론트 プロント 有楽町電気ビル店 Pronto

1988년 창업한 카페 겸 바 체인점으로 간단한 식사나 시원한 맥주 한 잔하기 좋은 곳이다. 카페 메뉴 중에 파스타나 토스트 세트로 브런치를 즐기기 좋고 바 메뉴 중에 소시지 세트나 믹스 피자는 시원한 맥주와 곁들이기 괜찮다.

교통 : 도쿄메트로 치요다센(千代田線), 히비야센(日比谷線), 도에이 미타센(都営三田線) 히비야(日比谷) 역 A3 출구 또는 도쿄메트로 유라쿠초센(有楽町線) 유라쿠초(有楽町) 역 D2 출구, JR 유라쿠초 역에서 페닌슐라 호텔 방향. 도보 1~3분

주소 : 東京都 千代田区 有楽町 1-7-1, 有楽町電気ビルヂング 北館, 1F

전화 : 03-3215-6697

시간 : 카페 07:00~17:00(토/일 08:30/10:00~), 바 17:00~23:00(토,일 ~22:00)

메뉴 : 미트소스 파스타(お肉たっぷりミートソース), 페퍼로치노 파스타(ベー

コンとアスパラのペペロンチーノ) 800엔 내외

누마즈 우오가시스시 沼津 魚がし鮨 Numazu Uogashisushi

일본 식당가에서 메뉴를 고르기 어려울 때 실패 없는 메뉴 중 하나는 스시를 선택하는 것이다. 간단히 식사하고자 한다면 덮밥류인 OO동(丼), 스시를 맛보려면 오우오모리(大海大漁盛り), 여러 명이 스시를 맛보고자 할 때에는 15종 30개의 스시가 나오는 니기리즈쿠시(握りづくし)를 주문해보자. 여기에 주당이라면 주류 뷔페격인 노미호다이(飲み放題)를 이용해 보아도 좋다.

교통 : JR 도쿄(東京) 역 마루노우치(丸の内) 남쪽 출구 또는 도쿄메트로 마루노우치센(丸の内線) 도쿄 역에서 도보 1분. 치요다센(千代田線) 니쥬바시(二重橋) 역에서 도보 2분

주소 : 東京都 千代田区 丸の内 2-4-1, 丸ビル, 6F

전화 : 03-5220-5550

시간 : 11:00~23:00(일 ~22:00)

메뉴 : 나마이쿠라동(生いくら丼), 오우오모리(大海大漁盛り) 1,500엔 내외, 니기리즈쿠시(握りづくし), 노미호다이(飲み放題) 5,000엔~

가츠 키치 かつ吉 新丸ビル店 Katsu Kichi

1961년 창업한 돈가스 전문점으로 최고급 돈육을 이용한 가츠정식, 가츠동(かつ丼)을 낸다. 부드러운 식감을 좋아한다면 히레가츠정식(ひれかつ定食), 씹는 식감을 느끼고 싶다면 로스가츠정식(ロースかつ定食), 독특한 맛을 찾는다면 신마루가츠카레(新丸かつカレー), 간단히 먹고 싶다면 가와리가츠동(替りかつ丼)을 시키면 된다.

교통 : JR 도쿄(東京) 역 마루노우치(丸の内) 중앙 출구 또는 도쿄메트로 마루노우치센(丸の内線) 도쿄 역에서 도보 1분. 치요다센(千代田線) 니쥬바시(二重橋) 역에서 도보 2분

주소 : 東京都 千代田区 丸の内 1-5-1, 新丸ビル, 5F

전화 : 03-3211-6655

시간 : 런치 11:00~15:00, 디너 17:00~23:00

메뉴 : 로스가츠정식(ロースかつ定食), 히레가츠정식(ひれかつ定食) 2,500엔 내외. 신마루가츠카레(新丸かつカレー), 가와리가츠동(替りかつ丼) ロース/ひれ 1,600엔 내외

*쇼핑

도쿄 역 1번가 東京駅 一番街 First Avenue Tokyo Station 도쿄에키 이찌방가이

도쿄역에 있는 쇼핑센터로 지하 1층에 지TV숍, 지브리 스튜디오 공식매장인 동그리 가든(Donguri Garden) 등 캐릭터 상품을 판매하는 도쿄 캐릭터스트리트(東京 キャラクタストリート), 멘도코로 혼다(麺処 ほん田), 로쿠린샤(六厘舎) 등 도쿄 대표 라멘집이 집결한 도쿄 라멘스트리트(東京 ラーメンストリート), 모리나가(Morinaga), 가루비(Calbee+) 등 일본 유명 제과업체 안테나숍이 있는 도쿄 과자랜드(東京 おかしランド), 지상 1층에 독특한 기념품과 디저트숍이 있는 도쿄 미 플러스(東京 Me+), 2층에 일본 선술집 이자카야가 모인 도쿄 고치소우 플라자(東京 ごちそうプラザ) 등이 자리한다.

교통 : 도쿄(東京) 역 야에(八重) 출구에서 바로. 고쿄 반대 쪽

주소 : 東京都 千代田区 丸の内 1, 東京 一番街

전화 : 03-3210-0077

시간 : 10:00~20:00

홈페이지 : www.tokyoeki-1bangai.co.jp

킷테 Kitte 丸の内

2012년 도쿄 중앙우체국 자리에 지하 4층, 지상 38층의 JP 타워(JPタワー)가 세워졌고 2013년 지하 1층, 지상 6층에 킷테(Kitte) 쇼핑센터가 문을 열었다. 매장은 지하 1층 식품과 디저트, 지상 1층 도쿄중앙우체국과 상점, 레스토랑, 2층 여성 패션과 잡화, 3층 패션과 잡화, 4층 디자인 잡화와 생활 잡화, 5~6층 식당가로 구성된다. 6층 식당가 테라스에서 도쿄역 측면을 볼 수 있으니 도쿄역 맞은편 신마루노우치 빌딩 7층 식당가 테라스가 더 잘 보인다.

교통 : JR 도쿄(東京) 역에서 도보 1분 또는 도쿄메트로 마루노우치센(丸の内線) 도쿄 역에서 지하도 연결, 치요다센(千代田線) 니쥬바시(二重橋) 역에서 도보 2분

주소 : 東京都 千代田区 丸の内 2-7-2, JPタワー B3~6F

시간 : 11:00~20:00

마루노우치 빌딩 · 신마루노우치 빌딩 丸の内 ビルディング · 新丸の内 ビルディング Marunouchi Building · Shinmarunouchi Building

마루노우치 빌딩은 1923년 9층으로 당시 동양 제일의 빌딩이라 불리던 구 마루노우치 빌딩 자리에 2002년 37층의 새 빌딩이 세워졌다. 빌딩 대부분은 사무실로 쓰이고 지하 1층~지상 4층은 쇼핑 공간, 5~6층과 35~36층은 식당가로 이용된다. 주요 상점으로는 빔스 하우스(Beams House, 패션, 1F), 콘란숍(ザ・コンランショップ, 인테리어&디자인상품 3F), 로프트(ロフト, 인테리어&디자인상품, 4F) 등이 있다. 식당가는 5~6층의 대중 레스토랑, 35~36층의 고급 레스토랑으로 나뉜다. **신마루노우치 빌딩**은 2007년 지하 4층, 지상 38층으로 완공되었다. 빌딩 대부분은 사무실로 쓰이고 지하 1층~4층은 쇼핑 공간, 5~6층은 식당가, 7층은 바(Bar), 일본식 선술집 이자카야가 있는 공간으로 이용된다. 주요 상점으로는 TWG Tea(홍차, B1F), 카시라(CA4LA, 모자, 1F), 세오리(セオリー, 패션, 3F), 빔스(ビームス, 패션, 3F), 어반 리서치(URBAN RESEARCH, 패션, 4F) 등이 있다. 인근 **마루노우치 오아조(の内 オアゾ)**는는 2004년 JR 본사 자리에 마루노우치 호텔, 오아조(OAZO)숍&레스토랑, 마루노우치 북구 빌딩, 신마루노우치 빌딩, 신마루노우치 센터 플라자 등 4개의 빌딩과 쇼핑가가 세워졌다. 주요 매장은 마루노우치 오아조의 지하 1층~지상 1층 상점&레스토랑, 1~4층 마루젠(丸善) 서점, 5~6층 식당가로 운영된다.

교통 : 도쿄 역에서 바로

주소 : 東京都 千代田区 丸の内 2-4-1

시간 : 상점 11:00~21:00(일 ~20:00), 레스토랑 11:00~23:00

마루노우치 나카도리 丸の内 仲道り Marunouchi Nakadori

마루 빌딩과 신마루 빌딩 바로 뒷길을 말하는데 대략 남쪽 페닌슐라 호텔에서 북쪽 미즈호 은행(みずほ銀行)까지를 말한다. 이 거리에는 꼼데가르송(COMME des GARÇONS), 에르메스(Hermes), 버버리(Burberry), 티파니(Tiffany), 빔스 하우스(Beams House) 패션숍이나 명품숍이 있어 쇼핑하며 산책하기 좋다. 거리 곳곳에 있는 레스토랑이나 카페에서 식사하거나 커피 한 잔을 마시기도 괜찮다.

교통 : 도쿄 역에서 바로

주소 : 東京都 千代田区 丸の内 1~3丁目

11 긴자 銀座 Ginza

창조의 시작은 파괴라고 하던가! 현재와 같은 긴자는 1923년 관동 대지진으로 긴자 일대가 잿더미가 된 이후, 백화점, 쇼핑센터 등이 있는 상업지역으로 재개발되면서부터이다. 근년에 들어 속속 세계적인 명품숍까지 들어서면서 도쿄 대표의 고급 쇼핑가로 이름을 떨치게 되었다. 긴자 여행의 하이라이트는 주말 차 없는 거리가 되는 추오도리를 거니는 것이다. 모든 것이 질서에 따라 움직이는 일본에서 백화점, 명품숍, 레스토랑이 있는 대로를 자유롭게 걷는 것은 묘한 기분이 들게 한다. 아울러 긴자 여행의 마무리는 가부키자에서 일본전통 공연인 가부키를 보는 것으로 해도 좋다.

▲ 교통

① JR 야마노테센(山の手線), 게이힌(京浜) 도호쿠센(東北線) 유라쿠초(有楽町) 역 하차

② 지하철 도쿄메트로 긴자센(銀座線), 마루노우치센(丸の内線), 히비야센(日比谷線) 긴자(銀座) 역 하차

▲ 여행 포인트

① 유라쿠초 마리온 주변 쇼핑센터에서 쇼핑하기

② 긴자 하루미도리, 추오도리에서 명품숍 둘러보기

③ 가부키자에서 가부키 공연 관람하기

④ 긴자 기무라야에서 단팥빵, 긴자 라이온에서 맥주 맛보기

▲ 추천 코스

유라쿠초 마리온→하루미도리→와코 백화점→가부키자→추오도리→나미키도리

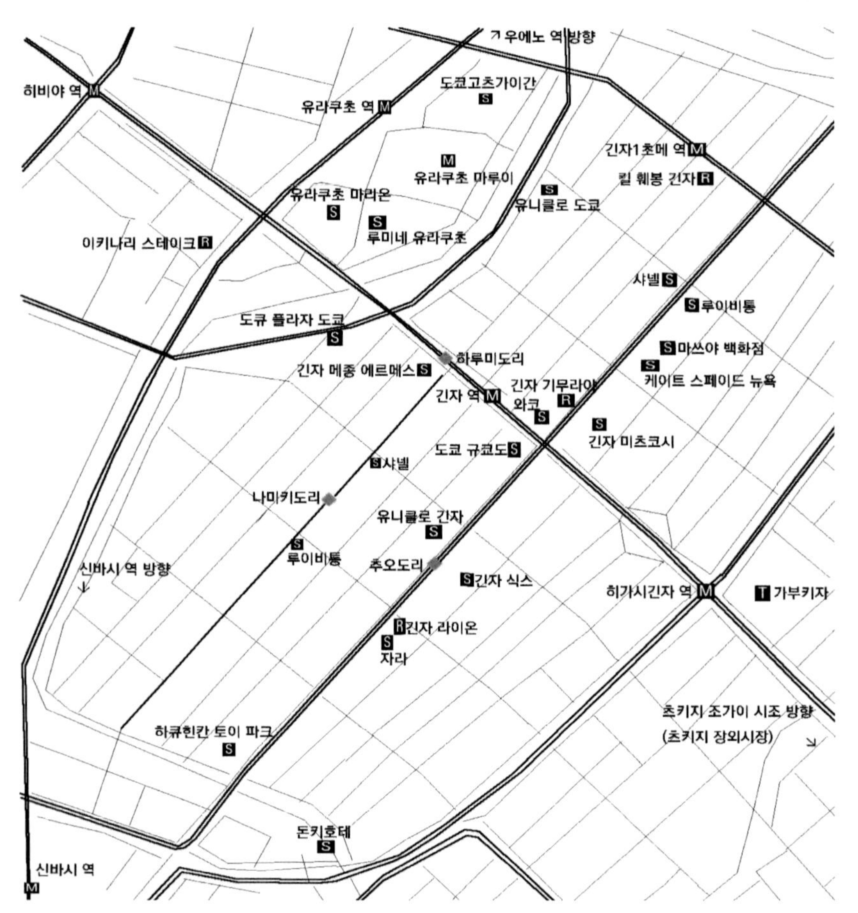

하루미도리 晴海通り Harumidori

추오도리와 함께 명품숍, 백화점이 즐비한 긴자의 메인 도로로 남동쪽으로 츠키지와 연결된다. 명품숍, 백화점을 둘러보며 한가롭게 거닐기 좋고 길의 끝에 가부키 공연이 열리는 가부키자가 있으므로 공연도 함께 즐기면 더할 나위가 없다.
교통 : JR 야마노테센(山の手線), 게이힌(京浜) 도호쿠센東北線) 유라쿠초(有楽町) 역 또는 지하철 도쿄메트로 긴자센(銀座線), 마루노우치센(丸の内線), 히비야센(日比谷線) 긴자(銀座) 역에서 하루미도리 방향
주소 : 東京都 中央区 銀座, 春海通り

≫긴자 메종 에르메스 銀座 メゾン エルメス Ginza Maison Hermes

2001년 렌조 피아노(Renzo Piano)의 설계로 완공된 빌딩이다. 아롱거리는 초롱에서 얻은 영감을 미세한 격자창 모양으로 디자인해냈다. 에르메스는 프랑스 명품 브랜드로 여성 패션, 패션 액세서리, 가방, 향수 등 다양한 상품을 선보이고 있다.
교통 : 지하철 도쿄메트로 긴자센(銀座線), 마루노우치센(丸の内線), 히비야센(日比谷線) 긴자(銀座) 역 B6번 출구에서 바로 또는 JR 유라쿠초(有楽町) 역에서 하루미도리(春海通り) 방향. 도보 5분
주소 : 東京都 中央区 銀座 5-4-1
전화 : 03-3289-6811
시간 : 11:00~19:00
홈페이지 :
www.hermes.com/jp/ja/story/maison-ginza

가부키자 歌舞伎座 Kabukiza

가부키(歌舞伎)는 16~17세기 에도 서민들의 애환을 그린 것으로 연기와 음악, 춤 등이 있는 종합예술이며 2008년 세계무형유산에 등재되기도 했다. 가부키를 공연하는 극장은 16세기 모모야마(桃山) 양식에 일본전통 양식을 추가한 디자인으로 1951년 완공되었다. 가부키는 주간과 야간으로 나누어 각 2~3막 정도씩 공연되는데 일본인도 알아듣기 어렵다는 고어체 대사와 느린 진행 등으로 여행자로서 재미를 느끼기 어려울 수 있다. 이러 땐 1막만 관람할 수 있는 1막 입석(一幕 見席)을 선택하는 것이 좋은데 예매가 안 된다는 것이 단점! 각 막 시작하기 30분

여분 전에 선착순으로 티켓을 판매한다. 1막 시간은 내용에 따라 약 40분~2시간 소요. 가부키 관람 시, 일어/영어의 오디오 가이드를 이용하면 이해에 도움이 되니 이용해보자. 가부키 공연은 이곳 외 신바시 극장, 국립극장 등에서도 볼 수 있고 일본 사람들에게는 꽤 인기 있는 공연이다.

교통 : 도쿄메트로 히비야센(日比谷線), 도에이 아사쿠사센(浅草線) 히가시긴자(東銀座) 역에서 바로 또는 소니 빌딩에서 도보 7분

주소 : 東京都 中央区 銀座 4-12-15

전화 : 03-3545-6800

시간 : 주간공연_11:00~15:30, 야간공연_16:30~21:30 *시간&요금, 공연별로 다름

요금 : 좌석(1, 2, 3등석 A/B) 18,000~4,000엔, 1막 입석(一幕 見席) 1,000~1,800엔

홈페이지 : www.kabuki-za.co.jp

추오도리 中央通り Chuodori

긴자잇초메(銀座一丁目) 역 사거리에서 와코(和光) 백화점 거쳐 신바시 역 방향의 도로를 말한다. 이 거리에는 카르티에, 샤넬, 루이비통 같은 명품숍과 상점이 즐비하여 긴자 제일의 쇼핑거리를 형성한다. 토요일과 일요일, 공휴일에 오후에는 차량 통행 제한으로 보행자 거리가 되므로 도쿄 사람들과 어울려 산책하듯 걷기 좋다.

교통 : 도쿄메트로 긴자센(銀座線), 마루노우치센(丸の内線), 히비야센(日比谷線) 긴자(銀座)에서 바로 또는 도쿄메트로 유라쿠초센(有楽町線) 긴자잇초메(銀座一丁

目) 역 8, 9번 출구에서 바로
주소 : 東京都 中央区 銀座, 中央通り
시간 : 보행자 거리_토~일, 공휴일 4월~9월 12:00~18:00(10월~3월~17:00)

≫샤넬 シャネル 銀座 Channel Ginza

2004년 피터 마리노(Peter Marino)의 설계로 완공한 빌딩이다. 빌딩 전면에 작은 격자무늬로 장식되었고 밤이면 그 위에 샤넬 로고가 떠오른다. 샤넬은 프랑스 명품 브랜드로 프레타포르테 패션, 가방 같은 가죽 제품, 구두, 액세서리, 선글라스 등 다양한 제품을 선보인다.
교통 : 도쿄메트로 긴자센(銀座線), 마루노우치센(丸の内線), 히비야센(日比谷線) 긴자(銀座) 역에서 A7번 출구에서 보도 3분 또는 도쿄메트로 유라쿠초센(有楽町線) 긴자잇초메(銀座一丁目) 역 9번 출구에서 도보 1분
주소 : 東京都 中央区 銀座 3-5-3
전화 : 03-5159-5555
시간 : 12:00~19:00. 휴무 : 1월 1일
홈페이지 : www.chanel.com/jp/ginza

≫루이비통 ルイ・ヴィトン 松屋銀座店 Louis Vuitton Matsuya Ginza

2000년 일본 건축가 준 아오키(Jun Aoki)의 설계로 완공한 빌딩이다. 루이비통 고유의 격자무늬 외관으로 밤이면 격자 사이로 조명이 밝혀져 고급스러운 느낌을 준다. 루이비통은 프랑스 대표 명품 중 하나로 특유의 로고가 들어간 가방이 유명하고 가방 외 액세서리, 신발 등도 취급한다. 명품숍을 드나들 때 복장을 단정히 하면 더 좋은 서비스 기대!
교통 : 도쿄메트로 긴자센(銀座線), 마루노우치센(丸の内線), 히비야센(日比谷線) 긴자(銀座) 역에서 A7번 출구에서 보도 3분 또는 도쿄메트로 유라쿠초센(有楽町線) 긴자잇초메(銀座一丁目) 역 9번 출구에서 도보 1분
주소 : 東京都 中央区 銀座 3-6-1
전화 : 03-3567-1211
시간 : 11:00~20:00
홈페이지 : https://jp.louisvuitton.com

나미키도리 並木通り Namikidori
JR 유라쿠초 역 부근의 긴자잇초메 역에서 프렝탕 백화점, 히비야센(日比谷線) 긴자 역을 거쳐 도쿄 고속도로에 이르는 길을 말한다. 주로 긴자 역 이후, 발리(Bally), 샤넬(Chanel), 루이비통(Lui Vuitton) 나미키 같은 명품숍이 늘어서 있어 명품 쇼핑거리를 형성한다. 단, 하

루미도리나 추오도리의 명품숍보다는 규모가 작다.
교통 : 도쿄메트로 긴자센(銀座線), 마루노우치센(丸の内線), 히비야센(日比谷線) 긴자(銀座) 역에서 바로 또는 도쿄메트로 유라쿠초센(有楽町線) 긴자잇초메(銀座一丁目) 역 5번 출구에서 나미키도리 방향. 바로
주소 : 東京都 中央区 銀座, 並木通り

≫케이트 스페이드 뉴욕 ケイト・スペード ニューヨーク 松屋銀座店 Kate Spade New York

중간에 물결 모양의 장식이 있고 좌우에 꽃 테라스가 있는 흰색 빌딩으로 빌딩 중간의 커다란 금색 판에 케이트 스페이드라는 로고가 새겨져 있다. 케이트 스페이드는 1993년 미국 뉴욕에서 런칭된 패션 브랜드로 산뜻한 색상과 깔끔한 디자인으로 인해 젊은 층에 인기를 끌고 있고 주로 가방을 판매한다. 이곳 외 미츠코시점, 긴자점 등이 있다.
교통 : 도쿄메트로 긴자센(銀座線), 마루노우치센(丸の内線), 히비야센(日比谷線) 긴자(銀座) 역에서 B4 출구에서 도보 2분 또는 도쿄메트로 유라쿠초센(有楽町線) 긴자잇초메(銀座一丁目) 역 5번 출구에서 나미키도리(並木通り) 방향. 바로
주소 : 東京都 中央区 銀座 3-6-1
전화 : 03-3567-0155
시간 : 10:00~20:00
홈페이지 : www.katespade.jp

≫루이비통 나미키 ルイ・ヴィトン 銀座並木通り店 Louis Vuitton Namaki

2004년 일본 건축가 준 아오키(Jun Aoki)의 설계로 완공된 빌딩이다. 흰색의 격자무늬 외관이 고급스럽고 밤이면 몇몇 격자에서 조명이 들어온다. 루이비통 나미키도리 지점으로 규모는 추오도리의 루이비통 긴자 지점과 비슷하다.
교통 : 도쿄메트로 긴자센(銀座線), 마루노우치센(丸の内線), 히비야센(日比谷線) 긴자(銀座) 역에서 B5 출구에서 바로
주소 : 東京都 中央区 銀座 7-6-1
전화 : 0120-00-1854
시간 : 11:00~20:00. 휴무 : 1월 1일
홈페이지 : https://jp.louisvuitton.com

이토시아 푸드 에비뉴 イトシア フードアベニュー ITOCIA FOOD AVENUE

유라쿠초 마루이(有楽町 マルイ) 백화점 지하 1층에 푸드코트 이토시아 푸드 에비뉴(ITOCIA FOOD AVENUE)가 있어 들릴 만하다. 주요 레스토랑으로는 일식(和食)의 유라쿠초 우마야노카쿠야(有楽町 うまやの楽屋), 스파게티와 피자의 스파게티 식당 도나(スパゲッティ食堂ドナ), 중식과 딤섬의 요코하마 세이로(横濱 蒸籠), 한국요리의 사이카보우(妻家房), 베트남 요리의 바인세오 사이공(バインセオ サイゴン) 등이 있으니 입맛에 따라 메뉴를 선택하기 좋다.

교통 : JR 유라쿠초(有楽町) 역 중앙 출구 또는 도쿄메트로 긴자센(銀座線), 마루노우치센(丸の内線), 히비야센(日比谷線) 긴자(銀座) 역 C9 출구에서 바로

주소 : 東京都 千代田区 有楽町 2-7-1, 有楽町 マルイ B1F, ITOCIA

전화 : 03-3212-0101

시간 : 11:00~21:00

메뉴 : 일식, 파스타, 피자, 한국 요리, 중식 등 1,000엔 내외

홈페이지 : www.itocia.jp

긴자 기무라야 銀座 木村家 Ginza Kimuraya

1869년 창업한 빵집으로 1875년 4월 4일 도쿄 무카이 지마의 미토번에 출타한 메이지 일왕에게 팥빵을 헌상했다. 이 때문에 매년 4월 4일을 팥빵의 날로 기념하고 있다. 당시 서양에서 들어온 팥빵은 문명개화의 상징 중 하나로 받아들여지기도 했다니 빵 하나에도 엄청난 의미가 담긴 듯하다. 기무라야는 사카다네(酒種) 효모를 이용해 빵을 만들었고 이중 팥소를 넣은 팥빵을 앙빵(あんぱん)이라고 하는데 나중에는 팥 대신 밤, 치즈 등을 넣은 사카다네 앙빵도 개발되었다. 현재 매장에는 팥빵을 비롯한 5종의 사카다네 앙빵이 판매된다.

교통 : 도쿄메트로 긴자센(銀座線), 마루노우치센(丸の内線), 히비야센(日比谷線) 긴자(銀座) 역에서 A9 출구에서 바로 또는 도쿄메트로 유라쿠초센(有楽町線) 긴자잇초메(銀座一丁目) 역 8번 출구에서 도보 5분

주소 : 東京都 中央区 銀座 4-5-7

전화 : 03-3561-0091
시간 : 10:00~20:00
메뉴 : 1층_사카다네 앙빵_170엔 내외, 2층_앙빵 세트(あんぱんセット, 음료 포함) 1,050엔, 3층_검은 소 햄버거(黒毛和牛ハンバーグ) 2,000엔, 4층_런치 플레이트(ランチプレー) 2,800엔
홈페이지 : www.ginzakimuraya.jp

긴자 라이온 銀座ライオン 銀座七丁目店
Ginza Lion

1934년 문을 연 도쿄 최고의 비어홀(ビヤホール)로 1층 280석, 2층 연회석 280석의 대형 주점 겸 레스토랑이다. 점심시간이라면 월~금요일까지 요일별로 다른 스페셜런치, 니고미런치(ビヤホールの煮込みランチ), 카키프라이런치(カキフライランチ) 등을 선택하면 좋다. 그 외 시간에는 생맥주에 소시지 안주로 즐거운 시간을 가지면 된다. 참고로 생맥주(生ビール)는 나마비루라고 한다.
교통 : 도쿄메트로 긴자센(銀座線), 마루노우치센(丸の内線), 히비야센(日比谷線) 긴자(銀座) 역에서 A3 출구에서 도보 3분 또는 JR 유라쿠초(有楽町) 역에서 도보 10분
주소 : 東京都 中央区 銀座 7-9-20, 銀座ライオンビル
전화 : 03-3571-2590
시간 : 11:30~22:30
메뉴 : 스페셜 런치(スペシャルランチ), 니고미런치(ビヤホールの煮込みランチ), 카키프라이런치(カキフライランチ) 1,000엔 내외, 삿포로생맥주(サッポロ生ビール),에비스생맥주(ヱビス生ビール) 600엔 내외
홈페이지 : www.ginzalion.jp/shop/brand/lionginza7

***쇼핑**

유라쿠초 마리온 有楽町 マリオン
Urakucho Marion

JR 유라쿠초 역 앞에 있어 만남의 광장 역할을 하는 빌딩으로 원래 명칭은 유라

쿠초 센터빌딩(有楽町 センタービル)이다. 빌딩에는 쇼핑센터 **한큐 맨즈 도쿄**(Hankyu Men's Tokyo)와 **루미네**(Lumine), 영화관 토호 시네마, 아사히 신문사 등이 입주해 있다. *인근 **유라쿠초 마루이(有楽町 マルイ)**도 방문해보자.

교통 : JR 유라쿠초(有楽町) 역 긴자 출구 또는 도쿄메트로 긴자센(銀座線), 마루노우치센(丸の内線), 히비야센(日比谷線) 긴자(銀座) 역 A9 출구에서 바로
주소 : 東京都 千代田区 有楽町 2-5-1

와코 和光 本館 WAKO

1881년 훗날 시계 명가 세이코(Seiko)가 되는 핫토리도케이덴(服部時計店)에서 출발해, 1947년 소매부가 독립하면서 오늘날 와코 백화점까지 발전하였다. 현재의 옛 서양풍 건물은 1932년 완공된 것이다. 이 때문인지 1층에는 값비싼 시계를 취급하는 공간이 꽤 넓게 자리하고 있다.
교통 : 도쿄메트로 긴자센(銀座線), 마루노우치센(丸の内線), 히비야센(日比谷線) 긴자(銀座) 역에서 A9 출구에서 바로 또는 JR 유라쿠초(有楽町) 역에서 도보 6분
주소 : 東京都 中央区 銀座 4-5-11
전화 : 03-3562-2111
시간 : 10:30~19:00. 휴무 : 연말연시
홈페이지 : www.wako.co.jp

긴자 미츠코시 銀座 三越 Jinza Mitsukoshi

미츠코시 백화점도 고급 백화점에 속하지만 길 건너 와코보다 분위기가 유연하다. 긴자 미츠코시는 지하 3층~지상 12층 규모로 여러 명품 브랜드와 유명 브랜드를 만날 수 있어 쇼핑하는 즐거움을 느끼기 좋다. *추오도리에 지하 3층~지상 8층 규모의 **마츠야(松屋 銀座) 백화점**도 방문해보자.
교통 : 도쿄메트로 긴자센(銀座線), 마루노우치센(丸の内線), 히비야센(日比谷線) 긴자(銀座) 역에서 A13 출구에서 바로 또는 JR 유라쿠초(有楽町) 역에서 도보 10분
주소 : 東京都 中央区 銀座 4-6-16
전화 : 03-3562-1111
시간 : 10:00~20:00

홈페이지 : www.mistore.jp/store/ginza.html

도쿄 규쿄도 東京 鳩居堂 Tokyo Kyukyodo

무려 1663년 에도 시대 교토에서 창업한 문구점으로 일본에서 가장 오래된 곳이다. 취급 품목은 우키요에(浮世絵)가 그려진 부채(2,500엔), 일본 전통 종이인 와시(和紙), 고양이 인형(2,500엔), 엽서, 손지갑(900엔) 등으로 일반 문구점이라기보다 일본전통 소품 점이라고 해야 맞을 듯하다. 매장은 1층에 일본전통 소품, 2층에 향과 회화 용품으로 나뉜다.

교통 : 도쿄메트로 긴자센(銀座線), 마루노우치센(丸の内線), 히비야센(日比谷線) 긴자(銀座) 역에서 A2 출구에서 바로 또는 JR 유라쿠초(有楽町) 역에서 도보 7분

주소 : 東京都 中央区 銀座 5-7-4

전화 : 03-3571-4429

시간 : 11:00~19:00

홈페이지 : https://kyukyodo.co.jp

하큐힌칸 토이 파크 博品館 トーイパーク Hakyuhinkan Toy Park

1899년 제국 박품관 권공장(帝国博品館勧工場)이란 이름으로 창업한 장난감 백화점이다. 현 10층 빌딩은 1978년 창업 80주년 기념으로 세운 것. 매장은 지하 1층 패션 인형 파크, 1층 파티용품과 시계 등 버라이어티 상품, 2층 지브리와 산리오 등의 인형과 캐릭터 상품, 3층 장난감과 유아완구, 4층 보드게임과 프라모델이 있는 게임과 취미, 5~6층 레스토랑, 7층 사무실, 8층 콘서트와 연극이 열리는 하큐힌칸 극장(博品館 劇場)으로 구성된다.

교통 : 도쿄메트로 긴자센(銀座線), 마루노우치센(丸の内線), 히비야센(日比谷線) 긴자(銀座) 역에서 A3 출구에서 자라(Zara) 지나 돈키호테 방향. 도보 8분 또는 JR 신바시(新橋) 역에서 1c 출구에서 도보 5분

주소 : 東京都 中央区 銀座 8-8-11

전화 : 03-3571-8008

시간 : 11:00~20:00, 하큐힌칸 극장_13:00 또는 19:00

요금 : 하큐힌칸 극장_8,500엔(공연 별로 다름)

홈페이지 : www.hakuhinkan.co.jp

12 간다&오차노미즈 神田&御茶ノ水 Kanda&Ochanomizu

예전 이 지역에 여러 대학이 있어 간다 고서점가가 형성되었는데 현재는 도쿄 의과 치과대학, 메이지대학, 학원 등 일부만 남아 있어 대학가 느낌은 들지 않는다. 고서점 중에는 코믹이나 잡지, 사진, 취미를 분야의 책을 취급하는 곳이 있어 일본어에 익숙하지 않더라도 부담 없이 책을 들춰보기 좋다. 간다 고서점가와 연결되는 오차노미즈 악기 거리, 스포츠용품가에서는 악기나 스포츠용품을 살펴볼 수 있어 음악이나 운동에 관심 있는 사람들의 발길을 끈다.

▲ 교통

① 지하철 도쿄메트로 한조몬센(半蔵門線), 도에이 신주쿠센(新宿線), 미타센(三田線) 진보초(神保町) 역 하차_간다(神田)
② JR 소부센(総武線), 추오센(中央線) 오차노미즈(御茶ノ水) 역 또는 도쿄메트로 치요다센(千代田線) 신오차노미즈(新御茶ノ水) 역 하차_오차노미즈(御茶ノ水)
③ JR 소부센(総武線), 추오센(中央線) 스이도바시(水道橋) 역 또는 도에이 미타센(都営 三田線) 스이도바시(水道橋) 역 하차_도쿄돔시티(東京ドームシティー)

▲ 여행 포인트

① 간다 고서점가의 책방 살펴보기
② 오가와마치 스포츠용품가에서 스노보드, 운동화 쇼핑하기
③ 오차노미즈 악기 거리에서 마음에 드는 기타 찾아보기
④ 간다 묘진과 유시마 성당 둘러보기

▲ 추천 코스

도쿄돔시티→간다 묘진→유시마 성당→오차노미즈 악기거리→간다 고서점가→오가와마치 스포츠용품가

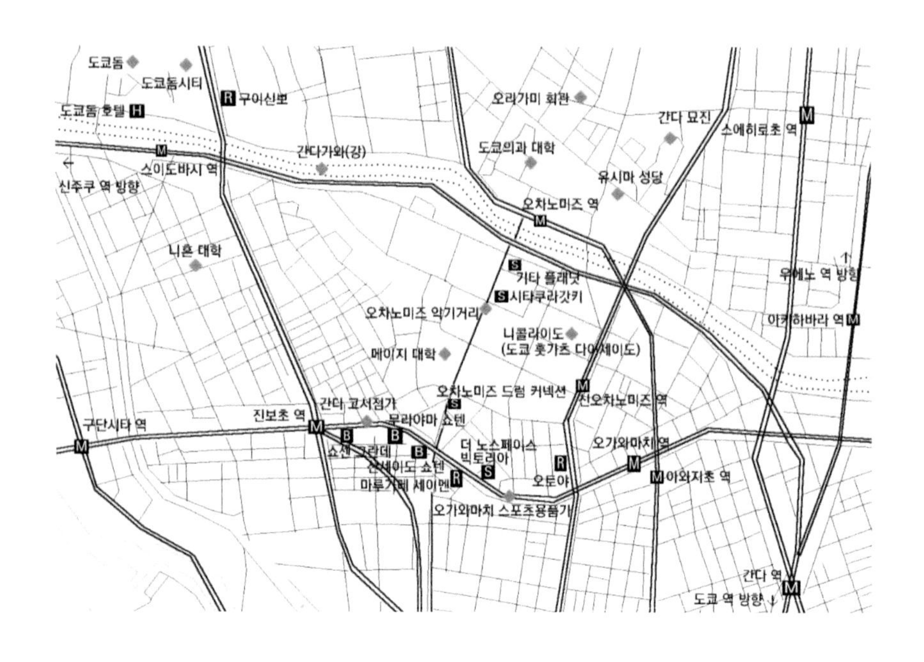

간다 고서점가 神田 古書店街 Kanda Old Book Street

진보초(神保町) 역과 오가와마치(小川町) 역 사이에 있는 고서점 거리로 176개의 고서점과 여러 신간 서점이 운영되고 있다. 이곳이 일본 최초의 대학가였기 고서점가가 형성되었으나 현재 메이지 대학, 몇몇 전문대학을 제외하고 대학들이 다른 곳으로 이전하였다. 1877년 첫 고서점이 문을 열었고 1913년 이와나미 시게오(岩波茂雄)가 고서점을 열며 본격적인 서점가를 형성하기 시작했고 1921년 스루가다이(駿河台)에 예술학교인 문화학원이 문을 열면서 고서적 외 예술 서적을 취급하는 서점도 생겨났다. 현지에서는 간다 고서점가라는 명칭 대신 '진보초 북타운(神保町 ブックタウン)'이라고 부르기도 한다. 간다 고서점가는 서점에 따라 고서적뿐만 아니라 신간 서적, 예술 서적 등도 취급하므로 한곳, 한곳 지나며 들려보자. 일본어에 익숙하지 않다면 사진이 많은 화보나 사진집, 잡지 등으로 살펴보고 중고 서점에서 저렴한 만화책이나 영화·음악 CD를 사도 괜찮다.

교통 : 도쿄메트로 한조몬센(半蔵門線), 도에이 신주쿠센(都営 新宿線), 미타센(三田線) 진보초(神保町) 역 A7 출구에서 바로
주소 : 東京都 千代田区 神田神保町
시간 : 11:00~19:00(서점별로 다름)
휴무 : 일요일, 연말연시(서점별로 다름)
홈페이지 : jimbou.info

≫쇼센 그란데 書泉 グランデ Shosen Grande

1947년 창업한 서점 쇼센(書泉)의 본관으로 지하 1층~지상 7층의 간다 대표 종합서점이다. 매장은 지하 1층 아이돌(アイドル)과 스포츠, 지상 1층 신간과 문고, 2층 코믹(コミック, 만화), 3층 게이과 취미(ホビー), 4층 어학과 실용, 5층 밀리터리(ミリタリー), 6층 철도(鉄道), 7층 이벤트 스페이스(イベントスペース)로 구성된다. 이중 지하 1층의 아이돌 사진과 CD, 5층의 군대 관련 밀리터리,

6층의 철도 등의 부문은 다양한 서적과 상품이 있어 관심을 두어도 좋다. 특히 6층 철도는 일본 철도 팬의 성지로 여겨지기도 한다.

교통 : 도쿄메트로 한조몬센(半蔵門線), 도에이 신주쿠센(都営 新宿線), 미타센(三田線) 진보초(神保町) 역 A7 출구에서 간다 고서점가 방향. 도보 2분

주소 : 東京都 千代田区 神田神保町 1-3-2

전화 : 03-3295-0011

시간 : 11:00~20:00

홈페이지 : www.shosen.co.jp/grande

≫무라야마 쇼텐 村山 書店 Murayama Book Store

파란색 빌딩이어서 눈에 쉽게 띄는 인문서 중심의 서점이나 실용서와 공학, 건축 등의 서적도 볼 수 있다. 서점 앞에는 중고 여행서 시리즈와 문고 시리즈가 있어 꺼내보기 좋다. 보통 서점 앞의 매대에 따로 나온 서적은 서점 안의 서적보다 더 저렴한 책이 많으므로 뜻밖의 보물이 있는지 잘 골라보자.

교통 : 도쿄메트로 한조몬센(半蔵門線), 도에이 신주쿠센(都営 新宿線), 미타센(三田線) 진보초(神保町) 역 A7 출구에서 간다 고서점가 방향. 도보 3분

주소 : 東京都 千代田区 神田神保町 1-3

전화 : 03-3291-1617

시간 : 11:00~18:00

홈페이지 : http://murayama.jimbou.net/catalog/index.php

≫산세이도 쇼텐 三省堂書店 神保町本店 Sanseido

간다 최대의 종합서점이자 산세이도 본점이고 일본 전역에 체인 서점을 가진 대형 서점이기도 하다. 매장은 지하 1층 레스토랑, 지상 1층 신간과 잡지, 2층 문학과 문고, 만화, 3층 정치와 경제, 4층 역사, 예술과 그림을 전시하는 화랑, 5층 이공학과 의학, 6층 아동과 학습참고서, 7층 사무실, 8층 이벤트홀로 구성된다. 간다 고서점가에서 신간을 사고자 할 때 방문하기 좋은 곳이다.

교통 : 도쿄메트로 한조몬센(半蔵門線), 도에이 신주쿠센(都営 新宿線), 미타센(三田線) 진보초(神保町) 역 A7 출구에서 간다 고서점가 방향. 도보 3분 또는 도에이 신주쿠센(都営 新宿線) 오가와마치(小川町) 역에서 도보 5분

주소 : 東京都 千代田区 神田神保町 1-1

전화 : 03-3233-3312

시간 : 10:00~20:00

홈페이지 : http://jinbocho.books-sanseido.co.jp

≫분방당 文房堂 神田本店 Bunbangdang

1877년 창업한 종합 화재(画材) 상점으로 미술, 조각, 공예 등에 필요한 재료를 판매한다. 매장은 지하 1층 디자인 용품, 지상 1층 미술 재료, 2층 판화와 일본화 재료, 3층 액자, 4층 분방당 갤러리, 4층 사무실로 구성된다. 인사동이나 홍대 앞 화방을 떠올리며 독특한 상품이 있는지 살펴보자.

교통 : 도쿄메트로 한조몬센(半蔵門線), 도에이 신주쿠센(都営 新宿線), 미타센(三田線) 진보초(神保町) 역 A7 출구에서 간다 고서점가 방향. 도보 4분 또는 도에이 신주쿠센(都営 新宿線) 오가와마치(小川町) 역에서 도보 5분

주소 : 東京都 千代田区 神田神保町 1-21-1

전화 : 03-3291-3441

시간 : 10:00~18:30

홈페이지 : www.bumpodo.co.jp

오가와마치 스포츠용품가 小川町 スポーツ用品街 Ogawamachi Sports Article Street

진보초의 오가와마치에 있는 스포츠용품을 전문으로 하는 상점 거리이다. 이곳에는 약 60여 곳의 스포츠용품점이 있는데 여름에는 서핑보드, 겨울에는 스키와 스노보드를 취급하는 상점이 많다. 일본이 겨울 스포츠 강국이어선지 스키와 스노보드는 한여름에도 전시, 판매되는 것을 볼 수 있다. 스포츠용품 중에 아웃도어는 한

국 사람이면 누구나(?) 관심 있는 아이템이므로 평소 보아둔 상품이 있는지 잘 살펴보자. 저가 스포츠웨어를 찾는다면 우에노의 아메요코(アメ横) 시장으로 가보아도 좋다.

교통 : 도쿄메트로 한조몬센(半蔵門線), 도에이 신주쿠센(都営 新宿線), 미타센(三田線) 진보초(神保町) 역 A7 출구에서 간다 고서점가 지나, 간다 스포츠용품가 방향. 도보 5분 또는 도에이 신주쿠센(都営 新宿線) 오가와마치(小川町) 역에서 바로

주소 : 東京都 千代田区 神田神保町

시간 : 10:00~20:00(상점별로 다름)

휴무 : 연말연시(상점별로 다름)

≫더 노스페이스 ザ・ノース・フェイス 神田店 THE NORTH FACE

아웃도어 패션으로 유명한 노스페이스에서 운영하는 다운 전문점이다. 여러 패딩 상품은 물론 등산배낭, 장비, 신발도 선보인다. 가볍게 입을 수 있는 패딩이나 바람막이 정도 구매하면 적당할 듯!

교통 : 도쿄메트로 한조몬센(半蔵門線), 도에이 신주쿠센(都営 新宿線), 미타센(三田線) 진보초(神保町) 역 A7 출구에서 간다 고서점가 지나, 스포츠용품가 방향. 도보 6분 또는 도에이 신주쿠센(都営 新宿線) 오가와마치(小川町) 역 B5 출구에서 도보 2분

주소 : 東京都 千代田区 神田小川町３丁目6 大栄堂ビル 1F&2F

전화 : 03-3291-0770

시간 : 11:00~19:00. 휴무 : 수요일

홈페이지 : www.goldwin.co.jp

≫빅토리아 ヴィクトリア 御茶ノ水本店 Victoria

1972년 창업한 스포츠용품점으로 진보초 인근 오가와마치 지역에서 빅토리아 본점과 운동선수 전문점 빅토리아 워드로브(Wardrobe)가 있고 자매 브랜드로는 빅토리아 골프, 아웃도어 전문점 엘 브래스(L-Breath) 등이 있다. 매장은 1층 스키와 인라인스케이트, 2층 스포츠 소품, 3층 기능성 스포츠웨어, 4층 스키웨어, 5층 스노보드웨어, 6층 스노보드와 액세서리, 7층 유아와 어린이 스포츠용품, 8층 기술센터 등으로 구성된다. 사계절 스키와 스노보드용품을 볼 수 있는 것도 흥미롭고 여러 기능성 스포츠웨어에도 관심

이 간다. 빅토리아 워드로브점에서는 워킹화, 런닝화, 야구와 축구, 테니스, 탁구, 배드민턴 등의 용품을 살펴볼 수 있으니 지나는 길에 들려보자.
교통 : 도쿄메트로 한조몬센(半蔵門線), 도에이 신주쿠센(都営 新宿線), 미타센(三田線) 진보초(神保町) 역 A7 출구에서 간다 고서점가 지나, 간다 스포츠용품가 방향. 도보 8분 또는 도에이 신주쿠센(都営 新宿線) 오가와마치(小川町) 역 B5 출구에서 도보 2분
주소 : 東京都 千代田区 神田小川町 3-4
전화 : 03-3295-2955
시간 : 11:00~20:00
홈페이지 :
https://store.victoria.supersports.com

오차노미즈 악기거리 御茶ノ水 樂器街 Ochanomizu Music Instruments Shop Street

JR 오차노미즈(御茶ノ水) 역에서 메이지 대학(明治大學) 방향에 악기 전문점이 늘어서 있어 악기 거리를 이룬다. 클래식 악기부터 전자 기타, 드럼까지 없는 악기가 없고 중고 악기도 판매한다. 한국에서 접하기 힘든 세계 유명 악기 브랜드를 한자리에서 볼 수 있다는 점도 악기를 좋아한다면 이곳을 찾을 수밖에 없는 이유가 될 것이다. 악기 가격은 보통 한국보다 10~30% 저렴하다고 하니 원하는 악기가 있다면 이곳을 방문하기 전 홈페이지를 통해 악기와 가격을 알아보자.
교통 : JR 소부센(総武線), 추오센(中央線) 오차노미즈(御茶ノ水) 역에서 메이지 대학(明治 大學) 방향, 바로
주소 : 東京都 千代田区 神田駿河台
시간 : 10:00~20:00(상점별로 다름)

≫기타 플래닛 ギタープラネット Guitar Planet

1986년 창업한 악기용품점으로 전자 기타 전문의 에레기 본점(エレキ本店), 어쿠스틱 기타 전문의 어쿠스틱관(アコースティック館)과 베이스 기타 전문의 베이

스관(ベース館), 우쿨렐레 전문의 우쿨렐레 플래닛(ウクレレプラネット) 등 3곳의 기타 판매점이 있다. 이곳에서는 마틴(Martin)이나 깁슨(Gibson) 같이 세계적으로 유명한 브랜드의 기타를 만나볼 수 있어 좋고 신품 외 중고품도 살펴볼 수 있다. 신품 전자 기타와 어쿠스틱 기타, 우쿨렐레 가격은 10,000엔~, 베이스 기타 가격은 17,000엔~ 정도 하고 중고 기타는 대부분 유명 브랜드여서 그리 싸지 않다.

교통 : JR 소부센(総武線), 추오센(中央線) 오차노미즈(御茶ノ水) 역에서 메이지 대학(明治 大學) 방향, 바로

주소 : 東京都 千代田区 神田駿河台 2-4-5

전화 : 전자 기타_03-5282-3881, 어쿠스틱 기타_03-5577-9666

시간 : 11:00~20:00

홈페이지 : www.guitarplanet.co.jp

시타쿠라갓키 下倉樂器 Shitakura Music Instruments

1937년 창업한 악기 전문점으로 시타쿠라갓키(下倉樂器) 본점이다. 이곳에는 어쿠스틱 기타와 전자 기타, 베이스 기타 등 약 900점을 전시, 판매하고 있다. 매장은 지하 1층 빈티지와 하이엔드 기타, 지상 1층 어쿠스틱 기타와 이펙트, 앰프, 2층 목관 악기와 드럼, 퍼쿠션, 3층 금관 악기, 4층 관악기로 구성된다. 본점 옆과 건너편에 2곳의 중고 매장도 운영한다.

교통 : JR 소부센(総武線), 추오센(中央線) 오차노미즈(御茶ノ水) 역에서 메이지 대학(明治 大學) 방향. 도보 1분

주소 : 東京都 千代田区 神田駿河台 2-2

전화 : 03-3293-7706

시간 : 10:30~19:00

홈페이지 : www.shimokura-gakki.com

≫오차노미즈 드럼 커넥션 御茶ノ水 ドラム コネクション Ochanomizu Drum Connection

구로사와갓키덴(黒澤楽器店)에서 운영하는 드럼 전문점으로 스네어(Snare) 300점, 심벌(Symbol) 600점, 드럼 스틱 350점, 봉고(Bongo), 콩가(Conga) 등 다양한 드럼 제품을 만날 수 있다. 때때로 종업원이 매장 앞 길가에 마련된 드럼 세트를 신나게 두드리는 드럼 시연을

보여주기도 해 가는 길을 멈추게 한다.
교통 : JR 소부센(総武線), 추오센(中央線) 오차노미즈(御茶ノ水) 역에서 메이지 대학(明治 大學) 방향. 도보 5분 또는 도쿄메트로 한조몬센(半蔵門線), 도에이 신주쿠센(都営 新宿線), 미타센(三田線) 진보초(神保町) 역 A7 출구에서 메이지 대학 방향. 도보 5분
주소 : 東京都 千代田区 小川町 3-22
전화 : 03-3292-9251
시간 : 11:00~20:00
홈페이지 :
www.kurosawagakki.com/drum_connection

니콜라이도 ニコライ堂 Nicolai Church

정식명칭은 도쿄 부활 대성당(東京復活大聖堂 도쿄 훗가츠 다이세이도)이고 일본 하리스토스(ハリストス) 정교회 대성당이다. 하리스토스 정교회는 동방 정교회 또는 정교회라고 하는데 그리스도교가 313년 콘스탄티누스 로마 황제의 공인을 받기 전부터 그리스, 러시아, 동유럽 등에 전파되어 오늘에 이르렀다. 니콜라이도는 1891년 선교를 위해 러시아에서 온 니콜라이 대주교가 아치형 문과 중앙 돔이 있는 비잔틴 양식으로 세웠다. 성당 안 샹들리에는 메이지 시대의 것을 복제한 것이고 제단에는 가톨릭과 달리 별다른 장식이 없다. 성당 출입 시 기부금을 내야 입장할 수 있고 내부 촬영이 금지되어 있으므로 주의. 보통 때 성당안을 둘러보기보다는 미사 시간에 성당을 방문하여 미사에 참여해 보는 것도 색다른 체험이 될 것이다.
교통 : JR 소부센(総武線), 추오센(中央線) 오차노미즈(御茶ノ水) 역 히지리바시 출구에서 도보 2분 또는 도쿄메트로 치요다센(千代田線) 신오차노미즈(新御茶ノ水) 역 B5 출구에서 도보 1분
주소 : 東京都 千代田区 神田駿河台 4-1-3
전화 : 03-3295-6879
시간 : 13:00~16:00(10월~3월 13:00~15:30), 미사_토 18:00, 일10:00
요금 : 300엔(기부금)
홈페이지 : www.orthodoxjapan.jp

유시마 성당 湯島 聖堂 Yushima Temple 유시마 세이도
성당이라는 명칭 때문에 가톨릭 성당으로 오인할 수 있으나 공자를 기리는 대성전

(大成殿)이 있는 곳이자 유학을 가르치던 곳이다. 1690년 에도 막부 5대 쇼군 도쿠가와 쓰나요시(徳川綱吉)가 유학을 진흥시키기 위해 성당을 세우고 이곳에 우에노 시노부가오카에 있던 묘전(대성전)과 유학자 히야시 라잔(林羅山)의 사숙을 옮겼다. 이로부터 100년 후인 1797년 막부직할 학교로 유명한 쇼헤이자카 학문소(昌平坂学問所)를 세워져, 일본 학교 교육의 발상지로 여겨진다.

유시마 성당은 높이 우러러본다는 뜻의 고앙(高仰) 문을 지나면 공자의 상이 나오고 이어 인덕문(人德門)으로 들어가면 대성전이 나온다. 대성전 안에는 중앙에 공자의 상, 좌우에는 제자인 증자, 안자, 사자, 맹자의 상이 모셔져 있고 내부를 둘러보려면 따로 비용을 내야 한다. 공자가 학문을 숭상한 까닭에 시험 철이면 인근 유시마 덴만구(湯島 天満宮)와 함께 합격기원 참배객으로 붐빈다. 각종 시험을 앞 둔 여행자라면 합격기원을 위한 한 번쯤 방문하길 추천한다.

교통 : JR 소부센(総武線), 추오센(中央線) 오차노미즈(御茶ノ水) 역 히지리바시(聖橋) 출구 또는 도쿄메트로 치요다센(千代田線) 신오차노미즈(新御茶ノ水) 역 B5 출구에서 하지리바시 건너 오른쪽. 도보 2분

주소 : 東京都 文京区 湯島 1-4-25

전화 : 03-3251-4606

시간 : 09:30~17:00(10월~3월 ~16:00)

휴무 : 8월 13~17일, 12월 29일~31일

요금 : 무료, 대성전 내부_대인 200엔, 중고생 100엔, 초등생 무료

홈페이지 : www.seido.or.jp

간다 묘진 神田 明神 Kanda Shrine

730년 오테마치(大手町)에서 창건되어 1616년 에도 막부 2대 쇼군 도쿠가와 히데타다(徳川秀忠) 때 이곳으로 이전되었다. 1923년 관동대지진 때 파괴된 것을 1934년 신사 전체를 붉게 칠한 일본 전통의 모모야풍으로 재건하여 오늘에 이른다. 간다 묘진에서는 남녀 관계와 인연을 주관하는 오나무치노 미코토(大己貴命), 사업과 복을 부르는 스쿠나히코나노 미코토(少彦名命), 헤이안 시대 교토와 간사이의 영웅이었던 다이라 마사카도(平将門) 등 3명의 신을 모시고 있는데 오나무치노 미코토는 칠복신 중 다이고쿠텐(大黑天), 스쿠나히코나노 미코토는 칠복

신 중 에비스(恵比寿)로 표현되기도 한다.

간다 묘진은 도쿄 3대 마쓰리 중의 하나인 간다(산자) 마쓰리로도 유명하데 2년마다 5월 15일에 열리며 도쿄에서 가장 큰 마쓰리로 꼽힌다. 간다 묘진 입구 옆에 간다 마쓰리에 쓰이는 화려한 금색의 가마를 볼 수 있다.

교통 : JR 소부센(総武線), 추오센(中央線) 오차노미즈(御茶ノ水) 역 히지리바시(聖橋) 출구 또는 도쿄메트로 치요다센(千代田線) 신오차노미즈(新御茶ノ水) 역 B5 출구에서 하지리바시 건너 유시마 성당(湯島 聖堂) 지나. 도보 5분

주소 : 東京都 千代田区 外神田 2-16-2

전화 : 03-3254-0753

시간 : 09:00~16:00

요금 : 무료, 자료관_300엔

홈페이지 : www.kandamyoujin.or.jp

오리가미 회관 おりがみ 会館 Origami Kaikan 오리가미 가이칸

1858년 사찰에서 표구 일을 하며 종이 다루는 일과 염색하는 일을 익힌 고바야시 세토(小林 幸助)가 오리가미 회관을 열었다. 오리가미(折り紙, おりがみ)는 종이 접기를 뜻한다. 오리가미 작품은 간단한 종이학, 비행기 접기부터 화려한 색상과 복잡한 모양 때문에 종이로 느껴지지 않는 종이 기모노 의상, 마차 등 다양한 것들을 볼 수 있다. 현재, 회관은 1층과 3층 판매장, 중(中) 2층 전시장, 4층 공방, 5~6층 교육장으로 이용된다. 교육장에서는 수준별로 나누어진 오리가미 교육을 받을 수 있고 공방에서는 일본 전통지인 화지(和紙)의 제조와 염색, 건조 같은 전문적인 전통지 제조법을 익힐 수도 있다.

교통 : JR 소부센(総武線), 추오센(中央線) 오차노미즈(御茶ノ水) 역 히지리바시(聖橋) 출구 또는 도쿄메트로 치요다센(千代田線) 신오차노미즈(新御茶ノ水) 역 B5 출구에서 하지리바시 건너 두 번째 사거리 왼쪽. 도보 7분

주소 : 東京都 文京区 湯島 1-7-14

전화 : 03-3811-4025

시간 : 09:30~16:30
홈페이지 : www.origamikaikan.co.jp

도쿄돔시티 東京ドームシティー Tokyo Dome City
JR 스이도바시(水道橋) 역 부근의 복합 상업 단지로 요미우리 자이언츠의 홈구장인 도쿄돔, 20여 개의 스릴 넘치는 어트랙션이 있는 도쿄돔 어트랙션즈, 쇼핑센터 라쿠아, 스파인 스파 라쿠아, 도쿄돔 호텔 등의 체육, 쇼핑, 휴양 시설이 자리한다. 한 곳에서 즐기고 먹고 쉴 수 있어서 도쿄 사람들의 도심 속의 쉼터가 되고 있다. 단, 주말에는 매우 많은 사람이 몰리기 때문에 여유 있게 도쿄돔시티를 즐기려면 주중에 방문하기는 것이 좋다.
교통 : 도에이 미타센(都営 三田線) 스이도바시(水道橋) 역에서 바로 또는 JR 소부센(総武線), 추오센(中央線) 스이도바시(水道橋) 역 동쪽 출구에서 도쿄돔시티 방향, 도보 2분
주소 : 東京都 文京区 後楽, 東京ドームシティー
시간 : 10:00~20:00(시설, 상점별로 다름)
홈페이지 : www.tokyo-dome.co.jp

≫도쿄돔 東京ドーム Tokyo Dome
일본 최고 인기 야구단인 요미우리 자이언츠의 홈구장이다. 1988년 개장한 일본 최초의 돔형 야구장으로 지하 2층, 지상 6층, 높이 56.2m이고 수용인원은 5만5천 명이다. 야구 경기가 없는 날에는 돔구장 투어나 콘서트, 이벤트 행사가 열리기도 한다. 돔구장 내에도 레스토랑, 도시락 판매점이 있으므로 야구 경기를 관람하기 전 식사를 하고 갈 필요는 없다.

교통 : 도에이 미타센(都営 三田線) 스이도바시(水道橋) 역에서 바로 또는 JR 소부센(総武線), 추오센(中央線) 스이도바시 역 동쪽 출구에서 도쿄돔시티 방향, 바로
주소 : 東京都 文京区 後楽 1-3-61
전화 : 03-5800-9999
시간 : 야구_주중 18:00, 주말 14:00
요금 : 야구_외야석 1,500~2,200엔, 내야석 2층 1,700~2,400엔, 내야석 1층 3,900엔
홈페이지 :
www.tokyo-dome.co.jp/dome

≫야구체육 박물관 野球体育博物館 Baseball Museum 야큐타이이쿠하쿠부츠칸
도쿄돔 동쪽 도쿄돔 어트랙션즈 방향, 21번 게이트 부근에 있는 야구에 관한 박물관이다. 원래 1959년 고라쿠엔 구장 옆에서 개관했다가 1988년 도쿄돔으로 이전했다. 박물관에서는 엔드란스 홀, 프로 야구, 야구의 역사, 아마추어 야구 등이 상설 전시되고 때때로 기획전이 열리

기도 한다. 2009년 WBC(World Baseball Classic)에서 아깝게 한국을 꺾고 우승한 일본팀의 챔피언 트로피도 전시되어 있으니 찾아보자.

위치 : 도쿄돔 21번 게이트 부근
전화 : 03-3811-3600
시간 : 13:00~17:00(토~일 10:00~17:00). 휴무 : 월요일
요금 : 대인 600엔, 고등학생·대학생 400엔, 초·중학생 200엔
홈페이지 : www.baseball-museum.or.jp

≫도쿄돔시티 어트랙션 東京 ドームシティ アトラクションズ Tokyo Dome City Attractions

도쿄돔시티 내 어트랙션 위주의 테마파크로 5개 존에 20여 개의 흥미로운 어트랙션이 손님을 기다린다. 이중 수직 낙하하는 스카이 라이우(スカイライウー), 회전 놀이기구 블룸 익스프레스(ブルームエキスプレス), 대관람차 빅오(ビッグオー), 130km/h로 돌진하는 청룡열차 산다드 루틴(サンダードルフィン) 등은 놓치면 아쉬운 어트랙션이다. 연인끼리의 여행이라면 대관람차 빅오에 올라 주변 경치를 조망하며 둘만의 시간을 가져도 좋다.

교통 : 도에이 미타센(都営 三田線) 스이도바시(水道橋) 역에서 바로 또는 JR 소부센(総武線), 추오센(中央線) 스이도바시 역 동쪽 출구에서 도쿄돔시티 방향, 바로
주소 : 東京都 文京区 後楽 1-3-61
전화 : 03-3817-6001
시간 : 10:00~20:00
요금 : 원데이 패스포드(ワンデーパスポート)_대인 4,200엔, 중고생 3,700엔, 어린이 2,800엔, 라이드5(ライド5)_2,800엔, 개별이용요금(乗物券)_420~1,030엔
홈페이지 : http://at-raku.com

≫라쿠아 ラクーア LaQua

도쿄돔시티 내의 쇼핑센터로 1~4층·9층에 상점과 레스토랑, 5~9층에 스파 라쿠아, 7~8층에 피트니스가 자리한다. 위고(WEGO, 패션, 2F), 무지(MUJI, 잡화&패션, 3F), ABC 마트(신발, 4F), 유니클로(UNIQLO, 패션, 4F) 등이 있어 가볍게 쇼핑하기 좋다. 저렴한 레스토랑은 1~2층에 몰려있으나 주말에는 야구 경기와 도쿄돔시티 어트랙션즈에 놀러 온 사람들이 많아 빈자리를 찾기 어려울 수 있으니 참고!

교통 : 도에이 미타센(都営 三田線) 스이도바시(水道橋) 역에서 바로 또는 JR 소부센(総武線), 추오센(中央線) 스이도바시역 동쪽 출구에서 도쿄돔시티 방향, 바로
주소 : 東京都 文京区 春日 1-1-1
전화 : 03-5800-9999
시간 : 상점 11:00~21:00, 레스토랑 11:00~23:00
홈페이지 : www.laqua.jp

≫스파 라쿠아 スパー ラクーア Spa LaQua

1,700m 지하에서 끌어올린 천연 온천수를 이용한 온천으로 노천 온천, 마사지 버블 베스, 사우나 등을 갖추고 힐링에 중점을 두고 있다. 온천수 성분은 나트륨 염화물 강 소금 온천수로 냉증 어깨 통증, 신경통, 관절염, 피로회복 등에 좋다고 한다. 스파 라쿠아의 8~9층은 마사지와 스파를 받을 수 있는 힐링 바덴존, 7층은 남녀 온천 객이 만날 수 있는 랑데부존, 6층은 실내 온천과 노천 온천이 있는 스파존, 5층은 식사와 휴식을 할 수 있는 레스토랑과 릴렉세이션존으로 구성된다. 무엇보다 도심 한가운데 있어 접근성이 좋고 주변에 쇼핑센터, 레스토랑, 테마파크, 야구장 등 편의시설도 잘 갖추어져 이용하기 편리하다.

교통 : 도에이 미타센(都営 三田線) 스이도바시(水道橋) 역에서 바로 또는 JR 소부센(総武線), 추오센(中央線) 스이도바시역 동쪽 출구에서 도쿄돔시티 방향, 바로
주소 : 東京都 文京区 春日 1-1-1, ラクーア 5~9F
전화 : 03-3817-4173
시간 : 11:00~다음날 09:00
요금 : 입관료_일반 2,900엔, 6~17세 2,090엔, 힐링바디(ヒーリングバーデ)_880엔, 심야할증(익일 01:00~06:00)

1,980엔, 휴일(토, 일) 할증_550엔　　　　　　홈페이지 : www.laqua.jp/spa

☆여행 팁_도쿄돔 견학

예전 요미우리 자이언츠에서 활약하던 이승엽 선수는 없지만, 일본 최고 명문 팀이 활약하는 구장을 둘러보는 것도 즐거운 여행이 될 것이다. 요즘은 한국의 걸그룹 소녀시대나 아이돌 동방신기가 도쿄돔에서 공연하기도 하니 화면으로만 보던 돔구장의 규모를 확인해 보아도 괜찮다. 돔구장 투어는 돔구장과 요미우리 자이언츠 소개, 선수 로커, 휴식 시설, 선수대기석인 더그아웃, 그라운드, 내야석 등을 둘러보는 것으로 진행된다.

신청장소 : 도쿄돔 22번 게이트 앞

신청시간 : 09:30~10:15

견학시기 : 4~9월 중 지정 일자(홈페이지 참조)

견학시간 : 09:45, 10:30(7~8월 09:45~11:30 수시 진행), 45분 소요

전화 : 03-5800-9999

요금 : 1,000엔

홈페이지 : www.tokyo-dome.co.jp/dome/visit

마루가메 세이멘 丸亀製麺 神田小川町店 Marugame Seimen

가마아케 우동(釜揚げ うどん)으로 유명한 마루가메 세이멘 오가와마치점이다. 가마아케 우동(釜揚げ うどん)은 솥에서 삶은 국수를 육수와 함께 담아 장국에 찍어 먹는 국수를 말한다. 면 따로 장 따로인 모리소바와 비슷하다고 할까. 가마아케 우동 외 국물이 있는 일반 우동도 있고 우동과 함께 먹을 튀김과 삼각김밥도 내서 한 끼 식사로 충분하다. 참고로 보통은 나미모리(並盛り), 곱빼기는 오오모리(大盛り)라고 한다.

교통 : 도쿄메트로 한조몬센(半蔵門線), 도에이 신주쿠센(都営 新宿線), 미타센(三田線) 진보초(神保町) 역 A7 출구에서 간다 고서점가 방향. 도보 5분 또는 도에이 신주쿠센(都営 新宿線) 오가와마치(小川町) 역에서 도보 4분

주소 : 東京都 千代田区 神田小川町 3-3, 神田小川町トーセイビルII, 1F

전화 : 03-3296-7313

시간 : 11:00~22:00(토~일 20:00)

메뉴 : 보통(並)_가마아케 우동(釜揚げうどん) 390엔, 붓가케 우동(ぶっかけうどん) 320엔, 카레 우동(カレーうどん) 510엔, 새우 튀김(えび丼) 1개 160엔

홈페이지 : www.marugame-seimen.com

오토야 大戸屋 ごはん処 神田小川町店 Otoya

오가와마치 역 사거리에서 신오차노미즈 역 방향에 있는 와쇼쿠(和食) 전문점이다. 와쇼쿠(和食)은 넓은 의미의 일식을 말하는데 와쇼쿠의 기본은 밥과 생선회 또는 생선구이에 된장국과 세 가지 반찬인 일즙삼채(一汁三菜)가 나오는 것이다.

와쇼쿠 중 전통 여관에서 제공되는 고급 식사인 가이세키(かいせき)는 만찬에 속하고 오토야의 식사는 와쇼쿠의 기본인 소박한 식사라고 할 수 있다. 깔끔하게 나오는 닭고기나 생선이 있는 정식이 먹을 만하고 덮밥이나 소바나 우동 같은 면 요리도 괜찮다.

교통 : 도쿄메트로 치요다센(千代田線) 신오차노미즈(新御茶ノ水) 역 B5 출구 또는 도에이신주쿠센(都営 新宿線) 오가와마치(小川町) 역 B4 출구에서 바로

주소 : 東京都 千代田区 神田小川町 2-12-14, 晴花ビル, 1F

전화 : 03-5577-6721

시간 : 11:00~22:30(토~일 ~21:30)

메뉴 : 닭고기, 채소 정식(鶏と野菜の黒酢あん定食) 890엔, 고등어 정식(さばの炭火焼き定食) 840엔, 치킨가츠동(チキンかつ丼) 1,090엔, 소바(温蕎麦) 500엔

홈페이지 : www.ootoya.com

엑셀시오 카페 エクセルシオールカフェ 新お茶の水店 Excelsior Cafe

일본 대표 카페 중 하나로 JR 오차노미즈 역 히지리바시 출구 건너편 신오차노미즈 빌딩 지하에 위치한다. 카페 앞 광장에 야외 좌석이 있어 쉬어 가는 사람들이 많다. 일본의 카페는 커피나 음료뿐만 아니라 파스타, 피자 같은 음식도 취급하고 있어 간단히 식사하기도 괜찮다. 본격적인 식사를 하려면 여러 라멘집, 식당이 늘어서 있는 JR 오차노미즈 역 앞 거리로 가면 된다.

교통 : JR 소부센(総武線), 주오센(中央線) 오차노미즈(御茶ノ水) 역 히지리바시 출구에서 신오차노미즈 빌딩(御茶ノ水ビル) 지하 방향, 또는 도쿄메트로 치요다센(千代田線) 신오차노미즈(新御茶ノ水) 역 B1 출구에서 바로, 도쿄메트로 마루노우치센(丸の内線) 오차노미즈 역에서 신오차노미즈 빌딩 방향, 도보 3분

주소 : 東京都 千代田区 神田駿河台 4-3, 新お茶の水ビルディング サンクレール, 1F

전화 : 03-3291-1231

시간 : 07:00~22:30(토 ~22:00, 일 ~21:00)

메뉴 : 게 파스타(カニトマト), 볼로네이즈 파스타(ボロネーゼ) 900엔 내외, 로스트비프 파니니(ローストビーフ&バルサミコソース), 자허토르테 케이크(ザッハトルテ) 500엔 내외, 몽블랑 케이크(モンブラン), 커피(コーヒー)

홈페이지 : www.doutor.co.jp/exc

구이신보 くいしんぼ 水道橋東口店 Ku-ishinbo

두툼한 스테이크를 맛볼 수 있는 곳으로

보통 남녀라면 스테이크 250g, 대식가라면 500g에 도전해보자. 스테이크에 밥이 같이 나오므로 느끼하지 않게 먹을있고 시원한 맥주를 곁들여도 괜찮다. 햄버그 스테이크는 100g에서 500g까지 선택할 수 있고 밥이 같이 나오니 적당한 양을 선택해보자. 점심시간에는 런치 세트로 오늘의 런치, 특제 런치, 스테이크 등이 있으니 입맛에 따라 선택해보자.

교통 : 도에이 미타센(都営 三田線) 스이도바시(水道橋) 역에서 바로 또는 JR 소부센(総武線), 추오센(中央線) 스이도바시 역 동쪽 출구에서 도쿄돔시티 옆 하쿠산도리(白山通り) 이용. 도보 3분

주소 : 東京都 文京区 本郷 1-4-5, 陽光ビル, 1F

전화 : 03-3818-0508

시간 : 11:00~23:00

메뉴 : 런치(밥, 샐러드, 국 포함)_오늘의 런치(日替りランチ) 680엔, 특제 런치(特製ランチ) 880엔, 스테이크(ステーキ) 980엔

홈페이지 : www.kuishinbo.jp

허브 HUB 東京ドームシティ ラクーア店

라쿠아 식당가 1층, 하쿠산도리(白山通り)에 있는 브리티시 펍(British Pub)이다. 작고 둥근 테이블, 양주로 가득한 바, 서서 맥주를 마시는 풍경은 영국에서 봄직한 펍을 연상케 한다. 생맥주, 흑맥주 같은 주류 외 피시 앤 칩스, 로스트비프, 소시지 앤 매시드 포테이토, 카레볶음밥 케이쥐리(Kedgeree), 파자 같은 메뉴도 있어 안주 겸 식사 겸, 생맥주(나마비루 生ビール)를 마시며 시간 보내기 좋다.

교통 : 도에이 미타센(都営 三田線) 스이도바시(水道橋) 역에서 바로 또는 JR 소부센(総武線), 추오센(中央線) 스이도바시 역 동쪽 출구에서 도쿄돔시티 옆 하쿠산도리(白山通り) 이용. 도보 3분

주소 : 東京都 文京区 春日 1-1-1, LaQua ラクーア, 1F

전화 : 03-3814-4482

시간 : 12:00~23:00

메뉴 : 마르게리타 피자 890엔, 파스타 800엔, 영국풍비프카레 800엔, 피시&칩스 650엔, 맥주, 와인, 커피

홈페이지 : www.pub-hub.com

13 아키하바라 秋葉原 Akihabara

도쿄의 대표 전자상가지만 요즘은 비쿠 카메라, 요도바시 카메라 같은 대형 전자 양판점이 곳곳에 있어 점차 빛이 바래는 느낌이다. 그런데도 아키하바라 뒷골목으로 가면 용산전자상가에서 볼 듯한 중고 컴퓨터나 노트북, 전자 재료 등을 취급하는 상점이 남아 있어 친근감을 준다. 최근의 아카하바라는 전자상가라기보다 코믹, 애니메이션, 게임, 피규어 등을 취급하는 상점이 많아져, 호비(취미)의 중심지이자 이들 호비를 좋아하는 오타쿠의 성지로 떠오르고 있다. 이들 호비숍을 구경하는 것도 재미있지만 오타쿠 문화의 정점이라 할 수 있는 메이드 카페는 색다른 느낌이 들게 하기에 충분하다.

▲ 교통

① JR 야마노테센(山の手線), 소부센(総武線), 게이힌(京浜) 도호쿠센(東北線) 아키하바라(秋葉原) 역 하차

② 지하철 도쿄메트로 히비야센(日比谷線) 아키하바라 역 하차

③ 지하철 도쿄메트로 긴자센(銀座) 스에히로초(末広町) 역 하차

▲ 여행 포인트

① 세가 게임장에서 추억의 게임, 〈펌프〉 한판 하기

② 라디오회관, 리버티에서 프라모델, 피규어 살펴보기

③ 아니메이트, 도라노아나에서 코믹, 애니메이션 쇼핑하기

④ 메이드 카페에서 예쁜 메이드와 차 한잔하기

▲ 추천 코스

세가 게임장→라디오회관→소프맙 어뮤즈먼트관→앳홈 카페→아니메이트&도라노아나→아키바 컬처즈 존

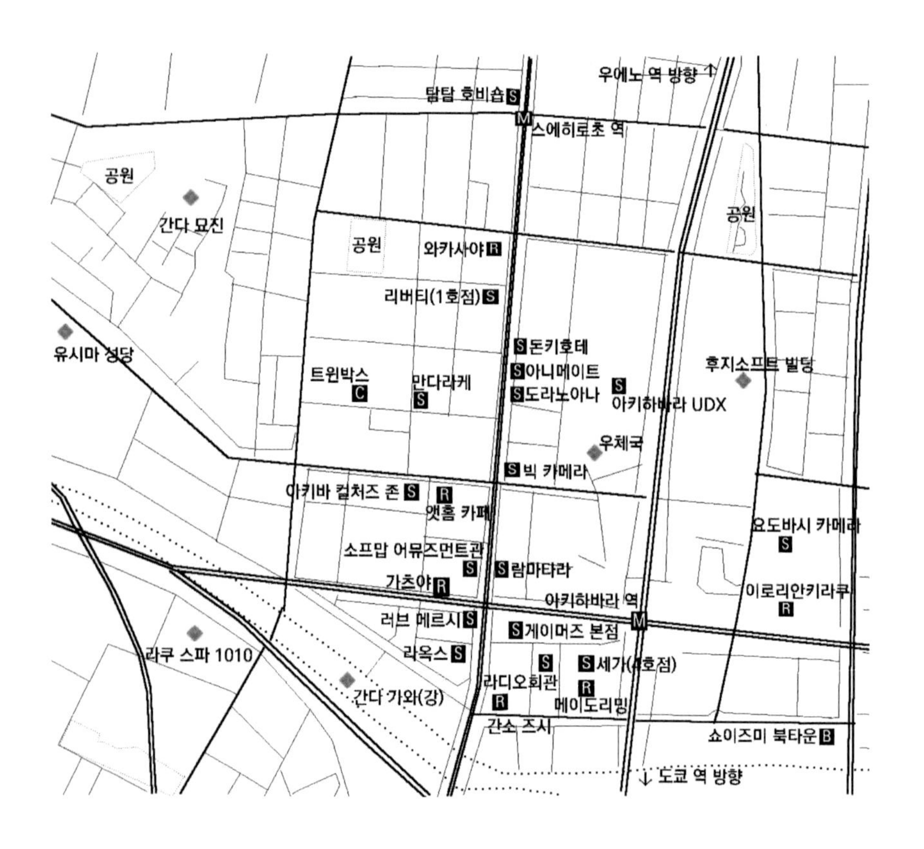

덴키가이 출구 지역 電気街口 地域
Akihabara Electric Town Entrance Area

전자제품 천국 아키하바라 여행의 출발점이 되는 곳으로 전철역 입구를 나오면 게임센터 세가(SEGA), 전자제품 양판점 라비(LABI), 한때 일본 퍼스널 컴퓨터의 발상지로 불렸던 라디오회관 등이 눈에 띈다. 아키하바라 메인 도로인 추오도리 쪽 고가 아래에는 예전 용산전자상가의 전자 부품점을 연상시키는 컴퓨터와 전자 부품을 판매하는 상점들도 보인다. 덴키가이 출구 앞에는 메이드 복을 입은 소녀가 전단을 나눠 주기도 하는데 이는 게임센터 위층에 메이드 카페가 있기 때문이다.

교통 : JR 야마노테센(山の手線), 소부센(総武線) 아키하바라(秋葉原) 역 덴키가이 출구(電気街口)에서 바로

주소 : 東京都 千代田区 外神田 1-17-6

≫세가 セガ 秋葉原 4号館 SEGA Akihabara

세가(SEGA)에서 운영하는 어뮤즈먼트 게임장으로 지하 1층~지상 4층 규모이다. 세가 게임장은 이곳 외 아키하바라에 1호점, 3호점, 5호점 등 3곳이 더 있다.

비디오 게임의 명가로 1960년대부터 아케이드 게임과 어뮤즈먼트 게임장 사업을 시작했고 1970년대 컴퓨터 기반 게임으로 옮겨가 명작 〈버추얼 파이터〉를 탄생시키기도 했다. 현재는 닌텐도나 소니 플레이스테이션, MS의 X박스 같은 게임기에 밀리며 변방에 머무르고 있다. 어뮤즈먼트 게임장은 여전히 인기가 있어 인형 뽑기 게임인 UFO, 북 치는 게임, 격투 게임 등을 즐기려는 사람들이 즐겨 찾는다. 같은 빌딩 6층에는 메이드 카페인 메이드리밍(Maidreamin)이 있다.

교통 : JR 아키하바라(秋葉原) 역 덴키가이 출구(電気街口)에서 바로

주소 : 東京都 千代田区 外神田 1-15-9, 5F

전화 : 03-3254-8406

시간 : 10:00~23:00

홈페이지 : https://tempo.gendasega.jp/am/akiba-eki

≫라디오 회관 ラジオ会館 Radio Kaikan 라디오카이칸

한때 퍼스널 컴퓨터(Personal Computer, PC)의 발상지라는 유명세를 치르기도 한 전자제품 쇼핑센터이다. 1976년 일본 가전업체 NEC가 라디오 회관 내에

일본 최초의 마이크로컴퓨터 판매점 비트인(Bit INN)을 개설했고 당시 PC를 생산하던 도시바, 히타치, 후지쓰 같은 전자회사의 쇼룸이 있기도 했다. 현재 PC, 가전, 오디오, 컴퓨터 게임, 프라모델 등 다양한 상품을 판매하는 상점들이 입점해 있다.

주요 업체는 지하 1층 비어 홀 긴자 라이온, 지상 2층 호비스테이션(ホビーステーション, 게임 소프트웨어), 3~4층 K-북스, 5층 로봇로봇(ロボットロボット, 프라모델), 우추센(宇宙船, 프라모델), 6층 옐로서브마린(イエローサブマリン, 프라모델), 7층 트레카파크(トレカパーク, 애니 트레이딩 카드), 8층 보크스 돌포인트(ボークス ドールポイント, 구체관절인형), 보크스 호비스퀘어(VOLKS HOBBY SQUARE, 피규어), 9층 팬텀(ファントム, 밀리터리용품) 등이 있다.

교통 : JR 아키하바라(秋葉原) 역 덴키가이 출구(電気街口)에서 바로
주소 : 東京都 千代田区 外神田 1-15-16
전화 : 03-3251-3711
시간 : 10:00~20:00
홈페이지 : www.akihabara-radiokaikan.co.jp

≫게이머즈 본점 ゲーマーズ 本店 Gamers

JR 아키하바라역 옆에 있는 7층 규모의 게임, 음악 CD, 애니메이션, 서적, 코믹, 캐릭터상품, 피규어(フィギュア) 등 온갖 상품을 판매하는 쇼핑센터이다. 많은 캐릭터상품, 애니메이션 DVD, 피규어, 코믹 등을 보면 이런 걸 누가 살까 싶지만 하나, 하나 살펴보고 구매하는 보통 일본 사람들을 보면 애니메이션에서 비롯된 판타지 문화가 이곳에서는 보편적인 것이 아닐까 싶다. 이런 쇼핑센터 잘 둘러보는 방법은 엘리베이터로 최고층까지 올라가 한층, 한층 내려오며 살펴보는 것임으로 우선 엘리베이터를 찾아 7층으로 직행해보자.

교통 : JR 아키하바라(秋葉原) 역 덴키가이 출구(電気街口)에서 바로
주소 : 東京都 千代田区 外神田 1-14-7, 宝田ビル
전화 : 03-5298-8720
시간 : 11:00~21:00
홈페이지 : www.gamers.co.jp

추오도리 中央通りChuodori

아키하바라의 메인 도로로 남쪽 종합 면

세점 라옥스(LAOX)에서 북쪽 긴자센(銀座) 스에히로초역(末広町)에 이르는 길 양편에 전자제품 양판점 라옥스, 게임과 애니메이션 판매점 소프맙, 만화와 애니메이션, 피규어와 프라모델 판매점 리버티 등이 늘어서 있어 사람들로 북적인다. 추오도리 곳곳에 메이드 카페가 있어 길가에서 전단을 나눠주는 예쁜 메이드를 볼 수 있기도 하다. 일요일에는 차가 다니지 않는 보행자 거리가 운영된다.

교통 : JR 아키하바라(秋葉原) 역 덴키가이 출구(電気街口)에서 추오도리(中央通り) 방향. 도보 1분

주소 : 東京都 千代田区 外神田, 中央通り

≫라디오 센터 ラジオセンター Radio Center

1949년 문을 연 전자 부품 상가로 아마추어 무선, 진공관, LED, 전자 부품, 계측기, 콘덴서, CCD 카메라, 공구 등을 취급하는 상점이 늘어서 있다. 온갖 캐릭터 상품, 최신 가전제품에 정신없는 아키하바라의 대형 업소와 달리 기술자를 위한 상점들이어서 차분함이 느껴진다. 옛날 원조 아키하바라의 모습이라고 할까. 이곳이 라디오 센터인 것은 제2차 세계대전 후 이렇다 할 오락과 활자가 없었던 시절에 최고의 즐거움을 제공하던 라디오를 만들기 위한 부품을 판매했기 때문이다.

교통 : JR 아키하바라(秋葉原) 역 덴키가이 출구(電気街口)에서 추오도리(中央通り) 방향. 도보 1분

주소 : 東京都 千代田区 外神田 1-14-2

전화 : 03-3251-0614

시간 : 10:00~19:00

홈페이지 : www.radiocenter.jp

≫라옥스 ラオックス 本店 LAOX

아키하바라 최대의 종합 면세점으로 가전제품뿐만 아니라 화장품, 건강식품 등도 취급한다. 2014년 10월부터 면세 혜택 범위가 기존 전자제품, 가방, 의류 등에서 화장품, 식료품 등 소모품도 확대되어 더욱 쇼핑하기 편해졌다. 면세는 당일 같은 업소에서 전자제품 같은 일반 물품 10,001엔 이상, 화장품 같은 소모품 5,001엔~500,000엔 일 때 소비세 8%를 환급받을 수 있다. 라옥스 매장은 1층 디지털카메라와 컴퓨터, 2층 해외용 가전, 3층 취미와 게임용품, 4층 건강용품과 스포츠용품, 5층 시계와 쥬얼리, 6층 화장품과 약, 7층 프리미엄 패션과

아웃렛으로 구성된다. 최근 중국 단체관광객의 발길이 잦아, 매장이 북적댄다.
교통 : JR 아키하바라(秋葉原) 역 덴키가이 출구(電気街口)에서 추오도리(中央通り) 방향, 길 건너. 도보 3분
주소 : 東京都 千代田区 外神田 1-29
전화 : 03-3253-7111
시간 : 11:00~19:00
홈페이지 :
www.laox-online.jp/info/stores/akihabara

≫소프맙 어뮤즈먼트관 ソフマップ AKIBA アミューズメント館 Softmap

게임, 애니메이션, 아이돌 관련, 음악 CD, 영화 DVD, 프라모델, 피규어, 트레이딩 카드 등 다양한 상품을 취급하는 호비 전문점이다. 매장은 1층 게임기를 이용한 TV게임, 2층 플레이스테이션과 X박스 같은 게임기, 3층 중고 게임과 게임기, 4층 프라모델(プラモデル), 피규어 같은 호비, 5층 신품 애니메이션(アニメ)과 게임 소프트웨어, 6층 중고 애니메이션과 게임 소프트웨어, 7층 신품과 중구 DVD, 8층 이벤트 홀로 구성된다. 소프맙 어뮤즈먼트관은 신품 판매장뿐만 아니라 중고 게임과 게임기, 애니메이션, 게임 소프트웨어 매장도 넓어 저렴한 가격에 갖고 싶었던 상품을 사기 좋다. 아키하바라에는 소프맙 어뮤즈먼트관 외 아키바 소프맙 1호점(최신 아니메와 아이돌 관련 CD, DVD, 캐릭터 상품), 아키바 소프맙 2호점(호비 상품, 프라모델, 피규어), 리유즈 총합관(リユース総合館, 중고 PC, 디지털카메라, 스마트폰), 중고 파소콘(PC) 역전점(중고 PC, 노트북), 모바일관(중고 스마트폰), 맥콜렉션(MacCollection, 신품과 중고 맥, iPod) 등도 운영되고 있으니 참고!
교통 : JR 아키하바라(秋葉原) 역 덴키가이 출구(電気街口)에서 추오도리(中央通り) 방향, 길 건너. 도보 3분
주소 : 東京都 千代田区 外神田 1-10-8
전화 : 050-3032-9888
시간 : 11:00~20:00
홈페이지 : www.sofmap.com

≫아키바 컬처즈 존 アキバ カルチャゾーン Akiba Cultures Zone

코믹과 애니메이션 DVD, 피규어, 음악 CD 등 아키바계 상품을 한자리에서 둘러볼 수 있는 종합 쇼핑센터이다. 매장은

지하 1층 아이돌 공연이 열리는 아키바 컬처즈 극장(AKIBA カルチャーズ劇場), 지상 1층 아니메이트(アニメイト, 코믹, 애니메이션 DVD), 2층 라신방(らしんばん, 중고 코믹, 애니메이션), 3층 로봇로봇(ROBOTROBOT, 피규어), 트리오(TRIO, 중고 J-팝, 아이돌 상품), 하비코로 완구(ハビコロ玩具, 장난감), 요요숍 스핀기어(ヨーヨーショップ スピンギア, 요요), 원업(One up, 피규어), 4층 아스토프(アストップ, 피규어), 카드숍 가이조쿠오우(カードショップ 買賊王, 트레이딩 카드), 팬텀(ファントム, 밀리터리 용품), 간킹(GANKING, 피규어), 5층 굳스마일x아니메이트카페(グッドスマイル × アニメイトカフェ), 아코스(ACOS, 코스프레 용품), 6층 아키하바라 백스테이지 패스(AKIHABARA バックステ↔ジpass, 카페레스토랑)로 구성된다. 지하 1층과 6층의 아이돌 카페레스토랑만 빼면 라디오 회관과 비슷!

교통 : JR 아키하바라(秋葉原) 역 덴키가이 출구(電気街口)에서 추오도리(中央通り) 방향, 길 건너. 도보 4분

주소 : 東京都 千代田区 外神田 1-7-6

시간 : 11:00~21:30(상점별로 다름), 극장 공연_13:00, 18:30(공연 별로 다름)

요금 : 극장_당일권 3,000엔, 예매 2,500엔(공연 별로 다름)

홈페이지 : www.akibacultureszone.com, 극장_http://akibalive.jp

≫도라노아나 とらのあな Toranoana

1994년 창업한 코믹 전문점으로 일반 코믹, 여성향 코믹, 남성향 코믹, 애니메이션(アニメ) CD와 DVD 등 코믹의 모든 것을 취급하고 아키하바라에만 아키하바라 A와 B관, C관 등 세 개의 상점을 운영한다. 아키하바라 A관은 지하 1층 성인풍 잡지, 지상 1층 신간 코믹과 잡지, 2층 신간 노벨(가벼운 소설)과 아니메 화집, 3층 도라카도숍(虎角商店, 코믹), 4층 일반향 동인지(코믹, 아니메), 5층 창작 동인지, 6층 성인향 동인지(게임), 7층 성인향 동인지(코믹, 아니메), B관은 1층 DVD(아니메), 2층(CD(아니메), 3층 동인(소프트(CD, DVD), 4~7층 여성향 동인지(코믹, 아니메), C관은 3층 일반 잡지와 동인지, 성인향 잡지와 동인지, 4층 이벤트 플로어로 구성된다. 코믹의 종수가 매우 많으므로 원하는 작품이 있으면 제목과 저자를 메모해오는 것이 좋고 성인향 코믹은 표현의 범위가 매우 넓으므로 살펴볼 때 주의가 필요하다.

교통 : JR 아키하바라(秋葉原) 역 덴키가이 출구(電気街口)에서 추오도리(中央通り) 방향. 추오도리에서 우회전, 도라노아나(A·B관) 방향. 도보 4분
주소 : 東京都 千代田区 外神田 4-3-1, 虎の穴ビル
전화 : 무료전화 0800-1004-315
시간 : 11:00~21:00
홈페이지 : www.toranoana.jp

≫아니메이트 アニメイト秋葉原本館 A-nimate

코믹과 애니메이션(アニメ) 전문점으로 만화와 애니메이션 마니아에게는 지상낙원과 같은 곳이다. 최신 코믹과 잡지, 애니메이션, 캐릭터 상품, 트레이드 카드 등 그 종수가 매우 많아 자세히 보려면 시간이 꽤 걸린다. 흔히 트레카로 축약해 불리는 트레이드 카드는 애니메이션 캐릭터가 그려진 트럼프 카드 크기의 카드로 그 종류가 수없이 많다. 매장은 1층 코믹 잡지, 2층 코믹, 3층 코믹 문고, 4층 캘린더 상품, 5층 피규어(フィギュア)와 트레이드 카드(トレカ), 6층 애니메이션 CD와 게임, 7층 애니메이션 DVD로 구성된다. 길 건너 아키바 컬처존(AKIBAカルチャーズ ZONE)에도 아니메이트 지점이 있으니 지나는 길에 들려보자.

교통 : JR 아키하바라(秋葉原) 역 덴키가이 출구(電気街口)에서 추오도리(中央通り) 방향. 추오도리에서 우회전, 아니메이트 방향. 도보 5분
주소 : 東京都 千代田区 外神田 4-3-2
전화 : 03-5209-3330
시간 : 12:00~21:00
홈페이지 : www.animate.co.jp/shop/akihabara

≫돈키호테 ドン キホーテ 秋葉原店 Don Quijote

일본 대표 잡화점으로 문구, 화장품, 파티용품, 가전, 생활용품, 욕실용품, 스포츠용품, 장난감 등 없는 것 빼고 다 있는 곳이다. 미로처럼 꾸며 놓은 매장 내부를 이리저리 돌아다니며 쌓아놓은 상품을 구경하는 것도 흥미롭다. 이곳은 전자제품과 메이드 카레로 유명한 아키하바라답게 이곳에서만 볼 수 있는 아키바계 상품, 1,400여 점의 코스프레 의류를 판매하고 있기도 하다. 아키바계(アキバ系)는 오타쿠의 성지, 아키하바라만의 독특한 취미와 스타일 가진 오타쿠를 말한다. 한국에서 할로윈 파티를 즐기는 사람이라면 자신에 맞는 코스프레 의류를 골라보는 것도 괜찮다.
교통 : JR 아키하바라(秋葉原) 역 덴키

가이 출구(電気街口)에서 추오도리(中央通り) 방향. 추오도리에서 우회전, 돈키호테 방향. 도보 5분 또는 도쿄메트로 긴자센(銀座線) 스에히로초(末広町) 역에서 도보 3분
주소 : 東京都 千代田区 外神田 4-3-3
전화 : 0570-024-511. 시간 : 24시간
홈페이지 : www.donki.com

≫AKB48 극장 AKB48 劇場 에케비포티에잇 게키죠

일본 인기 걸그룹 AKB48의 공연을 볼 수 있는 상설 극장이다. AKB48는 2005년 프로듀서 아키모토 아스시(秋元康)가 만든 걸그룹으로 '만나러 갈 수 있는 아이돌', '성장을 지켜보는 아이돌'이란 콘셉트를 잡았다고 한다. 실제 AKB48의 CD를 사면 악수를 할 수 있는 악수회나 AKB48 극장에서의 공연 등 아이돌을 가까이에서 볼 기회를 제공하고 있다. AKB48 극장의 공연은 A, K, B 팀 등으로 나눠, 진행되고 기념품 상점에서 AKB48 관련 기념품을 판매하기도 한다. 당일 공연 팀은 홈페이지의 스케줄 코너를 통해 확인할 수 있다. 8층 AKB48 카페는 공연과 상관없이 이용할 수 있으니 찾아가 봐도 괜찮다. JR 아키하바라 역 부근 아키하바라 크로스필드 지역에도 AKB48 카페와 기념품점이 있다. 일본 대표 아이돌을 눈앞에서 보고 싶다면 홈페이지를 통해 티켓 예약!
교통 : JR 아키하바라(秋葉原) 역 덴키가이 출구(電気街口)에서 추오도리(中央通り) 방향. 추오도리(中央通り)에서 우회전, 돈키호테 방향. 도보 5분 또는 도쿄메트로 긴자센(銀座線) 스에히로초(末広町) 역에서 도보 3분
주소 : 東京都 千代田区 外神田 4-3-3, ドン キホーテ 秋葉原店, 8F
전화 : 03-5298-8648
시간 : 17:00~21:00. 휴무 : 화요일
요금 : 일반 남성 3,400엔, 일반 여성 2,400엔, 초~고등학생 2,400엔
홈페이지 : www.akb48.co.jp/theater

≫트레이더 トレーダー 本店 Trader

게임, 애니메이션과 영화 DVD 등을 판매하는 영상과 게임 전문점으로 아키하바라에 트레이더 본점 외 트레이더 2호점과 3호점도 운영한다. 매장은 본점의 1층 TV와 스마트폰 게임, 2층 게임, 3층

영화 DVD, 4층 아니메 DVD, 5층 PC 게임, 6층 아이돌 DVD, 2호점의 1층 TV와 스마트폰 게임, 2층 PC 게임과 아이돌 DVD, 3호관의 1층 신품과 중고 TV와 스마트폰 게임, 중고 아니메 DVD, 2층 트레이드 카드 게임, 4층 신품과 중고 PC게임으로 구성된다. 애니메이션과 게임에 특화된 상점이므로 마니아라면 찾아볼 만하고 추억의 애니메이션이나 게임을 원한다면 중고 코너에서 뜻밖의 보물을 골라보는 것도 괜찮다.

교통 : JR 아키하바라(秋葉原) 역 덴키가이 출구(電気街口)에서 추오도리(中央通り) 방향. 추오도리(中央通り)에서 길 건너 우회전, 트레이더본점 방향. 도보 5분 또는 도쿄메트로 긴자센(銀座線) 스에히로초(末広町) 역에서 도보 3분

주소 : 東京都 千代田区 外神田 3-14-10, トレーダー本店 ビル

전화 : 03-3255-3493

시간 : 11:00~20:00

홈페이지 : www.e-trader.jp

리버티 リバティー 秋葉原 1号店 Liberty

중고 게임, 애니메이션 DVD, 피규어, 미니카, 철도 모형 등을 판매하는 호비 전문점이다. 아키하바라에만 여러 지점이 있고 각기 전문분야가 있으니 알고 가는 것이 편리하다. 돈키호테 건너편의 1호점 피규어, 10호점 게임과 애니메이션 DVD, 6호점, 피규어와 게임, 애니메이션 DVD, 돈키호테 쪽의 4호점과 5호점 피규어, 7호점 게임과 애니메이션 DVD, 11호점 미니카와 철도 모형, 8호점 피규어, 라디오 센터 부근의 3호점과 12호점 피규어, 13호점 피규어와 미니카, 철도 모형, 2호점 게임과 애니메이션 DVD 등을 취급한다.

교통 : JR 아키하바라(秋葉原) 역 덴키가이 출구(電気街口)에서 추오도리(中央通り) 방향. 추오도리에서 우회전, 트레이더 본점 방향. 도보 5분 또는 도쿄메트로 긴자센(銀座線) 스에히로초(末広町) 역에서 도보 3분

주소 : 東京都 千代田区 外神田 3-14-6, 恵光ビル, B1F

전화 : 03-3257-4456

시간 : 11:00~20:00

홈페이지 : www.liberty-kaitori.com

아키하바라 UDX 秋葉原 UDX Akihabara UDX

JR 아키하바라 역 덴키가이 출구 북쪽, 광장과 아키하바라 UDX 빌딩이 있는 지역을 아키하바라 크로스 필드(秋葉原 Cross Field)라고 하여 IT 산업의 신 거점이 되고 있다. UDX 빌딩은 지하 3층, 지상 22층 규모이고 1~3층에 아키바 이치(アキバ イチ)라는 레스토랑과 상점가, 4층에 도쿄 애니메이션센터와 UDX 시네마와 갤러리 등이 자리한다. UDX 빌딩 앞 광장에서는 때때로 유럽에서 봄직한 분장 예술가의 독특한 분장쇼(?)나 메이드 또는 공주풍으로 차려입은 소녀들을 볼 수 있어 즐겁다.

교통 : JR 아키하바라(秋葉原) 역 덴키가이 출구(電気街口)에서 아키바브리지 이용. 도보 2분

주소 : 東京都 千代田区 外神田 4-14-1

전화 : 03-3255-6595

시간 : 10:00~21:00(상점, 레스토랑 별로 다름)

홈페이지 : www.udx.jp

요도바시 멀티미디어 아키바 ヨドバシカメラ マルチメディア Akiba Yodobashi Camera

지하 6층, 지상 9층 규모의 빌딩으로 가전 양판점인 요도바시 카메라의 아키하바라점이다. 일본 전역의 요도바시 카메라 중 가장 커 플래그십 전자제품 양판점이라고 할 수 있다. 매장은 지상 1층 스마트폰, 파소콘(パソコン, PC), 2층 파소콘 주변기기, 3층 디지털카메라, 시계, 화장품, 4층 오디오와 비디오 용품(AV総合), 5층 에어컨, 주방가전, 조명, 6층 게임, 완구, 음악 CD, 영화 DVD, 7층 서적, 음악 CD, 영화 DVD, 패션, 8층 게임 코너, 식당가, 9층 골프용품 등으로 구성된다. 위층으로 올라갈수록 전자와 관련 없는 상품도 보이나 식당가가 있어 식사하기 좋다.

교통 : JR 아키하바라(秋葉原) 역 중앙 출구에서 도보 1분

주소 : 東京都 千代田区 神田花岡町 1-1

전화 : 03-5209-1010

시간 : 09:30~22:00

홈페이지 : www.yodobashi-akiba.com

*레스토랑&카페

메이도리밍 めいとりーみん 秋葉原 Heaven's Gate店 Maidreamin

아키하바라 대표 메이드 카페 중 하나로 카페 안은 한쪽에 간이 무대가 있고 가운데 테이블이 있는 평범한 모습이다. 잘 꾸며놓은 카페보다 훨씬 간소해 보여 패스트푸드점처럼 느껴지기도 한다. 시스템이라 불리는 이용 방법은 1시간에 500엔의 입장료를 받고 음료나 음식 중 한 가지를 주문하는 것이다. 입장료를 내면 메이드가 드림 캔들(Dream Candle)이라는 촛불을 가지고 오는데 1시간 지나면 자동으로 꺼진다고. 음식을 주문하거나 기념촬영을 하는 사이에 메이드와 몇 마디 대화할 수 있지만, 어느 정도 일어를 해야 재미를 느낄 수 있다. 메이도리밍은 이곳 외에 아키하바라에만 여러 곳의 메이드 카페를 운영 중!

교통 : JR 아키하바라(秋葉原) 역 덴키가이 출구(電気街口)에서 바로

주소 : 東京都 千代田区 外神田 1-15-9, AKビルディング, 6F

전화 : 0120-229-348

시간 : 11:30~23:00

시스템 : 1시간 700엔+1가지 주문. 메이드와 기념촬영(폴라로이드) 500엔, 메이드카페 데뷔 세트(음식+기념촬영+열쇠고리 등) 2,100엔~2,700엔

메뉴 : 오므라이스(オムライスス) 1,150엔~, 햄버거스테이크(はんばーぐ) 1,050엔~, 카레라이스(カレーライスス) 1,050엔~, 파스타(パスタ) 1,050엔, 커피

홈페이지 : http://maidreamin.com

가츠야 かつや 秋葉原店 Katsuya

돈가스 체인점으로 덮밥인 동(丼), 돈가스 카레인 가츠카레(カツカレー), 돈가스와 된장국, 밥이 나오는 정식(定食 데이쇼쿠) 등을 주 메뉴로 한다. 바삭한 돈가

스 맛이 일품이고 굳이 비싼 돈가스 전문점을 찾지 않아도 섭섭하지 않겠다는 생각이 든다. 이왕이면 같은 메뉴라도 양이 많은 것을 시키고 곱빼기를 원하면 오오모리(大盛り)라고 하면 된다. 점심시간에는 찾는 사람들이 많아 조금 기다릴 수도 있다.

교통 : JR 아키하바라(秋葉原) 역 덴키가이 출구(電気街口)에서 추오도리(中央通り) 방향, 추오도리 길 건너 우회전. 고가도로 지나 좌회전. 도보 5분

주소 : 東京都 千代田区 外神田 1-4-11

전화 : 03-5297-7115

시간 : 07:00~23:00

메뉴 : 가츠동(カツ丼) 539엔, 가츠카레(カツカレー) 715엔, 치킨카츠정식 869엔, 로스카츠정식 759엔, 히레가츠정식(ヒレカツ定食) 869엔

홈페이지 :
www.arclandservice.co.jp/katsuya

간소 즈시 元祖寿司 秋葉原万世橋店 Ganso Zushi

1981년 창업한 일본 대표 회전스시(回転寿司, 가이텐 스시) 점으로 스시 접시를 얹고 빙빙 돌아가는 컨베이어 벨트가 재미있고 맛있는 스시를 골라 먹을 수 있어 좋다. 업소마다 조금씩 다르나 1접시 125엔부터 시작하여 가격에 부담 없이 스시를 즐기기 좋다. 자리에 앉으면 앞쪽 수도꼭지에서 녹차를 따라 마시고 식당 벽에 붙은 색깔별 접시 가격을 확인한 뒤 원하는 스시를 골라 먹으면 된다. 단, 간혹 스시 접시 사이에 엉뚱한 가격 푯말을 놓는 경우가 있어 뜻밖에 비싼 스시를 먹는 수가 있으니 주의!

교통 : JR 아키하바라(秋葉原) 역 덴키가이미나미 출구(電気街南口)에서 간소 즈시 방향, 도보 5분

주소 : 東京都 千代田区 外神田 1-16-1

전화 : 03-5294-2477

시간 : 11:30~21:00

메뉴 : 참치, 새우, 오징어 등 1접시 125엔~500엔

홈페이지 : www.gansozushi.com

앳홈 카페 アットホームカフェ 秋葉原本店 @home Cafe

메이도리밍과 쌍벽을 이루는 메이드 카페로 미츠우 빌딩(ミツワビル) 4층, 6층, 7층에 각각 메이드 카페가 있고 2층에 앳홈숍도 운영한다. 메이드 카페의 내부는 여느 메이드 카페와 같이 한쪽에 간

이 무대, 가운데 테이블이 놓여 있는 구조이다. 시스템이라 불리는 이용 방법은 기본 1시간 입장료를 내고 음식 1개를 주문하면 된다. 메이드와 기념촬영을 하거나 음식을 주문할 때 메이드와 몇 마디 대화를 나눌 수 있다. 메이드 복만 입고 서비스를 할뿐 일반 카페와 다른 바 없어서 생각보다 재미가 없을 수 있다. 그럼에도 일본 사람들에게는 인기다. 메이드 카페 세트 메뉴 값이면 AKB48 극장이나 아키바 컬처존 지하의 아키바 컬처즈 극장에서 아이돌의 공연을 보는 게 나을 수 있다.

교통 : JR 아키하바라(秋葉原) 역 덴키가이 출구(電気街口)에서 추오도리(中央通り) 방향, 추오도리 길 건너 우회전. 아키바 컬처존 방향. 도보 6분
주소 : 東京都 千代田区 外神田 1-11
전화 : 050-3135-2091
시간 : 11:00~22:00
시스템 : 입장료(1시간) 770엔, 메이드와 기념촬영 +660엔
메뉴 : 오므라이스, 카레라이스, 파스타 990엔~, 파르페 770엔, 커피 630엔, 맥주 860엔
홈페이지 : www.cafe-athome.com

와카사야 若狭家 秋葉原店 Wakasaya

해산물 덮밥인 해선동(海鮮丼) 전문점으로 도쿄에서 어느 정도 라멘이나 소바를 먹어 봤다면 참치를 기본으로 한 해산물 덮밥을 맛보는 것도 좋을 것이다. 기본 메뉴인 참치의 마구로동(まぐろ丼), 참치에 다른 해산물이 더해진 참치와 새우, 연어의 마구로·아마애비·사몬동(まぐろ·甘えび·サーモン丼), 연어 알, 파와 참치 뱃살, 연어의 이쿠라·네기도로·사몬동(いくら·ねきとろ·サーモン丼)을 주문해보자.

교통 : JR 아키하바라(秋葉原) 역 덴키가이 출구(電気街口)에서 추오도리(中央通り) 방향, 추오도리 길 건너 우회전. 도보 7분
주소 : 東京都 千代田区 外神田 3-15-7, 麻野ビル, 1F
전화 : 03-5207-8322
시간 : 11:00~21:00
메뉴 : 마구로동(まぐろ丼, 참치), 마구로·아마애비·살몬동(まぐろ·甘えび·サーモン丼, 참치·새우·연어), 이쿠라·네기도로·살몬동(いくら·ねきとろ·サーモン丼, 연어 알, 파와 참치 뱃살, 연어) 1,000엔 내외

*쇼핑

K-북스 K-BOOKS 秋葉原本館

라디오회관 3~4층에 있는 코믹, 동인지 애니메이션 CD와 DVD 등을 취급하는 전문점이다. 매장은 3층 아키하바라 신관으로 신간 코믹, 잡지, 화집, 3층 아키하바라 본관으로 남성향 동인지, 트레이딩 카드, 애니메이션 CD 등으로 구성된다. 코믹과 애니메이션의 종수가 매우 많으므로 원하는 작품이 있다면 제목이나 작가 이름을 메모해오는 것이 좋다. 우리에게 잘 알려진 원피스나, 진격의 거인 같은 작품은 눈에 잘 띄는 매대에 진열되어 있어 쉽게 찾을 수 있다.

교통 : JR 아키하바라(秋葉原) 역 덴키가이 출구(電気街口)에서 바로
주소 : 東京都 千代田区 外神田 1-15-16, ラジオ会館 3F
전화 : 03-3255-4866
시간 : 12:00~20:00
홈페이지 : www.k-books.co.jp

람마타라 ラムタラ 秋葉原店 Lammatarra Akihabara

성인 취향의 DVD, 서적, 게임 등을 판매하는 곳으로 1층 입구 쪽에는 그나마 조금 무난한 상품이 놓여 있다. 성인 남녀의 출입 제한이 없으나 상품의 특성상 남성 고객이 많은 편이다. 성인물은 표현의 폭이 매우 넓어 처음 보는 사람은 정서적 충격(?)을 받을 수도 있으니 주의!

교통 : JR 아키하바라(秋葉原) 역 덴키가이 출구(電気街口)에서 추오도리(中央通り) 방향, 추오도리에서 우회전. 바로
주소 : 東京都 千代田区 外神田 1-13-3, 真神ビル
전화 : 03-5209-0406
시간 : 10:00~22:30
홈페이지 : http://lammaki1f.blog.jp

러브 메르시 ラブメルシー Love Merci

겉으로 봐서는 팬시 용품을 판매하는 기념품점으로 보이나 안으로 들어가면 성인 취향의 DVD, 서적, 게임, 성인용품 등을 취급하는 곳임을 알게 된다. 매장은 섹시한 란제리, 여성 성인용품, 남성 성인용품 등으로 구분되는데 한국 입국 시 미풍양속을 해치는 상품의 반입이 금지되어 있으므로 눈으로만 둘러보자. 미성년자는 출입금지!

교통 : JR 아키하바라(秋葉原) 역 덴키가이 출구(電気街口)에서 추오도리(中央通り) 방향, 추오도리 길 건너 우회전. 도보 3분

주소 : 東京都 千代田区 外神田 1-2-7,

전화 : 03-5297-6685

시간 : 11:00~22:00

홈페이지 : www.akibalovemerci.com

탐탐 호비숍 タムタム 秋葉原店 Tam-Tam Akihabara

사카이 스에히로 빌딩(さかい末広ビル) 4~5층에 있는 장난감 전문점으로 매장은 4층 RC, 프라모델(プラモデル), 밀리터리 용품, 공구, 5층 철도 모형, 미니카로 구성된다. 이중 RC는 Remote Control 또는 Radio Control의 약자로 떨어진 곳에서의 조정이나 무선 조종이 가능한 장난감 자동차, 헬리콥터 같은 장난감을 말한다. RC나 미니카 마니아라면 한 번쯤 들려도 좋은 곳이다.

교통 : JR 아키하바라(秋葉原) 역 덴키가이 출구(電気街口)에서 추오도리(中央通り) 방향, 추오도리 길 건너 우회전. 도보 10분 또는 도쿄메트로 긴자센(銀座線) 스에히로초역(末広町駅)에서 바로

주소 : 東京都 千代田区 外神田 6-14-2, さかい末広ビル, 4~5F

전화 : 03-5816-5667

시간 : 11:00~21:00

홈페이지 : www.hs-tamtam.co.jp

14 우에노 上野 Ueno

우에노 지역의 대표 관광지는 우에노 공원이다. 우에노 공원의 정식명칭은 우에노온시 공원이지만 통상 우에노 공원이라 불린다. 우에노 공원은 일본 최초의 공원으로 수풀이 우거진 산책로, 호수, 박물관, 미술관, 동물원 등이 있어 한가롭게 산책을 하거나 유물과 예술 작품을 둘러보기 좋다. 우에노 공원의 옆, 재래시장인 아메야요코초에서는 주전부리를 맛보거나 운동화, 화장품 쇼핑을 하기 괜찮다.

▲ 교통

① JR 야마노테센(山の手線), 게이힌(京浜) 도호쿠센東北線), 조반센(常磐線), 우츠노미야(宇都宮線), 다카사키센(高崎線), 신칸센(神幹線) 우에노(上野) 역 하차

② 지하철 도쿄메트로 긴자센(銀座駅), 히비야센(日比谷線) 우에노 역 하차

③ 게이세이 혼센(京成 本線) 게이세이 우에노(京成 上野) 역 하차

▲ 여행 포인트

① 우에노 공원 내 왕인 박사 비 찾아보기

② 공원 내 도쿄 국립 박물관의 한국관 둘러보기

③ 미술 애호가라면 국립 서양 미술관, 도쿄도 미술관으로!

④ 어린이와 함께 여행한다면 국립 과학박물관, 우에노 동물원으로 가보자.

▲ 추천 코스

국립 서양 미술관→국립 과학박물관→도쿄 국립 박물관→도쿄도 미술관→우에노 도쇼구→아메야요코초

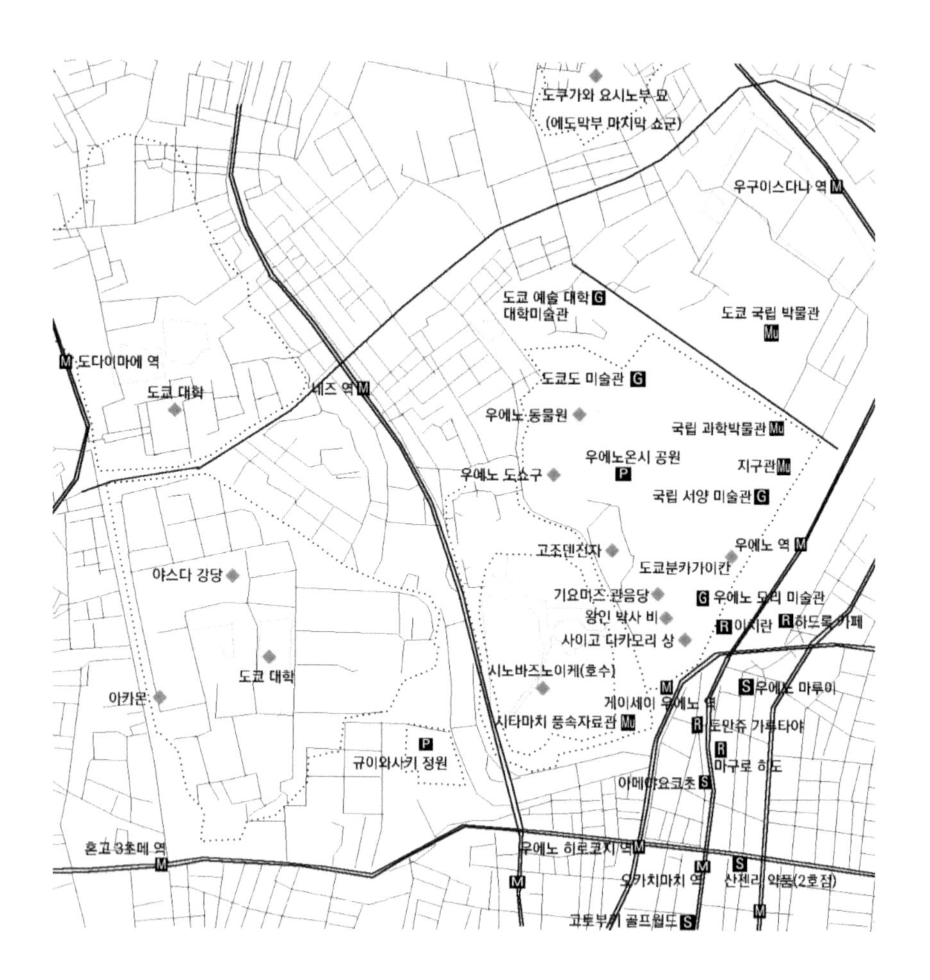

우에노온시 공원 上野恩賜 公園 Ueno Onshi Park 우에노온시코엔

1924년 다이쇼 일왕이 왕의 영지를 도쿄시에 하사하여 공원이 만들어졌기 때문에 공원 명칭이 일왕이 선사한 우에노 공원(上野恩賜公園)이 되었다. 공원에는 국립 서양 미술관, 국립 과학박물관, 도쿄 국립 박물관, 도쿄도 미술관, 우에노 동물원, 우에노 도쇼구(上野 東照宮), 고조텐진자(五條天神社), 호수 시노바즈노이케(不忍池), 시노바즈노이케 벤자이텐(不忍池 弁財天), 메이지 시대의 정치가 사이고 다카모리(西鄕 隆盛), 왕인 박사비 등이 자리한다. 봄이면 봄 벚꽃 놀이인 하나미(花見) 인파로 붐빈다. 한때 잔디밭에는 도쿄 노숙인들이 몰려들었으나 요즘은 많이 줄어들었다. 공원 인근에는 도쿄 예술 대학, 도쿄 대학 등이 있어 대학 구경을 가기도 편리하다.

교통 : JR 우에노(上野) 공원 출구에서 도보 2분 또는 도쿄메트로 긴자센(銀座駅), 히비야센(日比谷線) 우에노 역 G16·H17 출구에서 도보 2분, 게이세이 우에노(京成 上野) 역에서 바로

주소 : 東京都 台東区 上野公園·池之端 3

전화 : 03-3828-5644

홈페이지 : www.kensetsu.metro.tokyo.jp/toubuk/ueno

국립 서양 미술관 国立 西洋 美術館 The National Museum of Western Art 고쿠리츠 세이요 비쥬츠칸

1959년 개관한 미술관으로 인상파 회화와 로댕의 조각을 중심으로 한 프랑스 미술 컬렉션인 마츠카타(松方) 컬렉션을 기반으로 하고 있다. 전체적으로는 로댕, 르누아르, 모네, 고흐 등 인상파를 대표하는 작가들의 작품 180여점을 소장, 전시한다. 본관은 1959년 프랑스 건축가 르 코르뷔지에(Le Corbusier), 신관은 1979년 일본 건축가 쿠니오 마에 카와(前川國男)가 설계해 뛰어난 건축미를 자

랑한다. 상설 전시장은 신관 지상 1층 19~20세기 미술, 본관 2층 14~18세기 회화, 신관 2층 19~20세기 미술, 판화, 소묘 전시이고 기획 전시장은 본관 지하 2층이다. 기획전은 해외 유명 미술관의 작품이 전시되는 경우가 많아 미술관을 찾는 사람이 많고 상설전도 대부분 유명 작가의 작품이어서 볼만하다. 사람으로 붐비는 주말보다는 주중에 방문하는 것이 좋다.

교통 : JR 우에노(上野) 역 공원 출구에서 도보 1분

주소 : 東京都 台東区 上野公園 7-7

전화 : 03-3828-5131

시간 : 09:30~17:30(금 ~20:00)

휴무 : 월요일, 연말연시

요금 : 상설전_일반 430엔, 대학생 130엔, 고등학생 이하 무료, 기획전_15,000엔 내외(전시 별로 다름)

홈페이지 : www.nmwa.go.jp

≫생각하는 사람 考える人 Le Penseur

1880년 프랑스 조각가 로댕이 제작한 청동상으로 최초 석고상으로 만들 때의 제목은 〈시인〉이었다고 한다. 제목처럼 고뇌에 찬 남자의 모습을 잘 표현하고 있어 명성을 얻었다. 원조 생각하는 사람은 프랑스 로댕 미술관 정원에 있고 전 세계에 약 7개의 허가된(?) 복제품이 있는 것으로 알려진다.

위치 : 국립 서양 미술관 정원

≫지옥의 문 地獄の門 La Porte del'E-nfer

1880년~1917년 만들어진 프랑스 조각가 로댕의 작품으로 원래 장식미술관의 정문으로 의뢰받아 단테의 〈신곡〉 지옥편에서 영감을 받아 제작했다. 지옥의 문에는 단테와 베르길리우스 목격한 지옥에서 괴로워하는 사람들의 모습이 생생하게 묘사되어 있다. 재미있는 것은 지옥의 문 한편에 〈생각하는 사람〉의 소상이 묘사되어 있다는 것, 훗날 생각하는 사람은 독립된 조각으로 재탄생하게 된다. 지옥의 문 작품도 로댕 박물관 외 전 세계의 약 7곳에 복제품이 세워져 있다.

위치 : 국립 서양 미술관 정원

≫칼레의 시민 カレーの市民 Les Bou-rgeois de Calais

프랑스 조각가 로댕이 1884년에 제작한 청동상으로 영국과 프랑스의 백년전쟁 시 프랑스 칼레를 구한 6명의 시민을 묘사

했다. 1347년 영국 왕 에드워드 3세는 칼레를 포위하여 섬멸하기 직전이었다. 이에 희생을 각오한 칼레 시민대표 6명이 목에 밧줄을 걸고 영국 왕 앞에 출두하였고 이를 본 영국 왕이 이들의 희생정신에 감복하여 포위를 풀었다. 아이러니하게 당당한 영웅의 모습이 아닌 죽음의 공포에 직면한 인간적 모습인 칼레의 시민상은 이를 주문한 칼레 시청에 설치되지 못하고 변두리에 설치되어 한동안 비난을 받았다고 한다. 이 작품 역시 로댕 미술관 외 전 세계에 여러 점의 복제품이 세워져 있다. *〈**활쏘는 헤라클레스**〉는 부르델의 작품

위치 : 국립 서양 미술관 정원

국립 과학박물관 国立 科學 博物館
National Museum of Nature and Science 고쿠리츠카가쿠 하쿠부츠칸

일본 대표 과학박물관으로 크게 자연과학을 다루는 일본관과 지구과학을 다루는 지구관으로 나뉜다. 일본관은 1~3층 규모로 자연환경, 일본의 지형, 지질, 생물 등의 테마로 상설전시가 열리고 지구관은 지하 3층~지상 3층 규모로 탄생과 멸종의 불가사의(B2F), 공룡의 수수께끼(B1F), 지구의 다양한 생물들(1F), 과학 위인(M2F), 과학과 기술의 진보(2F), 대지를 달리는 생명들(3F) 전시가 진행된다. 관람은 눈으로만 해도 충분하나 안내데스크에서 한국어 안내 가이드를 요청해 이용하면 도움이 된다.

박물관 관람 뒤에는 일본관 지하 1층에 카페, 지구관 중 2층에 레스토랑에 들려 카레라이스나 파스타로 식사나 커피 한 잔을 해도 좋다. 단, 학생 단체 관람이

있을 시에는 관내가 매우 소란스러움으로 인근 미술관이나 박물관을 먼저 본 뒤 다시 오자.

교통 : JR 우에노(上野) 역 공원 출구에서 국립 서양 미술관 지나, 바로
주소 : 東京都 台東区 上野公園 7-20
전화 : 050-5541-8600
시간 : 09:00~17:00. 휴무 : 월요일
요금 : 상설전시_일반·대학생 620엔, 고등학생 이하 무료, 특별전_620엔 내외(전시 별로 다름), 한국어 음성 가이드 500엔
홈페이지 : www.kahaku.go.jp

도쿄도 미술관 東京都 美術館 Tokyo Metropolitan Museum 도쿄도 비쥬츠칸

1926년 개관한 미술관으로 1975년 한 차례 개축하였다가 2012년 붉은 벽돌의 외관만 남겨둔 채 전면 리뉴얼한 뒤 재개관하였다. 전시실은 공모 전시실 12실, 기획 전시실 3실, 상설 기획 전시실 등 전시실이 많아, 많을 때는 4~5개 정도의 전시가 한 번에 열리기도 한다. 그런데도 전시 공간에 빽빽이 전시하는 것이 아닌 여유 있게 전시한다. 전시 요금은 전시에 따라 무료와 유료로 나뉜다. 해외 유명 미술관 작품을 전시하는 특별전은 1,500엔 정도 하니 모든 전시를 보기보다는 꼭 봐야 할 전시만 고르는 것이 좋다. 주말에는 전시를 보려는 사람들로 붐비니 주중에 방문하는 것이 바람직하다. 미술품 관람 뒤에는 2층의 뮤지엄 테라스(MUSEUM TERRACE), 1층의 아이보리(IVORY) 같은 레스토랑, 1층의 M 카페(M cafe)에서 식사하거나 커피를 마셔도 괜찮다.

교통 : JR 우에노(上野) 역 공원 출구에서 공원 가로질러, 도보 7분
주소 : 東京都 台東区 上野公園 8-36
전화 : 03-3823-6921
시간 : 09:30~17:30(특별전 금요일 ~20:00). 휴무 : 월요일, 연말연시
요금 : 무료 또는 유료(전시 별로 다름), 특별전 1,500엔 내외
홈페이지 : www.tobikan.jp

우에노 동물원 上野 動物園 Ueno Zoological Gardens 우에노 도부츠엔

1882년 개원한 일본 최초의 근대식 동물원으로 크게 동원(東園)과 연못 시노바즈노이케(不忍池) 쪽의 서원(西園)으로 나

뉜다. 양 지역은 도보로 이동할 수 있지만 1957년 일본 최초로 설치된 모노레일을 타고 이동하는 것도 재미있다. 동물원에는 호랑이, 사자, 코끼리 등 850여 종, 2,000여 마리의 동물을 수용하고 있고 그중 가장 인기를 끄는 것은 1972년 중국으로부터 기증받는 자이언트 판다이다. 처음 들여온 자이언트 판다는 자연 폐사하여 이후 새로운 자이언트 판다를 들여왔고 판다 번식에 성공하기도 해 관심을 끌었다.

교통 : JR 우에노(上野) 역 공원 출구에서 공원 가로질러, 도보 5분
주소 : 東京都 台東区 上野公園 9-83
전화 : 03-3828-5171
시간 : 09:30~17:00. 휴무 : 월요일
요금 : 일반 600엔, 중학생 200엔, 초등학생 이하 무료. *3월 20일, 5월 4일, 10월 1일 무료입장
홈페이지 :
www.tokyo-zoo.net/zoo/ueno

우에노 도쇼구 上野 東照宮 Ueno Toshogu

1627년 간에이지(寛永寺) 경내에 도쿠가

와 이에야스(徳川家康)를 모시는 신사를 창건했고 1646년 정식으로 궁호를 받아 도쇼구(東照宮)라 했다. 현재 도쿠가와 이에야스, 도쿠가와 요시무네, 도쿠가와 요시노부를 신으로 모신다. 니코에 같은 명칭의 도쇼구가 있으므로 여기서는 우에노 도쇼구라고 부른다. 신사 입구 기둥문인 도리이(とりい)를 지나면 삼문이 있고 삼문을 들어서면 석등이 200개 이상 늘어서 있다. 석등을 지나면 48개의 옛날 청동 등롱이 보이고 그 뒤로 일본에 하나밖에 없는 중국 양식의 금빛 당문(唐門)이 나타난다. 당문 안쪽에 신사의 본전인 사전(社殿)이 자리하나 일반에 개방되지 않는다. *우에노 도쇼구 북쪽, 니포리(日暮里) 역 인근에는 에도 막부의 마지막 쇼군인 **도쿠가와 요시노리(徳川慶喜)의 묘**(東京都 台東区 谷中7丁目1-

1)가 있으니 일본 역사에 관심이 있는 사람이라면 한번 방문해보자.
교통 : JR 우에노(上野) 역 공원 출구에서 공원 가로질러, 도보 5분
주소 : 東京都 台東区 上野公園 9-88
전화 : 03-3822-3455
시간 : 09:00~16:30
요금 : 무료, 내부 참배_일반 500엔, 초등생 200엔
홈페이지 : www.uenotoshogu.com

기요미즈 관음당 清水 觀音堂 Kiyomizu Kuanyintang 기요미즈 칸논탕

1631년 창건한 간에이지(寬永寺)의 본당으로 에도성 북동쪽의 불길한 기운을 막기 위해 세워졌다고 한다. 1868년 에도 막부가 무너지고 메이지 왕으로 왕정복고가 되었으나 에도 막부에서 일왕이 있던 교토 고소에 권력을 돌려주지 않았다. 이에 1868년~1869년 사이고 다카모리가 주동이 된 교토 고소로 권력을 돌리려는 세력이 에도 막부 세력과 전쟁을 벌인 것이 보신 정쟁(戊辰戦争)이다. 이 전쟁으로 에도 막부 세력을 완전히 몰락했고 이때 간에이지도 대부분 파괴되었다.

위치 : 우에노 공원 남쪽
시간 : 09:00~16:00
전화 : 03-3821-4749
홈페이지 : http://kiyomizu.kaneiji.jp

쇼키타이의 묘 彰義隊の墓

사이고 다카모리 동상 뒤에는 사이고 다카모리의 신정부군의 공격에 맞선 에도 막부 군인들인 쇼기타이(彰義隊)의 묘가 있다. 신정부군이 에도 막부를 공격한 것은 1868년 7월 4일의 우에노 전투이다. 당시 에도 막부의 마지막 쇼군인 도쿠가와 요시노부(徳川慶喜)는 쇼기타이의 호위를 받으며 우에노의 간에이지(寛永寺)에 숨어있었다. 하지만 신정부군의 공격에 쇼기타이는 하루 만에 궤멸하였고, 그것으로 에도 막부도 막을 내렸다. 당시 쇼기타이의 시신을 수습한 것이 현재의 쇼기타이 묘. 묘는 팔각 제단에 비석 하나 세워진 모습!
위치 : 왕인 박사 비와 사이고 다카모리 동상 사이

왕인 박사 비 博士 王仁 碑 Wangin Baksa Monument

4세기 백제 근초고왕 때 일본에서 학자를 요청하므로 왕인 박사가 논어와 천자문 등 유학 서적을 가지고 일본으로 들어가, 일본 태자에게 학문을 가르쳤다. 이 때문에 일본 문화의 시조로 추앙받고 있고 일본 오사카부 히라카타(枚方)에 왕인 박사의 묘가 남아 있다.

위치 : 우에노 공원 남쪽

사이고 다카모리 상 西鄕隆盛 像 Saigo Takamori Statue

왕인 박사 비 남쪽에 사이고 다카모리 상이 있다. 사이고 다카모리(西鄕隆盛)는 일본 에도 시대와 메이지 시대에 활동한 정치가 겸 무사로 에도 막부를 무너뜨리고 왕정복고(1867년)를 이뤘고 일본 근대화의 출발인 메이지 유신(1868년)의 주역이다. 1873년에는 조선을 정벌해야 한다는 정한론(征韓論)을 주장하기도 했다. 1877년 사쓰마 번 무사들의 반란인 세이난 전쟁(西南戦争)에서 패한 뒤 자결하였다. 혼돈의 시대에 사이고 다카모리가 보여준 모습은 우리에게 많은 것을 시사한다.

위치 : 우에노 공원 남쪽, 게이세이 우에노(京成 上野) 역 부근

시노바즈노이케 不忍池 Shinobazunoeke

우에노 공원 서쪽에 있는 연못으로 둘레는 약 2km, 넓이 약 110㎥에 달한다. 연못은 크게 북쪽의 우에노 동물원 부분과 서쪽의 보트장, 남쪽의 연꽃 연못으로 나뉘고 연못 중앙에는 칠복신 중의 하나인 벤자이텐을 모시는 **시노바즈노이케 벤텐도(不忍池 弁財天)**가 자리한다. 서쪽의 보트장에서 연인끼리 백조 보트를 타며 한가로운 시간을 보내기 좋고 남쪽 연꽃 연못에서는 7~8월 아름답게 피어난 연꽃을 볼 수 있어 즐겁다.

교통 : JR 우에노(上野) 역 시노바즈 출구에서 시노바즈노이케 방향. 도보 6분

주소 : 東京都 台東区 上野公園

전화 : 03-3828-5644

시간 : 보트 10:00~18:00

휴무 : 보트 12월~2월 매주 수요일

요금 : 노 젓는 보트 1시간 600엔, 패들 보트 30분 600엔, 백조 보트 30분 700엔

전화 : 보트 03-3828-9502

시타마치 풍속자료관 下町 風俗資料館 Shitamachi Museum 시타마치 후조쿠 시료칸

1980년 개관한 박물관으로 변두리를 뜻하는 시타마치(下町)의 역사와 생활 문화를 알리는 곳이다. 서민들의 애환이 서려 있는 시타마치는 1923년 관동대지진과 1945년 제2차 세계대전의 여파로 대부분 파괴되었고 1955년 도쿄 올림픽을 계기로 대대적인 재건축이 일어나면서 추억 속으로 사라졌다. 이곳 1층에 옛 상가와 과자점, 우물, 2층에 목욕탕과 그 시절완구 등이 재현되어 있어 시타마치의 모습을 떠올리기에 도움이 된다.

교통 : JR 우에노(上野) 역 시노바즈(不忍) 출구에서 도보 5분

주소 : 東京都 台東区 上野公園 2-1

전화 : 03-3823-7451

시간 : 09:30~16:30. 휴무 : 월요일

요금 : 일반 300엔, 초등생~고교생 100엔

홈페이지 :

www.taitocity.net/zaidan/shitamachi

도쿄 국립 박물관 東京 国立 博物館 Tokyo National Museum 도쿄 고쿠리츠 하쿠부츠칸

1872년 개관했고 교토 국립 박물관, 나라 국립 박물관과 함께 일본 3대 박물관으로 꼽힌다. 전시실은 본관, 동양관, 헤이세이관(平成館), 호류지 보물관(法隆寺寶物館), 효켄관(表慶館) 등 5개가 있고 소장품은 91개의 국보, 616개의 중요 문화재 등 11만여 점에 이른다. 이중 본관은 일본 미술품, 공예품, 동양관은 중국, 한국, 동남아, 이집트, 중동의 유물, 불상, 미라, 호류지 보물관은 호류지에 있던 7~8세기 불상, 탱화, 헤이세이관은 조몬 토기와 토우, 야요이 시대의 청동기 등이 있어 꼭 보아야 할 전시실로 여겨진다. 특히 한국관의 우리 유물을 보고 있노라면 참으로 안타까운 심정이 절로 든다. 박물관 내 카페와 레스토랑은 동양

관 별동 1층, 호류지 보물관 1층에 있으므로 지나는 길에 이용해보자.
교통 : JR 우에노(上野) 역 공원 출구 또는 JR 우구이스다니(鶯谷) 역에서 남쪽 출구에서 도보 10분
주소 : 東京都 台東区 上野公園 13-9
전화 : 050-5541-8600
시간 : 09:30~17:00. 휴무 : 월요일
요금 : 상설전_일반 620엔, 대학생 410엔, 고등학생 이하 무료, 특별전_600엔(전시에 따라 다름)
홈페이지 : www.tnm.jp

도쿄 예술 대학 대학미술관 東京 芸術大学 大学美術館 Tokyo University of The Art 도쿄 게이쥬츠다이가쿠 다이가쿠비쥬츠칸

도쿄 국립 박물관에서 도쿄 예술 대학 사거리 왼쪽이 미술학부, 오른쪽이 음악학부이다. 대학미술관은 미술학부 정문 부근에 본관과 별관 격인 진열관(陳列館)이 있다. 미술관 수집품은 1887년 도쿄 미술학교 설치 이전부터 시작되었고 현재 2만 8500여 건의 미술품과 음악 자료, 악기 등을 소장 중이다. 1949년 도쿄 미술학교와 도쿄 음악학교가 통합되어 도쿄 예술 대학으로 개교했고 1929년 완공된 도쿄 예술 대학 진열관을 본관으로 사용하다가 1999년 미술관 본관을 신축, 완공했다. 본관에서 주로 규모가 큰 전시가 열리고 진열관에서 소규모 전시나 학생 전시가 열린다. 거장들의 전시가 열리는 국립 서양 미술관이나 도쿄도 미술관보다 작품의 수수한 맛이 있다.
교통 : JR 우에노(上野) 공원 출구 또는 JR 우구이스다니(鶯谷) 역에서 남쪽 출구에서 도쿄 국립 박물관 지나. 도보 13분
주소 : 東京都 台東区 上野公園 12-8
전화 : 03-5777-8600
시간 : 10:00~17:00(전시 별로 다름)
휴무 : 월요일, 연말연시
요금 : 무료 또는 유료(전시 별로 다름)
홈페이지 :
https://museum.geidai.ac.jp

아메야요코초 アメヤ横丁 Ameyayokocho
JR 우에노 역앞에서 JR 오카치마치(御徒町) 역까지 이어지는 재래시장으로 정식명칭은 아메야요코초(アメヤ横丁)이나 흔히 아메요초(アメ横)로 불린다. 아메야요코초 안으로 들어가면 왼쪽 아메요코와 오른쪽 우에나카(上中) 골목이 나오는데 왼쪽이 아메요코 골목으로 갈 것! 재래시장으로 도쿄 시내에서는 이런 재래시장을 보기 어려우므로 상인들의 떠들썩함이 있는 재래시장으로 여행자들을 불러 모은다. 취급 품목은 의류, 신발, 액세서리, 골프용품, 기념품, 화장품, 건어물, 녹차, 식품 등. 이중 땡처리 스포츠 의류나 신

발, 핑(PING)의 중고 및 신품 골프용품 등이 눈길이 가고 여성 여행자라면 JR 오카치마치역 부근 드러그 스토어 산센리 약품(三千里製藥)의 SK-II(25% 할인) 상품에 관심을 가져도 좋다. 아메야요코초 골목 사이사이에는 꼬치, 떡볶이, 같은 주전부리 노점, 라멘, 야키도리, 덮밥, 스시 등을 내는 식당이 있어 간식을 먹거나 식사를 하기도 좋다.

교통 : JR 우에노(上野) 역 히로코지(広小路) 출구에서 아메야요코초 방향, 바로
주소 : 東京都 台東区 上野4
전화 : 03-3832-5053
시간 : 10:00~20:00
홈페이지 : www.ameyoko.net

도쿄 대학 東京 大學 The University of Tokyo 도쿄 다이가쿠

1856년 개교한 일본 최고 명문 대학 중 하나로 캠퍼스 내에는 고풍스러운 건물에 도쿄 대학병원(우에노 방향), 이학부, 공학부, 의학부 등 10여 개의 학부가 자리한다. 정문은 우에노 반대 방향, 혼고우도리(本鄕通り) 길가에 있고 캠퍼스 중앙에 일본 학생운동의 상징인 야스다 강당이 있다.

대학이 모여 있어 유흥가를 형성한 신촌을 생각하면 도쿄 대학 앞에도 유흥가가 있을 듯한데 실제 도쿄 대학 앞에는 여느 일본 동네 거리와 같이 작은 상점과 식당 몇 곳만 있을 뿐이다. 또한, 흔히 최고 명문이면 공붓벌레만 있을 듯한데 여름철에 운동장에서 럭비를 하거나 검도복이나 유도복을 입고 운동하는 모습이 심심치 않게 보여 공부 못지않게 운동도 열심히 하는 것 같다. 한가롭게 대학 캠퍼스를 거닐기 좋고 야스다 강당 앞 지하의 학생식당에서 학생들이 먹는 식사를 맛보아도 괜찮다.
교통 : JR 우에노(上野) 역 시노바즈(不忍) 출구에서 시노바즈노이케 지나 도보 20분
주소 : 東京都 文京区 本郷 7-3-1
전화 : 03-3812-2111
시간 : 06:00~00:30
홈페이지 : www.u-tokyo.ac.jp

≫아카몬 赤門 Akamon

도쿄 대 정문 남쪽에 있는 에도 시대의 문으로 붉은색으로 칠해져 있어 아카몬(赤門)이라고 한다. 이 문은 에도 막부 11대 쇼군 도쿠가와 이에나리(徳川家斉)의 21번째 딸을 시집보내는 기념으로 세운 것이라고. 아카몬은 도쿄대의 상징 중 하나로 이문을 배경으로 기념촬영을 하는 고등학생을 종종 볼 수 있다.
위치 : 혼고우도리(本郷通り) 길가

≫야스다 강당 安田 講堂 Yasuda Auditorium 야스다 코도

1925년 완공된 건물로 야스다 재벌의 야스다 젠지로(安田善次郎)의 기부로 건설되었고 정식명칭은 도쿄 대학 대강당이다. 도쿄 대학 정문에서 은행나무 길을 따라 야스다 강당까지 연결되고 건물은 아치형 문이 있는 현관과 중앙의 시계탑, 시계탑을 중심으로 좌우 대칭의 건물이 이어진 외관을 하고 있다. 야스다 강당은 1968년 일본 학생운동 조직인 전학공투회의(全学共闘会議, 전공투)가 일본 학생운동의 일환인 동대투쟁(東大闘争)으로 점거하였다가 경찰기동대에 해산당했다. 이후 일본에서 학생운동이 내리막을 걸었고 그로 인해 더는 일본 사회를 비판하는 세력이 나타나지 않았다.
위치 : 도쿄대 중앙

*레스토랑&카페

이치란 一蘭 アトレ上野山下口店 Ichiran

후쿠오카 하카타(博多)의 돼지 뼈 육수를 기본으로 하는 돈고츠 라멘을 낸다. 라멘보다 특이한 것은 좌석이 독서실 칸막이 좌석처럼 1인용으로 되어있다는 것! 자판기에서 라멘과 추가로 가에다마(替玉, 사리), 챠슈(チャーシュー, 돼지고기), 고항(ごはん, 밥) 등을 주문하고 자리에 앉으면 주문서에 맛의 농도(味の濃ち), 맛의 강도(こってり度), 마늘(にんにく), 파(ねぎ), 돼지고기(チャーシュー), 매운 양념장(祕伝のたれ), 면의 강도(麵のかたさ) 표시하게 되어 있다. 보통은 기본(基本), 없음(なし), 있음(あり)으로 표시하고 나머지는 알아서 표시하면 된다. 주문서를 제출하고 잠시 기다리면 칸막이를 열고 라멘을 갖다 주는데 공부하는 마음으로 라멘을 먹어보자.

교통 : JR 우에노(上野) 역 아트레 우에노야마시타(アトレ 上野山下) 출구에서 바로

주소 : 東京都 台東区 上野公園 7-1-1

전화 : 03-5826-5861. 시간 : 24시간

메뉴 : 라멘(らめん) 980엔, 라멘+가에다마(替玉, 사리) 1,320엔, 추가 챠슈(チャーシュー) 250엔, 고항(ごはん, 밥) 250엔

홈페이지 :

https://ichiran.com/shop/tokyo/ueno

뮤세이온 ムーセイオン Museion

국립 과학박물관의 지구관 2층에 있는 레스토랑으로 170석의 좌석이 있어 여유롭게 식사하기 좋다. 메뉴는 메인 요리와 커피가 나오는 세트 메뉴, 멘치가츠(メンチカツ), 스파게티, 카레라이스, 오므라이스, 디저트로 케이크, 푸딩, 음료로 커피, 홍차, 주류로 생맥주, 와인 등으로 다양한 편이다. 멘치가츠는 커틀렛(고로케)

속에 감자, 양파 대신 다진 고기가 들어간 것을 말한다. 이곳 외 일본관 지하 2층의 카페에서도 간단한 식사가 가능하나 메뉴를 많지 않다.
교통 : JR 우에노(上野) 역 공원 출구에서 국립 서양 미술관 지나. 바로
주소 : 東京都 台東区 上野公園 7-20, 国立 科學 博物館, 地球館 2F
전화 : 03-3827-2080
시간 : 10:30~17:00. 휴무 : 월요일
메뉴 : 뮤세이온 플레이트(ムーセイオンプレート) 1,280엔, 깃부 플레이트(キッズプレート) 700엔, 햄버거 플레이트(ハンバーグプレート) 980엔
홈페이지 : www.kahaku.go.jp

하드록 카페 Hard Rock Cafe Ueno-Eki Tokyo

하드록 카페의 JR 우에노역점으로 레스토랑과 기념품점인 록숍(Rock Shop)으로 나뉜다. 레스토랑에는 1984년 마이클 잭슨이 입었던 재킷, 1969년 엘비스 프레슬 리가 신었던 부츠, 롤링 스톤즈와 본 조비의 기타, 마돈나의 재킷 등이 걸려있어 작은 록 박물관을 방불케 한다. 역 안에 있어서인지 아침 일찍 문을 열어 조식 메뉴를 제공하는데 아무래도 록을 즐기기에는 아침보다는 저녁 시간이 좋을 듯하다. 록음악을 들으며 식사를 하고 싶다면 한 번쯤 방문해도 좋으리라.
교통 : JR 우에노(上野) 역에서 히로코지(広小路) 출구 방향, 바로
주소 : 東京都 台東区 上野公園 7-1-1, JR 上野駅, 1F
전화 : 03-5826-5821
시간 : 08:00~20:00
메뉴 : 바비큐 립&풀드 포크(BBQ RIBS&PULLED PORK) 2,980엔, 오리지널 리젠더리 버거 2,380엔, 치즈 샌드위치 1,780엔, 피시&칩스 1,480엔, 맥주 680엔~
홈페이지 : www.hardrockcafe.com

도만쥬 가루타야 都まんじゅう かるた家 Tomanzu Karutaya

아메야요코초 중간에 있는 만쥬 전문점으로 도만쥬(都まんじゅう)는 강낭콩의 일종인 대보마메(手亡豆)를 앙꼬로 한 오방떡(풀빵)이다. 도만쥬는 원형의 두꺼운 파운데이션 케이스 모양에 도만쥬 도장이 찍혀 있어 작은 파이처럼 보이기도 한다. 갈색의 바삭한 외피와 속의 달달한 강낭

콩 앙꼬 맛이 일품이어서 찾는 사람이 많다.
교통 : JR 우에노(上野) 역 히로코지(広小路) 출구에서 길 건너 아메야요코초(アメヤ横丁) 방향. 도보 3분
주소 : 東京都 台東区 上野公園 4-9-13
전화 : 03-3835-0068
시간 : 10:00~20:00. 휴무 : 화요일
메뉴 : 도만쥬 10개 600엔, 12개 900엔, 20개 1,200엔, 24개 1,800엔

마구로 히도 まぐろ人 御徒町出張所 Maguro Hito

아메야요코초에서 동쪽으로 한 블록 간 곳에 우에노오카치마치 추오도리(上野御徒町 中央道り) 또는 오카치마치 에키마에도리(御徒町 駅前道り)가 있고 그곳에 마구로 히도(まぐろ人)가 있다. 이곳은 다치다베이젠(立ち食い鮨)이라고 하는 서서 먹는 스시집이다. 이 때문에 다른 곳보다 저렴한 1칸(かん)에 100엔부터 시작한다. 1칸은 스시를 세는 단위로 보통 스시 2개을 1칸이라고 한다. 회전스시집에서도 한 접시가 1칸이어서 2개의 스시가 담겨있다.
교통 : JR 우에노(上野) 역 히로코지(広小路) 출구에서 길 건너 우에노오카치마치 추오도리(上野御徒町 中央道り) 방향. 도보 5분 또는 JR 오카치마치(御徒町) 역 북쪽 출구에서 오카치마치 에키마에도리(御徒町 駅前道り) 방향. 도보 1분
주소 : 東京都 台東区 上野公園 6-3-7
전화 : 03-3831-3876
시간 : 11:00~22:00
메뉴 : 1칸(かん) 100엔~700엔
홈페이지 :
https://asakusa-magurobito.net

추오쇼쿠도 中央食堂 The Central Restaurant

도쿄 대학 야스다 강당(安田講堂) 앞 광장 지하에 있는 중앙 식당으로 420개의 좌석이 있는 대형 식당이다. 지하 1층에 당일 주요 메뉴의 모형과 가격, 메뉴 번호가 있으므로 입맛에 따라 메뉴를 선택하여 메뉴 자판기를 이용하거나 매표소에서 음식을 주문하면 된다. 메뉴는 정식, 덮밥, 라멘 등으로 다양한 편! 주문표를 받았으면 지하 2층으로 내려가 밥, 면 등으로 구분된 주방에 주문표를 제출하고 기다리면 음식이 나온다. 식사 후에는 녹차 자판기(무료)에서 따뜻한 녹차를 받아 마셔도 좋다. 단, 식당에서 공부하는 학

생이 있으니 소란스럽게 하지 않는다.
교통 : JR 우에노(上野) 역 시노바즈(不忍) 출구에서 시노바즈노이케 지나 도보 20분
주소 : 東京都 文京区 本郷 7-3-1, 東京大學 安田講堂前 広場下
전화 : 03-3812-2111
시간 : 11:00~21:00(토~일 ~14:00)
메뉴 : 가츠데이쇼쿠(かつ定食), 가츠동(かつ丼), 와멘(和めん, 츠케멘(つけ麺) 500엔 내외
홈페이지 : www.u-tokyo.ac.jp

***쇼핑**

우에노 마루이 上野 マルイ Ueno Marui

JR 우네노역 앞에 있는 젊은 감각의 백화점으로 매장은 지하 2층 갭(GAP)과 무지(無印良品), 지하 1층 화장품과 여성 구두, 지상 1층 여성 잡화, 2~3층 여성 패션, 4층 여성 패션과 프랑프랑(Fracfranc, 인테리어 소품), 5층 빌리지 뱅가드(Village Vanguard, 서적, 잡화)와 로프트(Loft, 디자인 상품), 6~7층 남성 패션과 잡화, 8층 남성 패션과 스포츠, 9층 식당가로 구성된다. 어린이와 함께 여행 중이라면 지하 2층 갭 키드에서 아동복, 인테리어와 디자인 상품에 관심 있다면 지하 2층 무지와 4층 프랑프랑, 5층 로프트에 들려보는 것이 좋고 식사 시간이라면 9층 식당가에서 입맛에 따라 메뉴를 선택해도 괜찮다.

교통 : JR 우에노(上野) 역 히로코지(広小路) 출구에서 길 건너, 도보 1분
주소 : 東京都 台東区 上野 6-15-1
전화 : 03-3833-0101
시간 : 11:00~20:00
홈페이지 : www.0101.co.jp/058

가와치야 식품 カワチヤ 食品 Kawach-iya Food 가와치야 쇼쿠힌

수입식품 전문점으로 포숑, 마리아주 프레르, 웨지우드, 셰 모아 같은 유명 브랜드의 홍차, 커피, 허브, 스파이스, 소스, 버터 같은 제품이 인기를 끈다. 이들 제품은 통상 20~30% 할인된 가격에 판매된다. 홈페이지를 통해 원하는 제품과 가

격을 확인하고 가면 더욱 편리하게 이용 가능!
교통 : JR 우에노(上野) 역 히로코지(広小路) 출구에서 아메야요코초(アメヤ横丁) 방향, 도보 3분
주소 : 東京都 台東区 上野 4-6-12, 아메야요코초 중간
전화 : 03-3831-2215
시간 : 10:00~19:00. 휴무 : 목요일
홈페이지 : http://kawachiya-foods.com

산젠리 약품 三千里 薬品 御徒町２号店 Sanzenri Yakuhin 산젠리 야쿠힌

아메야요코초 남쪽, JR 오카치마치(御徒町) 역 북쪽 출구 부근에 있는 드러그 스토어로 매장은 1층에 의약품, 건강식품, 남성 화장품, 2층에 자생당(資生堂) 화장품, SK-II 화장품 코너로 구성된다. SK-II 화장품은 정규 취급점으로 25%의 할인율을 자랑한다. *SK-II 화장품의 할인율은 산젠리 약품 지점 별로 다를 수 있으니 참고! 시부야 산제리 약품은 30%
교통 : JR 우에노(上野) 역 히로코지(広小路) 출구에서 아메야요코초(アメヤ横丁) 방향, 도보 5분 또는 JR 오카치마치(御徒町) 역 북쪽 출구에서 바로
주소 : 東京都 台東区 上野 3-27-8, 아메야요코초 남쪽
시간 : 08:30~20:30
전화 : 03-3833-3019
홈페이지 : www.3000ri.co.jp

고토부키 골프월드 コトブキ ゴルフワールド館 Kotobuki Golf

골프용품 전문점으로 남성 클럽과 액세서리, 여성 클럽과 액세서리, 남성과 여성 골프웨어, 왼손잡이 골프용품, 중고 골프용품 등 골프용품의 모든 것을 한자리에서 둘러볼 수 있다.
교통 : JR 오카치마치(御徒町) 역 남쪽 출구로 나와, 남쪽 고토부키 골프 방향, 도보 5분
주소 : 東京都 台東区 上野３丁目２１-１１
전화 : 03-3836-4141
시간 : 10:00~19:30
홈페이지 : www.kotobukigolf.co.jp

15 아사쿠사 浅草 Asakusa

도쿄의 변두리를 뜻하는 시타마치 풍경과 일본전통 사찰 센소지를 볼 수 있는 인기 관광지 중 하나. 센소지는 일본에서 가장 오래된 사찰로 가미나리몬, 호조몬, 혼도에 이르는 길은 연일 사람들로 북적인다. 특히 가미나리몬과 호조몬 사이의 전통 상점가 나카미세도리에서는 일본전통 과자인 화과자, 센베이, 붕어빵 같은 주전부리를 맛보거나 기념품 쇼핑을 하기 좋다. 센소지 주변으로는 옛날 놀이동산, 만담 공연장, 예전에 지어진 저층 건물들이 늘어서 옛 도쿄 풍경을 보여준다.

▲ 교통

① JR·도쿄메트로 우에노(上野) 역에서 도쿄메트로 긴자센(銀座線) 이용, 아사쿠사(浅草) 역 하차

② JR 신바시(新橋) 역에서 도에이 아사쿠사센(都営 浅草線) 이용, 아사쿠사 역 하차

③ 사철 도부 스카이트리라인(東武 スカイツリーライン) 아사쿠사 역 하차

④ 신도시철도 쓰쿠바 익스프레스(つくばエクスプレス) 아사쿠사 역(센소지 서쪽) 하차

⑤ JR·도쿄메트로 우에노(上野) 역에서 도쿄메트로 긴자센(銀座線) 다와라마치(田原町) 역 하차_갓파바시도리(合羽橋通り)

▲ 여행 포인트

① 센소지의 가미나리몬, 혼도 둘러보기

② 나카미세도리에서 주전부리, 기념품 쇼핑하기

③ 옛날 놀이공원 하나야시키에서 놀기

④ 갓파바시도구가이에서 예쁜 그릇, 주방기기 찾아보기

▲ 추천 코스

갓파바시도구가이→센소지→나카미세도리→덴보인도리→가미나리몬→도쿄 크루즈 아사쿠사 선착장

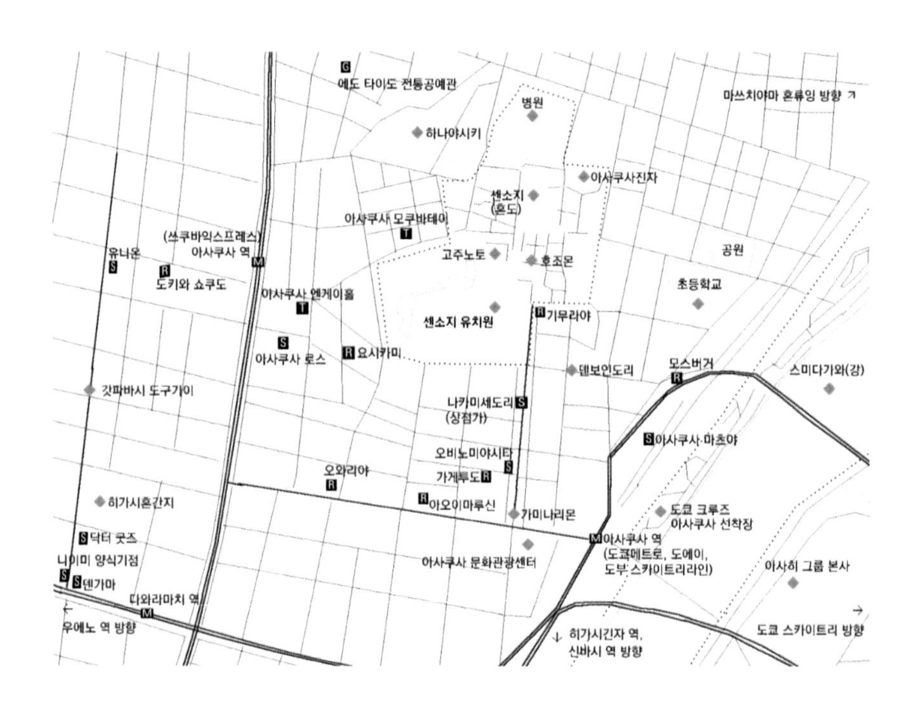

센소지 浅草寺 Sensoji

628년 스미다강에서 물고기를 잡던 어부 형제가 그물에 걸려 올라온 관음상을 모시기 위해 사당을 세웠고 645년 이곳에 승려 쇼카이(勝海)가 관음당을 세운 것이 센소지의 유래가 되었다. 에도 시대 초기, 도쿠가와 이에야스(徳川 家康)가 센소지를 막부의 기원소로 정해 사찰이 중흥을 이뤘고 에도 시대 후반 경내에 상점과 공연장이 설치되어 에도 문화의 중심지 역할도 했다. 센소지의 정식명칭은 긴류잔 센소지(金龍山 浅草寺)이고 현재 사찰 입구 가미나리몬(雷門), 상점가 나카미세도리(仲見世通り), 정문 호조몬(宝物門), 본당 혼도(本堂), 동쪽에 아사쿠사 진자(浅草神社), 서쪽에 고주노토(五重塔) 등으로 배치되어 있다. 현재 센소지는 도쿄에서 가장 큰 사찰로 아사쿠사 관음의 영험 때문인지 연간 약 3,000만 명의 방문객이 찾는다. 한 해 소망이 있다면 아사쿠사 관음께 소원을 빌어보자.

교통 : 도쿄메트로 긴자센(銀座線) 아사쿠사(浅草) 역 1·3번 출구에서 가미나리몬(雷門), 나카미세도리(仲見世通り) 지나. 도보 7분

주소 : 東京都 台東区 浅草 2-3-1

전화 : 03-3842-0181

시간 : 4월~9월 06:00~17:00, 10월~3월 06:30~17:00

홈페이지 : www.senso-ji.jp

≫가미나리몬 雷門 Kaminarimon

942년 처음 세워진 사찰 입구를 뜻하는 총문(總門)으로 평안과 풍년, 센소지의 번영을 기원하는 의미를 담고 있다. 가미나리몬의 직경은 3.3m, 높이는 3.9m, 무게는 700kg이고 정식명칭은 가미나리신몬(風雷神門)이나 보통 가미나리몬(雷門)이라 부른다. 가미나리몬의 현판에 긴류잔(金龍山), 총문 중앙의 붉은 등 앞에 검은색으로 가미나리몬(雷門), 뒤쪽에 가미나리신몬(風雷神門)이라고 적혀있고 가미나리몬 앞의 오른쪽에 바람의 신상 후진조(風神像), 왼쪽에 천둥의 신상 라이진조(雷神像), 뒤의 오른쪽에 여성 신 긴류조(金龍像), 왼쪽에 남성 신 덴류조(天龍像)가 자리한다. 가미나리몬은 센소지의 상징으로 여겨져 가미나리몬을 배경으로 기념촬영을 하는 사람이 많다.

위치 : 센소지(浅草寺) 앞

≫호조몬 宝蔵門 Hozomon

가미나리몬(雷門)과 나카미세도리(仲見世

通り)를 지난 곳에 사찰의 정문인 호조문(宝物門)이 있다. 1964년 정면 5칸, 2층 건물로 세워졌고 현판에 센소지(浅草寺)라 적혀있다. 중앙에 출입문, 좌우에 검은색 등과 금강역사가 자리한다. 호조몬 뒤쪽에는 2008년 야마가타현(山形県) 무라야마시(村山市)에서 길이 4.5m, 폭 1.5m, 무게 500kg 거대한 인왕의 짚신이 있어 눈길을 끈다. 사찰을 지키는 인왕의 짚신이 이렇듯 크니 사악한 마귀가 절로 놀라 달아나게 할 의도로 설치되었다고.

위치 : 센소지(浅草寺)의 가미나리몬과 나카미세도리 북쪽

≫혼도 本堂 Hondo

센소지의 본당으로 1945년 전쟁 통에 파괴된 것을 1958년 같은 모양으로 재건하였다. 본당 안 고쿠덴(御宮殿)에 본존인 관음보살을 모시고 있고 관음보살 좌우에 범천(梵天)과 제석천(帝釈天), 부동명왕(不動明王), 애염명왕(愛染明王)이 보좌한다. 아쉽게 혼도 앞에서 가마쿠라 시대 말기 양식의 금색 고쿠덴 앞쪽만 보일 뿐 관음보살이나 범천, 제석천 등 공개되지 않는다.

위치 : 센소지(浅草寺)의 호조몬 북쪽

≫고주노토 五重塔 Gozunoto

942년 처음 건립되었고 1600년대에도 막부 2대 쇼군 도쿠가와 이에미쓰(徳川 家光)가 본당, 인왕문 등과 함께 세웠으나 1945년 태평양 전쟁으로 파괴되었다. 현재의 탑은 1973년 다시 세운 것으로 탑 높이 48.3m, 지상으로부터 전체 높이 53.3m이다. 탑 최상층에 스리랑카에서 가져온 부처님의 사리, 영패전(霊牌殿)에 신도들의 위패가 모셔져 있다. 일반에 개방되지 않으니 밖에서 보는

것으로 만족하자.
위치 : 센소지(浅草寺)의 혼도 서쪽

≫아사쿠사진자 浅草神社 Asakusa Shrine

1649년 에도 막부 3대 쇼군 도쿠가와 이에미쓰(徳川 家光)의 지원으로 신사의 본전과 폐전, 배전 등이 세워졌고 이후 1923년 관동대지진, 1945년 태평양 전쟁 등에도 피해를 보지 않았다. 스미다강에서 관음상을 낚았던 히노쿠마노 하마나리(檜前浜成), 히노쿠마노 다케나리(檜前竹成), 승려 하지노 마나카지(土師真中知)를 신으로 모셔, 산샤곤겐샤(三社権現社)로 불렸다. 1873년 산샤묘진샤(三社明神社)를 거쳐 현재의 아사쿠사진자로 개명되었다.
교통 : 도쿄메트로 긴자센(銀座線) 아사쿠사(浅草) 역 1·3번 출구에서 가미나리몬(雷門), 나카미세도리(仲見世通り) 지나. 도보 7분
주소 : 東京都 台東区 浅草 2-3-1
전화 : 03-3844-1575
시간 : 4월~9월 06:00~17:00, 10월~3월 06:30~17:00
홈페이지 : www.asakusajinja.jp

나카미세도리 仲見世通り Nakamisedori

에도 막부를 개설한 이후 센소지를 찾는 사람들이 많아지자 이들을 상대로 기념품, 과자, 장난감, 토산품 등을 판매하는 상점가가 만들어졌다. 지진이나 전쟁을 겪으며 건물은 신식으로 바뀌지만, 여전히 판매 물품을 그 시절 그대로이다. 현재 가미나리몬에서 호조몬에 이르는 길에 89개의 상점이 영업하고 있다. 주말에는 상점을 둘러보는 인파로 앞으로 나가기 어렵고 화과자, 만쥬, 사탕 등 주전부리를 맛보는 재미도 쏠쏠하다.
교통 : 도쿄메트로 긴자센(銀座線) 아사쿠사(浅草) 역 1·3번 출구에서 가미나리몬(雷門) 지나. 도보 1분
주소 : 東京都 台東区 浅草, 仲見世通り

전화 : 03-3844-3350
시간 : 09:00~19:00(상점별로 다름)
홈페이지 : www.asakusa-nakamise.jp

덴보인도리 伝法院道り Denboindori

센소지 앞 상점가 나카미세도리 지나 동서로 연결되는 거리로 완벽하진 않지만 에도 시대 거리를 재현한 상점가이다. 빗, 비녀 같은 전통 공예품, 기념품점, 일본 전통복장인 기모노숍, 식당 등이 있어 한가롭게 걸어볼 만하다. 멀지 않은 곳에 있는 아사쿠사 공회당 앞에 스타들의 손도장이 있는 스타의 거리, 화재 방지, 도난 방지를 담당하는 수호신으로 너구리, 오타네키사마(お狸さま)를 모신 사당 치고도(鎮護堂) 등이 있으니 지나는 길에 둘러보자. 관광 인력거 끄는 사람도 주차하고 있으니 타 볼 사람은 가격을 흥정!
교통 : 도쿄메트로 긴자센(銀座線) 아사쿠사(浅草) 역 1·3번 출구에서 가미나리몬, 나카미세도리(仲見世通り) 지나. 도보 5분
주소 : 東京都 台東区 浅草, 伝法院道り
시간 : 10:00~19:00(상점별로 다름)

아사쿠사 문화관광센터 浅草文化觀光センター Asakusa Culture Tourism Center 아사쿠사 분카간코센터

센소지 가미나리몬 건너편에 있는 관광안내소로 1층에서 여행 팸플릿을 얻거나 한국어 안내를 받을 수 있고 2층 관광 안내 코너에서 관광 정보 잡지를 보거나 무료 관광 검색용 컴퓨터를 이용할 수도 있다. 8층에는 아사쿠사 미하라시 카페(アサクサ ミハラシ)와 무료 전망 테라스가 있어 센소지 전경과 스미다강 건너 아사히 슈퍼드라이홀을 조망하기 좋다.
교통 : 도쿄메트로 긴자센(銀座線) 아사쿠사(浅草) 역 2번 출구에서 바로
주소 : 東京都 台東区 雷門 2-18-9
전화 : 03-3842-5566
시간 : 10:30~20:00
홈페이지 : www.city.taito.lg.jp/bunka_kanko/kankoinfo

아사쿠사 모쿠바테이 浅草 木馬亭 Asakusa Mokubatei

1970년부터 40년 넘게 로쿄쿠(浪曲) 공연을 하는 극장이다. 로쿄쿠는 메이지 시대 초기부터 시작된 예능으로 샤미센(三味線) 연주에 맞춰, 이야기하고 노래를 하는 1인 창극. 모쿠바테이(木馬亭)라는

이름은 메이지 시대 회전목마를 두고 손님을 끌었던 것에서 유래한 것이다. 공연은 20~30분 간격으로 진행되니 일본의 독특한 공연을 체험하고 싶다면 방문해보자.

교통 : 도쿄메트로 긴자센(銀座線) 아사쿠사(浅草) 역 1·3번 출구에서 센소지 혼도로 간 뒤, 서쪽 아사쿠사 모쿠바테이 방향. 도보 7분
주소 : 東京都 台東区 浅草 2-7-5
전화 : 03-3844-6293
시간 : 11:00~15:00(공연 별로 다름)
휴무 : 부정기 휴일
요금 : 2,500엔(공연 별로 다름)
홈페이지 :
http://mokubatei.art.coocan.jp

아사쿠사 엔게이 홀 浅草 演芸 ホール Asakusa Engei Hall

1884년 이래로 만담(落語) 공연이 열린 곳으로 1964년부터는 라쿠고 협회(落語協会)와 라쿠고 예술협회(落語 芸術協会)가 교대로 공연을 진행한다. 만남 외 콩트, 곡예, 마술, 모사 등의 공연도 열린다. 일본 유명 코미디언인 기타노 다케시(北野 武)가 이곳 출신으로 알려져 있다. 극장 앞에 당일 출연 팀들의 사진이 붙어 있으니 관심이 있다면 관람해보자.

교통 : 도쿄메트로 긴자센(銀座線) 아사쿠사(浅草) 역 1·3번 출구에서 나카미세도리 지나 좌회전, 덴보인도리 이용, 아사쿠사 엔게이홀 방향, 도보 10분
주소 : 東京都 台東区 浅草 1-43-12
전화 : 03-3841-6545
시간 : 11:40~16:30, 16:40~21:00(공연에 따라 다름)
요금 : 일반 2,800엔, 학생 2,300엔, 어린이 1,500엔(공연에 따라 다름)
홈페이지 : www.asakusaengei.com

하나야시키 花やしき Hanayashiki

1853년 화원과 동물원으로 개장했고 1949년 놀이동산으로 재단장 되었다. 당시에는 최신 놀이기구를 갖춘 테마파크였으나 세월이 흘러 이제는 퇴락한 놀이동산이 되었다. 그런데도 옛날 추억을 되살리게 하고 화려하진 않지만, 그런대로 흥미로운 놀이기구들이 많아 발길을 이끈다. 여러 놀이기구 중 하나야시키의 상징인 60m의 수직 낙하 놀이기구 스페이스

샷(スペースショット), 청룡열차 롤러코스터(ローラーコースター), 회전목마 메리고 라이드(メリーゴーランド), 귀신의 집(お化け屋敷) 등이 관심이 간다. 하나야시키 앞에는 옛날 식당(?)이 있어 오래된 빙수 기계로 갈아주는 빙수(かき氷, 가키고오리)를 맛보기 좋다. 긴자의 고급(?) 빙수 가게보다 양도 많고 가격도 매우 싸니 꼭 맛을 보길 추천한다.

교통 : 도쿄메트로 긴자센(銀座線) 아사쿠사(浅草) 역 1·3번 출구에서 가미나리몬, 센소지 혼도 거쳐, 하나야시키 방향. 도보 10분
주소 : 東京都 台東区 浅草 2-28-1
전화 : 03-3842-8780
시간 : 10:00~18:00. 휴무_화요일
요금 : 입장료_대인(중학생 이상) 1,000엔, 소인(초등생) 500엔, 프리패스_대인(중학생 이상) 2,500엔, 소인(초등생) 2,200엔, 오리모노켄(のりもの券, 탑승권) 보통권(1매) 100엔, 회수권(11매) 1,000엔 *놀이기구별로 오리몬노켄 2~5매 사용됨
홈페이지 : www.hanayashiki.net

에도 타이도 전통공예관 江戸 たいとう伝統工芸館 Edo Taidou Traditional Crafts Museum 에도 타이도 덴토고게이칸

에도 타이도 전통 공예관이 있는 다이토구(台東区)는 에도 시대 서민문화의 발상지이자 상업, 문화 중심지여서 1997년 이 지역의 장인들이 만든 전통 공예품을 전시하는 전시장이 만들어졌다. 전시장에 에도 발(簾), 도쿄 오동나무 장롱, 에도 지물 등 약 45개 분야, 약 350점의 공예품이 전시되고 1층 공예 실연장에서는 매주 토요일과 일요일 장인의 작업 모습을 볼 수도 있다. 장인의 실연 일정과 내용은 홈페이지에서 확인!
교통 : 도쿄메트로 긴자센(銀座線) 아사쿠사(浅草) 역 1·3번 출구에서 센소지 거쳐, 전통 공예관 방향. 도보 15분
주소 : 東京都 台東区 浅草 2-22-13
전화 : 03-3842-1990

시간 : 10:00~20:00, 실연_토요일 또는 일요일 11:00~17:00. 요금 : 무료
홈페이지 :
https://craft.city.taito.lg.jp/kogeikan

갓파바시 도구가이 合羽橋 道具街 Kappabashi dougu Street

센소지 남서쪽의 일본 최대의 주방용품 거리로 냄비, 그릇, 접시, 주전자, 칼, 프라이팬, 주방 복장, 음식 모형, 노렌(のれん, 상점 명칭이 적힌 장막) 같은 주방용품을 판매하는 170개 이상의 상점이 모여 있다. 주방용품 상점의 일본 전통 접시나 컵, 그릇 등에 눈길이 가고 커피용품 판매점의 드립 커피용품, 에스프레소 기구 등에도 관심이 쏠린다. 이 거리에서의 쇼핑 요령은 마음에 드는 그릇이나 컵이 나오면 한국 내 유사품 가격과 비교해 보고 비슷하면 바로 사는 것이다. 한참 상점을 지나쳤다가 다시 사기 위해 발길을 돌리려면 기운이 빠질 수 있다.

교통 : 도쿄메트로 다와라마치(田原町) 역 1번 출구에서 기쿠야바시(菊屋橋) 사거리에서 우회전. 도보 4분
주소 : 東京都 台東区 西浅草, 合羽橋道具街
전화 : 03-3844-1225
시간 : 09:00~17:00(상점별로 다름)
휴무 : 일요일, 연말연시(상점별로 다름)
홈페이지 : www.kappabashi.or.jp

≫히가시혼간지 東本願寺 Higashihonganji

일본 불교 종파 중의 하나인 정토진종(浄土真宗)에 속하는 사찰로 원래 아사쿠사 혼간지(浅草 本願寺)로 불리다가 도쿄 혼간지(東京 本願寺)를 거쳐, 정식명칭으로 혼잔 히가시혼간지(本山東本願寺)가 되었다. 본당 내부는 금색을 칠해져 있고 중앙에 본존인 아미타여래(阿弥陀如来) 입상을 모시고 있다. 내부를 볼 수 없는 센소지와 달리 본당 안을 볼 수 있으므로 일본 불교를 이해하기에 도움이 된다. 갓파바시도구가이 가는 길에 있으

므로 지나는 길에 들려보자.
교통 : 도쿄메트로 다와라마치(田原町) 역 1번 출구에서 히가시혼간지(東本願寺) 방향. 도보 4분
주소 : 東京都 台東区 西浅草 1-5-5
전화 : 03-3843-9511
시간 : 07:00~16:00
홈페이지 : www.honganji.or.jp

도쿄 크루즈 아사쿠사 선착장 東京クルーズ 浅草船着場 Tokyo Cruise

아사쿠사에서 스미다강(隅田川)을 따라 하마리큐(浜離宮), 히노데(日の出), 오다이바(お台場), 도요스(豊洲)까지 수상 버스(水上 バス)라 불리는 정기 여객선이 운항한다. 운항 노선에는 호타루나(ホタルナ) 선으로 아사쿠사에서 하마리큐, 히노데를 잇는 스미다가와 라인(隅田川 ライン), 히미코(ヒミコ) 선으로 아사쿠사에서 오다이바를 잇고 종착이 도요스(豊洲)인 아사쿠사·오다이바직통 라인(浅草·お台場直通 ライン), 호타루나(ホタルナ) 선으로 아사쿠사에서 히노데 경유 오다이바를 잇는 히노데 경유 오다이바 라인(日の出 経由·お台場直通 ライン) 등이 있다. 히미코 선은 〈은하철도 99〉, 〈우주전함 야마토〉 등의 마츠모토 레이지(松本 零士)가 우주선 모양으로 디자인하여 날렵함을 자랑한다. 아사쿠사를 둘러본 뒤 오다이바행 마지막 수상 버스를 이용하면 오다이바에서 석양과 야경을 감상하기 좋다.
교통 : 도쿄메트로 긴자센(銀座線) 아사쿠사(浅草) 역 5번 출구에서 스미다 강·아즈마바시(吾妻橋) 방향. 도보 1분
주소 : 東京都 台東区 花川戸
전화 : 012-977-311
시간 : 스미다가와 라인-09:50~18:00 (약 50분 간격, 약 40분 소요,18:40_하나미·여름철. 19:20_여름휴가철 증편)/아사쿠사·오다이 직통 라인-10:10, 13:25(豊洲), 15:25(豊洲), 17:20/히노데 경유 오다이바 라인 10:00, 13:15, 15:15, 17:30(임시 편)
요금 : 아사쿠사→하마리큐 1,040엔(35분), 아사쿠사→히노데 860엔(40분), 아사쿠사→오다이바 1,380엔(55분, 히노데 환승), 아사쿠사→도요스 1,200엔(약 35분)
홈페이지 : www.suijobus.co.jp

기무라야 木村家 人形焼本店 Kimuraya

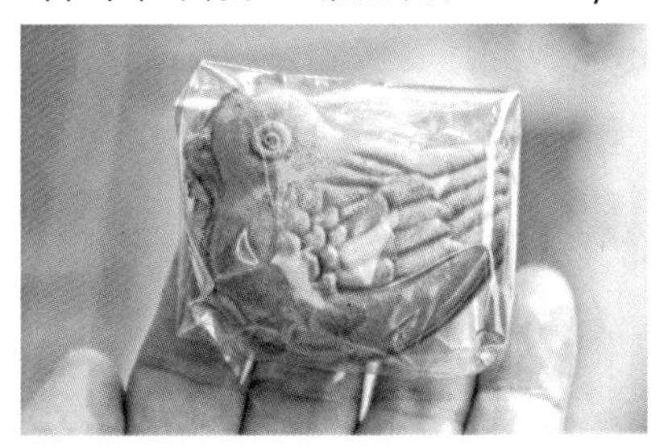

1868년 창업한 닌교야키(人形焼) 전문점으로 나카미세도리에서는 가장 오랜 역사를 자랑한다. 닌교야키는 팥이 든 호두과자를 말한다. 이곳에서는 오층탑, 뇌신, 새, 제등, 비둘기 모양의 호두과자를 만들어 판매한다.

교통 : 도쿄메트로 긴자센(銀座線) 아사쿠사(浅草) 역 1·3번 출구에서 가미나리몬(雷門) 지나. 도보 4분

주소 : 東京都 台東区 浅草 2-3-1

전화 : 03-3841-7055

시간 : 10:00~18:00

요금 : 호두과자(人形焼) 10개 800엔, 쿠사카 센베이 12장 1,000엔, 밥풀과자(おこし) 1,000엔

홈페이지 : www.kimura-ya.co.jp

가게투도 花月堂 雷門店 Kagetudo

나카미세도리 상점가 초입에 있는 빵집이다. 점보 메론빵(ジャンボめろんぱん)은 일반 빵 발효시간의 3배인 3시간 발효한 뒤 잘 구워, 겉은 바삭하고 속은 부드러운 식감을 자랑하고 주말이면 하루 2,000개 이상 판매된다. 메론빵 외 일본식 디저트로 삶은 팥에 한천, 제철 과일, 아이스크림을 올린 온미츠(あんみつ), 팥 고물 떡 젠자이(ぜんざい)를 맛보아도 좋다.

교통 : 도쿄메트로 긴자센(銀座線) 아사쿠사(浅草) 1·3번 출구에서 가미나리몬(雷門) 지나. 바로

주소 : 東京都 台東区 浅草 1-18-11

전화 : 03-5830-3534

시간 : 10:00~16:00

메뉴 : 점보 메론빵 1개 220엔, A세트(5개) 1,200엔, 말차(お抹茶) 400엔, 젠자이(ぜんざい) 600엔, 말차 빙수(氷抹茶) 500엔, 말차크림안미츠(抹茶クリームあんみつ) 850엔

홈페이지 :
www.asakusa-kagetudo.com

요시카미 ヨシカミ Yoshikami

1951년 창업한 레스토랑으로 메이지 시대 이래로 일본 오락 중심지였던 롯구(六

区)에 위치한다. 일본 사람 입맛에 맞게 변형한 프랑스, 이탈리아 요리를 내서 주변 상공인, 연예인들에게 인기를 끌었다. 메뉴는 스테이크, 스튜, 커틀렛, 파스타, 치킨 등 다양하고 대표 요리는 사진이 붙어 있으므로 사진을 보고 주문해도 좋다.

교통 : 도쿄메트로 긴자센(銀座線) 아사쿠사(浅草) 역 1·3번 출구에서 나카미세도리(仲見世通り) 지나 좌회전, 덴보인도리(伝法院道り) 거리 이용, 요시카미 방향. 도보 7분

주소 : 東京都 台東区 浅草 1-41-4, 六区 ブロードウェイ

전화 : 03-3841-1802

시간 : 11:30~21:00. 휴무_목요일

메뉴 : 스테이크 2,250엔~, 파스타 1,200엔~, 포크커틀렛 1,350엔, 치킨커틀렛 1,200엔, 샌드위치 1,050엔, 비프스튜 2,600엔, 샐러드, 커피

홈페이지 : www.yoshikami.co.jp

아오이마루신 葵丸進 Aoimarushin

1946년 창업한 튀김 요리인 덴푸라(天ぷら) 전문점으로 텐동(天丼), 덴푸라데이쇼쿠(튀김 정식), 덴푸라(튀김) 등의 요리를 낸다. 튀김 요리의 관건은 신선한 재료를 적당한 기름 온도에서 튀겨 내는 것인데 이곳의 덴푸라 요리는 바삭함이 살아있어 입맛을 돋운다. 요리 가격은 고급 덴푸라 식당이어서 조금 비싼 감이 있으나 텐동이나 데이쇼쿠(정식) 중에서 선택하면 맛있는 식사를 할 수 있다.

교통 : 도쿄메트로 긴자센(銀座線) 아사쿠사(浅草) 역 1·3번 출구에서 가미나리몬(雷門) 지나 직진. 도보 2분

주소 : 東京都 台東区 浅草 1-4-4

전화 : 03-3841-0110

시간 : 11:30~20:00

메뉴 : 덴푸라정식(天麩羅定食) 2,420엔, 나다이텐동(名代天丼) 2,200엔, 덴푸라모리아와세(天麩羅盛合せ 튀김 모듬) 2,000엔

홈페이지 : www.aoi-marushin.co.jp

오와리야 尾張屋 本店 Owariya

1870년 창업한 텐동과 소바 식당으로 2개의 왕새우 튀김이 있는 덴푸라소바(天ぷらそば)가 이곳의 대표 메뉴이다. 튀김에 참기름(ごま油)을 사용해 바삭하고 가벼운 맛을 낸다. 소바의 육수는 가다랑어포인 혼가츠오부시로 내서 감칠맛이 나고 면은 최고급 국산 메밀을 이용해 쫄깃한 식감이 느껴진다.

교통 : 도쿄메트로 긴자센(銀座線) 아사쿠사(浅草) 역 1·3번 출구에서 가미나리몬(雷門) 지나 직진. 도보 3분

주소 : 東京都 台東区 浅草 1-7-1

전화 : 03-3845-4500

시간 : 11:30~20:00. 휴무 : 금요일

메뉴 : 텐세이로(天せいろ 소바+새우튀김) 1,050엔, 덴푸라소바(天ぷらそば) 1,300엔, 텐동(天丼) 1,700엔, 오로시소바(おろしそば)

*쇼핑

와노키 덴가마 和の器 田窯 Dengama

와노키 덴가마는 일본 국내의 도자기 명산지와 도자기를 굽는 요원(窯元)에서 모은 그릇, 병, 찻잔 등 판매하는 곳이다. 매장은 1층과 2층에 마련되어 있는데 1층이 그릇(400엔~), 접시(500~1,000엔) 위주라면 2층은 도기 부엉이(8,000엔~), 토끼 (1,200엔 ~)같은 도기 예술품 등이 전시, 판매된다.

교통 : 도쿄메트로 다와라마치(田原町) 역 1번 출구에서 도보 4분

주소 : 東京都 台東区 西浅草 1-4-3

전화 : 03-5828-9355

시간 : 10:00~18:00

홈페이지 : www.dengama.jp

니이미 양식기점 ニイミ 洋食器店 Niimi Western Tableware Store 니이미 요쇼쿠키텐

1907년 창업한 5층 규모의 대형 양식기점으로 갓파바시도구가이 남쪽 기쿠야바시(菊屋橋) 사거리에 위치한다. 빌딩 위 대형 주방장 모형은 갓파바시도구가의 상징으로 여겨지기도 한다.
교통 : 도쿄메트로 다와라마치(田原町)역 1번 출구에서 도보 4분
주소 : 東京都 台東区 松が谷 1-1-1
전화 : 03-3842-0213
시간 : 10:00~17:30. 휴무_일요일

닥터 굿즈 ドクター グッズ Dr. Goods

요리와 제과용품 전문점으로 냄비, 프라이팬, 저울, 주전자, 칼, 컵, 접시, 그릇 등 다양한 제품을 판매하고 세계 각국에서 수입한 주방용품도 취급한다. 이중 눈길을 끄는 것은 프랑스 매트퍼(Matfer)사의 황동 냄비(20cm, 회원가 29,160엔)로 은은하고 단단해 보여 찌개를 끓이면 뭐든 맛있게 될듯 느껴진다.
교통 : 도쿄메트로 다와라마치(田原町)역 1번 출구에서 기쿠야바시(菊屋橋) 사거리에서 우회전. 도보 5분
주소 : 東京都 台東区 西浅草 1-4-8
전화 : 03-3847-9002
시간 : 09:30~17:30
휴무 : 3번째 수·일요일
홈페이지 : www.dr-goods.com

유니온 ユニオン Union

1962년 창업한 커피와 커피 관련 기기 업체로 갓파바시 도구가이에 커피 원두 전문점과 커피용품을 운영한다. 커피용품점에는 세계 각국에서 수입한 커피 원두를 볶은 배전기, 커피 그라인더, 에스프레소 머신 등을 볼 수 있고 커피 원두 전문점에서는 유니온 브랜드의 커피와 세계 각국의 커피 원두, 홍차 등을 만날 수 있다.
교통 : 도쿄메트로 다와라마치(田原町)역 1번 출구에서 기쿠야바시(菊屋橋) 사거리에서 우회전. 도보 10분
주소 : 東京都 台東区 西浅草 2-22-6
전화 : 03-3842-4041
시간 : 10:00~18:00, 커피 교실_목요일 13:20~15:30
요금 : 커피 교실 7,000엔 내외(커피 배전과 추출 실습, 르왁과 블루마운틴 시음)

16 스미다&고토 墨田&江東 Sumida&Koto

도쿄 시내 동쪽에 스미다강이 흐르고 강의 동쪽에 스미다, 고토 지역이 있다. 보통 여행자라면 스미다강 동쪽으로는 잘 여행하지 않게 되지만, 최근 스카이트리가 세워지면서 부쩍 관심을 끌고 있다. 스카이트리 내 전망대에서 도쿄 전역을 조망하기 좋고 스카이트리 남쪽 료고쿠의 에도도쿄 박물관에서는 옛날 도쿄 모습을 살펴볼 수 있다. 스미다 남쪽은 고토 지역으로 일본의 미를 엿볼 수 있는 기요스미 정원, 보통 일본 사람이 찾는 사찰 후카가와 후도도와 신사 도미오카 하치만구가 눈에 띈다.

▲ 교통

① 스카이트리 라인(スカイツリー ライン) 아사쿠사(浅草) 역에서 사철 도부 스카이트리 라인(東武 スカイツリー ライン) 도쿄 스카이트리(東京スカイツリー) 역 하차

② 지하철 도쿄메트로 한조몬센(半蔵門線), 도에이 아사쿠사센(都営 浅草線), 사철 도부 스카이트리 라인, 오시아게(押上) 역 하차_스카이트리

③ JR 소부센(総武線), 도에이 오에도센(都営 大江戸線) 료고쿠(兩国) 역 하차

④ 지하철 도쿄메트로 한조몬센, 도에이 오에도센(都営 大江戸線), 기요스미시라카와(清澄白河) 역 하차_기요스미시라가와(清澄白河)

▲ 여행 포인트

① 스카이트리 전망대에서 도쿄 시내 조망하기

② 스카이트리 내 도쿄 소라마치에서 쇼핑하기

③ 에도도쿄 박물관에서 도쿄 옛날 모습 살펴보기

④ 사찰 후카가와 후도도, 신사 도미오카 하치만구 둘러보기

▲ 추천 코스

후카가와 후도도→도미오카 하치만구→기요스미 정원→에도도쿄 박물관→도쿄 스카이트리→도쿄 소라마치

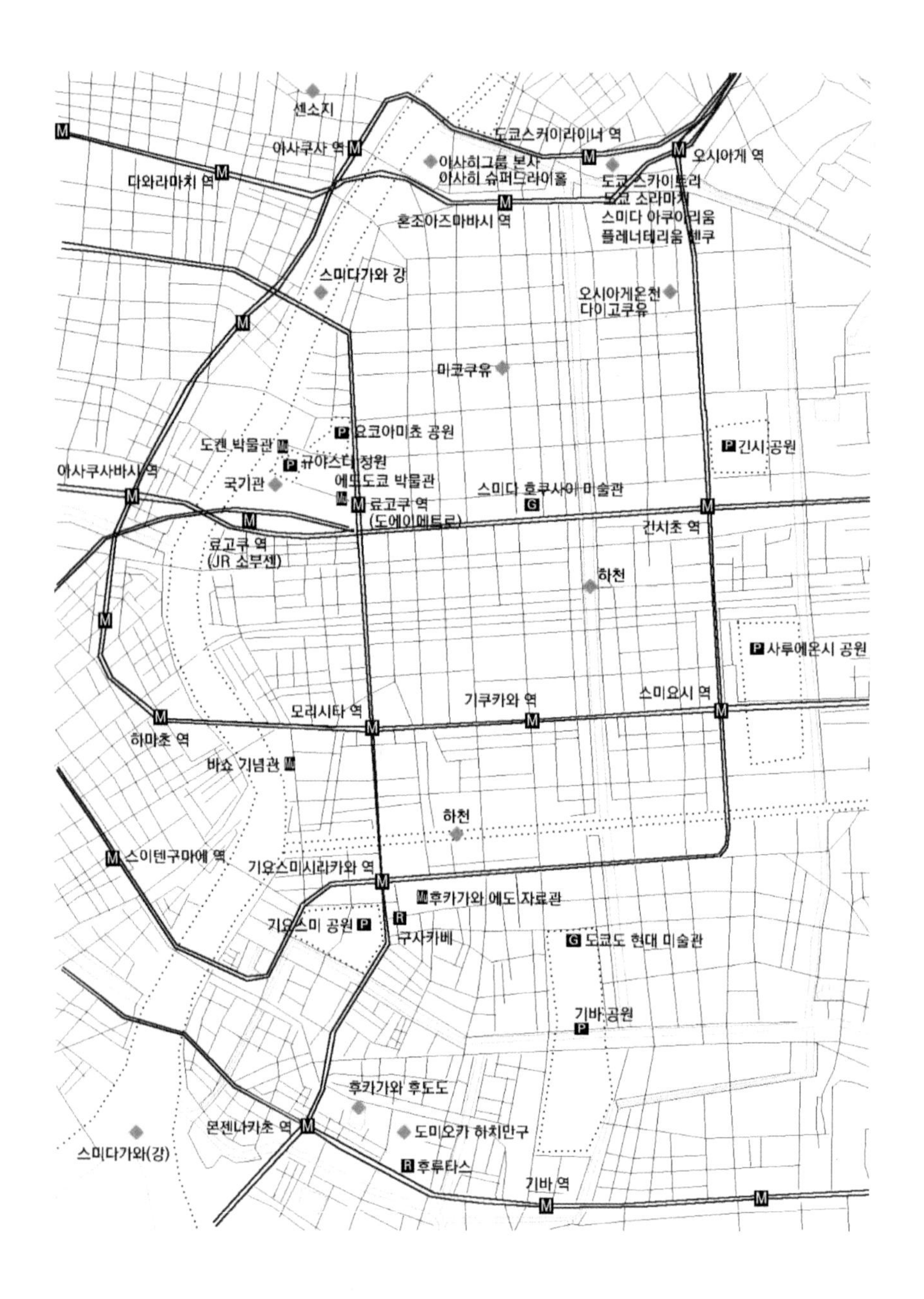
센소지
도쿄스카이라이너 역
아사쿠사 역
아사히그룹 본사
아사히 슈퍼드라이홀
오시아게 역
다와라마치 역
도쿄 스카이트리
도쿄 소라마치
스미다 아쿠아리움
플레너테리움 텐쿠
혼조아즈마바시 역
스미다가와 강
오시아게온천
다이고쿠유
마코쿠유
요코아미초 공원
도켄 박물관
긴시 공원
규야스다 정원
아사쿠사바시 역
국기관
에도도쿄 박물관
스미다 호쿠사이 미술관
료고쿠 역
(도에이메트로)
긴시초 역
료고쿠 역
(JR 소부센)
하천
사루에온시 공원
기쿠카와 역
스미요시 역
모리시타 역
하마초 역
바쇼 기념관
하천
스이텐구마에 역
기요스미시라카와 역
후카가와 에도 자료관
기요스미 공원
구사카베
도쿄도 현대 미술관
기바 공원
후카가와 후도도
몬젠나카초 역
도미오카 하치만구
스미다가와(강)
후루타스
기바 역

〈스미다(墨田)〉

아사히 슈퍼드라이홀 アサヒ スーパードライホール Asahi Superdry Hall

아사쿠사 역에서 동쪽으로 보이는 검은색 빌딩으로 빌딩 위에 황금색의 거품(?)이 있어 눈길을 끈다. 이 빌딩은 1989년 세계적인 건축가 필립 스타크(Philippe Starck)의 설계로 완공되었고 일본 3대 맥주 회사 중 하나인 아사히의 이벤트 홀 겸 비어 레스토랑 프레임 도르(フラムドール, 1~2F)로 이용된다. 옆에는 금색의 아사히 본사 빌딩, 그 옆에는 타원형으로 보이는 스미다 워드 사무소 빌딩, 아사히 본사 빌딩과 스미다 워드 사무소 빌딩 사이로 보이는 첨탑은 스카이트리이다. 아사히 본사 빌딩 21~22층에 식당가와 전망 라운지 스카이룸 이 있고 아사히 슈퍼드라이홀 앞 타원형의 아사히 아넥스(Asahi Annex) 빌딩 2층에 비어 레스토랑 아즈마바시, 1층에 23반치(番地) 카페 등이 자리한다.

교통 : 도쿄메트로 긴자센(銀座線) 아사쿠사(浅草) 역 5번 출구에서 아즈마바시(吾妻橋) 건너. 도보 4분 또는 도에이 혼조아즈마바시(本所吾妻橋) 역 A3 출구에서 도보 5분

주소 : 東京都 隅田区 吾妻橋 1-23-1

전화 : 03-5608-5111, 03-5608-5195

시간 : 레스토랑 10:00~22:00(레스토랑 별로 다름)

홈페이지 :

www.asahibeer.co.jp/restaurant/azuma

도쿄 스카이트리 타운 東京 スカイツリー タウン Tokyo Skytree Town

2012년 도쿄 스카이트리(東京スカイツリー)가 완공되어 도쿄 동쪽 지역의 랜드마크가 되었고 스카이트리 외 쇼핑센터 도쿄 소라마치(東京ソラマチ), 스미다 아쿠아리움(すみだ水族館), 광장 가든(広場・ガーデン), 플레너테리움 덴쿠(プラネタリウム 天空), 사무 빌딩인 도쿄 스카이트리 이스트타워(イーストタワー) 등 있어 도쿄 스카이트리 타운을 이룬다. 한 곳에서 도쿄 전망과 쇼핑, 식사, 볼거리까지 즐길 수 있어 평소에도 찾는 사람이 많다. 시간의 여유가 있는 사람은 아사히 슈퍼드라이홀을 구경한 뒤 천천히 동네를 구경하며 걸어서 당도할 수도 있다.

교통 : 도부 스카이트리 라인(東武 スカイツリー ライン) 도쿄스카이트리(東京スカイツリー) 정면 출구 또는 도쿄메트로 한조몬센(半蔵門線), 도에이 아사쿠사센(都営 浅草線), 사철 도부 스카이트리 라인, 오시아게(押上, 스카이트리) 역 A2,

B3 출구에서 바로. 아사히 슈퍼드라이홀에서 도보 14분
주소 : 東京都 墨田区 押上 1-1-2
홈페이지 : www.tokyo-skytreetown.jp

≫도쿄 스카이트리 東京スカイツリー Tokyo Skytree

2012년 높이 634m로 완공된 전파 탑 겸 전망 탑으로 높이 350m에 전망대 덴보 데크(天望デッキ), 높이 450m에 전망대 덴보 갤러리아(天望回廊), 그 위에 전파 탑이 자리한다. 탑의 모양은 기둥 중심에 철망으로 엮은 외관에 전체적으로 가늘게 위로 올라가는 형상을 하고 있다. 덴보 데크에서 가까운 아사쿠사, 우에노, 멀리 신주쿠, 오다이바 등이 한눈에 들어오고 나선형으로 올라가는 덴보 갤러리아에서는 더욱 멀리까지 잘 보인다. 밤에는 스카이트리에 색색의 조명이 들어와 멀리서도 알 수 있을 정도로 눈에 띈다. 우리 눈에는 밤에 도쿄의 건물 간판 조명 외에 지붕이나 옥상에 별다른 조명이 없다는 점도 당연한 일이지만 한편으로는 이상해 보이기도 한다. 티켓은 인터넷 예약이나 편의점 세븐 일레븐에서 살 수 있는데 일시 지정권(입장 날자와 시간 지정)과 당일권이 있다. 당일권의 경우 스카이트리 4층 매표소에서 구매해야 하는데 사람이 몰리는 주말에는 오래 기다릴 수 있으니 참고! 아울러 보통 덴보 데크 정도만 올라도 충분히 조망할 수 있다.
위치 : 도쿄 스카이트리 타운 내
전화 : 0570-550-634
시간 : 10:00~21:00
요금 : 예매_세트권(天望回廊+天望デッキ) 2,700엔, 덴보 데크(天望デッキ) 1,800엔, 당일권 평일_세트권 3,100엔, 덴보 데크 2,100엔, 뎀보갤러리아(天望回廊) 1,000엔
홈페이지 : www.tokyo-skytree.jp

≫도쿄 소라마치 東京 ソラマチ Tokyo Soramachi

도쿄 스카이트리의 쇼핑센터로 도부 스카이트리 역 방향의 웨스트 야드와 타워 야드(1~5F), 오시아게 역 방향의 이스트 야드(B3F, 1~10F, 30~31F)로 나눌 수 있다. 스카이 웨스트 매장은 1층 상점가 세인트 스트리트(ステーションストリート), 2층 식품관 푸드 마르세(フードマルシェ), 3층 푸드코트인 소라마치 다베테라스(ソラマチ タベテラス), 4층 TV 캐릭터숍과 레스토랑, 5층 스미다 아쿠아리

움으로 구성된다.

유명 브랜드로는 자라(이스트 2F), 뷰티&유스 유나이티드 애로우(이스트 2F), 유니클로(이스트 3F), 어반 리서치(이스트 3F, 패션), 디젤(이스트 3F), 로프트(이스트 3F, 생활 잡화) 등이 있다. 스카이 이스트 매장은 지하 3층 편의점, 지상 1층 기념품, 주전부리의 소라마치 상점가(ソラマチ商店街), 2~3층 패션과 잡화, 4층 토산품과 잡화의 저팬스 베니아(ジャパンスーベニア), 5층 일본 문화와 관광 안내의 저팬 익스피리언스 존(Japan Experience Zone), 6~7층 식당가 소라마치 다이닝(ソラマチダイニング), 7층 플라네테리움 덴쿠(プラネタリウム 天空), 8층 야외 정원인 돔 가든, 9층 우정 박물관(郵政 博物館, 10:00~17:30, 300엔), 30~31층 식당가 스카이트리 뷰(スカイツリービュー)로 되어있다. 높이 약 150m의 30~31층의 식당가는 창밖으로 도쿄 시내를 조망할 수 있어 작은 무료 전망대 역할을 한다.

위치 : 도쿄 스카이트리 타운 내
전화 : 0570-55-0102
시간 : 10:00~21:00
홈페이지 : www.tokyo-solamachi.jp

≫스미다 아쿠아리움 すみだ 水族館 Sumida Aquarium

바닷속 환경을 재현한 수족관에서 해파리, 산호초, 열대 물고기, 상어 등을 볼 수 있고 일본 최대 350톤급 개방형 수조에서 펭귄, 물개 등의 재롱도 즐길 수 있다. 세계자연유산으로 정해진 일본 최남단 오가사와라제도(小笠原諸島)의 바다를 옮겨온 대 수족관도 볼 만하다. 수족관 출구로 나오면 자연스레 기념품 상점과 연결되어 펭귄이나 상어 인형 등을 둘러보기 좋다. 어린이와 함께 여행한다면 한 번쯤 방문하길 추천한다.

위치 : 도쿄 스카이트리 타운 웨스트 야드 5~6F

전화 : 03-5619-1821
시간 : 10:00~20:00
요금 : 대인 2,300엔, 스카이트리 세트권/덴보 데크+수족관 4,270/3,570엔
홈페이지 :
www.sumida-aquarium.com

≫플레너테리움 덴쿠 Planetarium Tenku

광학 회사로 유명한 코니카미놀타에서 운영하는 영상 시설로 2012년 개관하였다. 편안한 의자에 기대어 밤하늘에 펼쳐지는 환상의 세계로 떠나는 여행을 하게 되어 인기가 높다. 때때로 변경되지만, 상영 작품은 천체와 지구의 모습을 다룬 원 플래닛 원 어스(One Planet, One Earth), 북쪽 나라 눈사람 이야기를 그린 노만 자 스노맨(ノーマン・ザ・スノーマン) 등이 있다. 아울러 이케부쿠로의 선샤인시티에서 플레너테리움 만텐(滿天)이란 상영관을 운영하고 있다. 주말에는 플레너테리움을 찾는 사람이 많아 오랜 시간 동안 기다릴 수 있다.
위치 : 도쿄 스카이트리 이스트 야드 7F
전화 : 03-5610-3043
시간 : 10:00~22:00
요금 : 대인(중학생 이상) 1,100엔, 스카이트리 세트권/덴보 데크+덴쿠3,450엔/2,750엔
홈페이지 :
www.planetarium.konicaminolta.jp/tenku

오시아게 온천 다이고쿠유 押上温泉 大黒湯

스카이트리 가까운 곳에 대중 온천이 있어 온천욕을 좋아한다면 들릴 만하다. 관광객이 찾는 관광 온천이 아니라 동네 대형 목욕탕이다. 다이고쿠유 외 남서쪽에 미코쿠유(御谷湯)도 있으니 가볼 사람은 가보자.
교통 : 도에이 오시아게(押上) 역에서 남쪽, 도보 5분
주소 : 東京都 墨田区 横川３丁目１２-１４
전화 : 03-3622-6698
시간 : 평일/토/일 15:00/14:00/13:00~다음날 10:00. 휴무 : 화요일
요금 : 대인 480엔, 사우나_평일/토~일 300엔/3300엔
홈페이지 : www.daikokuyu.com

에도도쿄 박물관 東京都 江戸東京 博物館 Tokyo Museum 에도도쿄 하쿠부츠칸

에도 시대는 1603년 도쿠가와 이에야스(德川家康)가 흔히 쇼군이라 불리는 세이이 다이쇼군(征夷大將軍)에 임명되어 도쿄에 막부(幕府)를 개설하고 1867년 도쿠가와 요시노부(德川慶喜)가 왕정복고로 권력을 일왕에 돌려줄 때까지를 말한다. 이 시기에는 일본 전국이 통일되었고 봉건 체제가 확립되었으며 대외적으로는 쇄국 정책을 폘쳤다. 박물관은 1층 안내와 특별전이 열리는 기획전시실, 3층 에도도쿄 히로바(ひろば, 광장), 5~6층 상설전시실, 7층 도서실로 구성되고 1층과 5층 뮤지엄숍, 1층·2층·7층 카페와 레스토랑이 자리한다. 상설전시실에는 에도 시대를 재현한 가옥과 상점, 식당 등이 있어 타임머신을 타고 에도 시대로 돌아간 느낌이 든다.

교통 : JR 소부센(総武線) 료고쿠(兩国)역 서쪽 출구 또는 도에이 오에도센(都営 大江戸線) 료고쿠 역에서 바로

주소 : 東京都 墨田区 横網 1-4-1

전화 : 03-3626-9974

시간 : 09:30~17:30. 휴무 : 월요일

요금 : 상설전_일반 600엔, 대학생 480엔, 중고생 300엔, 소학생 이하 무료

홈페이지 :
www.edo-tokyo-museum.or.jp

국기관 國技館 Kokugikan 고쿠기칸

일본의 국기(國技)로 불리는 전통 씨름 스모(相撲)가 열리는 경기장으로 1985년 세워졌고 수용인원은 11,098명이다. 혼바쇼(本場所)라는 정식 스모경기는 1월 도쿄의 하츠바쇼(初場所), 3월 오사카의 하루바쇼(春場所), 5월 도쿄의 나츠바쇼(夏場所), 7월 나고야의 나고야바쇼(名古

屋場所), 9월 도쿄의 아키바쇼(秋場所), 11월 후쿠오카의 규슈바쇼(九州) 등 1년에 6회 열린다. 스모 경기는 도효(土俵)라고 하는 원형 씨름판에서 양 선수가 서로 밀쳐 원 밖으로 내보내는 식으로 경기를 하고 승부는 한판으로 결정된다. 또한, 스모 선수는 실력에 따라 조노쿠지에서 요코즈나까지 10단계의 장사가 있어 이중 요코즈나는 우리의 천하장사 격으로 대중에 인기가 높다. 스모 대회를 한 번쯤 관람해보아도 좋고, 대회 기간 중 근처를 지나는 거구의 스모 선수들을 볼 수 있다. *시간이 되면 국기관 뒤, 스미다구립 규야스다 정원(墨田区立 旧安田庭園), 칼과 검 전문 박물관인 고켄 박물관(刀剣博物館), 일본 정원을 엿볼 수 있는 요코아미쵸 공원(横網町公園)에 들려보자.

교통 : JR 소부센(総武線) 료고쿠(両国)역 서쪽 출구에서 도보 2분
주소 : 東京都 墨田区 横網 1-3-28
전화 : 03-3623-5111
시간 : 10:00~16:30(대회별로 다름)
휴무 : 토~일(대회별로 다름)
요금 : 스모_2층 자유석 대인 2,200엔, 2층 이스(イス) A~C석 3,800~8,500엔, 1층 마스(マス) A~C석 9,500~11,700엔, 1층 류석(溜席) 14,800엔 *대회별로 다름
홈페이지 : www.sumo.or.jp

스미다 호쿠사이 미술관 すみだ 北斎 美術館 스미다 호쿠사이 비쥬츠칸

유명 우키요에(浮世絵) 화가인 가츠시카 호쿠사이(北斎, 1760년~1849년)의 출생지가 스미다구(墨田区)다. 이 때문에 호쿠사이를 기념해 미술관이 건립되었다. 호쿠사이의 대표작은 후가쿠(富嶽) 삼십육경 중 〈가나가와 앞바다의 거대한 파도〉. 우키요에(목판화)는 1867년 파리 만국박람회 당시 도자기 등의 포장지로 쓰였는데 이를 유럽의 예술가들이 발견하면서 널리 알려졌다. 우키요에의 대담한 구도와 밝은 색채에 반한, 유럽 예술가들은 인상파를 탄생시키는 계기가 되었다. 여러 우키요에 작가 중 호쿠사이에 영향을 받은 작가는 빈센트 반 고흐, 에드가 드가, 앙리 리비에르, 에밀 갈레, 클로드 드뷔시 등이 있다.

교통 : 도에이 료고쿠(両国) 역에서 동쪽, 미술관 방향, 도보 5분
주소 : 東京都 墨田区 亀沢２丁目７-２
전화 : 03-6658-8936
시간 : 09:30~17:30. 휴무 : 월요일
요금 : 일반 400엔, 고등~대학생 300엔
홈페이지 : https://hokusai-museum.jp

〈고토(江東)〉

기요스미 정원 清澄 庭園 Kiyosumi Garden 기요스미테이엔

연못과 석가산(築山), 초목이 마른 고산(枯山)을 주체로 한 회유식 임천정원(回遊式 林泉庭園)이다. 회유식 정원은 쉽게 말하면 연못을 중심으로 언덕(산)을 만들고 나무를 심어 둘러볼 수 있게 한 것! 이런 조경 기술은 에도 시대 지방 영주인 다이묘의 정원에 사용된 것인데 기요스미 정원에서 재현될 수 있었다. 이곳은 원래 에도 시대 호상 기노쿠니야(紀伊國屋 文左衛門)의 집터라고 하고 훗날 정원으로 만들어졌고 1977년 서쪽 부지가 기요스미 공원(清澄公園)으로 추가되었다. 천하의 정원, 도쿄도 명승 제1호인 기요스미 정원은 벚꽃이 핀 봄날 둘러보기 좋고 정원 내에 하이쿠(俳句)의 대사 바쇼(芭蕉)의 시비도 있으니 찾아보자.

교통 : 도쿄메트로 한조몬센(半蔵門線), 도에이 오에도센(都営 大江戸線), 기요스미시라카와(清澄白河) 역 A3 출구에서 도보 2분

주소 : 東京都 江東区 清澄 3-9

전화 : 03-3641-5892

시간 : 09:00~17:00

홈페이지 : www.tokyo-park.or.jp/park/format/index033

후카가와 에도 자료관 深川 江戸 資料館 Fukagawa Edo Museum 후카가와 에도 시료칸

지하 1층~지상 3층의 공간에 에도 시대 후카가와(深川) 지역의 마을을 재현해 놓았다. 마을에는 상점, 쌀집, 가정집, 우물, 화재 감시탑의 건물을 볼 수 있고 건물 내에는 실제 쓴 듯한 생활용품을 갖다 놓아 살아있는 에도도쿄 박물관의 후카가와 분관처럼 보인다. 1층에는 스모 대회 우승자인 요코즈나(横綱)에 대한 소개와 역대 요코즈나를 소개하는 코너도

마련되어 있다.

교통 : 도쿄메트로 한조몬센(半蔵門線), 도에이 오에도센(都営 大江戸線), 기요스미시라카와(清澄白河) 역 A3 출구에서 직진 후 좌회전. 도보 5분

주소 : 東京都 江東区 白河 1-3-28

전화 : 03-3630-8625

시간 : 09:30~16:30

휴무 : 2·4번째 월요일

요금 : 대인(고등학생 포함) 400엔, 소·중생 300엔

홈페이지 : www.kcf.or.jp/fukagawa

도쿄도 현대 미술관 東京都 現代 美術館 Museum of Contemporary Art 도쿄도 겐다이 비쥬츠칸

기바 공원(木場公園) 북쪽에 있는 현대 미술관으로 1995년 개관했고 약 4,700점의 작품을 소장, 전시한다. 전시실은 지하 2층 기획 전시실, 지하 1층 미술도서관, 지상 1층 기획 전시실과 상설전시실, 3층 기획전시실과 상설전시실 등으로 구성된다. 카페와 레스토랑은 지하 1층 콘텐트(Content) 레스토랑, 2층 카페 하이(Hai), 기념품 상점은 지상 1층에 자리한다. 미술 관람 뒤에는 기바 공원을 산책해도 좋다.

교통 : 도쿄메트로 한조몬센(半蔵門線), 도에이 오에도센(都営 大江戸線), 기요스미시라카와(清澄白河) 역 B2 출구에서 도보 10분 또는 후카가와 후도도(深川不動堂)에서 도보 20분

주소 : 東京都 江東区 三好 4-1-1

전화 : 03-5245-4111

시간 : 10:00~17:30

휴무 : 월요일, 연말연시, 부정기 휴일

요금 : 상설전(MOTコレクション展)_일반 500엔, 기획전_전시 별로 다름

홈페이지 : www.mot-art-museum.jp

후카가와 후도도 深川 不動堂 Fukagawa fudodo

1703년 지바현의 나리타산(成田山)의 본

존을 이전하면서 창건된 신사로 에도 시대 이래 서민들의 정신적 지주 역할을 한 후도존(不動尊) 신앙의 중심이다. 후도존은 불교 밀교의 후도묘오우(不動明王)로 오대명왕 중 중심이 되는 명왕이고 진언종(真言宗), 천태종(天台宗), 선종(禅宗), 일연종(蓮宗) 등 일본 불교에서 폭넓게 믿고 있다. 호도묘오우는 오른손에 검, 왼손에 동아줄 삭(索)을 쥐고 부릅뜬 눈과 윗입술을 깨문 뾰족한 어금니가 있는 무서운 모습이다. 본당은 1881년 완공되었고 1923년 관동대지진 때 본당에 피해가 갔지만, 본존은 손상을 입지 않았다. 현재 고마기도(護摩祈祷)이 열리는 신본당과 참배가 가능한 구본당, 내불전(1층, 3~4층) 등으로 이루어져 있는데 내불전 4층에 일본 최대급의 천장화인 대일여래연지도(大日如来蓮池図)가 그려져 있다. 고마기도는 진언밀교의 비법으로 승려가 북치고 주문을 외우며 악을 물리치는 기도로 신 본당에 제단과 좌석이 마련되어 있다. 매달 1일, 15일, 28일이 제삿날인 엔니치(縁日)에는 사람들로 붐비지만, 일본 신사 문화를 엿보기 좋은 날이기도 하다.

교통 : 도쿄메트로 도자이센(東西線), 도에이 오에도센(都営 大江戸線) 몬젠나카초(門前仲町) 역 1번 출구에서 도보 2분
주소 : 東京都 江東区 富岡 1-17-13
전화 : 03-3630-7020
시간 : 08:00~18:00(엔니치 ~20:00), 내불전 1층 09:00~17:00(엔니치 ~19:45), 2층/4층~16:00(엔니치 ~18:00), 고마기도_09:00, 11:00, 13:00, 15:00, 17:00(엔니치 ~19:00)
요금 : 입장, 고마기도_무료
홈페이지 : http://fukagawafudou.gr.jp

도미오카 하치만구 富岡 八幡宮 Tomioka Hachiman Shrine

1624년 창건된 것으로 전해지나 1893년 이 지역을 간척하며 세웠다는 이야기도 있다. 에도 막부의 보호 아래 성장했고 하치만구 앞에 마을(몬젠나카초)가 생기면서 상업지역에 속하게 됐다. 하치만구는 불교 수호신 격의 하치만노가미(八幡神)을 모시는 신사로 하치만노가미는 헤이안 시대 신이 불법에 득도하여 보살이 된다는 설에 바탕을 둔 것이다. 후카가와 하치만이라는 별칭이 있으며 매년 8월 15일 제례를 중심으로 후카가와 마

츠리가 열리기도 한다. 1991년 마츠리에 참가한 화려한 가마는 일본 최대 규모로 하치만구 입구에 전시되고 있다.

교통 : 도쿄메트로 도자이센(東西線), 도에이 오에도센(都営 大江戸線) 몬젠나카초(門前仲町) 역 1번 출구에서 도보 3분
주소 : 東京都 江東区 富岡 1
전화 : 03-3642-1315
시간 : 08:00~18:00
홈페이지 :
www.tomiokahachimangu.or.jp

≫요코즈나 리키시히 横綱力士 碑 Yokozuna Likishi Monument

하치만구는 에도 시대 입장료 받는 스모(勧進相撲)의 발상지로 여겨진다. 1634년 에도 막부의 허가로 봄과 가을에 경내에서 스모경기가 열렸고 이후 100년 동안 지속했다. 메이지 유신 이후에는 스모는 막부와 다이묘의 지원이 끊어져 신사와 더욱 밀착하여 생존하게 되었다. 이 때문에 이곳에서 스모경기에서 우승한 요코즈나가 봉납을 바치는 의식이 열린다. 현재 신사 입구에 스모경기 2등인 오제키의 역사비와 신사 본당 동쪽에 스모경기 1등인 요코즈나의 역사비가 세워져 있다.

위치 : 도미오타 하치만구(富岡 八幡宮) 본당 동쪽

≫이노우 타다타카 상 伊能忠敬 像 Inou Tadataka statue

일본의 김정호라고 할 수 있는 일본 지도의 선구자로 에도 시대 상인 겸 측량가였다. 1800년에서 1816년까지 약 17년 동안 일본 전역을 측량해 '대일본연해여지도전도(大日本沿海輿地全図)'를 완성했다.

위치 : 도미오타 하치만구(富岡 八幡宮) 입구

*레스토랑&카페

도쿄 소라마치 다베테라스 東京ソラマチタベテラス Tokyo Soramachi Tabeterrace

도쿄 스카이트리의 소라마치 웨스트 야드 3층에 있는 푸드코트로 일식(和食), 우동, 라멘, 소바, 덮밥 등 주로 가볍게 먹을 수 있는 음식을 한자리에서 맛볼 수 있다. 음식 주문은 개개의 식당에서 하면 되고 음식이 나오면 중앙의 테이블에서 앉아 식사하면 된다. 조금 조용한 곳을 원한다면 이스트 야드 6~7층의 식당가 소라마치 다이닝(ソラマチダイニング)이나 전망이 좋은 30~31층 식당가 스카이트리 뷰(スカイツリービュー)를 찾아도 좋다.

교통 : 도부 스카이트리 라인(東武 スカイツリー ライン) 도쿄스카이트리(東京スカイツリー) 역 정면 출구 또는 도쿄메트로 한조몬센(半蔵門線), 도에이 아사쿠사센(都営 浅草線), 사철 도부 스카이트리 라인, 오시아게(押上, 스카이트리) 역 A2, B3 출구에서 바로. 아사히 슈퍼드라이홀에서 도보 14분

주소 : 東京都 墨田区 押上 1-1-2, West yard 3F

전화 : 0570-55-0102

시간 : 10:00~21:00

홈페이지 : www.tokyo-solamachi.jp/floor/3f

후루타스 フルータス Frutas

도미오카 하치만구(富岡八幡宮) 길 건너에 있는 프루트 카페로 오렌지, 사과, 메론, 자몽 같은 과일을 이용해 주스, 파르페(Parfait), 컷 프루트, 와플, 샌드위치 등을 낸다. 여행으로 지친 심신을 신선한 과일을 맛보며 잠시 쉬어가기 좋고 간식

으로 과일을 이용한 와플이나 샌드위치로 먹어도 좋다.
교통 : 도쿄메트로 도자이센(東西線), 도에이 오에도센(都営 大江戸線) 몬젠나카초(門前仲町) 역 2번 출구에서 도미오카하치만구(富岡 八幡宮) 방향. 도보 2분
주소 : 東京都 江東区 富岡 1-24
전화 : 03-3641-2112
시간 : 11:00~20:00 휴일_화~수요일
메뉴 : 주스 680~980엔, 파르페 970~1,210엔, 컷 푸루트 865~3,240엔, 와플 760~1,410엔, 샌드위치 710~1,180엔, 커피 430엔
홈페이지 : www.frutas.jp

구사카베 くさかべ Kusakabe
후카가와 에도 자료관 앞거리에 있는 몬자야키(もんじゃ焼き) 식당이다. 몬자야키는 철판 위에 밀가루 반죽에 채소, 해산물, 고기를 넣고 부쳐 먹는 요리로 오코노미야키(お好み焼き)와 비슷하다. 메뉴는 몬자(もんじゃ), 오코노미야키(お好み焼き), 테판야키(鉄板焼き)로 나눌 수 있다. OO몬자, OO텐(天, 오코노미야키), OO야키(焼き) 같은 요리 이름 중 앞의 OO이 재료를 뜻하니 알고 주문하면 조금 편리하다. 동네 식당이므로 유명 식당에서 먹던 몬쟈나 오코노미야키의 맛과는 조금 다를 수 있으니 참고!

교통 : 도쿄메트로 한조몬센(半蔵門線), 도에이 오에도센(都営 大江戸線), 기요스미시라카와(清澄白河) 역 A3 출구에서 직진 후 좌회전. 도보 5분
주소 : 東京都 江東区 三好 1-8-6
전화 : 03-3643-1121
시간 : 17:00~21:00. 휴무 : 월요일
메뉴 : 규니쿠몬쟈(牛肉もんじゃ) 930엔, 부타니쿠몬쟈(豚肉もんじゃ) 900엔, 믹스텐(ミックス天) 1,250엔, 에비버터야키(えびバター焼き, 새우버터) 1,050엔, 우동, 소바, 카레라이스

17 이케부쿠로&와세다 池袋&早稲田 Ikebukuro&Waseda

이케부쿠로는 신주쿠와 같이 교통의 요지이자 쇼핑의 중심, 유흥가이다. 이케부쿠로 역은 유동인구가 많아 매우 복잡하고 역을 중심으로 여러 백화점, 쇼핑센터, 전자 양판점 등이 있어 쇼핑하기 편리하다. 가부키초와 같은 유흥지역은 따로 없지만, 골목마다 크고 작은 선술집, 풍속 유사업소가 있어 전체가 거대한 유흥가라고 불러도 무방하다. 여기에 오토메로드를 중심으로 한 코믹, 애니메이션, 게임 등의 호비(취미) 상점가를 이루고 있어 아키하바라를 잇는 호비 중심지이자 오타쿠 성지로 불릴 만하다. 끝으로 선샤인시티는 전망대와 쇼핑센터, 수족관, 테마파크 등이 있어 시간을 보내기 좋다.

▲ 교통

① JR 야마노테센(山手線), 사이쿄센(埼京線), 쇼난신주쿠라인(湘南新宿ライン), 이케부쿠로(池袋) 역 하차

② 지하철 도쿄메트로 마루노우치센(丸の内線), 유라쿠초센(有樂町線), 후쿠토신센(副都心線), 이케부쿠로 역 하차

③ 사철 세이부 철도(西武 鉄道), 도부 철도(東武 鉄道), 이케부쿠로 역 하차

▲ 여행 포인트

① 선샤인시티60 전망대에서 도쿄 전망하기

② 아니메이트, 오토메 로드에서 코믹, 애니메이션 쇼핑하기

③ 와세다 대학에서 소설가 무라카미 하루키 흔적 찾기

▲ 추천 코스

이케부쿠로 동쪽 출구 쇼핑가→선샤인60도리→오토메로드→선샤인시티→선샤인시티60 전망대→도쿄 예술극장

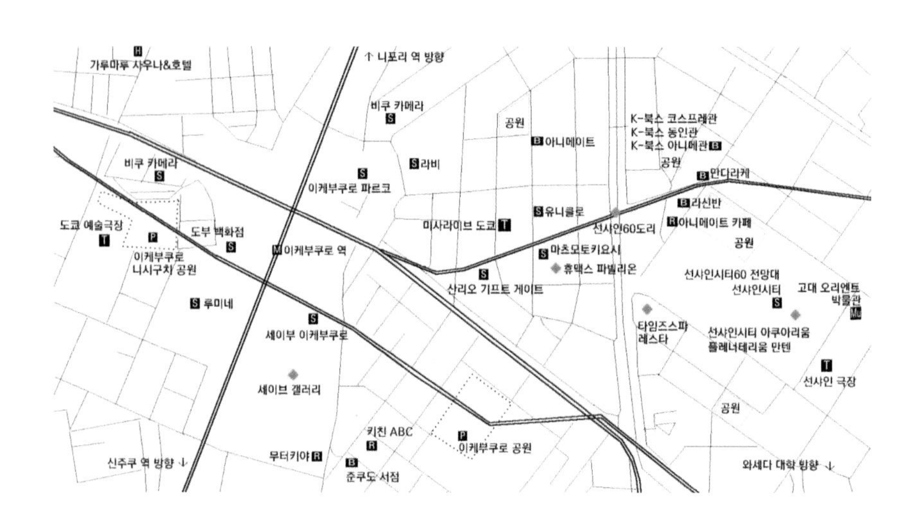

〈이케부쿠로(池袋)〉

선샤인시티 サンシャインシティー Sunshine City

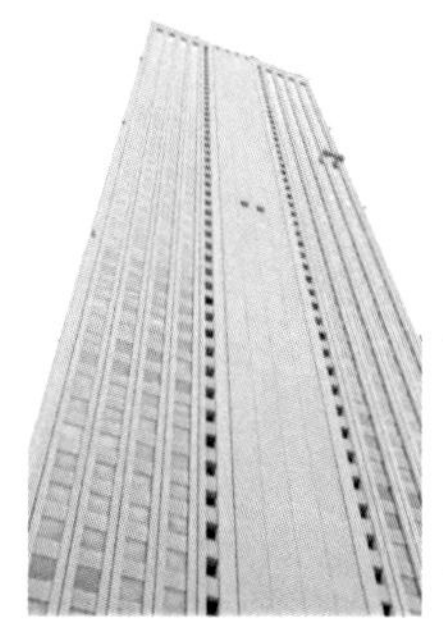

1978년 완공된 이케부쿠로 동쪽의 복합상업단지로 전망대, 쇼핑센터 선샤인시티 알파가 있는 선샤인시티 60, 선샤인시티 프린스 호텔, 선샤인시티 아쿠아리움, 난자 타운이 있는 월드임포트마트 빌딩, 선샤인 극장이 있는 분카가이칸(文化会館)등으로 구성된다. 선샤인시티는 볼거리와 놀거리, 먹거리, 살거리 등을 한자리에서 해결할 수 있어 넓은 범위의 테마파크처럼 여겨지기도 한다. 일단 선샤인시티 안으로 들어가면 내부에서 서로 연결되므로 하나의 빌딩처럼 느껴지고 내부가 넓고 사람들로 붐비므로 길을 잃어버릴 수 있으니 주의한다.

교통 : JR 이케부쿠로(池袋) 역 동쪽 출구에서 선샤인60도리(サンシャイン 60通り) 지나. 도보 10분

주소 : 東京都 豊島区 東池袋 3-1-1

전화 : 03-3989-3331

홈페이지 : www.sunshinecity.co.jp

≫선샤인시티 알파 サンシャインシティーアルパ Sunshine City Alpa

선샤인시티60 빌딩과 선샤인시티 프린스 호텔 저층의 알파 지하 1층 서~알파 3층, 분카가이칸(文化会館) 아래의 알파 지하 1층 동에 있는 쇼핑센터로 패션, 잡화, 화장품, 기념품, 레스토랑 등 180여 개의 상점과 식당이 영업 중이다. 주요 브랜드로는 알파 지하 1층에 서 안나수이(Anna Sui, 패션잡화), 알파 1층에 트라이엄프(Triumph, 이너웨어), ABC 마켓(신발), 알타(ALTA, 패션몰, B1F~1F), 알파 2층에 GAP(패션), 노스페이스(The North Face), 알파 3층에 식당가, 알파 지하 1층 동에 잇츠 데모(It's DEMO, 패션&잡화) 등이 있다.

위치 : 선샤인시티60 B1F~3F, 분카가이칸 B1F

시간 : 상점_10:00~20:00, 레스토랑_11:00~22:00

홈페이지 : https://sunshinecity.jp/facility/alpa.html

≫선샤인시티60 전망대 サンシインシティー60 展望台 Sunshine City60 Observatory 선샤인시티 로쿠쥬 덴보다이

1978년 완공된 60층, 높이 239.7m의 선샤인시티 빌딩은 당시 아시아 최고층 빌딩이어서 인기를 끌었고 전망대만으로 보면 아직도 최고 높이의 전망대이다. 참고로 현재 도쿄 최고층 빌딩은 록폰기 미드타운 빌딩으로 54층, 높이 248m, 그다음이 도라노몬힐스로 52층 높이 247m이다. 선샤인시티60 전망대는 60층에 있는데 가깝게는 신주쿠, 멀리는 고쿄, 오다이바가 한눈에 들어온다.
위치 : 선샤인시티60 빌딩, 60F
전화 : 03-3989-3457
시간 : 12:00~21:00
요금 : 대인 1,200엔, 학생(고등~대학) 900엔, 어린이(초등~중학) 600엔
홈페이지 :
www.sunshinecity.co.jp/observatory

≫선샤인시티 아쿠아리움 サンシインシティー 水族館 Sunshine City Aquarium 선샤인시티 스이조쿠칸

하늘의 오아시스를 콘셉트로 한 수족관이다. 페리칸, 펭귄, 물개, 해파리 등을 볼 수 있는 마린 가든 천공의 여행(天空の旅), 산호초, 원형 수조 선샤인라군이 있는 수족관 1층 대해의 여행(大海の旅), 아메리카, 아시아, 아프리카의 수변이 있는 수족관 2층 수변의 여행(水辺の旅) 등 3개의 섹션으로 나뉜다. 수족관에서는 물고기 관람뿐만 아니라 바다사자(アシカ), 해달(ラッコ), 펭귄(ペンギン), 페리칸(ペリカン) 등의 퍼포먼스도 볼 수 있어 즐겁다. 단, 수족관의 규모는 생각보다 작을 수 있으니 참고!
위치 : 선샤인시티 내 월드임포트마트 옥상(10F)
전화 : 03-3989-3466

시간 : 10:00~18:00
요금 : 대인(고등학생 이상) 2,400엔, 어린이(초등~중학) 1,200엔
홈페이지 :
www.sunshinecity.co.jp/aquarium

≫플레너테리움 만텐 プラネタリウム 満天 Planetarium Manten

돔 스크린에 천체나 자연에 관한 영상을 감상할 수 있는 시설을 플레너테리움이라고 한다. 이곳은 영상 명가 코니카미놀타에서 운영하는 시설로 때때로 변경되지만, 천체와 지구에 대한 원 플래닛, 원 어스(One Planet, One Earth), 북쪽 하늘에서 관찰되는 오로라에 관한 오로라 나잇(Aurora Night) 같은 작품을 상영하고 있다.
위치 : 선샤인시티 내 월드임포트마트 옥상(10F)
전화 : 03-3989-3546
시간 : 11:00~19:00(금~일 ~20:00)
요금 : 1,500~3,800엔 *좌석, 작품에 따라 다름
홈페이지 :
https://planetarium.konicaminolta.jp/manten

≫남자 타운 ナンジャ タウン Namja Town

게임회사 남코(Namco)의 실내 테마파크로 난자 타운 캐릭터 모자부(モジャヴ)가 만들었다는 독킹검 광장(ドッキンガム広場), 1950년대 변두리를 뜻하는 시타마치(下町)를 재현해 놓은 후쿠부쿠로 나나초메(福袋 七丁目) 상점가, 원령에게 납치된 도시인 모노노케 반가이치(もののけ 番外地) 등 3개의 섹션으로 되어있다. 곳곳에 타고 즐길 수 있는 어트랙션이 있고 남자 교자 스타디움(ナンジャ餃子 スタジアム), 후쿠부쿠로 디저트요코초(福袋 デザート 横丁) 같은 먹거리 장소도 있어 즐겁게 지내기 좋다. 끝으로 남자 캐릭터숍인 나자 모자 마켓(ナジャ

モジャマーケット)에서 남자 타운의 캐릭터인 나자부(ナジャヴ)와 모자부(モジャヴ) 인형도 구입할 수 있다. 단, 눈높이는 어린이에 맞춰져 있으니 참고!
위치 : 선샤인시티 내 월드임포트마트 2~3F
전화 : 03-5950-0765
시간 : 10:00~22:00
요금 : 입장권_일반(중학생 이상) 800엔, 어린이(소학생 이하) 500엔, 패스포드_일반 3,500엔, 어린이 2,800엔, 나이트 패스(17:00 이후)_일반 1,800엔, 어린이 1,500엔
홈페이지 : www.namco.co.jp/tp/namja

≫선샤인 극장 サンシイン 劇場 Sunshine Theater

분카가이칸(文化会館) 4층에 있는 극장으로 연극, 가부키, 콘서트, 뮤지컬 등 다양한 공연이 열린다. 한때 한국의 난타 공연이 열린 곳이기도 하다. 선샤인시티에서 내부 통로를 통해 분카가이칸으로 건너올 때는 극장의 규모가 가늠되지 않다가, 실제 입장해 보면 객석은 1층 650석, 2층 166석, 합 860석의 중형 극장임을 알 수 있다. 대형 극장에 속한다. 공연에 관심이 있다면 홈페이지를 통해 공연 일정을 살펴보고 인기 공연은 당일 티켓을 구하기 어려움으로 예매를 해두는 것이 좋다.
위치 : 선샤인시티 내 분카가이칸(文化会館) 4F
전화 : 03-3987-5281
시간 : 13:00 19:00(공연 별로 다름)
요금 : 6,500엔(공연 별로 다름)
홈페이지 :
www.sunshine-theatre.co.jp,
티켓 구입_http://eplus.jp

≫고대 오리엔트 박물관 古代 オリエント 博物館 Ancient Orient Museum 코다이 오리엔트 하쿠부츠칸

중동의 고대 오리엔트 문화유산을 수집, 전시하는 박물관으로 고대 이집트 문화, 고대 메소포타미아, 시리아의 발견, 고대 이란과 그 주변, 동서 문화의 교류 등의 전시실로 나뉜다. 전시실에는 이 지역의 토기, 유리 제품, 공예품 등이 전시된다.
위치 : 선샤인시티 내 분카가이칸(文化会館) 7F

전화 : 03-3989-3491
시간 : 10:00~16:30
요금 : 상설전_일반 600엔, 고·대학생 500엔, 소·중학생 200엔
홈페이지 : http://aom-tokyo.com

선샤인 60도리 サンシイン60通り Sunshine60dori

JR 이케부쿠로 역 동쪽 출구에서 히가시구치 오차로(東口 五差路)로 간 뒤 이곳에서 도요타 자동차 이케부쿠로 빌딩(옛 도요타 암럭스)를 거쳐 선샤인시티에 이르는 거리를 말하나 보통 도요타 빌딩 전까지이다. 이 거리에는 산리오 기프트 게이트, ABC 마트 복합영화관 시네마 선샤인과 휴맥스 시네마, 유니클로, 아메리칸 이글 아웃렛, 아니메이트, 실내게임장 세가, 도큐핸즈 등 많은 상점과 레스토랑이 있어 찾는 사람들로 붐빈다. 보통 차 없는 거리로 이용되어 더 많은 사람이 몰리고 사람들의 발길에 이끌려 가다 보면 어느새 선샤인시티에 도달한다.
교통 : JR 이케부쿠로(池袋) 역 동쪽 출구에서 히가시구치 오차로(東口 五差路) 방향, 히가시구치 오차로 동쪽. 도보 2분
주소 : 東京都 豊島区 東池袋, サンシイン60通り

오토메 로드 乙女 ロード Otome Road

선샤인60도리 끝나는 지점에서 남북으로 이어진 거리로 K-북스 아니메관, 이케부쿠로 캐릭터관, 동인관, 만다라케 등 여러 코믹(만화), 애니메이션 전문점이 있어 코믹의 거리를 이룬다. 특히 이들 코믹 중 여성향 코믹이 많아 아가씨를 뜻하는 오토메(乙女)를 붙여 오토메 로드라 부른다. 남성향 코믹은 주로 아키하바라의 코믹 전문점에서 찾아볼 수 있다. 일본 코믹 마니아라면 선샤인시티 가는 길에 들려보기를 추천한다.
교통 : JR 이케부쿠로(池袋) 역 동쪽 출구에서 선샤인60도리(サンシイン 60通り) 거쳐. 도보 5분
주소 : 東京都 豊島区 東池袋, 乙女 ロード

타임즈 스파 레스타 タイムズ スパ・レスタ Times Spa Resta

선샤인시티 아래쪽에 있는 스파로 노천탕, 실내탕, 사우나 등 시설이 꽤 고급스럽다. 찜질복을 입고 라운지에서 휴식을 취하거나 레스토랑에서 식사할 수도 있다.

교통 : JR 이케부쿠로(池袋) 역 동쪽 출구에서 선샤인시티, 스파 방향. 도보 10분

주소 : 東京都 豊島区 東池袋4丁目25-9 10F~12F タイムズステーション池袋

전화 : 03-5979-8924

시간 : 11:30~다음날 09:00

요금 : 일반 2,850엔, 스피드이용(100분) 2,100엔, 토~일 +400엔, 심야 +500엔

홈페이지 : www.timesspa-resta.jp

도쿄 예술극장 東京 藝術劇場 Tokyo Metropolitan Art Space 도쿄 게이쥬츠 게키죠

JR 이케부쿠로 역 서쪽에 있는 공연장으로 클래식 공연을 위한 1,999석의 콘서트홀(コンサートホール), 연극, 뮤지컬 공연을 위한 834석의 플레이하우스(プレイハウス), 소공연을 위한 소극장 씨어터 이스트와 웨스트, 2개의 갤러리, 2개의 아틀리에 등을 갖추고 있다. 거의 매일 공연과 전시가 열리고 교통도 편리해, 언제라도 쉽게 예술을 접할 수 있는 장점이 있다. 다만, 인기 공연은 일찍 매진됨으로 공연에 관심이 있다면 홈페이지 공연 일정을 참조하여 예매하는 것이 좋다. 밤에 도쿄 예술극장 앞에서는 아마추어 예술가들의 퍼포먼스 공연이 열리기도 하니 지나는 길에 구경해보자.

교통 : JR 이케부쿠로(池袋) 역 서쪽 출구에서 도보 2분

주소 : 東京都 豊島区 西池袋 1-8-1

전화 : 03-5391-2111

요금 : 콘서트홀_B석~S석 2,000~4,000엔, 플레이하우스_일반 4,000엔

홈페이지 : www.geigeki.jp

〈와세다(早稲田)〉

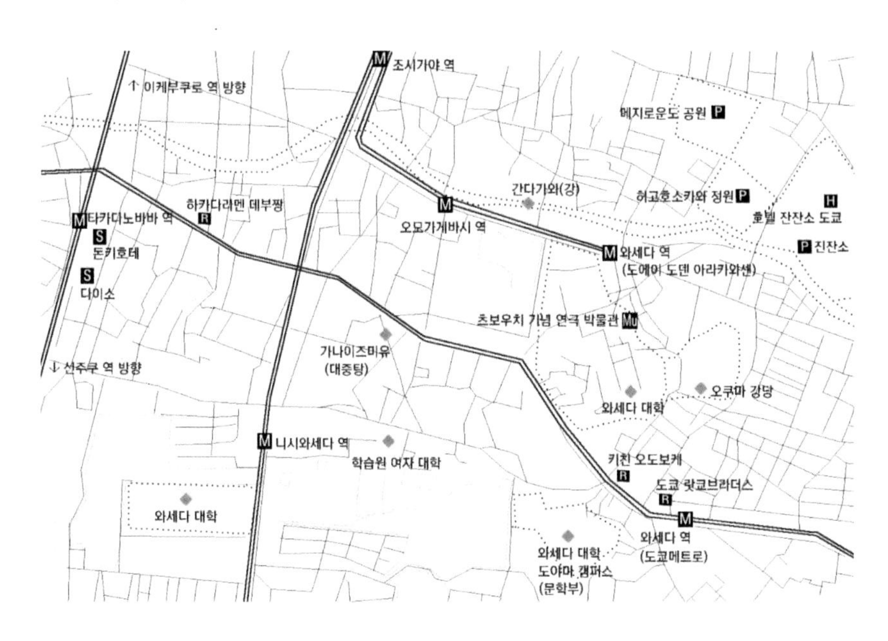

와세다 대학 早稲田 大学 Waseda University 와세다 다이가쿠

1882년 개교한 일본 사립 명문대학 중 하나로 정치경제학, 법학, 문학, 교육학, 상학, 이공학, 사회과학 등의 학부를 두고 있다. 와세다 캠퍼스 부근에는 문과대가 있는 도야마(戸山) 캠퍼스, 기쿠이초(喜久井町) 캠퍼스, 니시와세다(西早稲田) 캠퍼스 등이 자리한다. 이중 와세다 캠퍼스 내에 설립자 오쿠마 시게노부(大隈重信)의 이름을 딴 오쿠마 강당(大隈講堂), 셰익스피어 시대의 건축양식을 반영한 츠보우치(坪内逍遥) 기념 연극 박물관, 이 대학 출신 무라카미 하루키(村上春樹)가 다닌 도야마 캠퍼스(문과대) 등에 관심이 간다. 하루키 외 이 대학 출신은 역대 총리를 역임한 모리 요시로(森喜郎), 오부치 게이조(小淵惠三), 후쿠다 야스오(福田康夫), 한국인으로 소설가 채만식, 전 동아일보 사장 김성수, 이건희 삼성 회장 등이 있다. *와세다 대학은 신주쿠 지역이나 이케부쿠로에서 신주쿠를 오가는 길에 들리게 되므로 이케부쿠로 지역에서 소개한다.

교통 : JR 야마노테센(山手線) 다카다노

바바(高田馬場) 역 와세다(早稲田) 입구에서 동쪽·와세다 대학 방향. 도보 20분. JR 다카다노바바 역 앞에서 도버스(都バス) 학2(学０２) 버스 6분 또는 도쿄메트로 도자이센(東西線) 와세다(早稲田) 역 3a 출구에서 도보 2분.

주소 : 東京都 新宿区 西早稲田 1-6-1

전화 : 03-3203-4141

홈페이지 : www.waseda.jp

≫오쿠마 강당 大隈 講堂 Okuma Auditorium 오쿠마 코도

1927년 튜더&고딕 양식으로 완공된 강당으로 설립자 오쿠마 시게노부와 함께 와세다 대학의 상징으로 여겨진다. 오쿠마 강당은 지하 1층, 지상 3층 규모로 왼쪽에 종탑 겸 시계탑이 있고 종탑 아래 타원형 현관과 종탑 옆에 3개의 타원형 창문이 있다. 설립자 오쿠마 시게노부(大隈重信)의 이름을 따 통상, 오쿠마 강당(大隈講堂)이라 부르나 정식명칭은 오쿠마 대학 오쿠마 기념 강당이고 학내에서는 와세다 대학 21호관이라고 한다. 오쿠마 강당 앞에 카페 125가 있어 간단한 음료나 간식을 맛볼 수 있고 와세다 대학 기념품도 구입할 수 있으니 찾아가 보자. 와세다 대학 식당은 오쿠마 강당 뒤쪽으로 돌아가면 된다.

위치 : 와세다 캠퍼스 입구

≫츠보우치 기념 연극 박물관 坪内逍遥記念 演劇 博物館 The Tsubouchi Memorial Theatre Museum 츠보우치 키넨 엔게키 하쿠부츠칸

1928년 츠보우치 쇼요(坪内逍遙) 박사의 고희(70세)와 40권의 셰익스피어 전집

번역 완간을 기념하여 셰익스피어 시대 양식으로 건립된 연극 박물관이다. 츠보우치는 메이지와 다이쇼 시대이 소설가이자 극작가, 평론가, 영문학자로 1890년 와세다 대학의 전신인 도쿄 전문학교 문학부를 창설하고 이듬해 와세다 문학을 발간하였으며 셰익스피어 문학에 관심을 기울였다. 현재 박물관에는 목판 풍속화 니시키에(錦絵) 46,800매, 무대 사진 40만 장, 도서 255,000권, 전단지 프로그램 등 놀이 공연 자료 8만 점, 의상 인형·서간·원고 등 박물관 자료 159,000점 등을 수집, 전시! *박물관 옆, 2021년 개관한 **무라카미 하루키 도서관(와세다 국제문학관)**도 찾아가 보자. 일반인도 예약 후 입장 가능

위치 : 와세다 캠퍼스 4·6호관 옆

전화 : 03-5286-1829

시간 : 10:00~17:00(화·금 ~19:00)

휴무 : 토~일요일. 요금 : 무료

홈페이지 :
https://www.waseda.jp/enpaku

≫도야마 캠퍼스 戸山 キャンパス Toyama Campus

와세다 캠퍼스 남서쪽에 위치하고 문학학술원의 문화구상학부, 문학부, 제1 문학부, 제2 문학부 등의 학부와 도야마 도서관 등이 자리한다. 도야마 캠퍼스가 관심이 가는 것은 소설가 무라카미 하루키(村上春樹)가 제1 문학부 연극과(1968년~1975년)에 다녔기 때문이다. 그는 재학 중 대부분을 연극 박물관에서 영화시나리오 작가를 목표로 영화시나리오를 쓰거나 신주쿠 레코드 가게에서 아르바이트하거나 가부키초의 재즈 카페에서 시간을 보냈다고 한다. 그 때문인지 그는 대학을 7년 만에 대학을 졸업했는데 얻는 것은 와이프뿐이라는 말을 남겼다고. 무라카미 하루키의 팬이라면 그가 공부했던 캠퍼스를 한 번쯤 걸어보길 추천한다.

교통 : 와세다 캠퍼스 입구에서 남서쪽 도보 6분

주소 : 東京都 新宿区 西早稲田 1-24-1

전화 : 03-5286-3526

시간 : 08:00~22:30

도덴 아라카와센 都電 荒川線 Toden Arakawasen

도쿄 와세다 대학 후문 위쪽에 도에이에

서 도덴 아라카와센(都電 荒川線)을 운행한다. 노선은 와세다(早稲田) 역에서 북쪽 미노와바시(三ノ輪橋) 역까지. 와세다 역 부근의 진잔소(椿山莊), 아스카야마(飛鳥山) 역 부근 벚꽃놀이 하나미(花見)를 즐길 수 있는 아스카야마 공원(飛鳥山公園), 미노와바시 역 부근의 사찰 조칸지(淨閑寺) 등을 들려볼 만하다. 덜컹거리는 2칸짜리 전차를 타고 도쿄 변두리를 둘러보는 것도 색다른 경험이 될 것이다.

교통 : 와세다(早稲田) 대학 후문(와세대 도서관 앞)에서 북동쪽 방향, 도로 나오면 좌회전. 도보 2분

주소 : 東京都 新宿区 西早稲田 1-19

전화 : 03-3816-5700

시간 : 06:00~23:04(종착까지 약 50분 소요)

요금 : 일반 170엔, 소아 90엔, 도덴일 일승차권 대인 400엔, 소아 200엔

홈페이지 : www.kotsu.metro.tokyo.jp/toden

진잔소 椿山莊 Chinzanso

1336년~1392년 남북조 시대부터 간다 강가의 동백이 자생하는 경승지로 알려져, 동백산(つばきやま)이라 불렀다. 이후 1878년 메이지 유신의 공을 세운 야마가타 아리토모(山縣有朋)가 이곳을 매입해 진잔소(椿山莊)라는 이름을 붙였다. 1948년 후지타고교(藤田興業)로 소유권이 넘어갔고 1992년 지금의 호텔 진잔소 도쿄(ホテル 椿山荘 東京)가 세워졌다. 이곳에는 1925년 세워진 3층탑 엔츠가쿠(圓通閣), 히라타마인나리진나(白玉稲荷神社), 연못, 에비스(恵比寿)를 포함한 칠복신(七福神)상, 신십승(新十勝) 등이 있어 한가롭게 산책하기 좋다. 일본 사람 중에는 기모노를 잘 차려입고 기념촬영이나 웨딩 촬영(?)을 하는 이들도 종종 보인다. 식사 시간이면 진잔소 내 소바 식당인 무차안(無茶庵)에 들려 맛있는 소바를 맛보아도 좋다.

교통 : 와세다(早稲田) 대학 후문(와세다 도서관 앞)에서 북동쪽 방향, 길건너 진잔소 방향. 도보 8분

주소 : 東京都 文京区 関口 2-10-8

전화 : 03-3943-1123

시간 : 10:00~21:30. 요금 : 무료

홈페이지 : http://hotel-chinzanso-tokyo.jp/garden

무터키야 無敵家 Mutekiya

JR 이케부쿠로 역 동쪽 출구에서 오른쪽, 준쿠도 서점 건너편에 있는 라멘집이다. 돼지 뼈를 푹 삶아 이곳만의 독창적인 육수를 만들어 맛있는 삿포로 밀가루를 이용해 쫄깃한 면발을 자랑한다. 메뉴로는 챠슈와 계란 반숙이 들어 있는 무터키야라멘(無敵家麺), 계란 반숙 반쪽이 추가된 혼마루멘(本丸麺), 육수 맛이 진한 혼도로도쿠마루멘(本トロ特丸麺), 챠슈와 계란이 추가된 니쿠타마멘(肉玉麺), 보강된 챠슈와 파(네기 ねぎ)의 만남 네기부타멘(ねぎ豚麺) 등이 있다. 라멘 보통(並, 나미, 150g), 곱빼기(大盛り 오오모리,230g)의 가격이 같으니 곱빼기를 원하면 오오모리라고 외쳐보자.

교통 : JR 이케부쿠로(池袋) 역 동쪽 출구에서 오른쪽 준쿠도(ジュンク堂) 방향. 도보 5분

주소 : 東京都 豊島区 南池袋 1-17-1

전화 : 03-3982-7656

시간 : 10:30~다음날 04:00

메뉴 : 무터키야라멘 1,200엔, 혼마루멘(本丸麺) 900엔, 가니미소아지멘 980엔, 네기톤멘 980엔

홈페이지 : www.mutekiya.com

키친 ABC キッチン ABC 池袋東口店 Kitchen ABC

준쿠도 서점 옆 골목에 자리한 대중식당으로 카레 정식(定食 데이쇼쿠), 포크 정식을 주로 낸다. 안으로 들어가면 바로 주문해야 하는 분위기이므로 식당 밖 메뉴판을 보고 메뉴를 결정하고 들어가자. 대표 메뉴인 야키니쿠(焼肉) 세트나 카레 정식 중 하나를 고르는 것이 무난하고 메인 요리와 밥, 된장국이 나오는 정식으로 서비스된다.

교통 : JR 이케부쿠로(池袋) 역 동쪽 출구에서 오른쪽 준쿠도(ジュンク堂) 방향. 준쿠도 옆 골목에서 바로. 도보 5분

주소 : 東京都 豊島区 南池袋 2-16-2, 大西ビル 1F

전화 : 03-5396-5399

시간 : 11:00~21:30, 런치 11:00~14:00

메뉴 : 런치_오늘의 정식 800엔, 치킨카츠카레 780엔, 옴 카레(オムカレー) 800엔, 카페풍미야키니쿠(カレー風味焼肉) 730엔, 햄버거 정식(自家製手ごねハンバーグ) 880엔,
홈페이지 : www.kitchenabc50.com

아니메이트 카페 アニメイトカフェ 池袋 Animate Cafe

코믹과 애니메이션, 게임 전문점 아니메이트에서 운영하는 카페로 예전 아니메이트 이케부쿠로 본점이 있던 아니메이트 선샤인 7~8층에 위치한다. 카페 내부는 애니메이션 주인공들의 액자가 걸려있고 테이블 위에서 애니메이션 장면으로 꾸며져 있다. 메뉴는 때때로 바뀌지만, 고기덮밥인 스태미나 플레이트(スタミナ プレート), 닭고기 볶음밥인 야키도리 챠한(焼き鳥 チャーハン), 햄버거 그라탕(ハンバーグ グラタン), 음료 등이 있다.
교통 : JR 이케부쿠로(池袋) 역 동쪽 출구에서 선샤인60도리 방향. 도요타 자동차 이케부쿠로 빌딩 지나. 도보 8분
주소 : 東京都 豊島区 東池袋 3-2-1, アニメイト サンシイン 7~8F
전화 : 03-5956-5401
시간 : 12:00~20:00
메뉴 : 스태미나 플레이트(スタミナ プレート), 야키도리 챠한(焼き鳥チャーハン, 닭고기 볶음밥), 햄버거 그라탕(ハンバーグ グラタン) 1,000엔 내외
홈페이지 : https://cafe.animate.co.jp/shop/ikebukuro

밤비 バンビ Bambi

선샤인시티의 알파 3층에 있는 카페 겸 레스토랑으로 와규 스테이크(和牛ステーキ) 전문이다. 살로인(등심) 스테이크는 170g/220g으로 나뉘나 양이 제일 많은 것으로 먹어야 제대로 맛을 본 듯하니 참고하자. 스테이크가 아니라면 새우후라이카레(芝海老フライカレー)나 멘치카츠카레(メンチカツカレー)를 주문하는 것이 적당하다.
교통 : JR 이케부쿠로(池袋) 역 동쪽 출구에서 선샤인60도리(サンシイン 60通り) 지나. 도보 10분
주소 : 東京都 豊島区 東池袋 3-1-1, サンシインシティー アルパ 3F

전화 : 03-3987-6799
시간 : 11:00~22:00
메뉴 : 살로인 스테이크 170/220g 1,260/1,660엔, 새우후라이카레(芝海老フライカレー) 980엔, 멘치카츠카레(メンチカツカレー) 880엔
홈페이지 : www.sunshinecity.co.jp

***쇼핑**

〈이케부쿠로(池袋) 동쪽〉

이케부쿠로 파르코 池袋 パルコ 本館
Ikebukuro Parco

진중한 분위기의 백화점과 달리 젊은 감각의 패션몰로 이케부쿠로 본점과 별관인 피 파르코(P'PARCO)로 되어있다. 본점 매장은 지하 2층~지상 2층 여성 패션과 잡화, 3~4층 여성과 남성 패션, 5층 신발과 안경, 6층 여성과 남성 패션, 7~8층 식당가, 피 파르코 매장은 지하 1층 남성 패션, 지상 1~3층 여성 패션, 4층 여성과 남성 패션, 5~6층 타워 레코드, 7층 이시바시 악기, 8층 무라사키 스포츠로 구성된다.
교통 : JR 이케부쿠로(池袋) 역 동쪽 출구에서 바로
주소 : 東京都 豊島区 南池袋 1-28-2
전화 : 03-5391-8000
시간 : 11:00~22:00
홈페이지 : http://ikebukuro.parco.jp

세이부 이케부쿠로 西武 池袋 本店
Seibu Ikebukuro

중장년층 대상의 백화점으로 북쪽 존과 중앙 존, 남쪽 존의 본관과 별관, 서적관으로 구성되어 일본 최대 규모를 자랑한다. 본관 매장은 지하 2층 식품관(북, 중앙), 지하 1층 식품관(중앙, 남), 지상 1층 루이비통, 여성 잡화, 에르메스, 2층 여성 잡화, 3~4층 여성 패션, 5층 신사복, 6층 아동복, 7층 인테리어 소품, 취미, 8층 식당가, 9층 악기와 서적, 10~12층 로프트, 별관 1~2층 무지, 별관 지하 1층과 서적관 지하 1층~4층 리브로로 구성된다.
교통 : JR 이케부쿠로(池袋) 역 동쪽 출

구에서 바로
주소 : 東京都 豊島区 南池袋 1-28-1
전화 : 03-3989-1171
시간 : 10:00~21:00
홈페이지 :
www.sogo-seibu.jp/ikebukuro

비쿠 카메라 ビッグカメラ 池袋 本店 Bic Camera

JR 이케부쿠로 역 동쪽 출구 왼쪽에 가전양판점 비쿠 카메라 이케부쿠로 본점과 길 건너 파소콘(パソコン, PC)관이 있다. 본점 매장은 지하 1층 카메라, 지상 1층 스마트폰, 2층 오디오, 3층 텔레비전, 4층 비디오 가전, 스포츠용품, 5층 게임, 음악, 영상, 6층 생활가전, 사무기기, 7층 생활가전, 8층 시계, 여행용품, 파소콘관은 지하 1층 OA기기, 지상 1층 스마트폰, 2층 프린터, 3층 주변기기, 4층 PC 소프트웨어, 5층 맥(Mac), 6층 액정 모니터, 카메라, 7층 윈도우 소프트웨어로 구성된다.
교통 : JR 이케부쿠로(池袋) 역 동쪽 출구에서 왼쪽. 도보 2분
주소 : 東京都 豊島区 南池袋 1-41-5
전화 : 03-5396-1111
시간 : 10:00~21:00
홈페이지 : www.biccamera.com

준쿠도 서점 ジュンク堂 書店 池袋本店 Junkudo

이케부쿠로에서 가장 큰 종합서점으로 매장은 지하 1층 코믹, 지상 1층 잡지, 2층 여행과 실용, 3층 문학과 문고, 4층 역사와 종교, 5층 정치와 경제, 6층 컴퓨터와 의학, 7층 이공서, 8층 어학과 아동서, 9층 예술, 수입 도서로 구성된다. 내부에는 책을 놓아둔 매대와 서가가 늘어서 있어 예전 종로서적 분위기가 난다.
교통 : JR 이케부쿠로(池袋) 역 동쪽 출구에서 오른쪽, 준쿠도 서점 방향. 도보 5분
주소 : 東京都 豊島区 南池袋 2-15-5, 藤久ビル 東6号館
전화 : 03-5956-6111
시간 : 10:00~22:00
홈페이지 : https://honto.jp

산리오 기프트 게이트 Sanrio Gift Gate 池袋店

핑크색 헬로키티로 유명한 산리오의 캐릭터상품을 판매하는 곳으로 1층과 2층에 마이 멜로디, 리틀 트윈스타, 시나몬 같

은 캐릭터 인형, 가방, 양말, 문구, 생활 잡화 등 다양한 캐릭터상품을 둘러볼 수 있다. 헬로키티를 좋아한다면 한 번쯤 방문하길 추천한다.

교통 : JR 이케부쿠로(池袋) 역 동쪽 출구에서 선샤인60도리(サンシイン 60通り) 방향. 도보 4분

주소 : 東京都 豊島区 東池袋 1-12-10, ヤンズビル 1~2F

전화 : 03-3985-6363

시간 : 11:00~20:00

홈페이지 : https://stores.sanrio.co.jp

마츠모토키요시 マツモトキヨシ 池袋Part2店 Matsumoto Kiyoshi

일본판 드러그 스토어(Drug Store)로 간단한 의약품, 화장품, 생활 잡화, 건강용품, 식품 등 다양한 상품을 판매한다. 대부분 상품이 기본 30~40% 할인된 가격에 판매되므로 필요한 것이 있다면 사도 좋고 화장품 SK-II의 정규 취급점이므로 관심이 있다면 매장을 방문해보자.

교통 : JR 이케부쿠로(池袋) 역 동쪽 출구에서 선샤인60도리(サンシイン 60通り) 방향. 도보 5분

주소 : 東京都 豊島区 東池袋 1-22-8

전화 : 03-5951-0051

시간 : 09:00~23:00

홈페이지 : www.matsukiyo.co.jp

휴맥스 파빌리온 ヒューマックス パビリオン Humax Pavilion

선샤인60도리 유니클로 건너편에 있는 어뮤즈먼트 빌딩으로 여러 업체가 입점해 있지만, 눈에 띄는 것은 2~3층 중고서점 북오프(Book OFF), 지하 2층, 6층, 8층의 복합 영화관 휴맥스 시네마(Humax Cinema)이다. 북오프에서 중고 코믹, 애니메이션, 서적 등을 살펴보기 좋고 휴맥스 시네마에서는 최신 일본의 애니메이션을 감상해도 괜찮다.

교통 : JR 이케부쿠로(池袋) 역 동쪽 출구에서 선샤인60도리(サンシイン60通り) 방향. 도보 5분

주소 : 東京都 豊島区 東池袋 1-22-10

전화 : 03-5979-1660(휴멕스시네마)

시간 : 10:30~22:30

홈페이지 : www.humax.co.jp

아니메이트 アニメイト 池袋 本店 Animate

1983년 창업한 코믹(만화), 애니메이션, 게임 등을 판매하는 전문점으로 아니메니트 이케부쿠로 본점이다. 1층 잡화, 2층 서적, 3층 서적과 회화 재료, 4층 서적과 잡지, 5~6층 캐릭터 상품, 7층 오디오와 비디오, 게임, 8층 이벤트홀, 9층 아니메이트 극장으로 운영된다.

교통 : JR 이케부쿠로(池袋) 역 동쪽 출구에서 선샤인60도리(サンシャイン60通り) 방향. 도요타 자동차 이케부쿠로 빌딩 지나. 도보 8분

주소 : 東京都 豊島区 東池袋 1-20-7

전화 : 03-3988-1351

시간 : 11:00~20:00

홈페이지 : www.animate.co.jp

라신반 らしんばん 池袋 本店 キャラクターグッズ館 Rashinban

프리미엄 아니메(애니메이션) 숍을 표방하는 곳으로 코믹, 애니메이션, 게임, 캐릭터상품 등을 취급한다. 매장은 1층 여성향 상품, 2층 남성향 상품으로 구성된다. 주요 상품으로는 애니메이션 프리(Free) DVD 2,000엔, 닌텐도 게임 도키도키 서바이벌(ドキドキ サバイバル) 8,580엔, 록(Rock) 티셔츠 2,300엔, 캐릭터 피규어 400~1,500엔 등이 있다. 이곳 외 아니메이트 이케부쿠로 본점 부근에 **라신반 여성 동인관, 라반신 오디오캐스트관**도 방문해보자.

교통 : JR 이케부쿠로(池袋) 역 동쪽 출구에서 선샤인60도리 방향. 도요타 자동차 이케부쿠로 빌딩 지나. 도보 8분

주소 : 東京都 豊島区 東池袋 3-2-4, 共栄ビル 1~2F

전화 : 0570-002-310

시간 : 11:00~20:00

홈페이지 : www.lashinbang.com

K-북스 아니메관 ケイーブックス アニメ館 K-Books Animation

K-북스의 중고 애니메이션 전문점으로 2층 애니메이션 CD, DVD, 2층 게임, 캐릭터 상품, 트레이딩 카드(トレーディン

グ)을 취급한다. 애니메이션의 경우 원피스 같은 유명 작품도 있지만, 동성 간의 우정을 다룬 작품(BL コミック)도 있어 표현의 폭이 넓음을 알 수 있다. 상품의 가격은 애니메이션 DVD(900엔 내외), 캐릭터 열쇠고리(200~1,000엔) 정도. K-북스 아니메관을 시작으로 **캐릭터관, 라이브관, 동인관, 코스프레관** 등이 늘어서 있어 코믹과 애니메이션 마니아라면 한 곳씩 둘러보는 재미가 있을 듯! 뮤지컬 CD와 DVD, 상품을 취급하는 **케이-북스 케스트관(キャスト館)**은 선샤인60도리의 ABC마켓 남쪽에 자리하니 지나는 길에 들려보자.

교통 : JR 이케부쿠로(池袋) 역 동쪽 출구에서 선샤인60도리(サンシイン60通り) 방향. 도요타 자동차 이케부쿠로 빌딩 지나. 도보 8분
주소 : 東京都 豊島区 東池袋 3-2-4
전화 : 03-3980-6464
시간 : 11:00~20:00
홈페이지 : www.k-books.co.jp

만다라케 まんだらけ 池袋店 Madarake
코믹과 애니메이션, 피규어 전문점인 만다라케의 이케부쿠로점으로 여성향의 동인지, CD와 DVD, 게임, 동인지 관련 상품, 오토메게 아이돌 상품 등을 취급한다. 상품 중 동성 간의 우정을 다룬 BL 코믹이 여성향 코믹으로 여겨지는 것이 흥미롭고 가격도 일반 코믹보다 조금 비싸다. 상품 가격은 애니메이션 DVD 2,500엔, 동인지 1,000~2,000엔, 코믹 500엔 정도.

교통 : JR 이케부쿠로(池袋) 역 동쪽 출구에서 선샤인60도리 방향. 도요타 자동차 이케부쿠로 빌딩 지나. 도보 8분
주소 : 東京都 豊島区 東池袋 3-15-2, ライオンズマンション池袋 B1F
전화 : 03-5928-0771
시간 : 12:00~20:00
홈페이지 : www.mandarake.co.jp

〈이케부쿠로(池袋) 서쪽〉

도부 백화점 東武 百貨店 池袋店 Tobu Department Store 도부 핫카텐

JR 이케부쿠로 역사 빌딩에 있는 백화점으로 일본에서 가장 넓은 매장 규모를 자랑하고 남쪽으로 루미네 쇼핑센터와 연결된다. 빌딩 북쪽에서 남쪽으로 1~3번지 지하 2층~지상 15층, 4~8번지 지하 2층~7층, 9~11번지 지하 2층~7층으로 구분되지만, 막상 안에 들어가면 서로 연결되어 잘 구분되지 않는다.

교통 : JR 이케부쿠로(池袋) 역 서쪽 출구에서 바로

주소 : 東京都 豊島区 西池袋 1-1-15

전화 : 03-3981-2211

시간 : 10:30~20:00

홈페이지 : www.tobu-dept.jp/ikebukuro

루미네 ルミネ 池袋店 Lumine

북쪽의 도부 백화점과 연결된 쇼핑센터 지하 1층, 지상 10층 규모이다. 매장은 지하 1층 여성 패션과 화장품 지상 1~2층 여성과 남성 패션, 3~5층 여성 패션과 잡화, 6층 아동복과 서점, 7층 인테리어 소품과 생화용품, 8~9층 식당가, 10층 미용실로 구성된다.

교통 : JR 이케부쿠로(池袋) 역 서쪽 출구에서 바로

주소 : 東京都 豊島区 西池袋 1-11-1

전화 : 03-5954-1111

시간 : 11:00~21:00

홈페이지 : www.lumine.ne.jp/ikebukuro

18 고가네이&미카타&&나카노 小金井&三鷹&中野
Mikata&Kichijoji&Nakano

고가네이와 미카타, 나카노는 보통 여행자는 잘 가게 되지 않는 지역으로 이케부쿠로-신주쿠 라인 서쪽에 위치한다. 정확하게 말하면 스기나미구(杉並区) 동쪽 도쿄 시내를 도쿄 23구라고 하고, 스기나미구 서쪽 도쿄 시외를 다마 지역이라고 하는데 고가네이와 미카타가 여기에 속한다. 나카노는 도쿄 23구에 속하나 이케부쿠로-신주쿠 라인 서쪽으로 여행자가 잘 가지 않는 지역이다. 요즘은 미타카에 애니메이션의 대가 미야자키 하야오의 지브리 미술관이 있어 이케부쿠로-신주쿠 라인 서쪽 지역에 관심을 두는 여행자가 늘었다. 미타카의 지브리 미술관 외 고가네이의 에도도쿄 건물원에서 도쿄의 옛 건물을 살펴보아도 괜찮다. 나카노의 나카노 브로드웨이에서는 도쿄 옛 모습이 남아 있는 골목을 걷거나 코믹 본좌인 만다라케 본점을 찾아가도 좋다.

▲ **교통**

① 신주쿠(新宿), 도쿄(東京), 간다(神田) 역에서 JR 추오센(中央線, 쾌속 快速) 이용, 무사시고가네이(武蔵小金井) 역 하차_에도도쿄 건물원

② 신주쿠, 도쿄, 간다 역에서 JR 추오

센(中央線, 쾌속), 소부센(総武線) 이용, 미카타(三鷹) 역 하차_지브리 미술관
③ 신주쿠, 도쿄, 간다 역에서 JR 추오센(中央線), 소부센(総武線) 이용, 기치조지(吉祥寺) 역 하차 또는 시부야(渋谷)에서 게이오 이노카시라센(京王 井の頭線) 이용, 기치조지 역 하차_지브리 미술관
④ 신주쿠, 도쿄, 간다 역에서 JR 추오센(中央線), 소부센(総武線) 이용, 나카노(中野) 역 하차 *무사시고가네이 역, 미카타 역, 기치조지 역, 나카노 역은 소부센보다 빠른 추오센 이용! JR 도쿠나이 패스(JR 都区内Pass)는 나카노 역까지 사용 가능!

▲ 여행 포인트

① 에도도쿄 건물원에서 옛날 도쿄의 모습 살펴보기
② 미야자키 하야오 팬이라면 미타카노모리 지브리 미술관으로!
③ 기치조지 역의 사토 미트숍에서 고로케 맛보기
④ 기치조지 역 하모니카요코초의 스탠딩 바에서 칵테일 한잔하기
⑤ 나카노 브로드웨이의 만다라케 본점 찾아가기

▲ 추천 코스

에도도쿄 건물원→지브리 미술관→이노카시라온시 공원→이노카시라 자연문화원→기치조지 쇼핑가→나카노 브로드웨이

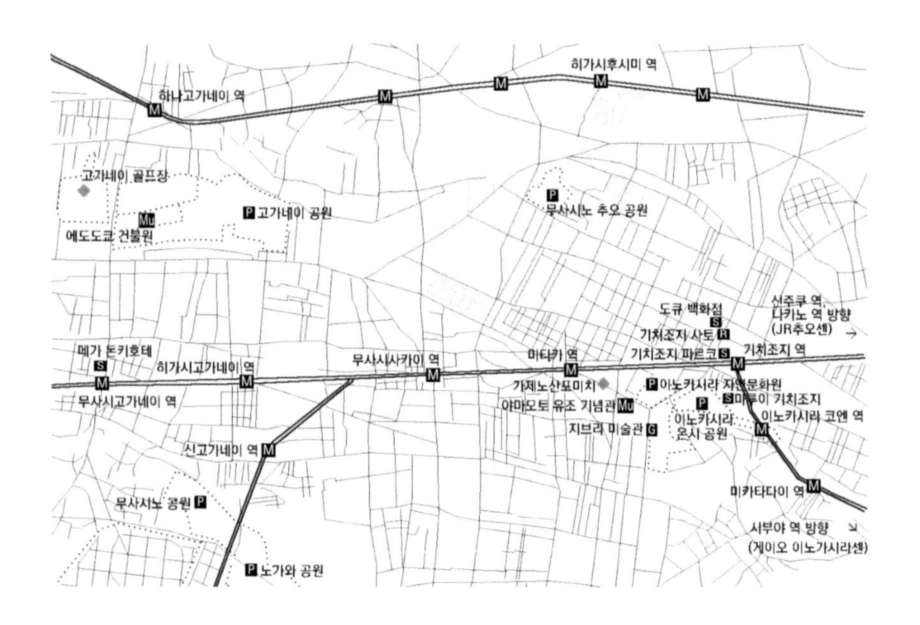

〈고가네이(小金井)〉

에도도쿄 건물원 江戸東京 たてもの園
Edo-Tokyo Architectural Museum
에도도쿄 다테모노엔

1993년 개원한 야외 건축 박물관으로 도쿄 서쪽, 무사시 고가네이(武蔵小金井)의 고가네이 공원(小金井公園)에 자리하고 3개의 존에 도쿄 시내에서 이전한 27채의 옛 건물들이 세워져 있다. 센터 존은 방문자센터 겸 전시장으로 쓰이는 규고가덴(旧光華殿)을 중심으로 다카하시 고레키요데이(高橋是清邸) 같이 일본사에 관련 있는 건물, 동쪽 존은 옛 상가, 목욕탕, 선술집 같은 옛 정취를 느낄 수 있는 건물, 서쪽 존은 초가집에서 서양풍 건물, 현대의 건물까지 다양한 건축양식을 보여 주는 건물을 전시하고 있다. 방문자센터 내 전시장에서는 때때로 건축 관련 전시가 열려 살펴볼 만하고 건물원 내 일부 건물은 미야자키 하야오(宮崎駿)의 애니메이션 〈센과 치히로의 행방불명(千と千尋の神隠し)〉에 등장하는 것이어서 더욱 관심이 간다.

교통 : 신주쿠(新宿), 도쿄(東京), 간다(神田) 역에서 JR 추오센(中央線, 쾌속 快速) 이용, 무사시고가네이(武蔵小金井) 역 하차. 북쪽 출구의 2, 3번(番) 버스정류장에서 세이부 버스(西武 バス) 이용, 고가네이코엔 니시구치(小金井公園 西口) 하차. 또는 4번 버스정류장에서 칸토 버스(関東 バス) 이용, 에도도쿄 건물원 앞(江戸東京たてもの園前) 하차. 각 버스 5분. 공원 니시구치 또는 앞에서 공원 안쪽 건물원 방향, 도보 5~3분
주소 : 東京都 小金井市 桜町 3-7-1, 都立小金井公園内
전화 : 042-388-3300
시간 : 09:30~16:30. 휴무 : 토~월요일
요금 : 일반 400엔, 대학생 320엔, 중고생 200엔, 초등생 이하 무료
홈페이지 : www.tatemonoen.jp

≫다카하시 고레키요데이 高橋是清邸
Takahashi Korekiyotei

메이지(明治, 1868~1912년)에서 소화(昭和, 1926~1989년)시대에 이르는 일본의 정치가 겸 재정가 다카하시 고레키요(高橋是清)의 저택으로 일본풍과 서양 양식이 혼합된 2층 건물이다. 2층에 유

리창과 다다미방으로 꾸며진 다카하시 고레키요의 침실과 서재가 있는데 〈센과 치히로의 행방불명〉 중 치히로가 유바바의 목욕탕에서 일하며 거주하던 방의 모델이 된 곳이라고 한다.
위치 : 에도도쿄 건물원의 센터 존, 방문자센터 뒤쪽

≫고다카라유 子宝湯 Kodakarayu

일본의 대중목욕탕(銭湯)을 대표하는 건물로 신사의 불전을 연상케 하는 활 모양의 굴곡이 있는 지붕인 가라하후(唐破風), 현관 위쪽의 시치후쿠진(七福神) 조각, 탈의실의 격자무늬천정(折上格天井) 등이 인상적이다. 목욕탕 중앙에 매표소이자 목욕탕 관리인이 있는 반다이(番台)가 있고 좌우로 사물함 대신 옷 넣는 대바구니가 있는 남탕과 여탕 탈의실, 그 안쪽 욕탕이 위치한다. 반다이 근무자는 남탕과 여탕을 수시로 엿볼 수 있는 특권(?)을 가졌는데 지금도 변두리 목욕탕에 가면 비슷한 일이 벌어지기도 한다. 이곳이 하야오의 애니메이션에서 치히로가 일하던 목욕탕의 모델이 된 곳!
위치 : 에도도쿄 건물원의 동쪽 존 안쪽

≫가기야 鍵屋 Kagiya

다이토구(台東区) 시타야(下谷)에 있던 선술집(居酒屋) 건물로 1층 선술집, 2층 살림집으로 쓰였다. 1층 선술집 안으로 들어가면 요즘 바(Bar) 형태로 테이블을 사이로 주인장과 손님이 마주 앉게 되어 있고 테이블 위에는 청주를 데우던 시설이 되어 있다. 바 옆에 손님들이 따로 시간을 가질 수 있는 손님방, 뒤쪽에 요리하던 부엌이 있어 오늘날의 선술집과 별반 다르지 않은 모습을 보인다. 하야오의 애니메이션에서는 치히로 부모가 음식을 훔쳐 먹다가 돼지로 변한 곳!
위치 : 에도도쿄 건물원의 동쪽 존, 고다카라유 오른쪽

≫다케이 산쇼도 武居 三省堂 Takei

Sansyodo

메이지 시대 초기에 간다에서 창업한 문구점으로 처음에서 서예 용품을 도매하다가 나중에 소매점으로 바꿨다. 건물은 관동 대지진 후 건물 외벽에 타일을 붙여 내화성을 높인 간판 건물로 지어졌다. 건물 안 오른쪽에 수납대가 놓여 있고 왼쪽에 붓, 벼루, 먹 등을 담던 서랍장이 하야오의 애니메이션에서 약초장으로 나왔다.
위치 : 에도도쿄 박물관의 동쪽 존, 고다카라유 앞쪽

≫**도덴 都電** Toden

도쿄도에서 운영하던 노면 전차를 도덴(都電)이라 하고 이곳의 도덴은 시부야(渋谷)에서 신바시(新橋), 하마초나카노바시(浜町中ノ橋)를 거쳐 간다의 스다초(須田町)까지 운행하였다. 현재 시부야 노선을 포함한 도덴 노선은 운행되지 않고 와세다(早稲田)에서 미노와바시(三ノ輪橋)를 연결하는 도덴 아라카와센(荒川線)만 운행된다. 도쿄 인근 가마쿠라에서도 도덴과 비슷한 에노덴(江ノ電)을 볼 수 있다.
위치 : 에도도쿄 건물원의 센터 존과 동쪽 존 사이

≫**츠나시마케 綱島家** Tsunashimake

에도시대 중기의 사랑방(広間)형 구조를 가진 초가로 안으로 들어가면 토방(ドマ), 왼쪽에 화로가 있는 거실(ヒロマ), 그 옆에 다다미방, 여기서는 침실(ザシキ)과 옷방(ナンド)이 위치한다. 지붕을 덮고 있는 짚단은 한국의 초가에 비해 두껍고 치밀하게 덮여 있으며 끝이 잘

재단되어 있어 한국의 초가와는 다른 모습을 보인다.
위치 : 에도도쿄 건물원의 서쪽 존

고가네이 공원 小金井 公園 Koganei Park 고가네이코엔

남쪽에 다마가와(玉川)와 인접한 공원으로 면적이 히비야 공원의 4.9배, 우에노 공원의 1.5배인 80헥타르(ha)에 이르는 대형 공원이다. 정문을 중심으로 서쪽에 에도도쿄 건물원과 화원, 서쪽에 스포츠 시설과 잔디밭이 펼쳐져 있다. 봄이면 벚꽃이 만발해 에도 시대부터 벚꽃 명소 중의 하나였고 서쪽 출구 쪽에 1974년까지 운행되던 증기기차가 놓여 있어 아이들의 놀이터가 되고 있다.
교통 : 무사시고가네이(武蔵小金井) 역 하차. 북쪽 출구의 2, 3번(番) 버스정류장에서 세이부 버스(西武 バス) 이용, 고가네이코엔 니시구치(小金井公園 西口) 하차. 또는 4번 버스정류장에서 칸토 버스(関東 バス) 이용, 에도도쿄 건물원 앞(江戸東京たてもの園前) 하차. 각 버스 5분. 공원 니시구치 또는 앞에서 공원 안쪽 건물원 방향, 도보 5~3분
주소 : 東京都 小金井市 桜町 1-13-1
전화 : 042-385-5611
홈페이지 :
www.tokyo-park.or.jp/park/format/index050.html

〈미타카(三鷹)〉

이노카시라 온시 공원 井の頭 恩賜 公園 Inokashiraonshi Park 이노카시라 온시 코엔

1917년 일본 최초의 교외 공원으로 개장하였고 현재는 봄날 벚꽃과 가을 단풍 명소로 알려져 있다. 우리에게는 공원 남쪽에 미야자키 하야오의 지브리 미술관이 있어 관심이 가는 곳이다. 공원에는 북쪽에서 남쪽으로 Y자 호수인 이노카시라이케(井の頭池), 수생동물을 볼 수 있는 이노카시라 자연문화원 분원(井の頭 自然文化園分園), 호숫가에 하나씩 있는 재신당인 벤자이텐(弁財天), 스포츠 시설, 지브리 미술관 등이 자리한다. 주말에는 찾는

사람이 많아 호숫가를 산책하거나 벤치에서 쉬는 사람, 운동하는 사람들로 북적인다.

교통 : JR 기치조지(吉祥寺) 역 또는 게이오 이노카시라센(京王 井の頭線) 기치조지 역 공원 출구에서 공원 방향. 도보 6분

주소 : 東京都 武蔵野市 御殿山 1-18-31

전화 : 0422 - 47 - 6900

홈페이지 :

www.kensetsu.metro.tokyo.jp/seibuk/inokashira/index.html

이노카시라 자연문화원 井の頭 自然文化園 Inokashira Park Zoo 이노카시라 시젠분카엔

1942년 개원한 동물원으로 사슴, 코끼리, 원숭이, 기니피그 등의 육상동물이 있는 본원과 수생동물이 있는 분원으로 나뉜다. 본원에는 동물뿐만 아니라 자료관, 250여 점의 작품이 있는 조각관 등을 둘러볼 수 있고 호수 이노카시라아케(井の頭池) 중의 섬에 있는 분원에는 원앙, 두루미, 오리 같은 수생동물들이 살피기 좋다. 2012년에는 아시아 코끼리 에이미가 65살로 일본 코끼리 장수 기록과 동률을 이뤄, 화제가 되기도 했다.

교통 : JR 기치조지(吉祥寺) 역 또는 게이오 이노카시라센(京王 井の頭線) 기치조지 역 공원 출구에서 우회전, 이노카시라 자연문화원 방향. 도보 9분

주소 : 東京都 武蔵野市 御殿山 1-17-6

전화 : 0422-46-1100

시간 : 09:30~17:00. 휴무 : 월요일

요금 : 일반 400엔, 중학생 150엔, 초등생 이하 무료

홈페이지 :

www.tokyo-zoo.net/zoo/ino

지브리 미술관 ジブリ 美術館 Ghibli Museum 지브리 비쥬츠칸

이노카시라온시 공원(井の頭恩賜公園) 남쪽에 있는 일본 애니메이션의 대가 미야

자키 하야오(宮崎 駿)의 미술관이다. 정식명칭은 미타카노모리 지브리 미술관(三鷹の森 ジブリ美術館)이나 흔히 지브리 미술관으로 불린다. 미야자키 하야오는 1963년 도에이 애니메이션(東映動画)에 입사하여 〈미래소년 코난〉, 〈빨강머리 앤〉, 〈바람 계곡의 나우시카〉 등을 제작했다. 1984년 스튜디오 지브리를 설립하여 〈천공의 성 라퓨타〉, 〈이웃집 토토로〉, 〈추억은 방울방울〉, 〈귀를 기울이면〉, 〈센과 치히로의 행방불명〉, 〈하울의 움직이는 성〉 등을 제작, 성공하였다. 미술관에서는 미야자키 하야오의 애니메이션 작업실, 단편 애니메이션 상영관 도세이자(土星座), 특별전시, 옥상정원, 하야오의 애니메이션에 등장하는 캐릭터들을 둘러볼 수 있어 미야자키 하야오의 팬이라면 한 번쯤 방문하길 추천한다. *전시장은 생각보다 크지 않으므로 천천히 자세히 감상할 것!

교통 : ① JR 미타카(三鷹) 역 남쪽 출구에서 가제노산포미치(風の散歩道) 따라 도보 15분 또는 남쪽 출구 앞에서 미술관행 커뮤니티 버스 이용, 07:20~20:00(10~20분 간격, 5분 소요), 요금 편도 210엔, 왕복 320엔. ② JR 기치조지(吉祥寺) 역 공원 출구에서 이노카시라 자연문화원(井の頭 自然文園), 삼거리 거쳐 미술관 방향. 도보 16분

주소 : 東京都 三鷹市 下連雀 1-1-83

전화 : 0570-055-777

시간 : 10:00~17:30, 입장_10:00, 11:00, 12:00, 13:00, 14:00, 15:00

휴무 : 화요일

요금 : 일반(대학생) 1,000엔, 중고생 700엔, 초등생 400엔, 만 4세 이상 100엔

홈페이지 : www.ghibli-museum.jp

≫매표소 賣票所 Ticket Office

지브리 미술관 입구의 매표소(?)에 사람 대신 토토로가 떡하니 자리 잡고 방문하는 사람들을 반긴다. 실제 티켓은 팔지 않지만, 미처 티켓을 구입하지 못한 사람들이 매표소의 토토로를 배경을 기념촬영하기 좋다.

위치 : 지브리 미술관(ジブリ美術館) 입구, 1F

≫영상 전시실 도세이자 映像展示室 土星座 Doseiza

지브리 미술관 지하에 있는 상영관으로 스튜디오 지브리의 단편 애니메이션을 상영한다. 상영 시간이 짧고 내용이 어렵지 않으므로 부담 없이 관람할 수 있다.

위치 : 지브리 미술관(ジブリ美術館) B1F

≫애니메이션 작업실 Animation Work Room

책상 위에 쌓인 자료와 콘티, 원화 등을 보고 있노라면 어디선가 미야자키 하야오가 파이프 담배를 물고 나타날 것 같은 애니메이션 작업실이다. 앞으로 애니메이션 작업자들의 노고에 감사한 마음으로 애니메이션을 관람해야 할 듯!
위치 : 지브리 미술관(ジブリ美術館) 2F

≫네코 버스 룸 猫 バス ルーム Neko Bus Room
〈이웃집 토토로〉에 나오는 네코 버스를 부드러운 천으로 재현해 어린이들의 놀이터가 되고 있다. 초등생 이용가이므로 어른들은 구경만 가능하다. 캐릭터 상품을 살 수 있는 뮤지엄숍 맘마 유토(マンマユート)에 들려도 좋다.

위치 : 지브리 미술관(ジブリ美術館) 3F

≫옥상 정원 屋上 庭園 The rooftop Garden

〈천공의 성 라퓨타〉에 나오는 로봇 병사와 비행석이 있어 기념 촬영을 하기 좋은 곳이다. 미술관을 관람한 뒤에는 카페 무기와라보시(麦わらぼうし, 1F)에서 간단한 식사나 차를 마셔도 괜찮다.

위치 : 지브리 미술관 옥상, 4F

☆여행 이야기_미야자키 하야오 이야기

일본 애니메이션의 거장 미야자키 하야오(宮崎駿)는 가쿠슈인 대학 시절 청소년 신문에 만화를 기고하였다. 1963년 대학을 졸업한 뒤 도에이 애니메이션(東映 動画)에 입사하여 〈미래소년 코난〉, 〈빨강머리 앤〉, 〈바람 계곡의 나우시카〉, 〈마녀 배달부 키키〉, 〈붉은 돼지〉, 〈모노노케 히메(もののけ姫)〉 등을 제작했다. 1984년 다카하타 이사오(高畑 勲)와 스튜디오 지브리를 설립하여 〈천공의 성 라퓨타〉, 〈마녀 배달부 키키〉, 〈이웃집 토토로〉, 〈추억은 방울방울〉, 〈귀를 기울이면〉, 〈센과 치히로의 행방불명〉, 〈하울의 움직이는 성〉, 〈게드 전기(미야자키 고로)〉, 〈벼랑 위의 포뇨〉 등을 제작해 큰 성공을 거두었다. 일본 애니메이션은 상당수가 극장판으로 제작되어 영화관에서 개봉된다. 그의 애니메이션 중 〈모노노케 히메〉는 1,400만 명, 〈센과 치히로의 행방불명〉은 2,400만 명의 관객을 동원하였고 애니메이션 최초로 베를린 영화제 금곰상을 받기도 했다. 미야자키 하야오는 그의 애니메이션에서 선과 악으로 나뉘는 주인공보다 잘못을 깨우치며 성장해가는 캐릭터를 구현하였고 환경과 전쟁반대, 자연보호, 신화에 대한 생각도 엿볼 수 있다. 그는 2008년 발표한 〈벼랑 위의 포뇨〉를 끝으로 은퇴를 선언했지만, 그이 작품을 좋아하는 이들이 많아 언젠가 다시 그의 애니메이션을 보는 날이 오기를 기대하고 있다. *실제 그는 몇 차례 은퇴를 번복하고 〈마루 밑 아리에타(2010)〉, 〈코쿠리코 언덕에서(2011)〉, 〈바람이 분다(2013)〉를 제작, 발표했고 〈그대들, 어떻게 살 것인가〉는 발표 예정이다.

가제노산포미치 風の散歩道 Kazenosanpomichi

JR 미카타(三鷹) 역 남쪽 출구에서 이노카시라 온시 공원 삼거리에 이르는 약 700m의 산책로를 말하는데 작은 하천인 타마가와죠수이(玉川上水)을 따라 난 길을 따라 한가롭게 걷기 좋다. 이 길의 중간에 일본의 작가 야마모토 유조 기념관이 자리하고 이노카시라온시 공원(井の頭恩賜公園) 삼거리에서 우회전하면 지브리 미술관(ジブリ美術館), 좌회전하면 동물원인 이노카시라 자연문화원(井の頭 自然文化園)이 나온다.

교통 : JR 미타카(三鷹) 역 남쪽 출구에서 왼쪽, 가제노산포미치(風の散歩道) 방향. 도보 1분

주소 : 東京都 三鷹市 下連雀, 風の散歩道

야마모토 유조 기념관 山本有三 記念館
Yuzo Yamamoto Memorial Museum
야마모토 유조 키넨칸

일본의 작가 야마모토 유조가 1936년~1946년 거주하던 곳으로 연한 갈색 벽돌로 지은 서양풍 이층집이다. 그는 이곳에서 대표작인 〈길가의 돌(路傍の石)〉, 희곡 쌀 백 섬〈(米百俵)〉을 집필하고 개인이 소장하던 책으로 미카타 소국민문고(ミタカ少国民文庫)를 열기도 했다. 1996년 야마모토 유조를 기리는 기념관으로 개관하여 그의 생애와 작품을 알리고 있고 때때로 전시회나 낭독회가 열리기도 한다.

교통 : JR 미타카(三鷹) 역 남쪽 출구에서 왼쪽, 가제노산포미치(風の散歩道) 방향. 도보 12분
주소 : 東京都 三鷹市 下連雀 2-12-27
전화 : 0422-42-6233
시간 : 09:30~17:00. 휴무 : 월요일
요금 : 300엔
홈페이지 : https://mitaka-sportsandculture.or.jp/yuzo

☆여행 팁_지브리 미술관 티켓 구입 방법

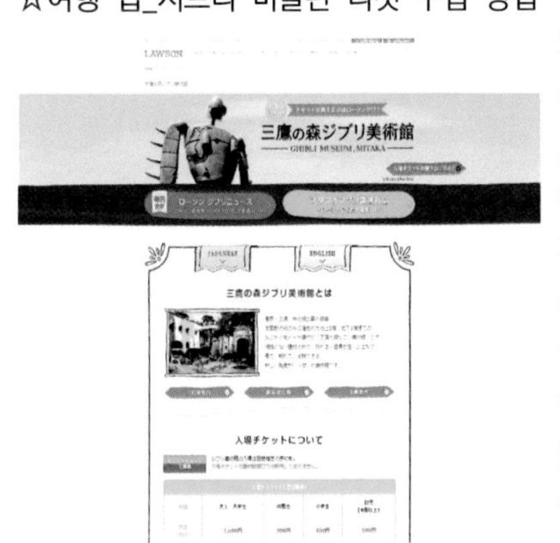

지브리 미술관 티켓은 미술관 현장 판매 없이 일시지정 완전예약제를 시행하고 있으므로 반듯이 예매해야 한다. 특히 여름 방학이나 겨울 방학, 주말, 휴일 등에는 더욱 관심을 두고 예매를 서두르자. 티켓 구입처는 인터넷 홈페이지, 전화, 편의점 로손의 티켓 판매기 로피(Loppi), 한국의 KTB 대한여행사에서 할 수 있고 1인 6매까지 구매할 수 있으나 변경, 환불 불가하니 참고!

입장 시간 : 1일 4회, 10:00, 11:00, 12:00, 13:00, 14:00, 15:00
요금 : 일반(대학생) 1,000엔, 중고생 700엔, 초등생 400엔, 만 4세 이상 100엔
티켓 시기 : 매월 10일, 다음 달 티켓 판매 *홈페이지 참조

티켓 구입처_
① 인터넷 홈페이지(http://www.lawson.co.jp/ghibli/museum/ticket)
로손의 I-ticket 사이트 이동→약관 동의→원하는 기간(월) 클릭→캘린더에서 1일 4회 중 선택→로손 회원 아닌 사람 회원 가입→이후 진행(1인 1회 6매 한정), 예약 완료→3일 이내 로손의 무인 티켓 판매기 로피(Loppi) 이용, 결제 및 발권 *예약 후 변경, 환불 불가
② 전화_발매 당일_0570-084-633(10:00~23:59), 이후_0570-084-003(24시간, ARS)
③ 편의점 로손(Lawson)의 티켓 판매기 로피(Loppi) 이용. *티켓 판매기 사용 익숙지 않다면 점원에게 도움 요청
④ 한국의 KTB 대한여행사_02-722-81881, www.ktbtour.co.kr, 6매 한정, 현금 결제

〈나카노(中野)〉

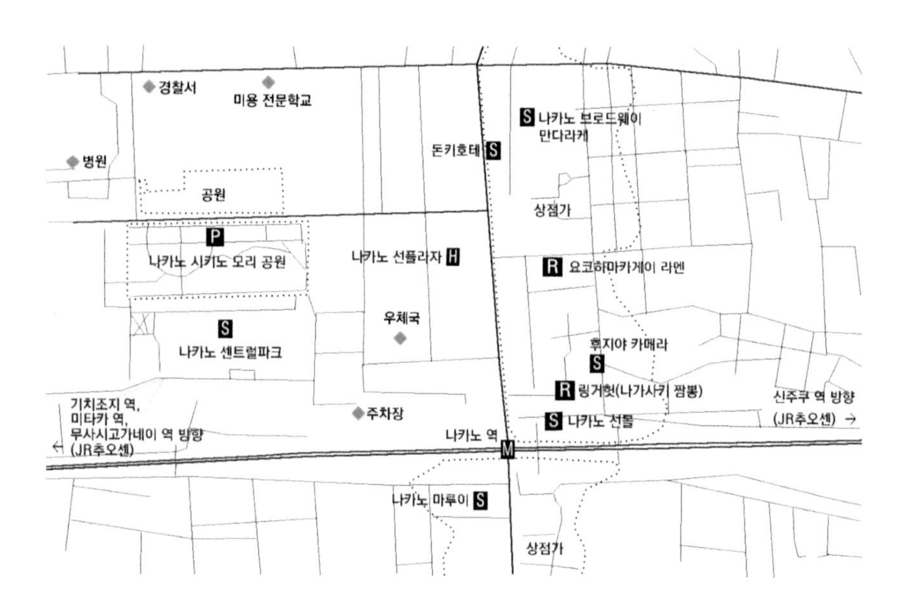

나카노 브로드웨이 中野 ブロードウェイ Nakano Broadway
1966년 도쿄의 세운상가라고 할 수 있는 주상복합빌딩이 지하 3층, 지상 10층 규모로 완공되었다. 1960년~1970년대에는 거주자 전용 엘리베이터, 옥상 정원과

수영장 등 주민편의 시설이 잘되어 있어 가수 겸 배우, 작곡가인 사와다 겐지(沢田研二), 탤런트 겸 정치가 아오시마 유키오(靑島幸夫) 같은 일본 유명인들이 거주하던 고급 아파트에 속했다. 이후 1980년대 말부터 1990년대까지 인근 신주쿠(新宿), 이케부쿠로(池袋) 등이 급속히 발전하고 전체적인 저출산, 고령화로 상권이 약화하자 침체기를 겪었다. 반면에 이를 기회로 1980년 중고 만화점 만다라케(まんだらけ)가 개업하여 인근에 살던 연예인, 뮤지션, 만화와 애니메이션 마니아인 아니메 오타쿠(アニメ オタク)를 대상으로 만화, 피규어, 장난감 등을 선보여 서브컬처(하위 문화)의 성지로 거듭나게 되었다. 현재, 지하 1층 식품점과 슈퍼마켓, 지상 1층 생활용품 상점과 카페, 2~4층 만화, 애니메이션, 피규어, 아이돌 상품, 장난감, 서브컬처 상품, 메이드 카페 등이 자리해 아니메 오타쿠의 발길을 이끌고 있다.

교통 : JR 나카노(中野) 역 북쪽 출구에서 선몰 상점가(サンモール商店街) 지나. 도보 5분

주소 : 東京都 中野区 中野 5-52-15

시간 : 10:30~20:00

전화 : 03-3388-7004

홈페이지 :
https://nakano-broadway.com

☆여행 팁_도쿄 디즈니랜드 가기

디즈니 애니메이션을 테마로 한 디즈니랜드 리조트의 대표 테마파크이다. 도쿄 도심 여행지, 도쿄 시외 여행지를 둘러보는 것도 좋지만 때론 디즈니랜드 같은 테마파크를 방문하는 것도 즐겁다. 아이들은 만화나 애니메이션으로 본 상상의 세계를 보고 즐기는 재미가 있고 어른들은 일상을 잊고 잠시 어린 시절로 돌아갈 수 있어 흥미롭다. 도쿄 디즈니랜드에서 스릴 넘치는 어트랙션이나 캐릭터 공연을 즐기거나 도쿄 디즈니씨에서 해양 어트랙션을 이용해 봐도 괜찮다. 마음 같아서는 디즈니리조트 내의 호텔에 머물며 여유롭게 디즈니랜드, 디즈니씨를 모두 이용하면 좋겠지만 그러기에는 지갑이 가벼운 게 아쉬울 따름이다.

디즈니랜드 중앙의 신데렐라 성을 중심으로 월드 바자(ワールド バザー), 어드벤처랜드(アドベン チャランド), 웨스턴랜드(ウエスタンランド), 크리터랜드(クリッターカントリー), 판타지랜드(ファンタジーランド), 툰타운(トゥーンタウン), 투모로우랜드(トゥモローランド) 등의 7개 존으로 나뉘어 있다. 주로 육상 어트랙션 위주이다. 어트랙션 외 디즈니 캐릭터가 총출동하는 퍼레이드와 공연도 빼놓을 수 없는데 퍼레이드와 공연 스케줄은 홈페이지나 팸플릿을 참고한다. 특히 폐장 퍼레이드와 함께 열리는 불꽃놀이는 디즈니랜드 여행의 하이라이트이다. 디즈니랜드와 디즈니씨를 모두 즐기려면 2데이 패스포트, 평일 오후 6시 이후나 토~일 오후 3시 이후 즐기려면 해당 패스포트를 구매한다.

교통 : 도쿄(東京) 역에서 JR 게이요센(京葉線) 이용, 마이하마(舞浜) 역 하차. 20분 소요. 남쪽 출구로 나와 도보 5분 또는 디즈니리조트리조트 게이트웨이 역에서 모노레일 이용, 도쿄 디즈니랜드 역 하차

주소 : 千葉県 浦安市 舞浜 1-1, ディズニーランド

전화 : 0570-00-8632

시간 : 09:00~21:00(요일, 시즌에 따라 다름)

요금 : 1데이 패스포트_대인 7,900엔~9,400엔, 입장 시간 지정권(오전/오후)_대인 7,400엔~8,900엔/6,900엔~8,400엔 *가격은 날짜, 요일에 따라 다름

홈페이지 : www.tokyodisneyresort.jp

추천 코스 : 월드 바자→어드벤처랜드→웨스턴랜드→크리터랜드→판타지랜드→투모로우랜드→폐장 불꽃놀이

*레스토랑&카페

기치조지 사토 吉祥寺さとう Kichijouji Satou

기치조지 선로드 상점가 조금 들어가 좌회전하면 사토 미트숍이 보인다. 원래는 계약 농가와 시장에서 경매로 연간 300~400두의 흑우 구로게 와규(黒毛和牛) 구입해 판매하는 정육점이나 정육점 한편의 와규로 만든 멘치카츠(メンチカツ), 고로케(コロッケ), 로스카츠(ロース カツ), 히레카츠(ヒレ カツ) 매장이 더 인기를 끈다.

교통 : JR 기치조지(吉祥寺) 역 북쪽 출구에서 왼쪽 횡단보도 건너, 선로드 상점가 들어가 좌회전, 사토 미트숍 방향. 도보 3분

주소 : 東京都 武蔵野市 吉祥寺 本町 1-1-8

전화 : 정육점_0422-22-3130, 레스토랑_0422-21-6464

시간 : 10:00~19:00

메뉴 : 멘치카츠(元祖丸メンチカツ) 250엔, 고로케(激うまコロッケ) 160엔, 우시카츠(牛カツ) 240엔, 돈카츠(豚カツ) 로스/히레 220엔/220엔, 야키돈(焼豚) 660엔, 니쿠단고(肉団子 고기완자) 660엔, 비프카레(ビーフカレー) 550엔/700엔

홈페이지 : www.shop-satou.com

텐카즈시 天下寿司 吉祥寺店 Tenkazushi

회전초밥, 가이텐스시(回転寿司) 레스토랑으로 따끈한 녹차를 한 잔 놓고 컨베이어벨트를 따라 도는 스시를 골라 먹으면 된다. 1접시(皿)에 2개의 스시가 놓여 있고 가격은 130엔~250엔까지로 저렴한 편이다.

교통 : JR 기치조지(吉祥寺) 역 또는 게이오 이노카시라센(京王 井の頭線) 기치조지 역 공원 출구에서 우회전. 바로

주소 : 東京都 武蔵野市 吉祥寺 南町 1-1-3
전화 : 0422-49-2366
시간 : 11:00~21:00
메뉴 : 스시(寿司) 1접시(皿) 130/190/250, 네기도로동(파+참치덮밥) 600엔, 마구로프리플동(3가지 참치덮밥) 880엔
홈페이지 : www.tenkazushi.co.jp

이세야 いせや 総本店 Iseya Sohonten

1928년 창업한 꼬치구이 전문점으로 2008년부터 옛 식당의 이미지를 차용한 새로운 건물에서 영업한다. 식당 앞쪽의 꼬치구이 화로에서 지글거리는 꼬치를 볼 수 있고 사방으로 퍼져나가는 고기와 양념 냄새 때문에 침이 저절로 고인다. 비프스테이크와 전골 스키야키 메뉴가 있지만, 전체적으로 꼬치와 주류 위주의 선술집이므로 적당한 곳에서 식사하고 들리는 것이 좋다.
교통 : JR 기치조지(吉祥寺) 역 또는 게이오 이노카시라센(京王 井の頭線) 기치조지 역 공원 출구에서 공원·이세야 방향. 도보 5분
주소 : 東京都 武蔵野市 御殿山 1-2-1
전화 : 0422-43-2806
시간 : 12:00~22:00. 휴무 : 화요일
메뉴 : 믹스야키도리(ミックス焼き鳥, 4本) 360엔, 야키도모로고시(焼きとうもろこし 구운 옥수수) 300엔, 부타노쇼가야키(豚のしょうが焼き, 생강 돼지구이) 550엔, 규마이(自家製シューマイ, 찐만두) 360엔, 삿포로맥주, 사케오제키(日本酒大関), 쇼츄(焼酎, 소주)
홈페이지 : www.iseya-kichijoji.jp

*쇼핑

나나이바시도리 七井橋通り Nanaibash-idori
기치조지(吉祥寺)의 하라주쿠라 할 수 있는 곳으로 마루이 쇼핑센터 옆에서 이노카시라온시 공원(井の頭恩賜公園)으로 이어지는 길이다. 이 거리에는 산타 모니카(Santa Monica), 하트 라나(Heart Lana), 간소나카야 무겐도(元祖仲屋 むげん堂) 같은 빈티지 숍, 패션 잡화점, 가라코(Karako), 마라이카(Malaika) 같은 인테리어 소품점, 마리온 크레페(Marion Crepes) 같은 디저트숍, 이세야(いせや, 꼬치구이) 같은 레스토랑 등이 자리하고 있어 젊은 사람들이 많이 찾는다.

교통 : JR 기치조지(吉祥寺) 역 또는 게이오 이노카시라센(京王 井の頭線) 기치조지 역 공원 출구에서 마루이 백화점 방향, 마루이 백화점에서 나나이바시도리(七井橋通り)·공원 방향. 도보 2분
주소 : 東京都 武蔵野市 吉祥寺 南町, 七井橋通り

마루이 기치조지 丸井 吉祥寺店 Marui Kichijoji

JR 기치조지 역 남쪽에 있는 쇼핑센터로 매장은 1층 여성 잡화와 신발, 2층 갭(GAP), 3층 남녀 패션, 4층 남성 패션, 5층 100엔 숍 세리아(Seria), 6~7층 무지(無印良品)과 카페&밀 무지, 8층 아웃도어로 구성된다. 마루이 쇼핑센터 옆에는 대형 생활 잡화점 **돈키호테(ドン・キホーテ)**가 있으니 관심 있는 사람은 찾아가보자.

교통 : JR 기치조지(吉祥寺) 역 또는 게이오 이노카시라센(京王 井の頭線) 기치조지 역 공원 출구에서 마루이 백화점 방향, 마루이 백화점에서 나나이바시도리(七井橋通り)·공원 방향. 도보 2분
주소 : 東京都 武蔵野市 吉祥寺 南町 1-7-1
전화 : 0422-48-0101
시간 : 10:30~20:00
홈페이지 : www.0101.co.jp/016

기치조지 선로드 상점가 吉祥寺 サンロード 商店街 Kichijoji Sun Road Stores **기치조지 선로드 쇼텐가이**

JR 기치조지(吉祥寺) 역 북쪽 출구 건너편에 있는 아케이드 상가로 기치조지의 메인 상가 거리라고 할 수 있다. 이 거리에는 주로 서민 대상의 신발, 의류, 잡화 등을 취급하는 상점, 레스토랑, 카페 등이 자리해, 연일 사람들로 붐빈다. 선로드 서쪽에 야마다 전기의 라비(LABI), 위쪽 끝에 디자인 생활용품점 로프트(Loft), 중고서점 북오프(BOOK OFF), 요도바시 카메라(ヨンヨドバシ カメラ) 등도 자리하고 있으니 관심 있는 사람은 찾아가 보자.

교통 : JR 기치조지(吉祥寺) 역 북쪽 출

구에서 왼쪽 횡단보도 건너. 바로
주소 : 東京都 武蔵野市 本町, 吉祥寺サンロード
홈페이지 : www.sun-road.or.jp

하모니카 요코초 ハモニカ横丁 Harmonica Yokocho

JR 기치조지 역 북쪽 출구 왼쪽 횡단보도를 건너면 작은 골목 앞에 하모니카 요코초(ハモニカ横丁)라는 간판이 보인다. 제2차 세계대전 이후 도깨비 시장으로 출발했다가 현재는 좁은 골목 안에 작은 선술집, 라멘집, 스탠딩 바 등이 모여 있는 먹거리, 선술집 골목으로 변모했다. 골목 안 마음에 드는 선술집에서 시원한 맥주 한 잔을 하거나 스탠딩 바에서 칵테일을 맛보아도 괜찮다.
교통 : JR 기치조지(吉祥寺) 역 북쪽 출구에서 왼쪽 횡단보도 건너. 바로
주소 : 東京都 武蔵野市 本町, ハモニカ横丁
홈페이지 : http://hamoyoko.jp

파르코 パルコ 吉祥寺店 PARCO Kichijoji

파르코 백화점 기치조지점으로 지하 2층 잡화와 서적, 지하 1층 식품, 지상 1층 여성 잡화, 2~4층 여성 패션, 5층 남성 패션, 6층 여성 패션과 생활 잡화, 7층 인테리어 소품과 잡화, 8층 스포츠웨어로 구성된다.

교통 : JR 기치조지(吉祥寺) 역 북쪽 출구에서 좌회전, 파르코 방향. 바로
주소 : 東京都 武蔵野市 本町 1-5-1
전화 : 0422-21-8111
시간 : 10:00~20:00
홈페이지 : https://kichijoji.parco.jp

도큐 백화점 東急 百貨店 吉祥寺店 Tokyu Department Store 도큐 햣카텐

고급 백화점으로 지하 1층 식품관, 지상 1층 잡화와 화장품, 2~4층 여성 패션과 잡화, 5층 남성 패션과 잡화, 6층 아동 패션, 7층 가전과 침구, 8층 시계와 잡화, 9층 식당가, 10층 옥상광장으로 구성된다. 이중 트리코 꼼데가르송(Tricot COMME des GARCONS, 패션, 2F), 버버리 블루 라벨(BURBERRY BLUE

LABEL, 패션, 2F), 랄프로렌(Ralph Lauren, 패션, 3F) 등 유명 브랜드숍에 눈길이 간다.
교통 : JR 기치조지(吉祥寺) 역 북쪽 출구에서 좌회전, 파르코 방향. 파르코 지나 우회전, 도큐(東急) 백화점 방향. 도보 5분
주소 : 東京都 武蔵野市 本町 2-3-1
전화 : 0422-21-5111
시간 : 10:30~19:00
홈페이지 :
www.tokyu-dept.co.jp/kichijouji

후지야 카메라 フジヤ カメラ 本店
Fujiya Camera

1938년 개업한 카메라, 렌즈, 카메라 용품을 취급하는 카메라 전문점으로 중고 카메라부터 신품 카메라, 클래식 빈티지 카메라까지 2,000여 점의 제품을 갖춰놓고 있다. 이곳에는 후지야 카메라 본점, 촬영 보조용품점, 정크 파트점 등 3곳의 매장을 운영한다. 후지야 카메라는 다양한 제품에 좋은 품질(?), 합리적인 가격으로 인해 일명 나카마(なかま), 즉 보따리 상인들의 성지로도 꼽힌다. 본점 개장하기 전에 줄선 10여 명의 사람 대부분이 나카마로 보면 되고 이들은 개점하자마자 진열대에 있는 카메라, 렌즈 등을 꺼림임 없이 주문한다. 인기 제품, 저렴하게 나온 제품은 순식간에 팔려나가니 원하는 카메라나 렌즈가 있으면 우선 찜해놓고 살펴보아도 좋다. 30분 정도 지나면 나카마의 쇼핑시간이 지나고 차분하게 살펴볼 수 있다. *인근에 **후지 카메라**도 있음.
교통 : JR 나카노(中野) 역 북쪽 출구에서 선몰 상점가(サンモール商店街) 방향. 선몰 상점가 조금 들어가 오른쪽. 도보 5분
주소 : 東京都 中野区 中野 5-61-1,中野タツミビル
전화 : 03-5318-2241, 03-5318-2222
시간 : 10:00~20:30
시스템 : 진열장에 원하는 제품이 있으면 직원에게 꺼내달라고 요청한 뒤, 제품 살펴보고 구매 여부 결정
홈페이지 : www.fujiya-camera.co.jp

만다라케 나카노점 まんだらけ 中野店
Mandarake

일본 대표 중고 만화점인 만다라케(まんだらけ)가 시작된 곳이다. 현재, 나카노 브로드웨이 2~4층에 스페셜4관, 라이브관, 유에프오(UFO)관, 카드관, 미쿠로관 등을 운영하고 있다. 매장마다 상품이 매우 많으므로 원하는 상품이 있다면 제목, 저자, 출판사 정도 메모하여 가면 쉽게 찾을 수 있다.

교통 : JR 나카노(中野) 역 북쪽 출구에서 선몰 상점가(サンモール商店街) 지나. 도보 5분
주소 : 東京都 中野区 中野 5-52-15, 中野 ブロードウェイ 2~4F
전화 : 03-3228-0007
시간 : 12:00~20:00
홈페이지 : www.mandarake.co.jp

☆여행 이야기_만다라케 스토리

만다라케의 역사는 1980년 만화가 후루카와 에키조(古川益三)가 나카노 브로드웨이 2층에 만화 대여점 유토리야(憂都離夜)를 개점하면서부터 시작되었다. 후루카와 에키조는 당시로는 드물게 희소가치로 만화의 가치를 책정했고 텔레비도쿄(テレビ東京)의 개운 뭐든지 감정단(開運!なんでも鑑定団)에 감정사로 출연하면서 유명해졌다. 1987년 만다라케 회사를 세워, 제2대 사장에 올랐고 만화에 머물지 않고 애니메이션, 게임, 장난감, 피규어, 동인지 등을 취급하며 나카노 브로드웨이를 아니메 오타쿠의 성지로 변모시켰다. 또한, 통신판매를 위해 만들었던 목록인 만다라케 젠부(まんだらけ ZENBU)는 중고 만화 시세의 기준으로 여겨진다. 1994년 시부야점을 열었고 이후 일본뿐만 아니라 해외에도 지점을 개설했으며 2000년에는 증시 상장까지 하여 중고 만화계의 독보적인 존재로 올라섰다. 나카노에 본점이 있고 시부야, 아키하바라 등에 여러 지점을 운영하고 있다.

3. 호텔&게스트하우스

01 품격 있는 럭셔리 호텔

도쿄 여행에서 럭셔리한 특급 호텔에서 낭만적인 하룻밤을 보내는 것은 보통 사람들이 상상하는 꿈(?)일지 모른다. 고층의 호텔 건물에서 내려다보는 도쿄 야경을 즐기며 호텔 레스토랑에서 근사한 만찬을 맛보고 스파에서 여행의 피로를 푼다면 이보다 좋은 추억이 없을 것이다. 얼리버드(조기 예약) 할인이나 홈페이지 이벤트 특가를 노려 도쿄의 럭셔리 호텔을 경험해보자.

웨스틴 호텔 도쿄 ウェスティンホテル東京 Westin Hotel Tokyo

에비스 가든 플레이스 뒤쪽에 있는 특급 호텔로 고급 스파(ル・スパ・パリジエン), 피트니스 클럽, 이탈리안 레스토랑, 광동식 중식당, 일식당 등을 갖추고 있다. 호텔 앞에 미츠코시 백화점, 도쿄도 사진미술관, 에비스 맥주 기념관, 비어스테이션 등 편의시설이 많아 쇼핑이니 여가를 보내기도 좋다.

교통 : JR 에비스(恵比寿) 역에서 에비스 가든플레이스 타워(恵比寿 ガーデン

プレース タワー)·웨스틴 호텔 방향. 도보 11분
주소 : 東京都 目黒区 三田 1-4-1, 恵比寿ガーデンプレイス内
전화 : 03-5423-7000
요금 : 이그제큐티브 더블, 디럭스 더블, 디럭스 트윈 38,016엔~,43,006엔 내외
홈페이지 :
www.marriott.com/hotels/travel/tyowi-the-westin-tokyo

하얏트 리젠시 도쿄 ハイアット リージェンシー東京 Hyatt Regency Hotel

신주쿠 동구 방향, 도쿄도청 부근에 있는 특급 호텔로 744개의 객실과 스위트룸을 갖추고 있다. 부대시설로 고급 스파(Joule Spa&Wellness), 실내 수영장, 프렌치 레스토랑, 중식당, 일식당 등이 있어 이용하기 편리하다.
교통 : JR 신주쿠(新宿) 역에서 도쿄도청, 하얏트 리젠시 도쿄 방향. 도보 10분 또는 도에이 오에도센(都営 大江戸線) 도초마에(都庁前) 역에서 바로
주소 : 東京都 新宿区 西新宿 2-7-2
전화 : 03-3348-1234
요금 : 트윈룸, 킹룸 41,100엔 내외
홈페이지 :
www.hyatt.com/en-US/hotel/japan/hyatt-regency-tokyo

그랜드 하얏트 도쿄 グランド ハイアット 東京 Grand Hyatt Tokyo

롯폰기힐스의 모리 타워 옆에 있는 특급 호텔로 약간 언덕에 있어 객실에서 바라보는 도쿄 전망이 근사하다. 부대시설로 고급 스파(NAGOMI), 실내 수영장, 스테이크 하우스, 프렌치 레스토랑, 중식당, 일식당 등이 이용하기 편리하다.
교통 : 도쿄메트로 히비야센(日比谷線), 도에이 오에도센(都営 大江戸線) 롯폰기(六本木) 역에서 롯폰기 힐스·호텔 방향. 도보 5분
주소 : 東京都 港区 六本木 6-10-3
전화 : 03-4333-1234
요금 : 그랜드룸 킹, 그랜드룸 트윈 30,000엔~60,200엔 내외
홈페이지 :
www.hyatt.com/en-US/hotel/japan/grand-hyatt-tokyo

리츠 칼튼 도쿄 ザ・リッツ・カールトン東京 The Ritz-Carlton, Tokyo

롯폰기의 도쿄 미드타운 타워 45~53층에 있는 특급 호텔로 고층에 있어 객실에서 보는 도쿄 전망이 뛰어나다. 객실은 36개의 스위트룸을 포함한 248개의 게스트룸을 보유하고 있다. 46층에 고급 스파가 있어 하늘에 떠 있는 기분으로 스파를 즐길 수 있고 테판야키, 덴푸라,

스시를 맛볼 수 있는 일식당이 있어 즐거운 식사를 하기도 좋다.
교통 : 도쿄메트로 히비야센(日比谷線), 도에이 오에도센(都営 大江戸線) 롯폰기(六本木) 역에서 도쿄 미드타운(東京ミッドタウン) 방향. 도보 1~3분
주소 : 東京都 港区 赤坂 9-7-1, ミッドタウン・タワー 45F~53F
전화 : 03-3423-8000
요금 : 디럭스 더블 38,000엔~69,303엔 내외
홈페이지 :
www.ritzcarlton.com/en/hotels/japan

콘래드 도쿄 호텔 コンラッド 東京 Conrad Tokyo Hotel

시오도메에 있는 특급 호텔로 동쪽 객실에서 하마리큐온시 정원과 도쿄항 일대가 시원하게 조망된다. 호텔 내 미슐랭 가이드 도쿄에서 별 하나를 받은 프렌치 레스토랑 콜라주, 고급 스파(水月スパ), 피트니스 클럽 등이 있어 이용하기 편리하다.
교통 : 도에이 오에도센(都営 大江戸線) 시오도메(汐留) 역에서 바로 또는 JR 신바시(新橋) 역에서 호텔 방향. 도보 6분
주소 : 東京都 港区 東新橋 1-9-1
전화 : 03-6388-8000
요금 : 킹룸, 킹이그제큐티브룸 30,000엔~57,000엔 내외
홈페이지 :
www.hilton.com/en/hotels/tyocici-conrad-tokyo

데이고쿠 호텔 帝国 ホテル 東京 Imperial Hotel Tokyo

1890년 개장한 역사 깊은 특급 호텔로 프랭크 로이드 라이트가 설계했고 본관 570개, 타운관 361개 등 총 931개의 객실을 보유하고 있다. 호텔 내 피트니스 클럽과 실내 수영장, 중식당, 덴푸라·스시·가이세키 일식당 등이 있어 이용하기 좋다. 예부터 고쿄, 관청가 가세미가세키와 가까워 고관대작들이 애용하였고 2005년에는 아키히토 일왕의 딸 사요코의 결혼식이 열리기도 했다.
교통 : 도쿄메트로 히비야센(日比谷線), 치요다센(千代田線), 도에이 미타센(都営 三田線) 히비야(日比谷) 역에서 바로 또는 JR 유라쿠초(有楽町) 역에서 호텔 방향. 도보 7분
주소 : 東京都 千代田区 内幸町 1-1-1
전화 : 03-3504-1111
요금 : 타운관 스탠더드트윈, 본관 슈페리어트윈 28,000엔~41,400엔 내외
홈페이지 :
www.imperialhotel.co.jp/j/tokyo

페닌슐라 호텔 ザ・ペニンシュラ 東京

The Peninsula Tokyo
세계적인 특급 호텔 체인으로 북서쪽에 일왕이 거주하는 고쿄와 히비야 공원, 남동쪽에 쇼핑가로 유명한 긴자가 있어 도쿄 여행을 위한 최적의 장소에 있다. 호텔 내에는 고급 스파(The Peninsula Spa), 피트니스 클럽, 실내 수영장, 그릴 레스토랑, 중식당, 일식당이 있어 편리하게 이용하기 좋다.
교통 : 도쿄메트로 히비야센(日比谷線), 치요다센(千代田線), 도에이 미타센(都営三田線) 히비야(日比谷) 역에서 바로, JR 유라쿠초(有楽町) 역에서 도보 5분
주소 : 東京都 千代田区 有楽町 1-8-1
전화 : 03-6270-2888
요금 : 슈페리어룸, 디럭스룸 38,000엔~53,000엔 내외
홈페이지 :
www.peninsula.com/en/tokyo/5-star-luxury-hotel-ginza

호텔 오쿠라 도쿄 ホテルオークラ 東京
Hotel Okura Tokyo
1962년 개장한 도쿄 대표 호텔 중 하나로 관청가인 가스미가세키 인근에 있어 예부터 일본 정재계 거물들이 자주 드나들었다. 임페리얼 호텔, 뉴오타니호텔과 함께 일본 3대 호텔로 불린다. 호텔 내 고급 스파(Spa Nature Court), 스테이크 하우스, 중식당, 일식당이 있어 이용하기 편리하다.
교통 : 도쿄메트로 난보쿠센(南北線) 록폰기 잇초메(六本木 一丁目) 역, 히비야센(日比谷線) 가미야초(神谷町) 역, 긴자센(銀座線) 도라노몬(虎ノ門) 역에서 호텔 방향. 도보 10분
주소 : 東京都 港区 虎ノ門 2-10-4
전화 : 03-3582-0111, 0120-00-3751
요금 : 스탠더드 더블룸, 슈페리어룸 28,512엔~50,000엔 내외
홈페이지 : https://theokuratokyo.jp

02 효율적인 비즈니스호텔

비즈니스호텔은 특급 호텔보다는 못하지만, 객실과 부대시설에서 어느 정도 만족감을 주기에 충분하다. 가격대는 10,000엔 전후로 연인이나 가족 여행이라면 충분히 고려할만한 숙소라고 할 수 있다. 비슷한 가격대라면 가급적 교통편이 편리한 곳, 부대시설이 잘되어 있는 곳으로 결정하는 것이 좋다. 조기 예약 시 할인이 되는 호텔을 찾아보는 것도 비용을 줄이는 요령이다.

호텔 빌라 폰테뉴 도쿄 신주쿠 ホテルヴィラ フォンテーヌ 東京 新宿 Hotel Villa Fontaine Tokyo Shinjuku
JR 신주쿠 역과 신오쿠보 역 사이에 있는 호텔로 스탠더드와 슈페리어 등 66개의 객실을 보유하고 있다. 객실은 넓지

않아도 침대, TV, 화장실 등 기본 시설은 깔끔한 편이다. 인근 유흥가 가부키초나 신주쿠의 쇼핑가로 산책하러 나가기도 편리하다.

교통 : JR 신주쿠(新宿) 역, 신오쿠보(新大久保) 역에서 도보 10~12분

주소 : 東京都 新宿区 歌舞伎町 2-40-9

전화 : 03-5292-3330

요금 : 스탠더드, 슈페리어 6,600엔~9,200엔 내외

홈페이지 : www.hvf.jp/shinjuku

신주쿠 프린스 호텔 新宿 プリンス ホテル Shinjuku Prince Hotel

JR 신주쿠 역 서구에 있는 호텔로 싱글룸, 더블룸, 트윈룸, 유니버설룸, 스위트룸 등 다양한 객실과 뷔페 레스토랑, 일식당 등을 갖추고 있다. 저층에는 쇼핑가 세이부 신주쿠 페페가 있고 가까운 거리에 쇼핑센터 루미네 이스트, 이세탄 백화점, 유흥가 가부키초가 있어 쇼핑하거나 산책하러 나가기 좋다.

교통 : JR 신주쿠(新宿) 역 서구에서 바로

주소 : 東京都 新宿区 歌舞伎町 1-30-1

전화 : 03-3205-1111

요금 : 스탠더드 싱글, 스탠더드 트윈 7,400엔~19,008엔 내외

홈페이지 :
www.princehotels.co.jp/shinjuku

호텔 선루트플라자 ホテル サンルートプラザ 新宿 Hotel Sunroute Plaza Shinjuku

JR 신주쿠 역 남구 방향에 있는 비즈니스호텔로 스파(Relaxation Salon Sanatio), 양식 레스토랑 겸 카페, 바 등의 부대시설을 갖추고 있다. 신주쿠 역과 가까워 시부야나 이케부쿠로 방향으로 가기 편리하고 조기 예약 시 객실 요금을 할인해 준다.

교통 : JR 신주쿠(新宿) 역 남구에서 도보 3분 또는 도쿄메트로 마루노우치센(丸の内線), 도에이 오에도센(都営 大江戸線) 신주쿠 역에서 바로

주소 : 東京都 渋谷区 代々木 2-3-1

전화 : 03-3375-3211

요금 : 스탠더드 싱글, 비스타 싱글 6,800엔~18,096엔 내외

홈페이지 :
https://sunrouteplazashinjuku.jp

호텔 엑셀런트 ホテル エクセレント 恵比寿 Hotel Excellent Ebisu

JR 에비스 역에서 다이칸야마 방향에 있는 호텔로 10층 건물에 127개의 객실, 레스토랑을 갖추고 있다. 호텔에서 도보로 다이칸야마와 에비스를 둘러볼 수 있고 JR 야마노테센으로 시부야나 도쿄 역 방향으로 이동하기도 편리하다.

교통 : JR 야마노테센(山手線) 또는 도쿄메트로 히비야센(日比谷線) 에비스(恵

比寿) 역에서 다이칸야마·호텔 방향, 바로
주소 : 東京都 渋谷区 恵比寿西 1-9-5
전화 : 03-5458-0087
요금 : 싱글룸, 더블룸, 트윈룸 7,500엔~14,400엔
홈페이지 : http://hotelexcellent.jp

호텔 메트로폴리탄 ホテル メトロポリタン Hotel Metropolitan
JR 이케부쿠로 역 서구에 있는 호텔로 25층 건물에 스탠더드, 디럭스, 앰버서더 스위트 등 다양한 객실, 중식당, 일식당을 갖추고 있다. 특히 25층의 레스토랑과 바는 이케부쿠로 일대의 전망을 즐기며 시간을 보내기 좋다.
교통 : JR 이케부쿠로(池袋) 역 메트로폴리탄 출구, 서구에서 도보 1~3분
주소 : 東京都 豊島区 西池袋 1-6-1
전화 : 03-3980-1111
요금 : 스탠더드 싱글룸, 디럭스 싱글룸 5,500엔~17,200엔 내외
홈페이지 : www.metropolitan.jp

03 실속 만점 저가 호텔

지갑이 가벼운 개인 여행자가 이용하기 좋은 호텔로 대개 체크인 시간이 정해져 있으므로 도착하는 시간을 확인하자. 재미있는 경험을 원한다면 캡슐 호텔, 일본전통 숙소를 원한다면 료칸을 이용해보아도 좋다. 저가 호텔이라도 조식이 포함되어 있는지 확인하고 조식이 없다면 인근에 식사할 수 있는 곳이 있는지 알아보는 것도 좋다.

호텔 파크 인 ホテル パーク イン 新宿 Hotel Park Inn Shinjuku
신주쿠 이세탄 백화점 동쪽에 있는 호텔로 싱글룸, 세미더블룸, 더블룸, 트윈룸 등을 갖추고 있다. 방은 좁지만 잠만 잘 사람에게는 그런대로 괜찮은 잠자리가 된다. 단, 가격이 저렴한 캡슐 호텔과 같이 체크인 시간이 15:00~, 체크아웃 시간이 ~11:00로 정해져 있으니 참고!
교통 : 도쿄메트로 마루노우치센(丸の内線) 신주쿠교엔마에(新宿御苑前) 역, 후쿠토신센(副都心線), 마루노우치센 신주쿠산초메(新宿三丁目)에서 도보 2~3분, JR 신주쿠(新宿) 역에서 도보 15분
주소 : 東京都 新宿区 新宿 1-36-5
전화 : 03-3354-9000
시간 : 체크인 15:00~, 체크아웃 ~11:00
요금 : 싱글룸, 세미더블룸, 더블룸 5,000엔~8,000엔 내외
홈페이지 : www.shinjuku-hotel.com

캡슐 호텔 시부야 カプセル ホテル 渋谷 Capsule Hotel Shibuya
캡슐 호텔은 대부분 남성 전용 숙소로 사각 통 모양의 쉼터에 들어가 숙박을 하거나 사우나에서 목욕하고 휴게실에서

휴식을 취하며 식당에서 식사할 수 있는 종합휴게시설이다. 1층 프런트에서 계산한 뒤, 2층 로커에 짐을 두고 5~10층 캡슐 호텔을 이용하고 3층 사우나인 대욕탕, 4층 휴게실에서 목욕이나 휴식을 취해도 된다.

교통 : JR 시부야(渋谷) 역에서 도켄자카도리(道玄坂通り)·캡슐 호텔 방향. 도보 6분

주소 : 東京都 渋谷区 道玄坂 1-19-14

전화 : 03-3464-1777

시간 : 체크인 12:00~24:00, 체크아웃 11:00

요금 : 스탠더드 3,900엔, 디럭스 4,500엔~, 사우나(1시간) 1,300엔

홈페이지 : www.capsulehotel-shibuya.jp

가루마루 이케부쿠로 かるまる 池袋店 (サウナ&ホテル)

JR 이케부쿠로 역 서구에 있는 사우나 겸 호텔로 객실은 사각 캡슐과 호텔 객실로 나뉜다. 사우나는 칸토(關東) 지역 최대급 시설이라고 한다. 간단히 말하면 고급지다는 말! 사각 캡슐은 나무로 되어 있어 흡사 2층 도미토리를 연상케 하는데 호스텔의 도미토리보다 깨끗하고 고급스러워 보인다.

교통 : JR 이케부쿠로(池袋) 역 서구에서 호텔 방향, 도보 4분

주소 : 東京都 豊島区 池袋 2丁目7-7 6F

전화 : 03-3986-3726

시간 : 체크인 15:00~, 체크아웃 ~11:00

요금 : 사우나_2,980엔, 1시간 1,480엔 /캡슐_VIP 5,980엔, VIP씨어터 6,980엔, 호텔 객실_8,980엔/9,980엔

홈페이지 : https://karumaru.jp

호텔 루트인 도쿄 이케부쿠로 ホテルルートイン 東京 池袋 Hotel Route inn Tokyo Ikebukuro

JR 이케부쿠로 역 동구의 선샤인시티 부근에 있는 호텔로 3~10층에 110개의 객실, 뷔페 레스토랑을 갖추고 있다. 방은 좁지만, 침대, TV, 욕실 등 기본 시설은 잘되어 있는 편이다.

교통 : JR 이케부쿠로(池袋) 역 동구에서 선샤인시티·호텔 방향. 도보 10분

주소 : 東京都 豊島区 東池袋 3-5-5

전화 : 050-5847-7711

요금 : 싱글룸, 레이디스룸, 세미더블룸 5,000엔~10,000엔 내외

홈페이지 : www.route-inn.co.jp/hotel_list/tokyo/index_hotel_id_668

기미 료칸 貴美旅館 Kimi Ryokan

JR 이케부쿠로 역 서구 지역에 있는 여관으로 침대 방이 아닌 다다미방으로 이루어져 있다. 4.5매트, 6매트 등은 방의 크기로 방에 깔린 다다미의 숫자이다. 1매트는 91cm×182cm. 다다미방은 TV 없이 달랑 다다미가 깔린 방뿐이고 화장실과 샤워실은 공용으로 이용해야 한다.
교통 : JR 이케부쿠로(池袋) 역 서구에서 마루이 백화점 오거리 방향, 오거리에서 우회전, 기미료칸 방향. 도보 6분
주소 : 東京都 豊島区 池袋 2-36-8
전화 : 03-3971-3766
시간 : 체크인 15:00~, 체크아웃 ~11:00
요금 : 4.5매트 룸, 6매트 룸 5,500엔~9,500엔 내외
홈페이지 : www.kimi-ryokan.jp

사와노야 澤の屋 Sawanoya
우에노 공원 북쪽 네즈역 부근에 있는 여관으로 4.5매트, 6매트 등의 다다미방으로 되어있다. 대부분의 다다미방은 화장실과 샤워실을 공용으로 사용해야 하고 일부 다다미방에 내부 화장실과 샤워실이 있다. 일본전통의 다다미방에서 숙박을 해보고 싶은 사람이라면 한 번쯤 이용해보자.
교통 : 도쿄메트로 치요다센(千代田線) 네즈(根津) 역에서 도보 7분
주소 : 東京都 台東区 谷中 2-3-11
전화 : 03-3822-2251
시간 : 체크인 15:00~, 체크아웃 ~10:00
요금 : 4.5매트, 6매트, 6매트(화장실)_5,800엔~15,000엔 내외
홈페이지 : www.sawanoya.com

04 편하게 지낼 수 있는 게스트하우스&한인 민박

배낭여행자나 개인 여행자가 선호하는 호스텔, 게스트하우스, 한인 민박은 쉽게 다른 여행자들과 어울릴 수 있는 분위기여서 뜻밖의 즐겁게 지낼 수 있다. 숙소 자체로는 잠자리 외 별다른 부대시설이 없으므로 저가 숙소에 익숙하지 않은 사람은 호텔을 알아보는 것도 좋다. 여행 경비를 아끼려면 도미토리, 부족하지만 사생활을 지키려면 싱글룸이나 트윈룸을 이용하자. 한인 민박은 일본 주택을 임대해 운영하는 것임으로 소란스럽지 않도록 신경을 쓴다.

사쿠라 호스텔 아사쿠사 サクラ ホステル 浅草 Sakura Hostel Asakusa
아사쿠사의 옛날식 놀이공원 하나야시키 뒤쪽에 있는 호스텔로 도미토리, 트윈룸, 다인실 등 다양한 객실을 갖추고 있다. 카페에서 적은 가격에 모닝 세트를 맛볼 수 있고 부엌에서 간단한 조리를 해 먹어도 괜찮다. 장기 투숙이라면 매일 밖에서 사먹는 것도 지겨울 때가 있다. 이럴 때 슈퍼마켓에 들려 식재료 사고 주방에서 요리를 해보자. 인근 센소지나 스카이트리 구경하기도 편리하다.

교통 : 도쿄메트로 긴자센(銀座線), 도에이 아사쿠사센(都営 浅草線) 아사쿠사(浅草) 역에서 센소지(浅草寺) 지나 도보 10분
주소 : 東京都 台東区 浅草 2-24-2
전화 : 03-3847-8111
요금 : 도미토리 3,000엔, 트윈룸 8,500엔, 4인실 13,000엔
홈페이지 : www.sakura-hostel.co.jp

앤 호스텔 요코주나 浅草 橋旅荘 庵
Anne Hostel Yokozuna

도쿄 동쪽 스미다강 건너 료고쿠 역 부근에 있는 호스텔로 도미토리와 트윈룸 등으로 되어있다. 배낭여행이나 개인 여행을 위한 숙소이므로 별다른 시설 없이 하룻밤 보내기에 중점을 둔 곳이다. 부대시설이 있는 호텔이 아니니 불편함을 예상한다면 호텔로 방향을 돌리는 것이 좋다.
교통 : 도에이 오에도센(都営 大江戸線) 료고쿠(両国) 역, JR 추오센(中央線)·소부센(総武線) 료고쿠(両国) 역에서 도보 2~5분
주소 : 東京都 隅田区 両国 4-38-5
전화 : 03-5600-9090
요금 : 도미토리 3,000엔, 여성 도미토리 3,000엔, 트윈룸 8,000엔
홈페이지 : www.j-hostel.com/yokozuna

카오산 월드 아사쿠사 호스텔 カオサンワールド 浅草 旅館&ホステル
Khaosan World Asakusa HOSTEL

아사쿠사 센소지와 주방용품 거리 사이에 있는 호스텔 겸 여관으로 도미토리에서 디럭스룸, 다다미방까지 다양한 방을 보유하고 있다. 여럿이 여행 중이라면 개별적으로 도미토리를 이용하기보다 다다미방을 이용하는 것이 나을 수 있다. 도쿄의 호스텔이나 게스트하우스는 아사쿠사와 스미다 지역에 몰려 있으니 참고하자.
교통 : 도에이 아사쿠사센(都営 浅草線) 아사쿠사(浅草) 역에서 도보 12분, 츠쿠바익스프레스(つくばエクスプレス) 아사

쿠사 역에서 도보 1분, 도쿄메트로 다와라마치(田原町) 역에서 도보 7분
주소 : 東京都 台東区 西浅草 3-15-1
전화 : 03-3843-0153
시간 : 체크인 15:00~23:00, 체크아웃 ~11:00
요금 : 호스텔_도미토리 1,950~2,080엔 /료칸_다다미방 3,900~6,200엔
홈페이지 :
www.khaosan-tokyo.com/ja/world

홀리데이 애니텔 신주쿠 Holiday Anytel Shinjuku
JR 신오쿠보역 옆, 소부센 오쿠보 역 부근에 있는 한인 민박으로 2인실, 3~4인실 등으로 되어있다. 작은 부엌이 있어 간단한 식사를 해먹을 수 있고 세탁기로 밀린 빨래를 해도 괜찮다. 일본어가 익숙하지 않아 한국어로 대화할 수 있는 곳을 찾는다면 이용해볼 만하다.
교통 : JR 야마노테센(山手線) 신오쿠보(新大久保) 역에서 도보 6분 또는 JR 소부센(総武線) 오쿠보(大久保) 역 북쪽 출구에서 도보 2분
주소 : 東京都 新宿区 百人町 1-21-7
전화 : 03-6881-7730
요금 : 싱글룸, 2인실, 3~4인실 5,500~12,000엔 내외
홈페이지 :
https://holiday-anytel-shinjuku.business.site

☆여행 팁_일본의 김밥천국, 요시노야, 마츠야, 스키야
일본 여행 시 한국의 김밥천국처럼 간편히 한끼를 해결할 수 있는 곳이 일본 3대 규동 체인으로 불리는 요시노야(吉野家), 마츠야(松屋), 스키야(すき家)이다. 요시노야는 1889년 니혼바시 어시장에서 처음 개업했고 현재 일본 전역에 2천여 개의 체인점을 운영하고 있다. 마츠야는 1966년 처음 영업을 시작했고 현재 일본 전역에 1천여 개의 체인점을 운영 중이다. 스키야는 1982년 요코하마 나마무기 역 부근에서 처음 문을 열었고 현재 일본 전역에 2천여 개의 체인점을 운영한다. 이들 3사의 주 메뉴는 소고기 덮밥인 규동(牛丼)으로 사발 밥 위에 얇게 저민 소고기볶음 몇점이 올라간 것이다. 규동의 원조는 1970년대 소고기덮밥을 규동이라 이름 붙인 요시노야! 규동은 단품 말고 가급적 된장국, 반찬이 나오는 규동 정식으로 먹는 게 낫다. 규동에 7가지 양념을 섞은 시치미 뿌리는 것 잊지 말고. 규동 외 미니(?) 스키야키(전골), 카레라이스 등 메뉴가 많다. 주문은 메뉴 자판기를 이용하므로 편하게 할 수 있다.
요시노야_www.yoshinoya.com
마츠야_www.matsuyafoods.co.jp
스키야_www.sukiya.jp

4. 여행 정보

01 여권&비자

해외여행은 해외에서 신분증 역할을 하는 여권(Passport) 만들기부터 시작한다. 여권은 신청서, 신분증, 여권 사진 2장, 여권 발급 비용을 준비해 서울시 25개 구청 또는 지방 시청과 도청 여권과에 신청하면 발급받을 수 있다. 여권의 종류는 10년 복수 여권, 5년 복수 여권, 1년 단수 여권(1회 사용) 등이 있다. 여권은 신상정보가 들은 전자 칩을 내장하고 있어 전자 여권이라고도 한다.

비자(VISA)는 사증이라고도 하며 일종의 입국 허가서이다. 관광 목적으로 입국 시 일본은 한국과 상호 비자면제협정이 체결되어 90일 동안 무비자로 체류할 수 있다.

외교통상부 여권 안내_
www.passport.go.kr

- 준비물 : 신청서(여권과 비치), 신분증(주민등록증, 운전면허증 등), 여권 사진 2매, 발급 비용(10년 복수 여권 5만3천 원/5년 복수 여권 4만5천 원/1년 단수

여권 2만 원) *25세~37세 병역 미필 남성_국외여행허가서

- 주의 사항 : 여권과 신용카드, 항공권 구매 등에 사용하는 영문 이름은 한 가지로 통일한다. 여권과 항공권 구매 영문 이름이 다르면 항공기 탑승 어려울 수 있다(여권 이름이 기준이 됨). 여권 유효기간이 6개월 이내면 외국 출입국 시 문제가 생길 수 있으니 기존 여권, 신분증, 여권용 사진 1장, 수수료 2만5천 원을 준비해 유효기간 연장 필요!

☆여행 팁_도쿄 기후와 여행 시기

여행을 여유롭게 하려면 여행 비수기(겨울)에 다니는 것이 좋으나 화창한 풍경을 기대한다면 여행 성수기(여름)에 다니는 것이 좋다. 여행비용은 항공료, 숙박료 등은 여행 비수기에 조금 저렴하고 여행 성수기에 조금 비싸다. 날씨는 도쿄가 대체로 사계절이 뚜렷하지만, 한국보다 위도가 아래에 있어 사철 따뜻한 편이다. 장마는 6월 중순쯤 시작되는데 여름은 매우 덥고 습도가 높으며 겨울은 영하로 내려가는 날이 적다. 도쿄 연평균 기온은 15.9도.

· 봄(3~5월)_봄은 기온이 온화하여 가을과 함께 여행하기 좋은 계절이다. 보통 3월 말~4월 초 벚꽃이 피어 꽃구경을 하거나 여행하기 좋으나 도쿄의 관광지, 도쿄 인근 하코네, 닛코 등에 사람이 몰리는 골든위크(4월 29일~5/5일 전후) 기간은 피하는 것이 좋다.

· 여름(6~9월)_여름은 여행 성수기이지만, 매우 덥고 습해 여행 다니기 불편할 수 있다. 장마는 6월 말~7월 초에 집중되고 날씨는 8월 말까지 매우 덥고 습하다. 일본의 추석에 해당하는 오봉(8월 15일) 전후에는 도쿄의 관광지, 도쿄 인근으로 나들이 인파가 몰리니 참고하자.

· 가을(10~11월)_가을은 맑고 청량해 여행 다니기 좋은 시기이다. 10월 무렵부터 시원한 바람이 불어 여행 다니기 좋고 10월 말~11월까지는 단풍철이어서 멋진 풍경을 만들어낸다. 단, 9월~10월 2~3개의 태풍이 지나므로 미리 일기예보를 살펴보는 것이 좋다.

· 겨울(12~2월)_겨울은 여행 비수기로 쌀쌀하지만, 기온이 영하로 내려가거나 눈이 많이 오지 않는다. 바람만 아니면 여행 다니기에 불편이 없다. 단, 도쿄 인근의 하코

네나 닛코로 나갈 때는 한파에 대비해 두툼한 옷을 챙겨 입자. 12월 28일~1월 3일에는 일부 관광지, 쇼핑센터, 레스토랑이 문을 닫으나 여행을 못 할 정도는 아니다.

02 항공권

비행기는 대한항공, 아시아나항공 같은 일반 항공사를 이용하거나 제주 항공, 에어 서울 같은 저가 항공사, 일본 항공(JAL), 전일본공수(ANA) 같은 일본 항공사, 기타 외국 항공사를 이용할 수 있다. 항공 티켓 가격은 일반 항공사&일본 항공사 〉 일부 외국 항공사 〉 저가 항공사 순으로 비싸다. 여행 기간이 짧다면 단체 항공권 중 일부 빈 좌석이 나오는 땡처리 항공권(단, 출발과 도착시간, 체류 기간 등 확인), 여행 기간이 길면 오픈마켓에서 판매하는 저가나 일반 항공권을 이용해도 좋다. 어느 것이라도 괜찮다면 대한항공 · 아시아나항공 같은 일반 항공사, 하나투어 · 모두투어 같은 여행사에서 판매하는 항공권을 이용해도 된다. * 저가 항공은 예약 취소 시 손해를 많이 볼 수 있으니 주의!

대한항공_http://kr.koreanair.com
아시아나항공_http://flyasiana.com
일본 항공_www.jal.co.kr
전일본항공_www.anaskyweb.com
제주항공_www.jejuair.net
인터파크_http://tour.interpark.com
하나투어_www.hanatour.com
모두투어_www.modetour.com

03 숙소 예약

숙소는 여행 예산에 따라 고가(특급) 호텔, 중가(비즈니스) 호텔, 저가 호텔 · 게스트하우스(호스텔) · 한인 민박 등으로 나눌 수 있다. 신혼여행이라면 고가 호텔이나 중가 호텔, 개인 여행이나 배낭여행이라면 저가 호텔이나 게스트하우스, 한인 민박을 이용한다. 숙소 예약은 고가 호텔과 중가 호텔은 여행사를 통하거나 트립어드바이저 · 아고다 같은 호텔 예약 사이트를 통하는 것이 할인되고 저가 호텔과 게스트하우스는 호스텔월드 · 호스텔닷컴 같은 호스텔 예약 사이트, 한인 민박은 민박 홈페이지를 통해 예약한다. 여행 성수기와 여행 비수기에 따라 숙소 비용이 조금 차이 날 수 있다. *호텔 예약 시 취소 가능 요금과 취소 불가 요금이 있는데 취소 불가 요금은 조금 저렴하지만, 취소 시 환불받을 수 없으므로 주의!

트립어드바이저_
www.tripadvisor.co.kr

아고다_www.agoda.com
부킹닷컴_www.booking.com
호스텔월드_www.hostelworld.com
호스텔닷컴_www.hostels.com

04 여행 예산

여행 경비는 크게 항공비와 숙박비, 식비, 교통비, 입장료 등으로 나눌 수 있다. 항공비는 여행 성수기보다 여행 비수기에 조금 싸고 일반 항공사보다 저가 항공사가 조금 저렴하다. 저가 항공 기준으로 30만 원 내외. 숙박비는 시설이 좋은 고가 호텔의 경우 30~50만 원 내외, 중가 호텔의 경우 15만 원 내외, 저가 호텔의 경우 6~7만 원 내외이고 배낭여행객이 많이 찾는 게스트하우스의 경우 더블룸 8만 원 내외, 도미토리 3만 원 내외이다. 식비는 1일 3끼에 3만 원(1끼x1만 원), 교통비는 1만 원(1일x1만 원), 입장료+기타는 2만 원(1일x2만 원) 정도. 배낭여행 기준 여행경비는 1일 9만 원으로 잡는다. *배낭여행 인원이 2명 이상이면 게스트하우스 도미토리보다 게스트하우스의 더블룸이나 저가 호텔의 더블룸을 이용하는 것이 더 편리하다.

2박 3일 예상경비_
항공비 300,000원+숙박비(게스트하우스 도미토리) 60,000원+식비 90,000원+교통비 30,000원+입장료+기타 60,000원
총합_540,000원

3박 4일 예상경비_
항공비 300,000원+숙박비(게스트하우스 도미토리)90,000원+식비 120,000원+교통비 40,000원+입장료+기타 80,000원
총합_630,000원

☆여행 팁_해외여행자 보험
해외여행 시 상해나 기타 사고를 당했을 때 보상받을 수 있도록 미리 해외여행자 보험에 가입해 두자. 보험사 홈페이지에서 가입할 수 있으므로 가입이 편리하고 만약 출국 날까지 가입을 하지 못했다면 인천 국제공항 내 보험사 데스크에서 가입해도 된다. 보험 비용(기본형)은 3박 4일 일본 6,000원 내외. 분실·도난 시 일부 보상을 위해 보험 가입할 때 카메라나 노트북 등은 모델명까지 구체적으로 적는다. *보험 보상 조건 등은 각 보험사 홈페이지 참고.

현대해상_www.hi.co.kr
삼성화재_www.samsungfire.com

05 여행 준비물 체크

내용물	확인
여권 복사본과 여분의 여권 사진	
비상금(여행 경비의 10~15%)	
여분의 상의, 하의	
반바지, 수영복	
재킷	
속옷	
모자, 팔토시	
양말	
손수건	
노트북 또는 태블릿	
카메라	
각종 충전기	
11자형 2구 콘센트	
세면도구(샴푸, 비누, 칫솔, 치약)	
수건	
생리용품	
(여행 시 가지고 다닐) 백팩	
우산	
여행 가이드북	
일기장, 메모장	
필기구	
비상약품(소화제, 지사제 등)	

일본은 한국과 기후가 거의 같으므로 한국에서 복장과 준비물을 마련하면 된다. 여행 가방은 가볍게 싸는 것이 제일 좋다. 우선 갈아입을 여분의 상의와 하의, 속옷, 세면도구, 노트북 또는 태블릿PC, 카메라, 간단한 화장품, 모자, 우산, 각종 충전기, 11자형 2구 콘센트(220V 둥근 콘센트→100V 11자형 콘센트), 백팩 같은 여분의 가방, 여행 가이드북 등을 준비한다. 그 밖의 필요한 것은 현지 상점에서 사도 충분하다.

06 출국과 입국

- 한국 출국

1) 인천 국제공항 도착

공항철도 또는 리무진 버스를 타고 인천 국제공항에 도착해, 3층 출국장으로 간다. 인천 국제공항 1층은 입국장. 3층 출국장에 들어서면 먼저 항공사 체크인 카운터 게시판을 보고 해당 항공사 체크인 카운터로 향한다. 항공사 체크인 카운터는 A~M까지 알파벳 순서대로 늘어서 있다. *체크인 수속과 출국 심사 시간을 고려하여 2~3시간 전 공항에 도착한다. *인천 국제공항 청사는 1청사, 2청사로 나눠있으니 항공권 확인!

교통 : ① 공항철도 서울 역, 지하철 2호선/공항철도 홍대 입구 역, 지하철 5/9호선/공항철도 김포공항 역 등에서 공항철도 이용, 인천 국제공항 하차(김포에서 인천까지 약 30분 소요)

② 서울 시내에서 공항 리무진 버스 이용(1~2시간 소요)

③ 서울 시내에서 승용차 이용(1~2시간 소요)

인천국제공항_www.airport.kr

• 김포 국제공항

김포 국제공항은 국내선과 국제선 청사로 나뉘어 있고 두 청사 간 무료 셔틀버스가 운행된다. 공항의 1층은 입국장, 3층은 출국장, 4층 식당가로 운영된다. 일본 내 취항지는 도쿄, 오사카, 나고야 등.

교통 : 서울 역, 공덕, 홍대, 디지털미디어시티 등에서 공항철도, 5호선, 9호선 지하철 이용, 김포 국제공항 하차 또는 김포 국제공항행 시내버스, 시외버스 이용.

국제선 청사 : 대한항공(하네다), 아시아나항공(하네다), 일본항공(하네다), 전일본공수(하네다) 등.

김포국제공항_www.airport.co.kr/gimpo

2) 체크인 チェックイン Check In

항공사 체크인 카운터에서 예매한 전자 항공권(프린트)을 제시하고 좌석 표시가 된 탑승권을 받는 것을 체크인이라고 한다. 체크인하기 전, 기내 들고 탈 수화물(손가방, 작은 배낭 등)을 확인하여 액체류, 칼 같은 기내 반입 물품이 없는지 확인하고, 있다면 안전하게 포장해 짐으로 부칠 화물 수화물 속에 넣는다. 수화물 확인이 끝났으면 체크인 카운터로 가서 전자 항공권을 여권과 함께 제시한다. 원하는 좌석이 통로 쪽 좌석(Aisle Seat

아일 시트), 창쪽 좌석(Window Seat)인지, 항공기의 앞쪽(Front), 뒤쪽(Back), 중간(Middle)인지 정한 뒤, 원하는 좌석과 위치를 요청한다. 좌석이 배정되었으면 화물 수화물을 저울에 올려놓고 화물 태그(Claim Tag)를 받는다(대개 탑승권 뒤쪽에 붙여 주고, 이는 수화물 분실 시 찾는 데 도움이 되니 잃어버리지 않도록 한다).

기타 할 일 :

· 만 25세 이상 병역 의무자_거주지 동사무소에서 출국 신고하거나 공항 3층 병무 신고소(032-740-2500)에서 출국 신고

· 환전하지 못했다면 출국장 내 은행에서 환전. 출국심사장 안쪽에는 은행 없음

· 해외여행자보험에 가입하지 않았다면 보험사 카운터에서 가입.

· 핸드폰 로밍하려면 각 통신사 로밍 카운터에서 로밍 신청.

3) 출국 심사 出國審査 Immigration

출국장 입구에서 탑승권과 여권을 제시하고 안으로 입장하면 세관 신고소가 있다. *골프채, 노트북, 카메라 등 고가품이 있다면 세관 신고를 해야 귀국 시 불이익을 받지 않는다. 세관 신고할 것이 없으면 보안 검사대로 향한다. 수화물과 소지품을 X-Ray 검사대에 통과시키고 보안 검사를 받는다. *액체류나 손톱깎이 같은 기내 반입 불가 물품이 나오면 쓰레기통에 버려야 한다. 보안검사 후 출국 심사대로 향한다. *미리 3층의 자동출입국심사등록센터(F 체크인 카운터 뒤, 07:00~19:00)에 자동출입국심사 등록을 해두면 바로 자동출입국심사대 통과.

4) 항공기 탑승

출국 심사를 마치면 항공권을 보고 탑승 게이트 번호, 탑승 시간 등을 확인한다. 인천 국제공항 1청사의 경우 1~50번 탑승 게이트는 같은 건물 탑승 게이트, 101~132번 탑승 게이트는 별관 탑승동에서 탑승한다. 탑승 시간에 여유가 있다면 면세점을 둘러보거나 휴게실에서 휴식을 취한다. 항공기 탑승 대략 30분 전에 시작하므로 미리 탑승 게이트로 가서 대기한다. 탑승은 대개 비즈니스석, 노약자부터 시작하고 이코노미는 그 뒤에 시작한다. 탑승하면 항공기 입구에 놓인 신문이나 잡지를 챙기고 승무원의 안내에 따라 본인의 좌석을 찾아 앉는다. 수화물은 캐비닛에 잘 넣어둔다.

- 일본 입국

한국에서 일본 도쿄 도착은 인천 공항 격의 나리타 공항과 김포 공항 격의 하네다 공항으로 나뉘는데 각 공항의 규모나 시설만 다를 뿐 공항 도착에서 검역, 입국심사, 세관 통과 등의 절차는 같다.

1) 공항 도착

공항에 도착하기 전, 기내에서 나눠주는 일본 입국카드와 휴대품 신고서(세관용)를 작성한다. *만약 무직이면 회사원(Office Worker) 같은 적당한 직업을 적어두고 숙소 예약이 없을 때, 여행 가이드북에 나오는 적당한 호텔 주소를 적는다. 항공기가 공항에 도착하면 신속히 입국 심사장(Immigration)으로 이동한다. 이동 중 검역(檢疫, Quarantine)을 위한 적외선 체온감지기를 통과하게 되는데 만약 체온이 고온으로 체크된다면 검역관의 지시를 따른다. 독감 시기가 아닌 경우 검사 없이 통과하기도 한다.

2) 입국심사 入国檢査 Immigration

입국 심사장에서 외국인(外國人券, Foreign Passport) 심사대에 줄을 서고 입국카드와 여권을 준비한다. 간혹 입국 심사관이 직업, 여행 목적, 여행 일수 등을 물을 수 있으나 간단한 영어 또는 일어로 대답하면 된다. 예) 직업은 회사원(Office Worker)· 학생(Student), 관광은 사이트씨잉(Sightseeing)· 투어(Tour)· 트래블(Travel), 기간은 3데이(Three Days)· 일주일(One Week) 등. 입국 허가가 떨어지면 여권에 90일 체류 허가 스탬프를 찍어준다.

3) 수화물&세관 手貨物受取所&稅關 Baggage Reclaim&Custom

입국심사가 끝나면 수화물 게시판에서 항공편에 맞는 수화물 수취대 번호(대개 A·B·C 같은 알파벳이나 숫자 순)를 확인하고 수화물 수취소(Baggage Reclaim)로 이동한다. 수화물 수취소에서 대기하다가 자신의 수화물을 찾는다. 비슷한 가방이 있을 수 있으므로 헷갈리지 않도록 한다. *미리 가방에 리본을 메어 놓으면 찾기 편함.

수화물 분실 시 수화물 수취소 분실물센터(Baggage Enquiry Desk)로 가서, 수화물 태그(Claim Tag)와 탑승 항공권을 제시하고 분실신고서에 수화물의 모양과 내용물, 숙소 주소와 연락처를 적는다. 짐을 찾으면 본인에게 연락해 주거나 숙소로 전달해주고 찾지 못하면 분실신고서 사본을 보관했다가 귀국 후 해외여행자보험 처리가 되는지 문의한다.
수화물 수취소에서 수화물을 찾은 뒤, 세관을 통과하는데 신고 물품이 없으면 녹색 면세(免稅, Duty Free) 구역에서 휴대품 신고서를 제출하고 통과한다. 고가 물건, 세관 신고 물품이 있으면 세관에 신고한다. 세관은 대개 그냥 통과되지만, 간혹 불시 검사 기간에는 세관원이 가방이 배낭을 열고 검사하기도 한다. *위험물, 식물, 육류 등 반입 금지 물품이 있으면 폐기되고, 면세 범위 이상의 물품이 있을 때는 세금을 물어야 한다. 일본 면세 한도는 담배 400개비, 주류 3병, 20만 엔 이하이다.

4) 입국장 入國場 Arrival hall

입국 홀은 입국하는 사람과 마중 나온 사람들로 항상 붐비니 차분히 행동한다. 먼저 안내 데스크에서 도쿄 관광지도를 입수한 후 안내 표지판을 보고 공항철도 또는 리무진버스 정류장으로 이동한다.

- 일본 출국

1) 공항 도착

항공사 체크인 수속과 출국 심사 등에 걸리는 시간을 고려해 2~3시간 전에 도착한다. 여름 휴가철, 여름 방학, 겨울 방학에는 수속 시간이 더 걸릴 수 있다.

• 나리타 공항 成田 空港 Narita Airport

나리타 공항은 도쿄 시내에서 공항까지 게이세이 특급 전철 시간 약 1시간 10분 소요되고 수속 시간까지 생각하면 일찍 출발하는 것이 좋다. 게이세이 특급 전철이나 JR 나리타익스프레스는 도쿄 시내→나리타 공항 제2터미널→제1터미

널 순으로 운행한다. 미리 항공권을 확인해 항공기가 제1터미널인지 제2터미널인지 확인하자. 다른 터미널에 하차 시 무료 셔틀버스를 이용해 이동할 수 있으니 참고! 2015년 4월 제2터미널 북쪽에 저가 항공을 위한 제3터미널이 개장됨. 제

2터미널에서 도보 15분
제1터미널 북쪽 윙_대한항공, 델타항공
제1터미널 남쪽 윙_아시아나항공, 에어부산, 전일본항공, 유나이티드
제2터미널_제주항공, 이스타항공, 일본항공
제3터미널_제트스타(Jetstar Japan), 피치(Peach Aviation), 바닐라 에어(Vanilla Air), 스프링 저팬(Spring Airlines Japan)
출국장_제 1터미널 4층, 제 2터미널 3층
나리타공항_www.narita-airport.jp/kr

• 하네다 공항 羽田 空港 Haneda Airport

하네다 공항은 도쿄 시내에서 공항까지 도쿄 모노레일 또는 게이큐 전철로 약 20~30분 정도 소요되기 때문에 나리타 공항에 가는 것보다 조금 여유가 있다. 도쿄 모노레일이나 게이큐 전철은 도쿄 시내→하네다 공항 국제선 터미널→제1터미널(국내선)→제2터미널(국내선) 순으로 운행한다.
국제선 터미널_대한항공, 아시아나항공, 일본항공, 전일본공수
출국장_국제선 터미널 3층
하네다공항_https://tokyo-haneda.com

2) 체크인 チェックイン Check In

항공사 체크인 카운터에 예매한 전자 항공권(프린트)을 제시하고 좌석이 적힌 탑승권을 받는다. 체크인하기 전, 기내 들고 탈 수화물(손가방, 작은 배낭 등)을 확인하여 액체류, 칼 같은 기내 반입 물품이 없는지 확인하고, 있다면 안전하게 포장해 짐으로 부칠 화물 수화물에 넣는다.
수화물 확인을 끝났으면 탑승 체크인 카운터로 가서 전자 항공권과 여권을 제시한다. 원하는 좌석이 통로쪽 좌석(Aisle Seat), 창쪽 좌석(Window Seat)인지, 항공기의 앞쪽(Front), 뒤쪽(Back), 중간(Middle)인지 등 워하는 좌석과 위치를 요청한다. 좌석이 배정되었으면 화물 수화물을 저울에 올려놓고 화물 태그(Claim Tag)를 받는다. 출국 심사에 앞서 일본 출국 카드를 작성한다.

3) 출국 심사 出国検査 Immigration

출국장 입구에서 탑승권과 여권을 제시하고 안으로 입장하면 세관이 있으나 귀국이므로 그대로 통과한다. 수화물을 X-Ray 검사대에 통과시키고 보안검사를 받는다. 보안검사 후 출국 심사대로 향하는데 외국인(外國人券, Foreign Passport) 심사대로 간다. 출국 심사대에 일본 출국 카드와 여권을 제시하고 출국 심사를 받는다. 보통 출국 스탬프

찍어주고 통과.

4) 면세점 쇼핑

출국 심사 후, 탑승 게이트 게시판에서 탑승 게이트 번호와 탑승 시간을 확인한다. 이후 면세점을 둘러보며 필요한 물품을 쇼핑한다. 한국의 면세 한도는 US$ 800, 주류 1리터(2병), 담배 200개비(10갑), 향수 60ml이고 위험물, 육류, 식물 등은 가져올 수 없다. *면세 한도에 주류와 담배, 향수 가격은 포함되지 않음. 하네다 공항은 면세점 규모가 작으니 시내에서 미리 필요한 물품을 사자.

5) 항공기 탑승

면세점 쇼핑을 마치고 탑승 게이트로 이동한다. 항공기 탑승 대략 30분 전에 시작하므로 미리 탑승 게이트로 가서 대기한다.

☆여행 팁_일본 내 긴급 연락처

일본에서 긴급한 일이 발생했을 때 일본 경찰 또는 소방서(구급대)에 연락하면 되고 항공이나 은행, 신용카드 관련해서는 각 항공사와 은행, 신용카드 회사에 연락한다. 긴급한 일 발생 시 우선 일본 경찰 또는 소방서에 신고하고 다음으로 한국의 영사콜센터 등으로 연락해 방법을 문의한다.

일본 경찰 110 / 일본 소방서 119
대한항공 0088-21-2001, 03-5443-3311
아시아나항공 03-5812-6600 / 제주항공 0570-001132
국민은행(도쿄) 03-3201-3411 / 국민카드 001/010+82-2-6300-7300
우리은행(도쿄) 03-3589-2351 / 우리카드 001/010+82-2-2169-5001
신한은행(도쿄) 03-3578-9321 / 신한카드 001/010+82-1544-7000
하나은행(도쿄) 03-3216-3561 / 하나카드 0001/010+82-1800-1111

외교통상부 영사콜센터

무료 001/010+800-2100-0404(로밍폰 접속료 부과)
유료 001/010+822-3210-0404
페이스북_www.facebook.com/call0404

트위터_www.twitter.com/call0404
홈페이지_www.0404.go.kr

주일본 대한민국 대사관 영사과 駐日本国 大韓民国大使館 領事課
교통 : 도쿄메트로 난보쿠센(南北線), 도에이 오에도센(大江戸線) 아주부쥬반 역(麻布十番駅) 2번 출구에서 민단 중앙본부 방향. 도보 5분
주소 : 東京都 港区 南麻布 1-7-32, 민단 중앙본부 2~3층
전화 : 영사과 03-3455-2601~3, 긴급_090-1693-5773, 090-4544-6602
시간 : 09:00~18:00(점심시간 12:00~13:30), 여권 접수_09:00~16:00
휴무 : 토~일, 한국과 일본 공휴일
홈페이지 : https://overseas.mofa.go.kr/jp-ko

하나은행 도쿄 지점
이용방법 : 도쿄 주재 하나은행 방문→여권 제시하고 임시계좌 개설→국내 지인에게 임시 계좌로 송금 요청→2시간 가량 경과 후 도쿄 주재 하나은행에서 현금 인출
교통 : JR 유라쿠초(有楽町) 역 국제포럼빌딩 출구에서 바로
주소 : 東京都 千代田区 丸の内 3-4-1 新国際ビル 1F
전화 : 03-3216-3561
시간 : 월~금 09:00~15:00 휴무_토~일, 공휴일
홈페이지 : https://global.1qbank.com/lounge/tokyo

· 여권 분실
여권 분실 시, 가까운 경찰서를 찾아가 분실·도난 신고를 하고 분실·도난 증명서(盜難證明書 Police Report)를 발급받는다. 여권 외 분실·도난 물품이 있다면 가급적 구체적으로 적어야 나중에 해외여행자보험에서 보상받을 수 있다. *단순 분실을 도난으로 적으면 처벌받을 수 있으니 주의! 여권 재발급을 위해서는 여권 발급 신청서(영사부 내) / 신분증(주민등록증, 운전면허증) / 여권 사진 2매 / 수수료(3,000엔) / 여권 사본(참고용) 등을 준비해 주일본 대한민국 영사과로 가서 여권을 신청한다. 여권 발급 기간은 1주일 남짓이고 1회 사용할 수 있는 단수 여권이 발급된다.

☆여행팁_스마트폰에서 일본어 자판 사용하기
스마트폰(LG폰 기준)에서 일본어 자판을 사용하기 위해서는 첫째, 스마트폰 키보드 설정에서 일본어 자판(Qwerty)을 추가 설치한다. 둘째, (인터넷 입력에서) 일본어 자판

선택. 셋째, 영문 자판을 일본어 발음(아래 히라가나, 가타카나 영문 표기 참조)으로 치면 입력창에 히라가나로 나타난다. 넷째, 한자로 변환하려면 변환 키(스페이스 키)를 누른다. 다섯째, 가타카나는 영문으로 히라가나를 치면 키보드 위에 가타카나 나타나므로 선택. 여섯째, 탁음과 반탁음은 영문으로 히라가나를 쓴 뒤, 왼쪽 아래 '1#+' 버튼 누른 뒤, 탁음[゛]), 반탁음[゜]) 표기를 선택. 일곱째, 요음은 영문으로 히라가나 칠 때 더블 클릭. 여덟째, 발음은 'n'을 더블 클릭. *모든 입력이 끝나면 오른쪽 아래 'ok'버튼 누름. 그럼 'ok'키가 '이동' 키으로 바뀜. 이동 키 누르면 검색 시작!

- 일본어 자판이 쿼티(Qwerty)가 아닌 텐키 일 때 일본어 가나가 표시되는데 각 글자를 끌어서 히라가나를 표기할 수 있음. 탁음과 반탁음, 요음은 히라가나 쓰고 왼쪽 아래 기능키(탁음, 반탁음, 요음)를 누르면 된다. 한자 변환은 히라가나 쓰면 위에 한자 나타나니, 선택하면 됨.

- 일본어 문자

일본어 문자(글자)는 히라가나(ひらがな), 가타카나(カタカナ), 한자(漢字, 칸지)가 있다. 히라가나는 일상에서 쓰는 문자, 가타카나를 외국어 또는 강조할 때 쓰는 문자이고 한자는 히라가나와 혼용하여 쓴다. 히라가나와 가타카나는 음십음도 발음에 따라 하면 되고 탁음, 반탁음, 요음, 발음은 아래 내용을 참조한다.

탁음(濁音, 다쿠온[゛])은 일본어 가나에 /g/ 또는 /b/를 포함한 음. 예) ガ(가), ザ(자), ダ(다), バ(바) 행의 음. 반탁음(半濁音, 한다쿠온[゜])은 일본어 가나에 /p/를 포함한 음, 즉, 'ぱ · ぴ · ぷ · ぺ · ぽ · ぴゃ · ぴゅ · ぴぇ · ぴょ' 등. 요음(拗音)은 い단의 가나에 や행의 스테가나(捨て仮名, 작은 글자 표기)를 붙인 음. 예) ぎゃ, ぴゅ, じょ 등. 촉음(促音, そくおん 소쿠온)은 일본어에서 っ 또는 ッ로 표기되는 음. 발음(撥音, 하쓰옹[ん])은 글자 뒤에 받침으로 /ㅇ/ 발음.

あ단	い단	う단	え단	お단	
あ행	あ /a/	い /i/	う /u/	え /e/	お /o/
か행	か /ka/	き /ki/	く /ku/	け /ke/	こ /ko/
さ행	さ /sa/	し /shi/	す /su/	せ /se/	そ /so/

た행	た /ta/	ち /chi/	つ /tsu/	て /te/	と /to/
な행	な /na/	に /ni/	ぬ /nu/	ね /ne/	の /no/
は행	は /ha/	ひ /hi/	ふ /hu/	へ /he/	ほ /ho/
ま행	ま /ma/	み /mi/	む /mu/	め /me/	も /mo/
や행	や /ya/		ゆ /yu/		よ /yo/
ら행	ら /ra/	り /ri/	る /ru/	れ /re/	ろ /ro/
わ행	わ /wa/	ゐ /wi/		ゑ /we/	を /wo/
ん			ん /n/		

히라가나

	ア단	イ단	ウ단	エ단	オ단
ア행	ア /a/	イ /i/	ウ /u/	エ /e/	オ /o/
カ행	カ /ka/	キ /ki/	ク /ku/	ケ /ke/	コ /ko/
サ행	サ /sa/	シ /shi/	ス /su/	セ /se/	ソ /so/
タ행	タ /ta/	チ /chi/	ツ /tsu/	テ /te/	ト /to/
ナ행	ナ /na/	ニ /ni/	ヌ /nu/	ネ /ne/	ノ /no/
ハ행	ハ /ha/	ヒ /hi/	フ /hu/	ヘ /he/	ホ /ho/
マ행	マ /ma/	ミ /mi/	ム /mu/	メ /me/	モ /mo/
ヤ행	ヤ /ya/		ユ /yu/		ヨ /yo/
ラ행	ラ /ra/	リ /ri/	ル /ru/	レ /re/	ロ /ro/
ワ행	ワ /wa/	ヰ /wi/		ヱ /we/	ヲ /wo/
ン			ン /n/		

가타가나

작가의 말

〈온리 도쿄〉는 도쿄의 주요 관광지를 포함하고 있는 신주쿠, 시부야, 미나토, 치요다, 주오, 타이토 등 도쿄 23구 중심으로 소개하고 있습니다. 여기에 지브리 미술관이 있는 미타카, 에도도쿄 건물원이 있는 고가네이를 추가하였습니다.

도쿄 각 구(區)의 주요 관광지는 우리의 지하철 2호선 격인 JR야마노테선(山手線) 역을 중심으로 소개합니다. JR야미노테선 역에서 출발해, 주요 관광지를 둘러보고 역으로 돌아와 다른 여행지로 이동하면 됩니다. 간혹 JR이 아닌 사철을 이용하는 때가 있으나 JR 지하철을 이용해본 사람이라면 하나도 어려울 게 없습니다.

관광지는 중요도 또는 선호도에 따라 1, 2, 3번을 정해 둘러보면 되는데 너무 욕심을 부리면 몸이 피곤하니 오전과 오후에 각 2개씩이면 적당하지 않나 싶습니다. 여력이 되면 밤에 1곳 추가하고요. 관광지 보는 중간에는 레스토랑에서 식사하거나 카페에서 커피 마시며 시간을 보냅니다. 설렁설렁 다니자는 것이지요. 그래야 일본이 보이고 일본 사람이 느껴집니다. 빨리빨리, 많이많이 다닌 다면 일본을 갔다 왔는지, 일본 사람을 만나봤는지 모를 수 있습니다. 그럼, 도쿄 여행의 추억이랄 것도 없을 것입니다. 힘들었던 것밖에. 여행은 힘들려고 다니는 것이 아니잖아요. 자기 돈 쓰면서요. 부디 느긋하게 도쿄 여행을 즐기기 바랍니다.

끝으로 원고를 저술하며 취재를 기반을 두었으나 일본, 도쿄 관련 서적, 인터넷 자료, 관광 홈페이지 등도 참고하였음을 밝힙니다.

재미리